BASTEI
LÜBBE

DAVID GERROLD
im BASTEI-LÜBBE-Taschenbuchprogramm:

23 177 Die Reise der Jonas
23 180 Inmitten der Unendlichkeit
23 185 Sternenjagd

David Gerrold

Sternenjagd

Science Fiction Roman

Ins Deutsche übertragen
von Axel Merz

BASTEI
LÜBBE

BASTEI-LÜBBE-TASCHENBUCH
Band 23 185

Erste Auflage: Januar 1997

Deutsche Lizenzausgabe 1997
Bastei-Verlag Gustav H. Lübbe GmbH & Co., Bergisch Gladbach
Originaltitel: Starhunt
Lektorat: Uwe Voehl/Stefan Bauer
Titelbild: Armin Werra
Umschlaggestaltung: Quadro Grafik, Bensberg
Satz: KCS GmbH, Buchholz/Hamburg
Druck und Verarbeitung:
Brodard & Taupin, La Flèche, Frankreich
Printed in France
ISBN 3-404-23185-6

Der Preis dieses Bandes versteht sich einschließlich der gesetzlichen Mehrwertsteuer

Die drei Gesetze der infernalischen Dynamik

- *Ein Objekt in Bewegung bewegt sich grundsätzlich in die falsche Richtung.*
- *Ein Objekt in Ruhe befindet sich grundsätzlich am falschen Ort.*
- *Der Betrag an erforderlicher Energie, um Richtung oder Ort zu wechseln, ist grundsätzlich höher, als man aufzuwenden wünscht,, aber niemals hoch genug, um die Aufgabe vollkommen unmöglich erscheinen zu lassen.*

SOLOMON SHORT

Vor der Sternenwolf ...

Die Geschichte dieses Romans ist genaugenommen die Geschichte meiner gesamten schriftstellerischen Karriere.

Alles begann mit Star Trek. Die ursprüngliche Serie hatte ihre Premiere am Donnerstag, dem 8. September 1966, bei NBC Television Network. Ich war zu diesem Zeitpunkt 22 Jahre alt und ging noch auf das College. Ich besaß einen Stapel Papier, eine IBM-Selectric-Schreibmaschine und eine gute Portion Größenwahn. Ich verbrachte das Wochenende mit Schreiben, und am Montag morgen überreichte ich meinem Agenten ein sechzigseitiges Exposé mit dem Titel Tomorrow was Yesterday.*

Dieses Exposé war mein erster Beitrag zu Star Trek. In der darin vorgeschlagenen zweiteiligen Episode begegnete die Enterprise einem ›Generationenschiff‹, einem gigantischen Raumschiff mit Tausenden von Kolonisten an Bord, unterwegs zu einem neuen Sonnensystem. Gebaut in der Zeit vor der Erfindung des Überlichtantriebs, konnte sich das Schiff nur mit Unterlichtgeschwindigkeit durch den Raum bewegen, und so waren Generationen von Kolonisten gezwungen, an Bord zu leben und zu sterben, bevor ihre Nachkommen eines fernen Tages das Ziel der Reise erreichen und einen neuen Planeten besiedeln würden.

Die Kolonisten an Bord dieses besonderen Schiffes jedoch haben ihre ursprüngliche Mission vergessen. Sie glauben nicht mehr daran, daß es außerhalb der Hülle ihres Schiffes noch etwas anderes gibt. Geschichten von anderen Welten oder anderen Schiffen werden als blasphemische Verrücktheit betrachtet. Folgerichtig liegt Kirks größtes Problem, nachdem die Enterprise das Generationenschiff getroffen hat, in der Schwierigkeit, die Kolonisten davon zu überzeugen, daß er und Spock und McCoy keine Dämonen sind. Um die Sache noch komplizierter zu machen, haben sich die Kolonisten in

* *»Agent? Sie hatten einen Agenten?«*
»Es war Kalifornien. Jeder in Kalifornien hat einen Agenten.«

zwei Lager gespalten, die miteinander um die Kontrolle des Schiffes kämpfen. Konsequenterweise vertraut keine der beiden Seiten unseren Helden; statt dessen denken alle, die Leute von der *Enterprise* sind Spione der jeweils anderen Seite. Und um das Problem noch ein wenig interessanter zu gestalten, fährt das Generationenschiff geradewegs auf ein Schwarzes Loch zu. Kirk blieben nur ein paar kurze Tage, um die Kolonisten davon zu überzeugen, daß sie die Maschinen ihres Schiffs wieder in Betrieb nehmen und den Kurs in Richtung eines sicheren Hafens ändern müssen.

Gene L. Coon, der Produzent von *Star Trek*, las mein Exposé, und obwohl er das Gefühl hatte, daß die Produktionskosten selbst für eine zweiteilige Episode zu hoch waren, lud er mich zum Drehort ein. Er gab mir ein Exemplar des *Star Trek Writers'/Directors' Guide* (Leitfaden für *Star-Trek*-Drehbuchautoren und -Regisseure) und schlug vor, daß ich für die zweite Staffel der Serie meine Ideen einreichen sollte. Eines der Exposés, die ich ihm schickte, handelte von kleinen pelzigen Kreaturen, die sich wie wahnsinnig vermehrten, bis sie die gesamte *Enterprise* überrannt hatten. Gene L. Coon kaufte die Geschichte,und sie wurde zu einer der populärsten Folgen der gesamten Serie: *The Trouble with Tribbles (Kennen Sie Tribbles?)*.

Später, als *Star Trek* nicht mehr ausgestrahlt wurde, begann ich darüber nachzudenken, mein ursprüngliches Exposé *Tomorrow Was Yesterday* zu einem Roman zu erweitern.

Zu dieser Zeit gab es noch keine *Star-Trek*-Romane; Paramount hatte die Möglichkeiten noch nicht erkannt, die sich durch Lizenzen ergaben. Wenn ich also aus meinem Exposé einen Roman machen wollte, dann würde ich mein eigenes Schiff und meine eigenen Charaktere erschaffen und das Generationenschiff von ihnen entdecken lassen müssen.

Erinnern Sie sich an William Goldings *Lord of the Flies (Herr der Fliegen)*? Gegen Ende des Buchs werden die sich bekämpfenden Jungen von einem vorüberkommenden Schiff gerettet. Von einem Kriegsschiff. Die darin enthaltenen Implikationen sind offensichtlich: Wer wird die Erwachsenen aus *ihrer* Dummheit erretten? Die Pointe gefiel mir, und ich beschloß, sie auch für meine Geschichte zu verwenden. Also war das Raumschiff, das ich schuf, ein militärischer Kreuzer. Ich nannte es *Roger Burlingame*, nach dem Autor von *Machines That Built America*. Das Buch stand auf einem Regal direkt über meiner Schreibmaschine. Ich benötigte einen militärisch klingenden Namen für mein Schiff, und dort war er – also griff ich danach. Je mehr ich über die Sache nachdachte, desto mehr gelangte ich zu der Überzeugung, daß es ein ziemlich weit hergeholter Zufall war, daß ein Überlichtkreuzer ausgerechnet in der Dunkelheit zwischen den Sternen auf ein langsames Generationenschiff treffen sollte. Also begann ich meine Geschichte damit, daß mein Kriegsschiff hartnäckig ein namenloses feindliches Schiff verfolgt. Es fällt unvermittelt aus dem Hyperraum in den Normalraum zurück und sucht in der Dunkelheit nach seinem Gegner, aber statt auf den Feind stößt es auf das verirrte Generationenschiff. Von diesem Punkt aus konnte ich mit meiner ursprünglichen Idee weitermachen.

Ich hoffte, daß dieser Rahmen meine Helden vor ein noch größeres Dilemma stellen würde. Jetzt mußten sie nicht nur die Kolonisten vor ihrer eigenen Ignoranz erretten, sondern sie mußten es auch noch tun, bevor der lauernde Feind sie entdeckte und als erster angriff. Diese Situation würde, wie ich hoffte, zusätzliche Spannung erzeugen. Dann, nachdem sie die Kolonisten an Bord des Generationenschiffs von der Torheit Ihres Krieges überzeugt hätten, würden unsere Helden ihre eigene Jagd wieder aufnehmen und den Leser darüber nachdenken lassen, welche göttliche Macht sie vor der Torheit ihres eigenen Krieges erretten würde.

Alles hätte funktionieren können – mit Ausnahme eines kleinen Details: Ich hatte nicht die geringste Ahnung, wie man einen Roman schreibt. Ich schrieb achtzig Seiten – volle vier Kapitel – und bekam die *Burlingame* nicht einmal in die Nähe des Generationenschiffs. Statt dessen fand ich mich mehr und mehr von Technik und Taktik interstellarer Verfolgungsjagden in Anspruch genommen. Trotz meiner ursprünglichen Absicht, aus *Tomorrow Was Yesterday* einen

Roman zu machen, stand ich im Begriff, eine völlig andere Geschichte zu erzählen. Eine Geschichte, deren Charaktere und Hintergrund weitaus dunkler waren. Die Erkenntnis bescherte mir schließlich sogar ein noch größeres Problem. Ich hatte keine Ahnung, wie die Geschichte ausgehen würde.

Ich schrieb trotzdem weiter. Brachte eine Szene nach der anderen zu Papier und wartete geduldig ab, wie die einzelnen Charaktere ihre verschiedenen Aufgaben lösen würden. Ich muß zugeben, daß es vielleicht nicht die beste Art und Weise ist, einen Roman zu schreiben, aber es ist zumindest die herausforderndste.

Den größten Teil des Jahres 1971 lebte ich in New York. Ich besaß ein winziges Zimmer im Albert Hotel, einer Pension in *Greenwich Village.** Ich besaß ein Bett, einen Schreibtisch und einen Schrank. Und ich besaß meine Schreibmaschine.

Mein Zimmer hatte ein einziges Fenster. Wenn ich es öffnete, konnte ich hören, wie New York zu mir sprach. Was es sagte, war: »Wenn du dich heute nicht hinsetzt und schreibst, dann werde ich dich fertigmachen. Man wird dich auf die Straße setzen. Du wirst ziellos umherwandern und dein ganzes Leben in einem Einkaufswagen vor dir herschieben. Du wirst ein Penner sein. Wenn du heute nicht schreibst, dann wirst du nächsten Monat verhungern.« New York war damals sehr motivierend. Ist es auch heute noch.

Sehr rasch stellte ich eine Regel auf. Ich hatte ein Kapitel pro Tag zu schreiben. Ich ging nicht nach draußen ins Kino oder sonstwohin, wenn ich nicht meine schriftstellerische Mindestaufgabe für den Tag vollbracht hatte. Nachdem ich mein Kapitel fertig hatte, fühlte ich mich frei, hinauszugehen und für den Rest des Tages all das in New York zu unternehmen, wozu ich Lust verspürte.

Jeden Morgen ging ich mit meinem Hund hinüber in den *Washington Square Park* und ließ ihn für eine halbe Stunde die Eichhörnchen terrorisieren. Er jagte glücklich jedes Eichhörnchen, das er zu Gesicht bekam, und ich war sein Kund-

* Für eine Weile lebte Samuel R. Delaney in der gleichen Pension. Eine Tatsache, die allerdings keinerlei literarische Bedeutung besitzt.

schafter und zeigte ihm, wo sie sich versteckten. Anschließend kehrten wir in mein Zimmer zurück, und ich setzte mich nieder und schrieb, bis das tägliche Kapitel beendet war. Manchmal hatte ich es in drei oder vier Stunden geschafft, manchmal, wenn ich ein besonders trickreiches Problem behandelte, arbeitete ich acht oder sogar zehn Stunden daran. Danach ging ich mit dem Hund wieder in den Park, und er ärgerte von neuem die Eichhörnchen. Später, nachdem die Arbeit des Tages vollendet war, ging ich zum Essen und manchmal ins Kino; gelegentlich suchte ich sogar die Gesellschaft anderer Menschen. Aber ich schätze, ich war nicht besonders unterhaltsam, während ich mitten in einer Geschichte steckte. Ich weiß nicht, wie es mit anderen Schriftstellern ist, aber ich finde es schwierig, mich zu entspannen. Schreiben bedeutet auch, in einer Geschichte aufzugehen. Der Weg zurück in die Realität kann manchmal ganz schön weit sein.*

Nachts, wenn ich im Bett lag und auf den Schlaf wartete, dachte ich über das Kapitel des nächsten Tages nach. Was müßte als nächstes geschehen? Wie konnte ich die Rätsel lösen, die ich meinen Charakteren aufgegeben hatte? Wie würde ich den Handlungsstrang voranbringen? Was planten meine Charaktere? Manchmal hatte ich die Antwort, bevor ich einschlief, manchmal hatte ich sie nicht. Aber wenn ich am nächsten Morgen aufwachte, besaß ich meistens eine ganz genaue Vorstellung davon, wie das nächste Kapitel aussehen würde.

*Ich nahm an, daß eine von zwei Möglichkeiten eingetreten war: Entweder beschäftigte sich mein Unterbewußtsein mit allen Problemen, während ich schlief, oder kleine Wichtelmänner schlichen um Mitternacht in mein Zimmer und flüsterten mir die Lösung ins Ohr.***

* *Was die Erklärung dafür ist, warum es in Washington Square Park in jenem Jahr keine fetten Eichhörnchen gab.*

** *Ich fand niemals irgendwelche zerfetzten Wichtelmänner bei meinem Hund, aber das ist kein wirklicher Beweis für irgendwas. Der Hund fraß alles.*

Später dann ging mir auf, daß ich mir in dieser Zeit eine sehr starke Selbstdisziplin angeeignet hatte, die mir auch in vielen Jahren danach nützlich war. Somit stellte sich meine Zeit in New York als ein wichtiger Wendepunkt in meiner Karriere als Schriftsteller dar. Es war eine der produktivsten Phasen meines ganzen Lebens, und es war das Jahr, in dem ich vom Kurzgeschichtenschreiber zum Romanautor aufstieg. Während dieser Zeit schrieb ich *When Harlie Was One (Ich bin Harlie;* München 1974), *The Man Who Folded Himself (Zeitmaschinen gehen anders;* München 1976), die ersten vierzehn Kapitel von *A Matter For Men (Die biologische Invasion;* München 1986) und den Rest des Romans, der aus meinem ersten Versuch hervorging, *Tomorrow Was Yesterday* umzuschreiben. Der endgültige Titel lautete *Yesterday's Children (Raumschiff der Verlorenen,* Bastei 21 099).

Yesterday's Children wurde 1972 von Dell veröffentlicht. Die Geschichte besaß achtundzwanzig Kapitel und handelte von einer fanatischen interstellaren Verfolgungs- und Zerstörungsmission. In ihr klangen bewußt Untertöne von *Moby Dick* und *The Enemy Below* an, und sie wurde von einigen Lesern ganz treffend als Unterseebootgeschichte im Weltall beschrieben. Nun, jedenfalls eine Art Unterseebootgeschichte. Aber es steckte mehr dahinter als nur das.

Meine Theorie damals lautete (und sie lautet noch heute genauso), daß, wenn und falls ein Krieg im Weltraum stattfinden würde, die einzige angemessene Umschreibung die zweier Unterseeboote wäre, die sich in der Dunkelheit belauerten. Wenn man die Weite des Weltraums bedenkt sowie die Geschwindigkeiten, mit denen man sich durch ihn bewegt, dann funktioniert die Luftkampfmetapher einfach nicht, genausowenig wie der interstellare ›Flugzeugträger‹ – er ist viel zu verletzlich.

Die Physik interstellarer Kämpfe drehte sich um Zeit, Geschwindigkeit, Entfernung – und Entdeckung. Der Jäger ist genauso verwundbar wie die Beute. Ja, die Rollen von Jäger und Gejagtem sind austauschbar, abhängig nur von den Fähigkeiten der jeweiligen Schiffskommandanten.

Die Schlachten werden nicht mit Waffen, sondern mit

Wahrscheinlichkeiten geschlagen werden, weil beide Seiten intelligente Maschinen zur Verfügung haben, die in ungezählten Simulationen das Ergebnis jeder Aktion vorausberechnen können, während jede Seite nach taktischen Vorteilen sucht. Weltraumschlachten werden nicht durch Stärke und Position entschieden, sondern durch Strategie. Nicht nackte physische Überlegenheit, sondern psychologische Überlegenheit zählt. Weltraumschlachten werden als Gedankenspiele ausgetragen werden, mit Hilfe von Finten und Täuschungsmanövern und häßlichen Überraschungen.

Und in einem solchen Gedankenspiel wird der Feind stets eine unbekannte Größe darstellen. Er wird niemals mehr als ein Reflex auf einem Bildschirm sein, ein Bewegungsmuster in unseren Simulationen. Wir werden ihm niemals von Angesicht zu Angesicht gegenübertreten, wir werden ihn nicht als lebendiges Wesen begreifen, das zu Gefühlen wie Wut, Haß, Sorge oder Furcht fähig ist. Wir werden den Feind als Idee hassen, nicht als Person. Und weil wir kein Ziel für unsere eigene Wut haben, werden wir unsere Frustration mit hoher Wahrscheinlichkeit an jenen auslassen, die uns am nächsten sind. An unseren Schiffskameraden. In der Idee einer externen Schlacht gegen einen unbekannten Feind ist beinahe zwangsläufig auch die interne Schlacht gegen die eigenen Leute enthalten.

Es war dieser Gedankengang, der dem Roman seine endgültige Gestalt verlieh. Und seinen ersten, beunruhigenden Schluß. Hören Sie einfach am Ende von Kapitel 28 zu lesen auf, und Sie verstehen, was ich meine. Das ist die Stelle, an der ich 1972 zu schreiben aufhörte, und das war alles, was Dell schließlich als *Yesterday's Children* veröffentlichte. Der Roman bekam allgemein gute Besprechungen, verkaufte sich gut und gelangte am Ende des Jahres sogar in die *Locus*-Abstimmung für die besten Romane.

Aber ganz ehrlich – es behagt mir nicht, wenn ein Roman kein Happy-End besitzt. Ich mochte Jonathan Korie. Ich dachte, er verdient etwas Besseres. Also setzte ich mich 1977 hin und schrieb neue Kapitel zu dieser Geschichte. Es wurden zwölf Kapitel, und sie führten das Abenteuer zu einer Lösung, die mich weitaus mehr befriedigte. Am Ende war Korie genauso heroisch, wie ich ihn immer haben wollte, und das neue Material demonstrierte einmal mehr meine Theorie der psychologischen Kriegführung im Weltraum. Diese Ausgabe erschien bei *Popular Library.* Später dann, für die britische Ausgabe, nannte ich die Geschichte in *Starhunt* um.

Im Jahr 1979 erwarb ein Möchtegernproduzent eine Option auf den Roman, und ich schrieb zwei Entwürfe für ein Skript zu einer geplanten Spielfilmversion von *Starhunt.* Das Geschäft platzte allerdings, und der Film wurde niemals gedreht. Eine Weile konzentrierte ich mich auf andere Dinge, einschließiich der ersten beiden Bücher von *The War Against the Chtorr.**

Einige Jahre später arbeitete ich an *Star Trek: The Next Generation.* Während der ersten sieben Monaten dieser Serie schrieb ich über hunderttausend Worte über jeden Aspekt der Entwicklung der Serie, einschließlich des ersten vollständigen *Writers'/Directors' Guide.* (Im Gegensatz zu dem, was an anderer Stelle von Leuten geschrieben wurde, die zu der Zeit überhaupt nicht dabeigewesen waren, besaß ich beträchtlichen Anteil an der anfänglichen Entwicklung von *Star Trek: The Next Generation.* Eine Tatsache, die die amerikanische Schriftstellergewerkschaft anläßlich eines Schlichtungsverfahrens wegen ausstehender Tantiemen bewiesen hat.)

Während ich für *Star Trek* arbeitete, bot man mir die Chance, zwei andere Serien zu produzieren. Eine hieß *Return to the Land of the Lost,* die andere war ein Entwicklungsprojekt der Columbia unter dem Titel *Trackers.* Es sollte eine Miniserie werden, die außerdem als Pilotsendung für eine Geschichte über zwei interstellare Kopfgeldjäger dienen sollte.

Ich verließ *Star Trek: The Next Generation,* um an *Trackers* zu arbeiten. Unglücklicherweise fanden sowohl bei der

* *A Matter for Men* und *A Day for Damnation* (Tag der Verdammnis; München 1986). Nach *Star Trek: The Next Generation* schrieb ich zwei weitere Bücher zu dieser Serie: *A Rage for Revenge* und *A Season for Slaughter.* Zu der Zeit, wo Sie das hier lesen, sollte ein fünftes Buch, *A Method for Madness,* beendet und in Vorbereitung sein.

Columbia als auch bei CBS während der Zeit, in der ich an *Trackers* arbeitete, größere Veränderungen in der Führungsetage statt, und die Leute, die die Serie ursprünglich in Auftrag gegeben hatten, waren nicht die Leute, denen wir die endgültige Drehbuchfassung einreichten. Deshalb wurde das Projekt letztendlich gestrichen.*

Nicht lange danach wurde ich engagiert, um eine ganz andere Science-Fiction-Fernsehserie für die Arthur Company und die Universal Studios zu entwickeln. Sie hatten bereits einen Titel: *Millenium*. Sie wollten eine Serie, die im Weltraum spielte und jede Menge Action enthielt. Ich machte zwei Vorschläge:

- interstellare Händler, die von Planet zu Planet fuhren, Waren kauften und verkauften und gelegentlich gegen Piraten kämpften, oder

- der Zweite Weltkrieg im All.

Es überraschte mich keineswegs, daß ihnen der zweite Vorschlag besser gefiel.

Auch mir gefiel er besser. Nicht zuletzt, weil ich dachte, ich könnte *Starhunt* ein weiteres Mal wiederverwenden.** Ich unterbreitete ihnen sogar den Vorschlag, das *Starhunt*-Skript als Pilotfilm zu verwenden, aber nach einigen Diskussionen erkannten wir, daß unsere Geschichte mit dem Angriff auf Pearl Habor beginnen mußte, wenn die Serie sich am Zweiten Weltkrieg orientierte.

Aber es bestand kein Grund, warum ich nicht zahlreiche Charaktere aus *Starhunt* benutzen konnte, oder? Nein, nichts sprach dagegen. Und mit Jon Korie besaß ich einen Helden,

* Nachdem Columbias Interesse erloschen war, nahm ich das *Trackers*-Exposé und machte daraus zwei Romane: *Under the Eye of God* und *A Covenant of Justice*, die beide bei Bantam erschienen. Nichts wird verschwendet. Und ja, ich bin zwanghaft besessen. Warum fragen Sie danach?

** Ich mag diese Geschichte *wirklich*.

den ich bereits gut kannte und wegen seiner Intelligenz mochte.*

In den darauf folgenden Wochen der Entwicklung gab es eine ganze Reihe von Diskussionen über den Rahmen unserer Serie. Welche Art von Schiffen würden wir fahren? Wer waren unsere Leute? Wer waren unsere Feinde? Warum wurde dieser Krieg gekämpft? In jedem Fall diente uns die Metapher auf den Zweiten Weltkrieg als Plattform, um uns die Glaubhaftigkeit nicht zu nehmen. Schließlich hatten wir einen 120seitigen *Writers'/Directors' Guide* fertig, der sogar noch detaillierter war als der, den ich für *Star Trek: The Next Generation* geschrieben hatte.

Unser Schiff war ein Libertyschiff aus der Produktion einer Werft, die alle zwölf Tage ein neues Schiff ausstieß. Unsere Charaktere waren ganz gewöhnliche Leute, die in einer außergewöhnlichen Krise überrascht wurden. Sie hatten Familien und Beruf hinter sich zurückgelassen. Unser Feind war die Morthanische Solidarität – eine selbsternannte Herrenrasse, die die Beherrschung aller ›minderwertigen‹ Rassen anstrebte. Und der Krieg fand statt, um die Zukunft der menschlichen Evolution festzulegen. Letzten Endes wurde uns klar, daß die zugrundeliegende Frage sehr einfach war: Was bedeutet es, ein menschliches Wesen zu sein?

Je länger ich an der Geschichte arbeitete, desto mehr begann ich, die Menschen an Bord des Schiffs zu lieben: Korie, Cygnus Tor, den Leitenden Ingenieur Leen, Molly Williger, Mikhail Hodel, Hardesty und selbstverständlich Brik. Das waren Charaktere, mit denen ich gerne meine Zeit verbrachte. Es gefiel mir, über sie zu schreiben.

Die erste Fassung von *Millenium* war zu pessimistisch, um einen erfolgreichen Pilotfilm abzugeben. In ihr tobt ein Morthanischer Assassine an Bord unseres Raumschiffs und frißt den Anwalt des Kapitäns (freiwillig!). Die zweite Fassung war erfolgreicher und galt allgemein als sehr gutes Drehbuch für den Pilotfilm. Unglücklicherweise verhinderte der Streik der

* Und dann würde ich das *Starhunt*-Skript später als Folge in die Serie einbauen können.

Writers' Guild (Schriftstellergewerkschaft) im Jahre 1988 die Produktion in allen Studios für einen Zeitraum von mehr als sechs Monaten, und als der Streik zu Ende war, galt das auch für die Aussichten von *Millenium* als Fernsehserie.

Also schrieb ich das Drehbuch in einen Roman um, erweiterte es und verschaffte ihm noch mehr Tiefe, als es ohnehin bereits gehabt hatte.* Bantam Books veröffentlichte *Voyage of the Star Wolf* (*Die Reise der Jona*, Bastei 20 177) im Jahre 1990 und verkaufte eine überraschend hohe Anzahl von Exemplaren; genug, um meinen Verleger Geräusche** über Fortsetzungen machen zu lassen. Ich sagte, ich würde darüber nachdenken. Ich hätte keine Geschichte im Kopf, aber wenn mir eine Idee käme, würde ich mich wieder melden.

Nicht lange darauf schickte Mike Resnick*** den Roman einem befreundeten Produzenten, der sich schon bald mit mir in Verbindung setzte. »Wissen Sie eigentlich«, sagte er, »daß dieser Stoff eine verdammt gute Fernsehserie abgeben würde?«

Richtig.

Nach mehreren Wochen voller Diskussionen und Taktierens begann ich gemeinsam mit Dorothy Fontana, Geschichten für eine mögliche *Star-Wolf*-Fernsehserie zu entwickeln. Und plötzlich hatte ich einen ganzen Haufen neuer Ideen für weitere *Star-Wolf*-Abenteuer. *The Middle of Nowhere* (*Inmitten*

* Du sollst nicht verschwenden.

** Ein Verleger quengelt wie ein Siebenjähriger. Es kann einem wirklich ganz schön an die Nerven gehen.

*** Notorischer Lügner und Cyberspace-Terrorist mit einem widerwärtigen Benehmen, das seine einzige Entschuldigung darin findet, daß er gleichzeitig ein wunderbarer Anthologienschreiber und ein noch besserer Romanautor ist.
Außerdem ruft er mich immer und immer wieder zu den unmöglichsten Tages- und Nachtzeiten an, um mir zu sagen, daß er mein allergrößter Fan sei. Ich habe es mit Umziehen versucht und meine Telefonnummer dreimal gewechselt, aber es hilft alles nichts. (Er ist außerdem der Autor von *Santiago* (© 1986 Tor Books, dt. Titel *Santiago*, München 1993), das als Vorlage für einen Spielfilm dient, der demnächst in die Kinos kommt. Wenn er mir keine Karten zur Premiere schickt, dann erlaube ich ihm nicht länger, mein Fan zu sein.)

der Unendlichkeit, Bastei 23 180) basiert auf zwei dieser Ideen. Als Bantam den Roman in die Planung von 1995 einbezog, entschlossen sie sich gleichzeitig zu einer Neuauflage von *Starhunt*. Deswegen dieses Vorwort. Damit Sie verstehen, warum es zwei Romane gibt, die einige der Charaktere und Situationen aus dem vorliegenden Buch gemeinsam haben und zugleich unter Inkonsistenzen leiden, wenn man sie als Teil eines größeren Ganzen zu betrachten versucht.

Der vorliegende Roman, *Starhunt*, könnte beinahe ein späteres Abenteuer der *Star Wolf* sein. Und obwohl der Feind hier unidentifiziert bleibt, sind die Umstände des Krieges im allgemeinen genau die gleichen. Wenn ich das Buch umgeschrieben hätte, um es in die *Star-Wolf*-Chronologie einzupassen, dann würde sie mindestens ein oder zwei Jahre nach dem ersten *Star-Wolf*-Abenteuer stattfinden.

Ich hätte *Starhunt* umschreiben und anpassen können, und zumindest während einer Phase dachte ich ernsthaft darüber nach, aber meine Herausgeber bei Bantam führten an, daß der Roman gut war, so wie er war, und daß ich meine Zeit besser mit einem neuen *Star-Wolf*-Roman verbringen sollte, anstatt einen alten umzuschreiben. Es dauerte nicht allzulang, bis sie mich überzeugt hatten. Wenn alles glatt läuft, dann können Sie im Lauf des nächsten Jahres (oder der nächsten drei) mit einer neuen *Star-Wolf*-Geschichte rechnen. (Direkt nach dem nächsten Roman aus dem *Chtorr*-Zyklus. Bitte legen Sie mich nicht auf einen Veröffentlichungstermin fest.)

Ach ja, eine Sache noch. Was wurde aus dem ursprünglichen Exposé von *Tomorrow Was Yesterday?* Habe ich es je in einen Roman umgeschrieben? Jawohl. Ich schrieb es am Ende als einen *Star Trek*-Roman. Er besaß den Titel *The Galactic Whirlpool* (*Der galaktische Mahlstrom*; Rastatt 1981), wurde vor beinahe zwei Jahrzehnten von Bantam veröffentlicht und ist bis heute noch immer im Druck.

Spare in der Zeit, so hast du in der Not.

Kapitel 1

Wenn etwas schiefgehen kann, dann wird es auch schiefgehen.

MURPHY

Ein Sternenschiff der Zerstörerklasse besitzt mehr als siebenhunderttausend verschiedene Funktionen, die alle von seinem Kommandositz aus überwacht werden können.

Dieser Kommandositz steht wie ein harter Thron auf der Brücke, einem Podium, das den Mittelpunkt der Zentrale bildet. Der Mann auf diesem Thron kontrolliert das Schiff. Im Augenblick heißt dieser Mann Jonathan Korie. Hager, blaß und regungslos sitzt er dort, der Erste Offizier des Raumschiffs der Alliierten Welten, *Roger Burlingame*.

Das Schiff befindet sich seit zwölf Tagen in höchster Kampfbereitschaft, und seit zehn von diesen Tagen ist Jon Korie der ranghöchste Offizier in der Zentrale. Vor zehn Tagen hat sich der Kapitän in seine Kabine zurückgezogen, und seither ist er nicht wieder gesehen worden. Also sitzt Korie im Kommandositz und langweilt sich.

Er räkelt sich in diesem Sitz, großgewachsen und knochig, und seine farblosen Augen starren desinteressiert auf das gewaltige rote Rechteck, das den vorderen Teil der Zentrale beherrscht. Darauf ist ein vereinzelter weißer Fleck zu erkennen, die Kraftfeldprojektion des gegnerischen Schiffs. Darunter eine Zahl: 170. Die Geschwindigkeit des Feindes. Einhundertsiebzigfach Licht. Die Geschwindigkeit der *Roger Burlingame* beträgt 174 Licht.

Sie holen auf, aber nur langsam. Sie werden mindestens noch weitere zwölf Tage benötigen, um die Lücke zu schließen – und selbst dann, wenn sie den Feind eingeholt haben, werden sie vielleicht nicht imstande sein, ihn zu zerstören. Solange die Beute in ihrer Hyperraumblase bleibt, befindet sie sich im Vorteil – leicht zu verfolgen, aber schwer zu fangen. Der Feind muß entweder ausmanövriert oder gejagt werden, bis seine Energievorräte erschöpft sind. Beide Vorgehensweisen sind schwierig und ermüdend.

Korie starrt geistesabwesend nach vorn. Der große Schirm läßt die Zentrale in einem blutfarbenen Licht erscheinen, und das Bild brennt sich in die Netzhaut. Er nimmt die vertrauten Gerüche von altem Plastik und schalem Schweiß nicht länger wahr, er hört nicht länger das gedämpfte Flüstern oder das allgegenwärtige, beinahe lautlose Summen der Computer.

Ein Lautsprecher in seiner Kopfstütze piept. Er berührt einen Sensor auf seiner Armstütze. »Korie hier. Was gibt's?«

Eine lakonische Stimme erwidert: »Maschinenraum hier, Mister Korie. Wir messen eine Art Schwankung in Generator Nummer drei.«

»Was stimmt nicht damit?«

»Ich weiß es nicht, Sir. Das verdammte Ding versprüht seit einer Woche Funken.«

Korie grunzt. Und schwenkt seinen Sitz um sechzig Grad nach links. Über der Hyperraumkontrollkonsole befindet sich ein mittelgroßer Bildschirm, einer von vielen, die unter der Decke der Zentrale aufgehängt sind. Dieser hier zeigt den Energieverbrauch der sechs Hyperraumgeneratoren der *Roger Burlingame*. Die Spitze des roten Balkens von Nummer drei verschwimmt in einer flachen, rasend schnellen Schwingung.

»Sieht nicht gut aus«, sagt Korie in den Kommunikator. »Kann es sein, daß eine der Sekundärspulen außer Phase ist?«

»Negativ, Sir. Wenn eine Sekundärspule außer Phase wäre, dann könnten wir unseren Kurs nicht mehr halten. Das war eine der ersten Fehlerquellen, die wir überprüft haben.«

»Wie schlimm ist es? Können Sie es kompensieren?«

»Oh, sicher. Ich dachte nur, Sie sollten Bescheid wissen. Das ist alles.«

»Richtig. Tun Sie, was Sie können. Lassen Sie mich wissen, wenn es schlimmer wird.«

»Jawohl, Sir.« Der Kommunikator verstummt.

Korie schwenkt den Sitz wieder nach vorn und verbannt die Energieschwankung aus seinen Gedanken. Er streicht sich das helle, beinahe farblose Haar aus der Stirn und streckt die langen Beine aus, während er eine bequemere Haltung einzunehmen versucht.

Gelangweilt streicht er eine Falte in seiner dunklen Hose glatt und kratzt vergebens an einem verkrusteten Fleck auf seiner graublauen Jacke. Schließlich befeuchtet er den Zeigefinger an der Zunge und reibt über den hartnäckigen Schmutz, bis er sich löst. Befriedigt lehnt er sich in seinem Sitz zurück.

Eine Glocke schlägt an. Kories Blick schweift automatisch zur Schiffsuhr – dann reißt er sich zusammen. (Keine Ablösung in Sicht.) Der Gedanke nistet sich störend in seinem Kopf ein.

Die Zentrale des Zerstörers ist ein schalenförmiger Raum. Die breite Tür auf der Rückseite gleitet auf und gibt den Blick frei auf vier sich leise unterhaltende Besatzungsmitglieder. Sie unterbrechen ihr Gespräch, treten rasch ein und trennen sich.

Zwei Reihen graublauer Konsolen umrunden die Zentrale. Die eine auf einem erhöhten Sims, die andere direkt darunter. Ursprünglich war die Zentrale ein geräumiger Ort, aber zusätzliche Konsolen und Apparate, die seither eingebaut wurden, erzeugen inzwischen ein beklemmendes Gefühl von Enge.

Zwei der Neuankömmlinge eilen an den Reihen der Konsolen entlang zur Spitze des Simses, zum Hufeisen. Sie klopfen zwei der dort diensttuenden Besatzungsmitglieder auf die Schultern und nehmen deren Plätze ein. Die beiden anderen Wachablösungen begeben sich hinunter ins Zentrum, wo sie ein Ring von Konsolen erwartet. Diesen tiefer gelegenen Bereich nennen sie die Grube. Sie klopfen dort ebenfalls zwei anderen auf die Schultern. Rasch lassen sie sich in die bereitwillig geräumten Sitze sinken und nehmen mit der Routine langer Erfahrung ihre Arbeit auf.

Die Männer, deren Wache nun zu Ende ist, verschwinden genauso rasch aus der Zentrale, und einmal mehr kehrt Stille ein. Die Besatzung besteht aus undeutlichen Schatten in dem verdunkelten Raum, und nur hin und wieder sind ihre Silhouetten vor dem Leuchten eines Bildschirms zu erkennen.

Einer der Männer – ein kleiner Bursche auf der linken Seite des Hufeisens – bewegt sich unruhig an seinem Platz. Er sieht sich nervös in der Zentrale um und blickt dann zu dem Kommandositz direkt oberhalb des hinteren Teils der Grube.

Er nimmt seinen Mut zusammen und tritt vor. »Sir?«

Korie späht in die Dunkelheit. »Ja?«

»Äh, Sir … meine Ablösung ist noch nicht gekommen, Sir.«

»Wer löst Sie ab, Harris?«

»Wolfe, Sir.«

»Wolfe?« Korie runzelt die Stirn und reibt sich gedankenverloren die Nase.

Harris nickt. »Jawohl, Sir.«

Korie seufzt innerlich, ein leises Ausatmen. Es gilt sowohl Harris wie dem abwesenden Wolfe. »Also schön. Bleiben Sie auf Ihrem Posten, bis er erscheint.«

»Jawohl, Sir.« Resigniert kehrt Harris an seine Position zurück und wartet weiter.

Zur gleichen Zeit gleitet die Tür im hinteren Bereich der Zentrale zischend zur Seite. Ein kleiner, strohblonder Mann stürzt schwer atmend und mit rotem Gesicht herein und kämpft im Laufen mit den Knöpfen seiner Uniform.

Korie schwingt mit seinem Sitz herum. »Wolfe?« verlangt er zu wissen. Er berührt die Armlehne, und ein Scheinwerfer taucht den Mann in grelles Licht.

Wolfe zögert, überrascht von der plötzlichen Helligkeit. »Ja, Sir …? Äh, ich … es tut mir leid, daß ich mich verspätet habe, Sir.«

»Es tut Ihnen leid …?«

»Jawohl, Sir.«

»Oh.« Der Erste Offizier macht eine Pause, bevor er fortfährt. »Nun, dann ist ja alles in Ordnung, schätze ich.«

Wolfe grinst nervös, aber auf seiner Stirn glitzern Schweißperlen. Er will sich in Richtung seiner Konsole in Bewegung setzen.

»Haben Sie das gehört, Harris?« ruft Korie unvermittelt. »Wolfe hat gesagt, daß es ihm leid tut …«

Wolfe zögert erneut. Nervös blickt er von einem zum anderen.

»Harris?« hakt Korie nach. »Haben Sie das gehört, Harris?«

»Äh, jawohl, Sir.« Die Antwort kommt undeutlich. Der Mann ist in der Dunkelheit nicht zu erkennen.

»Und damit ist ja alles in Ordnung, nicht wahr, Harris?« Kories Augen bleiben unverwandt auf Wolfe gerichtet.

»Äh, jawohl, Sir«, erwiderte Harris. »Ich schätze, das tut es – wenn Sie es sagen ...«

Der Erste Offizier lächelt dünn. »Tatsächlich, Mister Harris, tut es Mister Wolfe sogar so leid, daß er die nächsten fünf Wachen für Sie übernehmen wird. Zusätzlich zu seinen eigenen. Ist das nicht nett von ihm?«

»Sir!«

»Halten Sie den Mund, Wolfe!«

»Äh, Sir ...« beharrt Harris. »Das müssen Sie nicht tun ...«

»Ganz recht, Harris. Das muß ich nicht tun. *Wolfe* tut es.«

»Sir!« protestiert Wolfe erneut.

»Ich will nichts hören!«

»Aber Sir, ich ...«

»Wolfe ...!« sagt Korie mit warnender Stimme. »Sie sind jetzt zehn Minuten zu spät dran. Versuchen Sie etwa, zwanzig daraus zu machen?« Er schaltet den Scheinwerfer aus, und die Dunkelheit der Alarmstufe Rot hüllt die Zentrale wieder ein, als er seinen Sitz nach vorn schwenkt.

Wolfe starrt für einen Augenblick auf den Rücken des Ersten Offiziers, bevor er beinahe unhörbar »Jawohl, Sir« murmelt. Er geht um das Hufeisen herum und klopft Harris in der rituellen Geste auf die Schulter.

Auf seinem Kommandositz atmet Korie ärgerlich zwischen weißen, ebenmäßigen Zähnen hindurch aus. Er ignoriert das Geräusch von Harris' raschem Abgang und zwingt sich, auf den großen Schirm zu sehen. (Dort, das einzige, das von Bedeutung ist – der Feind.) Der blasse Fleck auf dem Schirm bleibt beleidigend nah und gleichzeitig unerträglich fern.

Irgendwo summt ein Computer, als er die Distanz zwischen den beiden Schiffen mißt. Er murmelt leise vor sich hin, bemerkt die ständig schrumpfende Entfernung, bemerkt, wie weit sie seit der letzten Messung abgenommen hat, und zeichnet die Differenz auf. Die Verringerung des Abstands ist nur für die empfindlichsten elektronischen Augen wahrnehmbar. Auf dem Schirm hingegen bleibt das Bild frustrierend unverändert.

Aus zusammengekniffenen Augen starrt Korie nach vorn – sehend und doch nichts sehend. Nervös trommelt er auf der Armlehne.

»Mister Korie?«

Er blickt auf. Ein Mann auf der rechten Seite des Hufeisens, ziemlich weit vorn, sieht ihn gespannt an. Im gedämpften Licht kann Korie sein Gesicht kaum erkennen. Der Mann ist mager und schlaksig, kaum dem Jünglingsalter entsprungen. Sein Name lautet Rogers, Decksmann dritter Klasse und mit der Überwachung der Gravitationskontrollen betraut.

»Ja?« grunzt Korie. »Was gibt's?«

»Die Schiffsgravitation ist auf 0,94 g gefallen, Sir. Und sie fällt weiter.«

Korie nickt. »Überprüfen Sie einfach die verfügbare Energie. Daran hat es beim letzten Mal gelegen.«

»Oh – jawohl, Sir.« Der Jüngling wendet sich wieder seiner Konsole zu, und Korie versinkt erneut in Gedanken. Das Problem der sinkenden Bordschwerkraft wird in die gleiche dunkle Ecke seines Gehirns verdrängt wie das beständige Schwanken des Generators Nummer drei.

Träge schwingt er den Sitz nach rechts. Auf dieser Seite verrichtet Barak seinen Dienst. Barak, der Astrogator. Klein, hager, lockenköpfig, steht er direkt neben Korie.

»Dort«, sagt Barak und deutet auf den Monitor. »Dort ist der Fehler. 0,00012 Grad.« Er läßt sich in seinen Sitz zurückfallen. »Im Augenblick können wir ihn nur beobachten. Er ist zu klein für eine Korrektur. Lassen wir ihm noch ein paar Tage, damit er wachsen kann.«

Jonesy nickt. »Ich frage mich nur, wo er herkommt.«

»Wahrscheinlich liegt es an den Maschinen«, murmelt Barak. »Einer der Generatoren scheint heißzulaufen.« Er berührt einen Schalter, und die Abbildung verschwindet vom Monitor.

»Das ist mal wieder typisch«, schnaubt Jonesy. »Können diese Kraftfeldheinis eigentlich nichts richtig machen?«

»Wie lustig.« Baraks breites Gesicht verzieht sich zu einem

Grinsen. »Genau das gleiche sagen sie dort unten von Ihnen.«

Jonesy schnaubt erneut, zieht den Kopfhörer über und wendet sich seiner Konsole zu.

Korie hat die Szene beobachtet und macht sich Gedanken. Er haßt Fehler. Selbst die kleinste Abweichung könnte die Jagd um Tage verlängern. Aber Barak kennt sein Geschäft. Dieser Fehler hier hat nicht die Spur einer Chance.

Ein Geräusch aus dem Hufeisen zieht seine Aufmerksamkeit an. Rogers steht an seiner Konsole und ruft in ein Mikro: »Jetzt ist sie auf 0,89 herunter und fällt immer noch! Wer klaut mir die Energie?«

Eine lakonische Stimme antwortet aus einem Lautsprecher: »Der Maschinenraum. Sie haben eine Schwankung und versuchen, sie zu kompensieren ...«

»Ja, aber ich benötige ebenfalls Energie! Ich muß die Gravitation innerhalb zwei Prozent des Erdstandards halten, und das kann ich nicht, wenn ich keine Energie zur Verfügung habe.«

»Energie«, seufzt es aus dem Lautsprecher. »Jeder will Energie ... Also schön, geben Sie mir Bescheid, wenn es kritisch wird, und ich werfe die Notaggregate an.«

Korie runzelt die Stirn. Diese verdammte Schwankung in Generator drei ist in der gesamten Zentrale gegenwärtig. Er schwingt nach links und blickt zu den Hyperraum-Kontrollkonsolen.

Dort mault ein Ingenieur in ein Mikrophon: »Hören Sie, hier ist alles in Ordnung! Alle *unsere* Einstellungen sind korrekt! Sind Sie sicher, daß Ihre Felder ...«

Eine blecherne Stimme aus dem Kommunikator schneidet ihm das Wort ab. »Wir sind gerade mit der dritten Überprüfung fertig geworden. Es handelt sich mit Bestimmtheit um eine Reflexphasenschwankung.«

Der Ingenieur schweigt und kratzt sich die Brust. Dann sagt er: »Da bin ich mir nicht sicher. Die Kurve sieht nicht danach aus.«

»Ist mir völlig egal, wie Ihre Kurve aussieht! Ich weiß, wie es hier unten aussieht, und hier unten haben wir eine Statik, daß es kracht!«

Kories Blick zuckt zum Monitor. Die Informationen für Generator Nummer drei sehen inzwischen gefährlich aus. Ein roter Balken, der so rasch vibriert, daß das Auge nicht mehr folgen kann. Ein weiter verschwommener Bereich, der das Ausmaß der Schwankung anzeigt.

Korie schlägt auf einen Knopf. »Maschinenraum, hier spricht Korie. Die Schwankungen sind zu groß. Können Sie das korrigieren?«

Die Antwort kommt ohne Zögern. »Sir, wir haben alle Hände voll zu tun, um sie unter Kontrolle zu halten. Der Generator reagiert nicht.«

»Wo liegt der Fehler?«

»Wir wissen es noch nicht. Mister Leen ist zur Zeit unten im Schacht.«

Korie schnaubt. »Verdammt. Also schön, versuchen Sie, die Sache in Grenzen zu halten. Ich will diesen Vogel unter keinen Umständen wieder verlieren!«

»Jawohl, Sir.« Der Kommunikator verstummt.

Korie richtet seine Aufmerksamkeit auf die Pilotenkonsole. »Wie hoch ist unsere momentane Geschwindigkeit?« verlangt er zu wissen.

Einer der Offiziere richtet sich in seinem Sitz auf und beugt sich vor, um den Monitor abzulesen. »Äh ... ein paar Ticks über 174, Sir. Aber nicht konstant ...« Fragend blickt er zu Korie. Sein Gesicht ist nur ein verwaschener Fleck in der Dunkelheit.

Korie runzelt die Stirn. »Verdammt. Wenn sie zu sinken beginnt, wünsche ich unverzüglich unterrichtet zu werden.«

»Jawohl, Sir.« Der Offizier wendet sich wieder seinem Pult zu. Korie blickt erneut nach links zu den Hyperraumkontrollen. Verärgert mustert er den zuckenden roten Balken von Generator Nummer drei auf dem Monitor – *dieser verdammte Generator Nummer drei!* Aber außer zusehen kann er nichts unternehmen, und so hämmert er mit der geballten rechten Faust wild auf seiner Armlehne herum.

»Nun macht schon ...« murmelt er. »Bringt ihn wieder in Ordnung. Ich will diesen verdammten Abschuß nicht verlieren ...!«

Der Schirm flackert rötlich. Irgendwo beginnt eine Alarmglocke zu summen. Augen richten sich auf den Schirm, als die Schwankung noch größer wird und die gelbe Zone verläßt.

Plötzlich rote Anzeigen auf allen Monitoren, und aus dem Summen des Alarms wird ein durchdringendes Schrillen, das auf die gesamte Zentrale einzuhämmern scheint. Besatzungsmitglieder wenden sich hastig ihren Kontrollen zu. Eine Stimme: »Wir verlieren Fahrt! Nur noch einhundertsechzig und weiter sinkend!«

Im gleichen Augenblick piept ein Kommunikator. Der Erste Offizier hämmert mit geballter Faust auf den Knopf. »Ja?«

»Maschinenraum hier, Sir.« Im Hintergrund ist ein weiterer gellender Alarm zu hören. »Mister Leen bittet um Erlaubnis, die Maschinen herunterzufahren.«

»Auf keinen Fall«, schnappt Korie. »Ist das unbedingt erforderlich?«

»Äh ... einen Augenblick bitte, Sir ...« Undeutliches Gemurmel außerhalb des Mikros, dann kehrt die Stimme zurück. »Mister Leen sagt nein, es wäre nicht *unbedingt* erforderlich, aber, äh, wenn er einen Satz von Reservemaschinen hätte, dann würde er diese hier verschrotten.«

Korie trommelt unentschlossen auf seiner Armlehne. Mit verschleierten Augen blickt er nach vorn. Der Gegner flackert und tanzt über den großen Schirm. Die Schwankung beeinflußt auch die Sensoren. Er zögert qualvoll ...

»Sir?« ertönt es aus dem Lautsprecher.

»Augenblick.« Korie nimmt die Hand vom Knopf und ruft zu dem Offizier vor sich: »Wie schnell sind wir jetzt?«

»Einhundertdreiundvierzig und fallend, Sir. Es ist ...«

»Schon gut.« Korie drückt erneut den Knopf auf der Armlehne. »Radec!«

»Jawohl, Sir?« Eine neue Stimme aus dem Interkom.

»Dieses Schiff vor uns – Sie haben ihn doch?« Es klingt genausosehr nach einer Frage wie einer Feststellung.

»Ja, Sir. Selbstverständlich. Aber das Signal schwankt ziemlich heftig ...«

»Wenn ich die Maschinen herunterfahren lassen muß – können Sie ihn dann wiederfinden?«

»Wenn wir wieder im Normalraum sind? Sicher, das sollte kein Problem sein.«

»Und wie lange werden Sie ihn auf den Schirmen halten können?«

»Äh ... fünf, vielleicht auch sechs Stunden ... Unsere Scanner haben nur eine Reichweite von einhundert Lichttagen, Sir, ganz gleich, wie groß seine Hyperraumblase ist. Darüber hinaus ... nun, die Genauigkeit geht ziemlich in den Keller.«

Korie saugt die Unterlippe nach innen. Beißt fest hinein. *Verdammt!* »Haben Sie sonst noch etwas auf Ihren Schirmen? Irgend etwas Verdächtiges? Ich will keine unangenehmen Überraschungen erleben.«

»Äh ... nein, Sir. Nichts. Überhaupt keine größeren Feldstörungen. Und nichts, das sich mit Überlicht bewegt.«

»Also schön.« Korie unterbricht die Verbindung. Er starrt auf das leere Rot des Schirms an der Stirnseite der Zentrale. Das Weiß des Feindes zuckt wild und unkontrolliert über das purpurne Gitter.

»Einhundertzwölf und weiter sinkend«, meldet eine dunkle Stimme.

Verdammt!

Alle Augen in der Zentrale sind auf ihn gerichtet, aber der Erste Offizier sieht nur den roten Schirm.

»Sechsundneunzig Licht.«

Der Erste Offizier windet sich unter innerlicher Qual. Dieser flackernde Lichtfleck auf dem Schirm ...

»Siebenundachtzig Licht, Sir ... Sir!«

»Ich habe Sie gehört.«

»Sir! Die Maschinen überhitzen!«

»Ich weiß.«

Plötzlich steht Barak neben ihm. »Verdammt, Korie! Geben Sie es zu! Wir haben ihn verloren! Geben Sie endlich auf! Schalten Sie die verdammten Maschinen ab, bevor sie ausbrennen ...«

Korie blickt ihn an, und seine blassen Augen werden hart. »Wir werden die Maschinen herunterfahren, wenn *ich* es sage, und keinen Augenblick früher.«

»Jawohl, Sir.« Barak spuckt die Worte förmlich hervor. »Aber

Sie sollten es besser sagen, solange Ihnen noch Maschinen zum Herumfahren bleiben.«

Korie starrt den anderen an. Ihre Blicke treffen sich für einen Augenblick ...

... und dann ist der Augenblick vorbei. Korie drückt den Knopf. »Maschinenraum.«

Die Antwort ertönt sofort. Der Mann hat am Mikrophon gewartet. »Sir?«

»Bereitmachen zum Herunterfahren.«

»Jawohl, Sir.«

Korie unterbricht die Verbindung. Es gibt nichts mehr zu sagen. Er blickt zu Barak, aber auch der Astrogator schweigt.

Korie wendet sich an die Hyperraumkontrolle. »Rücksturz in den Normalraum vorbereiten. Sekundärspulen herunterfahren.«

Die Routinen werden durchgeführt. Besatzungsmitglieder erledigen ihre Aufgaben, und Befehle werden durch die Ränge weitergegeben.

»Verriegelungen lösen. Bereithalten zum Neutralisieren.«

»Verriegelungen gelöst. Bereit zum Neutralisieren.«

»Zyklus auf Null setzen. Mit Phasenverschiebung beginnen.«

»Zyklus ist auf Null. Beginne mit Phasenverschiebung.«

Rings um das Hufeisen tauschen Männer heimliche Blicke. Der Gestank der Niederlage hängt schwer über der Zentrale. Die Jagd ist aufgegeben worden.

Korie sinkt tiefer in seinen Sitz. Grimmig starrt er geradeaus.

(So nah ... so verdammt nah, und doch so gottverdammt weit weg!)

Bestätigende Kontrollichter beginnen auf den Konsolen zu glimmen. Rote Warnlampen erlöschen, werden durch gelbe Bereitschaftssignale ersetzt. Das durchdringende Schrillen der Alarmglocken erstirbt und hinterläßt nichts als ein langsam verklingendes Echo und ein hohles Summen in den Ohren.

(So endet es also. Mit einem Wimmern. Nichts als eine vergebliche Anstrengung, in einem einzigen Augenblick vorbei ...)

Das Schrillen weicht einem konstanten Piepen, das schon seit einer Weile dazusein scheint, aber unter den Alarmglocken verlorengegangen ist. Korie blickt auf seine Armlehne. Ein gelbes Licht blinkt beharrlich an seinem Kommunikator.

Er schaltet die Verbindung ein. »Brücke. Korie hier.«

»Brandt hier.« Die schwere Stimme des Kapitäns dringt aus dem Lautsprecher.

»Jawohl, Sir.«

»Was ist los? Was hatte der Alarm zu bedeuten?«

»Wir haben ihn verloren, Sir. Wir haben den Gegner verloren.«

Ein gemurmelter Fluch, dann eine Pause. »Ich bin gleich da.« Das Licht auf der Armlehne verlöscht.

Korie starrt darauf. (So ein verdammter Mist!) Er beißt sich ärgerlich auf die Unterlippe, eine nervöse Angewohnheit. (Verdammt! Das ging alles viel zu schnell!)

»Sir!« Einer der Hyperraumtechniker. »Die Sekundärfelder sind neutralisiert.«

»Schön«, entgegnete Korie säuerlich. Es ist überhaupt nicht schön. »Machen Sie weiter. Rücksturz.«

Der Mann dreht sich wieder zu seiner Konsole um. Auf dem Schirm über seinem Kopf fällt der dritte rote Balken auf Null. Nummer eins und Nummer fünf folgen fast im gleichen Augenblick. Der Rest erlischt eine Sekunde später.

Unmerklich – auf einer submolekularen Ebene – erschauert das Schiff in seiner gesamten Länge. Die schützende Hyperraumblase fällt zusammen, löst sich auf, und das Schiff stürzt in den Normalraum zurück. Die hell flackernden Schirme an den Wänden werden dunkel. Plötzlich werden sie zu Fenstern, die tiefe Schwärze zeigen. Raum, leer und weit und ein paar dutzendmal wiederholt, starrt in die Zentrale hinein.

Wie ein Mann stolpert und wankt die Zentralenbesatzung, als die schlagartig freigewordene Energie aus den Generatoren in die Gravitoren fließt. Einer der Männer stolpert vor Kories Augen, während er die Grube durchquert.

»Passen Sie auf, wo Sie hintreten«, murmelt Korie automatisch, ohne ihn weiter zu beachten.

Der Mann fängt sich und flucht leise vor sich hin. Er wendet sich zum Hufeisen um und sagt: »Verdammt, Rogers! Konzentrieren Sie sich gefälligst auf das, was man von Ihnen erwartet.«

Das Objekt seiner Wut wendet sich zu ihm um und entschuldigt sich verlegen. Es stammelt ein paar Worte an die allgemeine Adresse der Zentrale, doch der Mann schneidet ihm ärgerlich das Wort ab.

»Vergessen Sie's!« sagt er und schwingt sich auf das Hufeisen hinauf. »Beantworten Sie lieber den Anruf auf Ihrer Konsole.«

Rogers wendet sich seiner Konsole zu und legt verdrießlich einen blinkenden Schalter um. »Hier Gravitationskontrolle. Was gibt's?«

»Hier ist die Kombüse ...« sagt eine bärbeißige, sarkastische Stimme. »Ich nehme nicht an, daß Sie so freundlich sein könnten, mich das nächste Mal vorher zu warnen, bevor Sie die Schwerkraft so abrupt hochsetzen, oder?«

»Es ... es tut mir leid«, stammelt Rogers. »Es war ein Unfall. Ich wollte nicht ...«

»Nun, ›es tut mir leid‹ bringt mir das Dutzend Kuchen auch nicht wieder, die Sie gerade ruiniert haben. Passen Sie einfach auf, verdammt noch mal!«

Rogers sucht nach Worten. »Ich ... ich ... ich werde mir Mühe geben.«

Aber da ist die Kommunikation schon unterbrochen, das Licht erloschen. Die anderen Leute am Hufeisen schnauben verächtlich, als sie seine Verlegenheit bemerken.

»He, Rogers«, brummt einer von ihnen. »Verärgern Sie uns ja nicht den Koch, eh? Sie haben es so schon schwer genug, Mann.«

Rogers ignoriert ihn und starrt mißgelaunt auf seine Kontrollen. Mit hängenden Schultern sitzt er dort und spielt an einem der Sicherheitsschalter, so daß es aussieht, als würde er ihn einregeln.

Der Mann macht ein paar Schritte heran und senkt die Stimme. »Zu Ihrem eigenen Besten, was, Rogers? Niemand mag es, wenn sein Essen ruiniert wird, nur weil ein Wirrkopf seine Instrumente nicht im Auge hält. Also passen Sie auf, ja?«

Er verzieht das Gesicht zu einer Grimasse. »Ansonsten werden Sie Ihre Mahlzeiten alleine zu sich nehmen, Junge ...«

Eine plötzliche Bewegung auf der Rückseite der Zentrale, und ein Paneel in der Wand gleitet zur Seite. Die Männer am Hufeisen wenden sich eilig wieder ihrer Arbeit zu.

Eingerahmt vom orangefarbenen Licht des dahinterliegenden Korridors betritt Kapitän Georj Brandt schweren Schrittes den Raum.

Kapitel 2

Ein Raumschiff verfügt über zwei verschiedene Arten von Geschwindigkeit. Da ist einmal die realisierte Geschwindigkeit des Schiffes zusammen mit seiner Hyperraumblase, und da ist zum anderen die inhärente Geschwindigkeit des Schiffes in bezug auf den Normalraum.

Die inhärente Geschwindigkeit eines Schiffes bleibt während seines Aufenthalts im Hyperraum konstant, ganz gleich, was das Schiff im Hyperraum unternimmt. Ein Schiff, das sich bei seinem Eintritt in den Hyperraum mit 5000 Sekundenkilometern fortbewegt, besitzt bei seinem Rücksturz in den Normalraum genau die gleiche Geschwindigkeit, ganz egal, was es in der Zwischenzeit im Hyperraum gemacht und mit welcher Geschwindigkeit es sich durch den Hyperraum bewegt hat. (Plus oder Minus einem kleinen Bruchteil. Aber das ist eine andere Geschichte.)

Selbst wenn die Hyperraumblase sich nicht von der Stelle bewegt, kann sich das Schiff noch immer in ihr bewegen. Und umgekehrt natürlich genauso: Wenn die Hyperraumblase sich bewegt, so ist es durchaus möglich, daß das Schiff darin sich überhaupt nicht bewegt.

AUS: DR. HANS UNDERMEYERS VORTRAG
VOR DER BRIDGEPORT OPPORTUNITIES LEAGUE
ZUM THEMA ›DAS VERSTÄNDNIS UNSERES KOSMOS

Brandt ist ein schwerer, starkknochiger, bärenstarker Mann. Er wirft einen raschen Blick in die Runde, bevor er sich vom rückwärtigen Sims herab in Richtung auf den Kommandositz in Bewegung setzt. Korie blickt auf und gleitet bei Brandts Annäherung aus dem Sessel. Beinahe angewidert läßt der Kapitän seinen massigen Körper in den Sitz fallen und rasselt: »Also schön. Wo ist das Problem?«

»Wir mußten den Hyperraumantrieb herunterfahren. Generator Nummer drei hat wieder Theater gemacht.«

»Warum? Was war es denn diesmal?«

»Der Maschinenraum kann noch nichts Genaues sagen. Wahrscheinlich ist dieses verdammte Schiff einfach alt.« Brandt reagiert nicht, also fährt Korie fort: »Wir stecken hier fest, bis sie den Fehler gefunden haben.« Er richtet den Blick nach vorn, doch der Schirm ist leer. »Und wir können nichts anderes unternehmen außer zusehen, wie unser Gegner entkommt. Jede Minute, die wir hier festsitzen, bringt er drei weitere Lichtstunden zwischen sich und uns.«

Brandt knurrt finster, aber er hat keine Zeit, mit Kories Sorgen mitzufühlen. Mit einem dicken Finger tippt er auf die Armlehne. »Maschinenraum, hier spricht Brandt.«

Im Lautsprecher knackt es. »Leen hier, Sir.«

»Leitender, wie lange dauert es, bis wir wieder voll einsatzfähig sind?«

»Hmmm ... Ich wünschte, ich könnte es Ihnen sagen, aber ich weiß es nicht. Wir haben bis jetzt noch nicht einmal einen Fehler gefunden. Ich habe sechs Männer in die Netze geschickt, und sie finden nichts. Die Systemanalyse kann ebenfalls keinen Fehler am Generator entdecken. Ich bin selbst gerade erst aus dem Schacht geklettert. Ich habe nicht die leiseste Ahnung, wo der Fehler liegt, und das bringt mich noch um den Verstand!«

»In Ordnung. Machen Sie weiter. Ich will wissen, was es ist und wie lange es dauert, den Schaden zu beheben.«

»Sobald ich etwas herausgefunden habe, Kapitän.«

Brandt unterbricht die Verbindung. Seine stahlgrauen Augen blicken beunruhigt. Er schwenkt seinen Sitz nach rechts zur Astrogationskonsole. »Mister Barak.«

Barak dreht sich um. »Sir?« Mit seiner dunklen Haut ist er im gedämpften Licht der Brücke beinahe unsichtbar.

»Wie dicht sind wir am feindlichen Einflußbereich?«

Barak überlegt einen Augenblick. »Etwa neun Lichtjahre, Sir.«

»Irgendwelche gegnerischen Schiffe in der Nähe?«

»Nicht so weit draußen, Sir. Das wäre ungewöhnlich – aber wir lassen eine Wahrscheinlichkeitsberechnung von EDNA durchführen, um sicherzugehen.«

»Gut.« Die versteinerten Gesichtszüge des Kapitäns entspannen sich ein wenig. »Was ist mit dem Schiff, das wir verfolgen? Können Sie es abfangen?«

Barak grinst. Ein breites, gutmütiges Grinsen. »Ich mag vielleicht gut sein, Kapitän, aber so gut bin ich auch wieder nicht.«

»Wenn ich Sie richtig verstehe, können Sie es also nicht?«

Barak zuckt die breiten Schultern. »Ganz genau. In neunzehn Tagen ist das gegnerische Schiff zu Hause und in Sicherheit. Oh, wir wären durchaus imstande, es noch zu stellen, wenn wir augenblicklich mit Höchstgeschwindigkeit hinterherhetzen würden – der Feind hat noch nicht allzuviel Vorsprung herausgeholt. Aber wir müßten das Schiff trotzdem zuerst ausmanövieren, und das würde uns in feindliches Gebiet tragen.«

»Das gefällt mir nicht«, sagt Brandt. »In feindlichem Gebiet wird der Gegner nur in der Nähe einer Kampfbasis aus dem Hyperraum kommen, und dort kann ich ihn nicht bekämpfen. Also schön«, sagt er laut ausatmend. »Beginnen Sie mit den Berechnungen für die Heimfahrt.«

In Brandts Rücken verzieht Korie frustriert das Gesicht. Barak nickt und wendet sich wieder seiner Konsole zu. Jonesy tritt zu ihm, und die beiden beginnen sich leise zu beraten.

Brandt unterbricht die Verbindung und schwenkt noch weiter nach rechts. Er schwenkt einmal ganz im Kreis, überprüft kurz jeden einzelnen Schirm und jede Konsole und sucht nach den Informationen, die er benötigt.

Das Schiff liegt ein halbes Lichtjahr vom nächsten Stern entfernt. Liegen ist genaugenommen nicht das richtige Wort – die *Roger Burlingame* besitzt noch immer eine inhärente

Geschwindigkeit von 0,7 C, wobei C für Lichtgeschwindigkeit steht ... aber wenn man gewohnt ist, in Vielfachen der Lichtgeschwindigkeit zu denken, dann liegt das Schiff eben still.

Der Sitz kommt zum Halten, und Brandt sieht wieder nach vorn. Korie steht dabei und wartet düster.

Brandt ignoriert ihn und lehnt sich zurück, während er nachdenklich an seiner dicken Unterlippe nagt. Seine grauen Augen fixieren den großen leeren Hauptschirm auf der Stirnseite. Anscheinend hat Radec den Gegner noch nicht wiedergefunden. Nach einem Augenblick wendet der Kapitän sich ab und läßt den Blick erneut über die schwach beleuchtete Zentrale schweifen. »Warum ist es eigentlich so dunkel hier drin?« murmelt er, bevor ihm der Grund einfällt und er befiehlt: »Auf Alarmstufe Gelb heruntergehen. Erhöhte Bereitschaft.«

Langsam wird es in dem großen Raum heller, und die graublaue Farbe der Konsolen wird erkennbar, zusammen mit den altersfleckigen Wänden und der abgenutzten Ausrüstung. Männer stehen mürrisch an ihren Konsolen, die Kragen der Uniformen wegen der herrschenden Hitze aufgeknöpft. Die Luftumwälzer flüstern unermüdlich. Es ist ein ständiges Summen an der Grenze des Bewußtseins, ein allgegenwärtiger unterschwelliger Druck – und trotzdem können sie den schweren Geruch der Niederlage nicht vertreiben, der sich über die anderen abgestandenen Ausdünstungen des Schiffes gelegt hat.

Der Kapitän rutscht in eine bequemere Position. »Hmmm, so ist es besser.«

Weiter vorn am Hufeisen beginnt eine gelbe Diode an der Gravitationskontrolle zu blinken. Rogers beantwortet den eingehenden Anruf.

»Wie steht's jetzt mit Ihrer Gravitation?« fragt eine beißende Stimme. »Haben Sie inzwischen genügend Energie?«

Der junge Mann murmelt eine zögernde Antwort.

»Was haben Sie gesagt?« kommt es aus dem Lautsprecher. »Wiederholen Sie das!«

Rogers wiederholt es. »Gravitation konstant bei eins Komma null null g.«

»Ah ... ja«, knurrt die Stimme im Lautsprecher. »Das haben wir bereits bemerkt, als sie ruckartig wieder hochschnellte.«

»Tut mir leid«, entschuldigt sich Rogers.

Der andere antwortet mit einem lauten verächtlichen Geräusch. Korie und Brandt werfen einen Blick zum Hufeisen hinauf und sehen sich dann an.

»Da«, flüstert Brandt. »Das ist es, worauf wir achten müssen. Im Augenblick sind alle ein wenig empfindlich. Ganz besonders, seit wir die Jagd aufgeben mußten.«

»Möchten Sie, daß ich Rogers aus der Zentrale abziehe? Er ist noch ein Kind.«

»Nein. Geben Sie ihm eine Gelegenheit, alleine mit seinen Problemen fertig zu werden. Ich habe keine Lust, mich in die Angelegenheiten der Besatzung einzumischen, wenn es nicht unbedingt sein muß.«

Korie nickt in widerwilliger Zustimmung. Zumindest diesmal beurteilt der Kapitän die Situation richtig. Er strafft sich, fährt mit der Hand durch das helle Haar und setzt sich in Richtung des Zentrums der Grube in Bewegung, während er die Männer am Hufeisen im Auge behält.

Brandt lenkt seine Aufmerksamkeit nach links zu den Hyperraumkontrollen. Einer der Techniker hat sich über die Konsole gebeugt und streitet über Interkom mit jemandem aus dem Maschinenraum.

»Haben Sie die Sekundärspulen noch einmal überprüft?«

»Nicht nur einmal, sondern immer und immer wieder«, ertönt die Antwort aus dem Lautsprecher. »Ich sage Ihnen, die Spulen sind in Ordnung.«

»Nun, hier sieht jedenfalls auch alles gut aus. Und das bedeutet, der Fehler muß irgendwo dort unten im Maschinenraum liegen. Irgendwo an Ihren Maschinen.«

»Jetzt hören Sie mal gut zu, Sie Schwachkopf! Wenn es an den gottverdammten Maschinen liegen würde – glauben Sie vielleicht, ich würde Ihnen das verschweigen?!!«

Der Techniker atmet langsam aus. »Also schön. Wenn das Problem nicht bei Ihnen zu suchen ist, dann *wo zur Hölle* ist es?!«

Die Stimme aus dem Kommunikator klingt gedämpft,

aber der Inhalt ist unmißverständlich. »Ich komme gleich zu Ihnen hinauf und zeige Ihnen, was ... halt! Mir ist da gerade eine Idee gekommen ...!« Er unterbricht die Verbindung und läßt den Techniker mit offenstehendem Mund zurück.

Brandt beobachtete die Szene ebenfalls und reibt sich gedankenverloren die Nase. Seine Augen verengen sich sorgenvoll. Irgend etwas muß geschehen, um die Moral der Besatzung zu heben.

Eine Diode neben seinem Ellbogen beginnt zu blinken. Er schaltet sich in die Leitung. »Brandt hier. Was gibt's?«

»Kapitän, hier spricht Leen. Uns ist eben eine Idee gekommen. Angenommen, der Fehler liegt im Gitter ...?«

»Fahren Sie fort ...«

»Die Systemanalyse zeigt ein totes Gebiet im sekundären Phasenschaltkreis. Das könnte es sein. Ich würde gerne zwei Männer nach draußen schicken, um die Sache zu überprüfen.«

Brandt hebt eine fleischige Hand, als wolle er eine lästige Fliege vertreiben. Traditionsgemäß kann nur der Kapitän einem Mann befehlen, in den Raumanzug zu steigen. »Erlaubnis erteilt.«

»Danke, Sir.« Leen unterbricht die Verbindung. Der Kapitän mustert die Schirme – nichts als dunkle Sternenfelder. Er berührt die Armlehne und schwenkt um hundertachtzig Grad herum. »Sie da! Wie heißen Sie?« Die Frage ist an den Mann am Autolog gerichtet, einen dicken Burschen mit scharfen, ungleichmäßigen Gesichtszügen und kleinen, stechenden Augen.

Der Mann nimmt die Füße von seiner Konsole und strafft sich in seinem Sitz. »Willis, Sir. Ike Willis, Decksmann Zweiter Klasse.«

»Gut. Sie haben Dienst am Log?«

»Jawohl, Sir.«

»Ich möchte ein Bild auf dem Hauptschirm. Können Sie das?«

»Jawohl, Sir.« Ein verblüffter Ausdruck legt sich auf sein Gesicht. »Ein Bild von was, Sir?«

Langsam antwortet Brandt: »Ein Bild der externen Wartungsoperation.«

»Oh.«

»Können Sie das?«

»Bitte? Oh, selbstverständlich. Natürlich, Sir.«

»Gut, dann fangen Sie an.« Der Kapitän berührt den Knopf und schwenkt wieder nach vorn.

»Jawohl, Sir.« Aber er sieht nur noch den breiten Rücken Brandts. Willis zuckt die Schultern, wendet sich seiner Konsole zu und spricht in ein Mikro. »Luftschleuse, hier Zentrale. Geben Sie mir ein Bild, bitte.« Er wartet auf ein bestätigendes Licht, dann bedient er die entsprechenden Instrumente auf seiner Konsole.

Auf dem großen Frontschirm werden zwei Männer sichtbar, bekleidet nur mit T-Shirt und Hose. Sie mühen sich in der schmalen Luftschleuse mit ihren enganliegenden, leuchtenden Raumanzügen ab. Einer ist rot, der andere gelb.

Das Material der Anzüge ist extrem leicht, stabil und flexibel – aber kein Stück elastisch. Natürlich muß es eng sitzen; es bildet eine zweite Haut. Zwei mürrisch dreinblickende Besatzungsmitglieder helfen beim Einsteigen in Ärmel und Beine.

Ein fünfter Mann drängt sich an die Wand und justiert die Helme. Er klipst eine Kamera an die linke Seite des einen – auf was der Mann auch immer den Blick wirft, es wird in die Zentrale übertragen werden.

Als die beiden schließlich ordnungsgemäß in ihren Raumanzügen stecken, werden ihnen die Helme übergezogen. Die ›Kammerdiener‹ vervollständigen die Verbindungen zu den Lebenserhaltungssystemen auf dem Rücken und überprüfen alles noch einmal. Als sie damit fertig und die Systeme aktiviert sind, klappen die beiden ihre Helmvisiere herunter, versichern sich, daß die Dichtungen halten, und senken die erforderlichen Filter vor das Gesichtsfeld. Sie sehen jetzt aus wie leuchtende Golems, ein jeder mit einem dunklen Zyklopenauge mitten im Gesicht.

»Funktioniert der Funk?« fragt einer der beiden.

Der andere berührt seinen mit Apparaten und Werkzeugen

vollgestopften ›Keuschheitsgürtel‹, einen Plastikrahmen, der den Unterleib und die Genitalien einhüllt. »Ja.«

Ein Wandpaneel beginnt rot zu blinken, und die anderen drei Besatzungsmitglieder verschwinden durch die innere Schleuse, die sich ungeduldig hinter ihnen schließt. Ein Zischen signalisiert, daß die Luft aus der Schleusenkammer abgepumpt wird.

Die Anzüge blähen sich nicht auf; nur eine gelegentliche Luftblase, unter der künstlichen Haut gefangen, zeigt an, daß der Außendruck rasch sinkt. Und dann verschwinden auch die Luftblasen. »Zentrale, wir sind bereit zum Ausstieg.«

»Dauert noch«, erwidert ein Techniker. »Ich habe noch ein paar rote Anzeigen.« Er beobachtet, wie eine Diode nach der anderen erlischt. »In Ordnung, jetzt ist alles im grünen Bereich.« Er legt einen Schalter um, und die äußere Luke der Schleusenkammer gleitet zur Seite. Auf dem großen Schirm in der Zentrale öffnet sich ein schwarzer Schacht direkt über den beiden.

»Gravitation ...?« fragt einer von ihnen.

Korie beobachtet das Geschehen aus der Grube und ruft: »Rogers, schalten Sie die Gravitation in der Luftschleuse ab.«

»Jawohl, Sir«, antwortet Rogers. Er mustert neugierig seine Konsole. »Wo zur Hölle ist nur der ...?«

Rasch betritt Korie das umlaufende Sims des Hufeisens. Er greift an dem jungen Mann vorbei und drückt einen Knopf. »Hier ist er.«

»Oh.« Rogers legt den Finger auf den Schalter.

»Nicht nötig, die Absenkung erfolgt automatisch.«

»Oh«, sagt Rogers einmal mehr und nimmt die Hand wieder weg.

Korie mustert ihn aufmerksam, doch dann läßt er den Gedanken wieder fallen. Rogers ist jung, sicher, aber er muß seinen Arbeitsplatz kennen, sonst wäre er nicht hier. Er läßt sich wieder in die Grube zurückgleiten und richtet seine Aufmerksamkeit von neuem auf den großen Hauptschirm. Der Schirm flackert und zeigt ein Bild aus einer externen Kamera auf der Hülle: eine perspektivisch verkürzte Aufnahme eines gelben Quadrates, das sich gegen einen schwarzen Hintergrund abhebt. Die offene Luke der Luftschleuse. Zwei dunkle Schatten bewegen sich durch das Bild nach draußen.

Im hinteren Teil der Zentrale berührt Willis einen Sensor auf seiner Konsole und bewegt sein pockennarbiges Gesicht zum Mikro. »Kann ich etwas Licht für die Außenkameras haben?«

»Geht in Ordnung«, ertönt es aus dem Lautsprecher.

»Danke.« Er überprüft seine Monitore und blickt dann wieder nach vorn, wo zwei in Raumanzügen steckende Gestalten vor dem schwarzen Hintergrund schweben und die Sterne verdecken. Plötzlich werden die Gestalten in hellem Scheinwerferlicht gebadet, und ihre schrillen Farben sind wieder zu erkennen. Sie fluoreszieren in leuchtendem Rot und Gelb, und da sie nur von einem einzigen Scheinwerfer angestrahlt werden, erscheinen sie flach und ohne Schatten.

Einer der beiden senkt eine weitere Filterplatte vor das Helmvisier. Sie funkelt hell im harten Glanz des Scheinwerfers. Im Hintergrund ist das dunkle Gitterwerk des Hyperraumantriebs zu erkennen. Licht, das von der Hülle reflektiert wird, verleiht ihm einen sanften, geisterhaften Glanz und läßt es wie gigantische Spinnweben in der Nacht aussehen.

»Mehr Licht, bitte«, sagte Willis. »Weiter nach unten. In Richtung Heck.«

»Ich arbeite daran, nur Geduld«, knurrt es aus dem Lautsprecher.

»Nun, dann beeilen Sie sich gefälligst.«

»Ich mache, so schnell ich kann. Wann ist das verdammte Ding zum letztenmal überprüft worden? Es scheint irgendwie festgefroren zu sein.«

»Woher soll ich das wissen? Warum bitten Sie nicht gleich Beagle, die Scheinwerfer zu überprüfen, solange er draußen ist?«

»Das werde ich.« Die Verbindung wird unterbrochen.

Der Schirm zeigt zwei graziöse einäugige Götter, die mit eigenartigen Bewegungen über eine metallische Landschaft schweben. Ihre Bewegungen erinnern an ein *Ballet Mysterieux*. Die Oberfläche unter ihnen ist gekrümmt, und der einzige grelle Scheinwerfer taucht die gesamte Szene in eine surrealistische Atmosphäre aus blendendem Weiß und intensivem Schwarz. Hier und da ragen runde metallene Vorsprünge aus der Hülle: Kameras, Scheinwerfer, glitzernde Sensorkuppeln, schalenförmige Scanner, unschuldig aussehende Laser- und Phaserbatterien und Kraftfeldantennen, die wie Miniaturgitter eines Hyperraumantriebs wirken. Viele der Apparate besitzen Schutzkappen über den Öffnungen, die sie schützen, bis sie benötigt werden.

Willis wendet den Blick vom Schirm ab und betätigt einen Knopf auf seiner Konsole. Eine weitere Außenkamera gleitet aus ihrer schützenden Versenkung, und ein Nebenschirm blinkt auf und überträgt die neue Perspektive. Wegen des veränderten Winkels erscheinen die beiden Zyklopengestalten jetzt in einem scharfen Relief – die Kamera sieht das Licht von der Seite einfallen. Ein zweiter Scheinwerfer flammt auf und wirft einen weiteren hellen Kreis auf die Hülle.

Weitere Kameras und Scheinwerfer erwachen zum Leben. Andere Bildschirme flackern auf und folgen den Männern in ihren Raumanzügen. Jetzt sehen sie nicht mehr länger flach und zweidimensional aus, denn sie werden von verschiedenen Seiten angestrahlt. Langsam schweben sie an der gebogenen Hülle entlang in Richtung des Hecks.

Einer von ihnen verharrt plötzlich, als würde er über den eingebauten Funk eine Nachricht empfangen. Dann schwebt er zu einem nahe gelegenen Scheinwerfer hinüber, dessen Schutzabdeckung sich noch immer über der Linse befindet.

Der Mann stemmt die Füße gegen die Hülle und versucht, die Abdeckung mit der Hand zu entfernen, aber vergebens. Sie scheint zu klemmen. Er läßt los und wird von seinem Schwung nach hinten getrieben. Er klipst einen kleinen Zylinder von seinem Gürtel und bewegt sich wieder auf den verklemmten Scheinwerfer zu.

Auf Armeslänge ausgestreckt richtet er die stumpfe Nase des Zylinders auf die widerspenstige Abdeckung und sprüht einen blassen Nebel darüber. Beinahe augenblicklich gleitet die Kappe zur Seite, und der Scheinwerferstrahl explodiert im Gesicht des Mannes.

Ein kurzer, scharfer Atemzug ist auf dem allgemeinen

Kanal zu hören, dann ein Fluch: »Gottverdammt! Was haben Sie vor? Mir die Augen ausbrennen?« Er senkt einen weiteren Filter über das Helmvisier.

In der Zentrale werden belustigte Kommentare laut, hier und da begleitet von einem verächtlichen Schnauben. Korie, der ungeduldig in der Grube wartet, murmelt leise: »Los, nun macht schon, ihr beiden ...!«

Brandt, der sich mit Barak unterhalten hat, blickt auf, bemerkt das Geschehen auf dem Schirm, zögert einen Augenblick und berührt dann die Kontrollen auf seiner Armlehne. »Hier spricht der Kapitän. Warum benutzen Sie keine Gravitoren? Sie kennen meine Befehle, was Raumspaziergänge angeht!«

Der Lautsprecher knackst. »Jawohl, Sir. Tut uns leid, Sir.«

Eine schwache, beinahe unmerkliche Aura hüllt die beiden Gestalten in ihren Raumanzügen ein. Auf zahlreichen Schirmen sind sie aus den unterschiedlichsten Perspektiven zugleich zu sehen. Sie sinken der Schiffshülle entgegen, einer nach dem anderen.

Befriedigt, daß seinen Befehlen Folge geleistet wurde, wendet sich Brandt wieder zu Barak.

Der Lautsprecher knackst erneut. »He, Beagle«, ruft einer der beiden Männer im Raumanzug.

»Was gibt's?« fragt der andere.

»Klingt ganz danach, als hätte der alte Mann heute schlechte Laune.«

Überall in der Zentrale drehen sich verblüffte Köpfe in Richtung des Schirms. Auf einigen Gesichtern breitet sich ein überraschtes Grinsen aus. Brandt blickt auf.

Beagle erwidert: »Vielleicht hat er letzte Nacht keinen hochgekriegt.«

Diesmal sind ein oder zwei erstickte Lacher zu hören – und ein offensichtlich verärgertes Schnauben seitens Korie. Aber die meisten der Männer verharren unbehaglich schweigend und beobachten verstohlen den Kapitän. Brandt berührt erneut die Knöpfe auf der Armlehne. »Ja«, flüstert er in sein Mikro. »Ich habe verflucht schlechte Laune heute. Aber der Grund ist nicht der, den die Herren vermuten ... und ich wäre

Ihnen dankbar, wenn Sie sich derartige Spekulationen für Ihre Freiwachen aufheben könnten.« Er schaltet ab.

Die beiden erleuchteten Gestalten auf den Schirmen erstarren vor Überraschung und schalten eiligst ihre Funkgeräte ab. Eine Woge von Gelächter rings um das Hufeisen unterstreicht ihre Verlegenheit noch. Brandt wendet sich wieder zu Barak. »Und jetzt: Wie war das mit unserem Treibstoffverbrauch?«

Mit breitem Grinsen erwidert Barak: »Ich denke, wir haben ihn unter Kontrolle, Sir. Ich werde noch einige Tests laufen lassen.«

Der Kapitän läßt sich zu der leisesten Andeutung eines Lächelns hinreißen – eine unausgesprochene Antwort auf Baraks Grinsen. »Fein«, sagt er. »Sie kümmern sich darum und geben mir anschließend Bescheid.«

Barak nickt und beugt sich über seine Konsole. Brandt richtet seine grauäugige Aufmerksamkeit wieder auf die Bildschirme und rutscht auf seinem Sitz in eine etwas bequemere Haltung, wodurch er gleichzeitig besser an Korie vorbei auf den Hauptschirm sehen kann. Der Erste Offizier steht ungeduldig wartend in der Grube und schäumt noch immer vor Wut.

Oben auf dem Schirm marschieren die beiden Golems schweren Schrittes in Richtung Heck. Kameras und Scheinwerfer schwenken herum und folgen ihnen gleichmütig auf jeden Tritt. Je weiter sich die Männer dem Heck nähern, desto höher und bedrohlicher ragen die Gitter des Hyperraumantriebs über ihnen auf. Drei gewaltige Streben sind am Heck befestigt, von wo sie in einem Bogen erhaben nach vorn ragen und das Schiff in ein zartes, kristallines Gitterwerk hüllen. Der Zerstörer wirkt wie ein fetter Käfer in einem silbernen Spinnengewebe.

Die Männer umrunden die Hülle der *Roger Burlingame* und verschwinden für einen Augenblick aus dem Sichtfeld. Der Schirm wird dunkel und wieder hell, als eine andere Kamera zu übertragen beginnt. Einen Moment lang sind sie wieder zwei dunkle Schatten vor dem Hintergrund der Sterne, bucklige Silhouetten mit gewaltigen Wasserköpfen und schlanken Gliedmaßen, die das Funkeln von Tausenden und Abertausenden von Sternen hinter sich verdecken.

An der Basis einer der Streben schwenkt ein Scheinwerfer herum und richtet seine flammende Helligkeit auf die beiden. Ein blendend weißer Fleck wandert über die Schiffshülle und nach draußen, wo sich das Licht mit schmerzhafter Intensität im Gitter bricht – ein funkelndes Glitzern und Gleißen auf den silbernen Adern des Spinnennetzes.

Die Männer verharren für kurze Zeit und lehnen sich zurück, um die hellen Streben des Gitters über sich zu beobachten. Beagle scheint zu seufzen und schiebt den dritten und letzten Filter über sein Helmvisier.

Sie knien nieder und beginnen damit, die Metalloidplatten an der Basis von Strebe Nummer zwei abzubauen. Die magnetischen Nähte lassen sich leicht öffnen und entblößen ein klaffendes Loch wie einen weit aufgerissenen Mund, der in schweigendem Entsetzen die beiden bunten Zyklopen anschreit. Die Zyklopen blicken sich wortlos an, dann legen sie ihre dunklen Augen gegeneinander, um sich ohne Zuhilfenahme des Funkgeräts zu verständigen. Nach einer Weile beenden sie ihre Konferenz und wenden sich der vor ihnen liegenden Aufgabe und dem klaffenden Loch zu.

Befriedigt, daß die Arbeit Fortschritte macht, nickt Brandt zu sich selbst. Gelassen schweift sein Blick durch die Zentrale. Die meisten seiner Leute verfolgen die Arbeiten auf dem großen Hauptschirm, doch einer oder zwei halten nebenbei auch noch die Konsolen im Auge.

Brandt stößt Korie in die Rippen, der inzwischen aus der Grube zur Brücke hinaufgeklettert ist und neben dem Sitz des Kapitäns steht. »Wer kümmert sich eigentlich um den Laden?«

»Bitte?« Korie schreckt aus seinen Gedanken hoch.

Brandt deutet mit einem Nicken auf die Besatzung der Zentrale, und zum erstenmal bemerkt Korie den ablenkenden Einfluß des großen Hauptschirms.

Er faßt die Bemerkung des Kapitäns als eine Aufforderung auf und macht ein paar Schritte hinunter in die Grube. Von dort ruft er seinen Leuten ärgerlich zu: »Wir sind nicht zu unserem Vergnügen hier! Behalten Sie gefälligst Ihre Instrumente im Auge!«

Die Mannschaft reagiert, als wäre sie gestochen worden. Blitzartig wendet sich jedermann seinen Kontrollkonsolen zu und gibt vor, daran beschäftigt zu sein.

Kories blaugraue Augen wandern wie von selbst zu dem Bild auf dem Hauptschirm zurück. Er verschränkt die Arme vor der Brust und entspannt sich ein wenig. Einsam steht er im Zentrum der Grube, eine schlanke Gestalt in ihrer graublauen Uniform, und starrt entschlossen nach vorn.

Ringsum in der Zentrale folgen die Leute leise seinem Beispiel. Einer nach dem anderen wenden sie sich wieder von ihren Kontrollkonsolen ab und beobachten den Fortschritt der Arbeiten.

Brandt lächelt: die Mundwinkel verziehen sich eine Spur. Unvermittelt verschwindet es wieder, als Ärger in ihm aufsteigt. Ärger über Korie, der einen nicht durchsetzbaren Befehl erteilt hat, und Ärger über seine Mannschaft wegen ihrer Disziplinlosigkeit. Er macht sich in Gedanken eine Notiz, bei der nächsten Besprechung darauf einzugehen, doch schon im gleichen Augenblick ist ihm bewußt, daß er die Sache wahrscheinlich vergessen haben wird, wenn er es sich nicht aufschreibt. Aber …

Eine Stimme unterbricht ihn in seinen Gedanken. »Kapitän?!«

Brandt schreckt hoch – es ist Barak, der den Kopfhörer an das Ohr gepreßt hält. »Radec, Sir. Er sagt, er hat den Gegner verloren.«

Brandt strafft sich in seinem Sitz. Kories Kopf ruckt herum. »Wie bitte?!«

Barak wiederholt es. »Wir können den Gegner nicht mehr orten. *Er ist aus dem Hyperraum gefallen!*«

Kapitel 3

Raketen ermöglichten die Raumfahrt: Kraftfeldtechnologie machte sie praktikabel.

GUNTER WHITE
THE ECONOMY OF THE STARS

Die Hyperraumtheorie meiner werten Kollegen (sie werden mich sicher korrigieren, wenn ich falsch liege) basiert auf dem Prinzip, daß zwei getrennte Entitäten einer Sache sich nicht zur gleichen Zeit am gleichen Ort befinden können; sie können außerdem nicht nebeneinander existieren, ohne sich gegenseitig zu beeinflussen. Wenn es sich bei den Entitäten um Energiefelder handelt, dann sollte der resultierende Effekt spektakulär sein. (Ich gebe bereitwillig zu, daß er spektakulär ist. Wie meine werten Herren Kollegen bereits auf so bewundernswerte Weise demonstriert haben, ist der Effekt ganz ohne Zweifel äußerst spektakulär – obwohl ich stark bezweifle, daß es genau dieser Effekt war, den sie sich mit ihrem Experiment erhofft hatten ...)

Theoretisch – oder zumindest nach der Theorie meiner geschätzten Kollegen – entsteht eine Verwerfung im Gefüge des Universums, wenn zwei kontinuierliche Felder sich überlappen. Unglücklicherweise ist ein kontinuierliches Feld nichts weiter als ein Mythos. Eine rein mathematische Konstruktion. Es ist physikalisch unmöglich und kann nicht existieren, ohne in sich selbst zusammenzufallen.

Natürlich gibt es noch immer Mitglieder an dieser ehrwürdigen Akademie, die sich beharrlich gegenüber dieser Tatsache verschließen. Man wird beinahe von Mitleid erfaßt, wenn man beobachtet, wie sie mit ihren Versuchen fortfahren, ein stabiles und kontinuierliches Feld zu errichten. Bis jetzt ist ihr einziger Erfolg, daß sie Ausrüstungen, Gebäude, umliegende Besitztümer und eine ganze Menge Gelder in Schlacke ver-

wandelt haben. (Ach ja, und dabei haben sie rein zufällig bewiesen, daß ich recht habe.)

DR. RER. NAT. J. JOSEPH RUSSELL, DIPL-PHYS. ETC,
VOR DEM UNTERSUCHUNGSAUSSCHUSS
FÜR DIE DENVER-KATASTROPHE

Arroganter, unerträglicher Windhund!

ANONYMER ›GESCHÄTZTER KOLLEGE‹
VOR DEM GLEICHEN AUSSCHUSS

Verdammt! Es ist als würde man versuchen, Seifenblasen aufeinander zu stapeln.

DR. ARTHUR DWYER PACKARD.
(EIN LABORASSISTENT SCHNAPPTE DIE BEMERKUNG AUF, DIE
IN ›PACKARD – DIE WAHRHEIT HINTER DEM MYTHOS‹ VON
DUFFY HIRSHBERG ZITIERT WIRD.)

Im Licht der Ereignisse erscheint es kriminell, wenn man sie ungestört weitermachen ließe.

DR. RER. NAT. J. JOSEPH RUSSELL, DIPL-PHYS. ETC,
KOMMENTAR GEGENÜBER EINEM REPORTER NACH SEINER
AUSSAGE VOR DEM UNTERSUCHUNGSAUSSCHUSS

Tatsächlich waren sie zu Beginn auf der falschen Spur. Das Problem bestand nicht darin, ein kontinuierliches und stabiles Energiefeld zu erzeugen, sondern in der Überladung eines definierten Abschnittes des Raumzeitkontinuums. Als sie erst einmal angefangen hatten, das Problem aus diesem Blickwinkel anzugehen, lag die Lösung offen vor ihnen – und sie war sogar praktikabel, wenn man an die damals existierenden Technologien denkt.

Die Antwort lag in der Verwendung einer Reihe synchronisierter, nichtkontinuierlicher Felder. Das nichtkontinuierliche Feld erzeugt die Illusion der Kontinuität, aber in Wirklichkeit ver-

hält es sich wie eine Stroboskoplampe, die in rasendem Wechsel an- und ausgeht. Mehrere synchronisierte Felder jedoch, die in Phase geschaltet werden, erzeugen ein tatsächlich stabiles kontinuierliches Feld. Die einzelnen nichtkontinuierlichen Felder füllen die Kontinuitätslücken der anderen aus.

Schon drei nichtkontinuierliche Felder reichen, um ein kontinuierliches Feld zu erzeugen, und zwei kontinuierliche Felder können dazu gebracht werden, sich zu überlappen und so die lang ersehnte Hyperraumblase erzeugen.

Arbeiten also sechs Feldgeneratoren in Phase und beeinflussen zur gleichen Zeit denselben Abschnitt des Raumzeitkontinuums, dann entsteht sehr rasch eine Art von gewaltigem Druck, und etwas muß diesem Druck nachgeben. Üblicherweise ist dies der Raum selbst.

HOWARD LEDERER,
ENZYKLOPÄDIE DER TAUSEND
GRÖSSTEN ERFINDUNGEN.

Verdammt! Warum habe ich bloß nicht daran gedacht?!!

DR. ARTHUR DWYER PACKARD
ZUGESCHRIEBENE BEMERKUNG

Weil ich es tat!

DR. J. JOSEPH RUSSELL
ZUGESCHRIEBENE BEMERKUNG

Der Hyperraum steht in keinerlei Beziehung zum Normalraum. Er ist eine Blase, eine Art Miniaturuniversum, in dem ein Schiff noch immer allen bekannten Gesetzen der Physik gehorcht, aber gleichzeitig vom äußeren Universum isoliert ist.

Die Hyperraumblase entsteht, wenn sich gewaltige Energiefelder überlagern. Die potentielle Energie dieser Überlagerung ist weitaus größer als die Summe der einzelnen Felder – nicht nur, weil die Blase ein stabiler Zustand ist, sondern weil sie eine Krümmung des Raums selbst verursacht. Der umge-

bende Normalraum drückt gegen sie und versucht mit aller Macht zu einem Zustand geringstmöglicher Störung zurückzukehren. Und da einem auf diese Weise eine quasi unerschöpfliche Quelle unbeschreiblicher Energien zur Verfügung steht ist auch die potentielle Energie des Systems beinahe grenzenlos. (In der Praxis sind es die Schiffsgeneratoren, die den limitierenden Faktor darstellen.)

Wenn ein zweiter Satz von Feldern diesem gefalteten, verdrängten Raum – der Hyperraumblase – überlagert wird, dann setzt die Blase einen Teil ihrer Energien frei und liefert gleichzeitig einen Fokus dafür. Die Konstanz dieser Blase ist in jedem Augenblick gewährleistet deshalb kann sie nicht zusammenbrechen – aber die kontinuierliche Freisetzung von potentieller Energie muß irgendwie sublimiert werden. Und das wird sie auch: Der Effekt äußert sich in einem Richtungsvektor, der auf das System einwirkt

Da die Form der Sekundärfelder kontrollierbar ist kann mit Hilfe dieses Vektors eine kontrollierbare Geschwindigkeit in jede gewünschte Richtung erzielt werden. Die Hyperraumblase kann sich mit vielfacher Lichtgeschwindigkeit bewegen.

Die Einsteinschen Beziehungen zwischen Raum und Zeit werden glatt umgangen, da das Schiff sich genaugenommen nicht schneller bewegt als das Licht – nur die Hyperraumblase tut es. Das Schiff befindet sich in dieser Blase. Es ist die Blase, die sich bewegt Das Schiff bewegt sich mit seiner inhärenten Geschwindigkeit innerhalb der Blase und wird zugleich mit der Geschwindigkeit der Blase durch das Raumzeitkontinuum bewegt Aus diesem Grunde spricht man bei einem Raumschiff auch von zwei Geschwindigkeiten: von der realisierten Überlichtgeschwindigkeit und von der unabhängigen Normalraumgeschwindigkeit ...

... Die inhärente, also Normalraumgeschwindigkeit ist eine wichtige Antriebsquelle für das Manövrieren innerhalb von Sonnensystemen, aber sie kann ein Schiff im Hyperraum auch beschädigen, wenn sie zu groß ist

JARLES ›FREIFALL‹ FERRIS
AUS: HANDBUCH DER RAUMFAHRT,
2. ÜBERARBEITETE AUSGABE.

Schließlich und letztlich wird jedes System von allein versuchen, äußeren Störungen auszuweichen und seine ursprüngliche Lage wieder einzunehmen, indem es in ein komplexes, kompensierendes Schwingungsmuster verfällt. Jedes Element des Systems wird Störungen auf seine eigene Art und Weise interpretieren, und jedes Element wird gemäß seiner eigenen Interpretation dieser Störungen reagieren. Wenn alle Elemente eines Systems auf diese Weise zusammenwirken, ist die resultierende Multiplexvibration oft genug mehr als ausreichend, um das System und seine Elemente einer unerträglichen Überlastung auszusetzen – ganz besonders diejenigen Elemente, die nicht geschaffen wurden, mit einer so gewaltigen Energiestörung umzugehen.

Und eine unerträgliche Überlastung bedeutet, daß irgend etwas nachgeben wird. Üblicherweise ist das das schwächste Glied des Systems ...

GUNTER WHITE
MECHANIK DER BEWEGUNG

Bestürztes Schweigen breitet sich in der Zentrale aus. Köpfe rucken herum und blicken zum Astrogator.

»Wie weit draußen ist er?« fragt der Kapitän.

Barak runzelt verwirrt die Stirn. »Radec kann es nicht feststellen. Besser, Sie reden selbst mit der Ortung.«

Brandt drückt einen Knopf auf der Lehne. »Radec?«

»Sir?«

»Was ist das für eine Geschichte, die Sie mir erzählen?«

»Ich weiß es wirklich nicht, Sir. Ich kann den Gegner nicht mehr orten.«

»Was soll das heißen?« Korie tritt herbei. Brandt wirft ihm einen ärgerlichen Blick zu, aber der Erste Offizier schert sich nicht darum.

»Genau das, was ich gesagt habe«, ertönt es aus dem Lautsprecher. »Ich habe den Gegner während des Übergangs in den Normalraum von den Schirmen verloren und kann seitdem kein Signal mehr von ihm auffangen.«

»Kann es sein, daß er außer Reichweite ist?« erkundigt sich Brandt.

»Nein, Sir. Auf keinen Fall. Er hätte noch mindestens fünf Stunden mit Höchstgeschwindigkeit weiterfahren müssen, um aus unserer Reichweite zu gelangen. Vielleicht sogar sechs.«

»Haben Sie eine Idee, wo er stecken könnte?« mischt sich Korie ein.

»Nun, ungefähr ... etwa fünfundfünfzig Lichttage entfernt, plus oder minus acht Lichtstunden in beide Richtungen.«

»Ziemlich unwahrscheinlich, daß wir beide zur gleichen Zeit Probleme mit unseren Antrieben haben, was?« sagt Korie nachdenklich.

»Hmmm.« Brandt verstummt.

Korie beugt sich über das Mikro. »Sie haben ihn seither nicht mehr auf die Schirme gekriegt?«

»Nein, Sir. Nicht die kleinste Spur. Es muß an dieser Schwankung liegen. Während des Übergangs erlitten unsere Instrumente ein elektronisches Trauma. Wir mußten alle Sensorfelder löschen und neu kalibrieren.«

Korie öffnet den Mund zu einer Entgegnung, aber Brandt schneidet ihm das Wort ab. »Also schön. Wir haben verstanden. Suchen Sie weiter nach ihm.«

»Jawohl, Sir.«

Brandt unterbricht die Verbindung und blickt seine Offiziere an.

Korie brütet dumpf vor sich hin, doch Barak sagt: »Plus oder minus acht Lichtstunden. Also ein Bereich von sechzehn Lichtstunden. Ein verdammt großes Gebiet. Um einiges größer als ein durchschnittliches Sonnensystem.«

»Das ist unwichtig«, meldet sich Korie zu Wort. »Zuerst einmal müssen wir wissen, wo genau er aus dem Hyperraum gekommen ist.«

»Eine gute Frage«, sagt Brandt. »Wirklich, eine gute Frage ...« Unvermittelt hebt er seinen massigen Körper aus dem Kommandositz. »Wir wollen die Möglichkeiten erörtern.« Er beginnt, nachdenklich auf und ab zu gehen. »Entweder ist der Gegner absichtlich in den Normalraum zurückgefallen, und in diesem Fall nutzt er den Vorteil unserer Unfähigkeit, ihn zu jagen, oder er hat angehalten, weil er keine andere Wahl besitzt ...«

Brandt kommt hinter dem Kommandositz zum Stehen und legt die Hände auf die Kopfstütze. »Und jetzt lassen Sie uns den zweiten Fall durchgehen – daß ihm keine Wahl geblieben ist. Das würde bedeuten, daß wir ihn bis an seine Grenzen gejagt haben. Seine Energiezellen sind erschöpft, seine Maschinen versagen, seine Ausdauer ist am Ende. Früher oder später mußte er anhalten. Unser Problem hat ihm diese Möglichkeit ein wenig früher eröffnet. Er versucht wahrscheinlich im Augenblick, seine Energiezellen wieder aufzuladen.«

»Dann lassen Sie uns die Reparatur durchführen und sehen, daß wir ihn erwischen.«

Brandt mustert seinen impulsiven Ersten Offizier. »Auf der anderen Seite«, fährt er fort, »besteht auch die Möglichkeit, daß es sich um einen Trick handelt. Aber ich sehe nicht, was er dadurch gewinnen könnte ...« Er setzt sich wieder in Bewegung und murmelt nachdenklich vor sich hin. »Der Feind weiß, daß wir die Jagd nicht aus freien Stücken aufgeben würden, und wenn wir angehalten haben, dann bedeutet das, daß wir einen Maschinenschaden haben ... Er könnte unser Handikap dazu benutzen, im Normalraum zu verschwinden.« Ruckartig wendet sich der Kapitän zu seinem Astrogator um. »Kann er das, Mister Barak?«

Der Astrogator schüttelt den Kopf. »Nein. Die Gegend ist zu leer. Wahrscheinlich gibt es im gesamten Sektor nicht einen Klumpen solider Materie. Nichts, in welche Richtung er sich auch wendet. Wir müssen lediglich das Gebiet aus geringer Entfernung abtasten, und er liegt so offen vor uns wie ein Furz in einer Luftschleuse.«

»Und genauso willkommen«, fügt Brandt hinzu. Die Andeutung eines Lächelns umspielt seine Lippen. Er schüttelt es ab. »Das bedeutet also, er versucht bei Unterlicht davonzuschleichen, damit wir seine Hyperraumblase nicht entdecken? Aber das macht keinen Sinn. Er verliert seinen Vorsprung. Wir könnten ihn frühestens in dreizehn Tagen gestellt haben.«

»Vierzehn«, korrigiert Barak den Kapitän.

»Dreizehn, vierzehn – wo liegt der Unterschied? Wir sind immer noch viel zu weit entfernt.«

»Nur, wenn es sich um einen Trick handelt«, gibt Korie zu bedenken. »Wir sind nur dann zu weit entfernt, wenn seine Maschinen noch immer in Ordnung sind. Aber ich sehe nur einen einzigen Grund, aus dem er angehalten hat – er steckt ebenfalls in Schwierigkeiten. Und das könnte unsere Chance sein, ihm den Rest zu geben.«

Brandt nickt zustimmend. »Es erscheint mir am wahrscheinlichsten, daß Sie recht haben ...«

»Wenn der Gegner in Schwierigkeiten steckt«, fährt Korie fort, »dann bietet sich uns vielleicht die Chance, ihn zu erwischen, bevor er seine Zellen wieder aufladen kann.«

Der Kapitän blickt seinen Ersten Offizier an. »Das ist *eine* Möglichkeit. Allerdings müssen wir zuerst unsere eigenen Maschinen reparieren ...« Er läßt sich in seinen Sitz fallen und berührt einen Schalter. »Maschinenraum, hier Brandt.«

Eine kurze Pause, dann: »Leen hier, Sir.« Die Stimme des Leitenden Ingenieurs dringt gedämpft aus dem Lautsprecher.

»Statusbericht, Mister Leen.« Brandt lehnt sich in seinem Sitz zurück.

»Oh, äh ... wir suchen noch immer nach dem Fehler, Sir. Allerdings wissen wir inzwischen, daß er definitiv im Sekundärphasenschaltkreis liegt.«

»Wie lange benötigen Sie zur Reparatur?«

»Schwer zu sagen, Sir. Wir müssen ihn zuerst finden. Und dann hängt es davon ab, welche Komponente es ist. Einige der Module sind verdammt unzugänglich. Es könnte zwei oder drei Stunden dauern. Aber vielleicht haben wir auch Glück.«

Brandt blickt zu Korie. Der Erste Offizier runzelt die Stirn. »Wollen wir es hoffen. Wissen Sie inzwischen, wie es dazu gekommen ist?«

»Ja, Sir, aber es wird Ihnen nicht gefallen.«

»Verraten Sie es trotzdem.«

»Eine Art Feldinterferenz, Sir, deren Fokus in Generator Nummer drei lag.«

»Und das bedeutet?«

»Das bedeutet, daß Generator Nummer drei versuchte, die Verluste zu kompensieren ... auf diese Weise entstand eine reziproke Vibration.«

Brandt ignoriert Kories offensichtliche Ungeduld. »Das hätte unseren Hyperraumantrieb aber nicht beeinflussen sollen.«

»Hat es auch nicht. Jedenfalls zu Beginn, Sir. Aber die Interferenz war instabil, und der Generator schaffte es nicht, sie zu dämpfen. Die Schwingung wurde immer stärker, und schließlich baute sich ein schwerer primärer Widerstand über den Sekundärfeldern auf. Die Hyperraumblase war stabil, alle Felder waren stabil, aber wir hatten keinerlei Vortrieb mehr. Deswegen sank unsere Geschwindigkeit, als die Schwankung in den kritischen Bereich kam. Und wegen der erzeugten Resonanz spielten unsere Kraftfelder ebenfalls verrückt. Zur Hölle, Kapitän ...« brummt Leen. »So eine lächerlich kleine Ursache, und wir sind praktisch verstümmelt. Wenn sie uns Thorsen-Generatoren gegeben hätten, als wir darum baten, dann wäre das nie geschehen. Ich hätte einfach die Phasen überkreuzen und Nummer drei abschalten können. Wir hätten mit fünf Generatoren weiterfahren können, ohne unsere Geschwindigkeit zu verlieren.«

Brandt lächelt. »Wenn es überhaupt möglich ist, dann bin ich sicher, daß Sie es schaffen, Leitender.«

»Zur Hölle! Ich könnte es mit diesen Generatoren hier, wenn man mir erlaubt hätte, die Automatikabschaltung einzubauen, die ich haben wollte. Aber wenn man jemals herausgefunden hätte, daß ich imstande bin, dieses Schiff mit fünf Generatoren zu betreiben, dann hätte man mir den sechsten ausgebaut.«

Der Kapitän muß grinsen. Er blickt auf, doch Korie grinst nicht mit. Der Erste Offizier starrt ihn bedeutungsvoll an.

Brandts Grinsen vergeht. »Hören Sie, Mister Leen. Vielleicht haben wir noch eine Chance, den Feind zu stellen. Er ist aus dem Hyperraum gefallen. Mister Korie hier brennt vor Ungeduld. Also versuchen Sie Ihr Bestes, und machen Sie Ihrer Mannschaft Beine, ja?«

»Aye aye, Sir. Ich werde den Antrieb so schnell wie möglich wieder hochfahren.«

»Guter Mann.« Brandt unterbricht die Verbindung und mustert seinen bleichen Ersten Offizier. »Nun, Mister Korie, ich nehme an, Sie wollen noch immer hinter dem Gegner her?«

»Jawohl, Sir.«

»Hmmm.« Brandt wendet sich zu seinem Astrogator um. »Was meinen Sie, Mister Barak? Können wir uns unbemerkt nähern?«

»Warum nicht mit Höchstgeschwindigkeit?« unterbricht Korie den Kapitän. Brandt mustert seinen Eins-O mit einem undeutbaren Blick.

»Er hat nicht ganz unrecht, Sir«, stimmt Barak Korie zu. »Bei Höchstgeschwindigkeit hätten wir ihn innerhalb acht Stunden eingeholt.«

Der Kapitän mustert seine beiden Offiziere und räuspert sich schwer. »Es gefällt mir nicht«, sagt er schließlich. »Ich will nicht, daß der Gegner acht Stunden Zeit hat, sich auf unsere Ankunft vorzubereiten. Er wird während der gesamten Zeit unsere Hyperraumblase auf den Schirmen haben.«

»Na und? Was könnte er schon unternehmen?« kontert Korie. »Seine Maschinen sind erledigt. Ihre Methode würde ihm nur genügend Zeit geben, sie zu reparieren.«

»Wir wissen nicht *mit Sicherheit*, daß seine Maschinen erledigt sind«, korrigiert ihn Brandt. »Und wenn es uns innerhalb der nächsten acht Stunden gelingt, unsere Maschinen wieder in Ordnung zu bringen, dann kann der Feind das möglicherweise auch mit seinen eigenen. Welcher Art seine Schwierigkeiten auch immer sein mögen – mit einer Vorwarnzeit von acht Stunden ist er ganz sicher in der Lage, irgend etwas zu improvisieren. Vergessen Sie eines nicht, Mister Korie: Wir mußten die Jagd unterbrechen, weil wir keine andere Möglichkeit hatten. Der Gegner hat *freiwillig* angehalten. Mit Ihrer Methode, Mister Korie, besteht die nicht gerade kleine Chance, daß wir unsere Jagd da fortsetzen, wo wir sie unterbrochen haben – bei einem Patt nämlich. Einerseits kann er uns im Augenblick nicht orten, genausowenig wie wir ihn orten können. Auf der anderen Seite – so wie es jetzt aussieht, kann er uns genausowenig sehen wie wir ihn.

Lassen wir es dabei, so lange es geht, und vielleicht kommen wir nahe genug heran für einen Angriff.«

Der Erste Offizier nickt zögernd.

Der Kapitän wendet sich wieder an seinen Astrogator. »Schaffen Sie das, Mister Barak?«

Barak runzelt mißbilligend die Stirn. Es scheint offensichtlich, daß ihm Kories Vorschlag mehr behagt. Aber er verzieht nur das Gesicht und meint: »Wahrscheinlich ... er wird ziemlich sorgfältig nach uns Ausschau halten, aber es wäre möglich, wenn wir unsere Hyperraumgeschwindigkeit niedrig halten. Je kleiner die Kraftfeldstörungen, die unsere Generatoren verursachen, desto dichter kommen wir heran, bevor er uns orten kann. Aber er ist noch immer fünfundfünfzig Lichttage entfernt, Kapitän, und je langsamer wir uns bewegen, desto länger benötigen wir, um zu ihm zu kommen – und desto größer wird seine Chance, uns zu entwischen.«

Brandt nickt müde. »Aber *möglich* ist es?«

Barak zuckt die Schultern. »Nun, wir könnten zumindest versuchen, so dicht wie möglich heranzukommen, ohne auf seinen Ortungsgeräten aufzutauchen – und wenn wir zu nahe sind, um unsere Entdeckung zu vermeiden, könnten wir auf Höchstgeschwindigkeit gehen, um seine Reaktionszeit zu minimieren.«

»Und wir könnten aus einer Richtung herankommen, aus der er uns nicht erwartet«, schlägt Korie vor. »Wir könnten ihn verunsichern.«

»Zumindest ein wenig«, sagt Brandt. »Aber die Idee ist nicht schlecht.«

Barak bedenkt Korie mit einem gespielt säuerlichen Blick. »Das stimmt. Aber meine Aufgabe wird dadurch schwieriger. Wir müssen uns an seinen Ortungsgeräten vorbeischleichen, um dann aus einer anderen Richtung zuzustoßen – es ist, als würde man versuchen, eine Billardkugel aus drei Meilen Entfernung zu streifen und über Bande direkt ins Loch zu spielen.«

»Was Sie damit sagen wollen ...« meint Brandt, »... Sie können es nicht?«

»O doch, natürlich kann ich es. Es gefällt mir nur nicht.«

»Es muß Ihnen auch nicht gefallen. Sie müssen es lediglich *tun*, das ist alles. Und wenn wir ihn weiter verfolgen – falls wir ihn überhaupt weiter verfolgen –, dann muß der Kurs berechnet und einprogrammiert sein, bis die Maschinen wieder funktionieren.«

»Aye aye, Sir.« Barak dreht sich zu seiner Konsole und seinem Assistenten um. Brandt betätigt einen Knopf auf der Armlehne und schwenkt in seinem Sitz nach vorn. Korie tritt gerade rechtzeitig zur Seite.

Auf dem großen Hauptschirm an der Stirnseite der Zentrale haben die beiden Gestalten in ihren Raumanzügen einen großen Bereich der Hülle um die Gitterstrebe Nummer zwei herum freigelegt. Die Kamera zeigt kurzfristig eine Nahaufnahme aus einer der Helmkameras. Im Augenblick sind die Männer damit beschäftigt, verschiedene Module zu testen. Einer der beiden führt einen Sensor über die verschiedenen Schlüsselpunkte des Systemanalysenetzwerks. Theoretisch zumindest hätte das Netzwerk den Fehler längst entdecken müssen, aber seit der Indienststellung der *Roger Burlingame* sind so viele neue Ausrüstungsgegenstände und Ersatzteile in das Schiff eingebaut worden, daß das System längst in seiner eigenen Komplexität ertrunken ist. Inzwischen macht jeder Fehler eine zusätzliche Überprüfung mit Hilfe der sekundären Analysewerkzeuge an Ort und Stelle erforderlich. Der zweite Mann hat sich mit einem tragbaren Detektor in eines dieser Systeme eingeloggt. Der Detektor ist ein flacher Kasten mit einem Schirm, und der Mann beobachtet sorgsam die Meßergebnisse, während der andere mit seinen Sondierungen fortfährt.

Brandt sieht nach rechts, zu Kories brütender Gestalt. »Was meinen Sie, Mister Korie?«

Korie zögert für einen Herzschlag. Dann: »Multiplexadapter.«

Der Kapitän bedenkt diese Möglichkeit. »Hmmm. Vielleicht haben Sie recht.«

Eine Sekunde darauf erwacht der Lautsprecher knacksend zum Leben. »Fowles hier. Wir haben den Fehler gefunden! Einer der Multiplexadapter ist ausgebrannt.«

Brandt wirft einen überraschten Blick zu Korie. »Nicht schlecht.« Korie zuckt nur die Schultern.

Eine weitere Stimme im Interkom: »In Ordnung. Bringen Sie es herein. Wir werden einen Reserveadapter auspacken.«

In diesem Augenblick hakt Korie sein Handmikro vom Gürtel. »Maschinenraum, hier spricht Korie.«

Die gleiche Stimme, es ist die des Leitenden Ingenieurs, antwortet: »Ja, Sir?«

»Sie scheinen ziemlich freizügig mit den Ersatzteilen an Bord der *Roger Burlingame* umzugehen.«

»Verzeihung, Sir?«

»Haben Sie eine Ahnung, wieviel so ein Adapter kostet?«

»Ja, Sir. Natürlich.«

»Gut. Und jetzt frage ich Sie: Warum sollte so ein Adapter ausbrennen?«

»Ich nehme an, daß Sie eine rhetorische Frage stellen, Sir. Sie kennen die Antwort bereits.«

»Sehr scharf beobachtet, Mister Leen.« Korie lächelt dünn. »Natürlich weiß ich es. Aber wissen *Sie* es auch?«

»Unsaubere Kompensation der inhärenten Geschwindigkeit, Sir.« Die Antwort kommt schnell und bestimmt. »Entweder in den Phasenwandlern, oder ...«

»Oder überhaupt keine Kompensation«, unterbricht Korie den Leitenden Ingenieur grob. »Es ist leicht zu übersehen.« Mit maschinengewehrartiger Präzision fährt er fort: »Aber irgend jemand hat es übersehen. Und deswegen haben wir vielleicht einen Abschuß verloren. Von hier aus betrachtet, sieht es ganz danach aus, als hätte dieser Jemand bei Ihnen im Maschinenraum nur sehr wenig Respekt für dieses Schiff und seine Maschinen. Und das ist etwas, das ich unter keinen Umständen dulden werde.«

Er wird sich plötzlich Brandts schweigender Blicke bewußt und fährt rasch fort: »Sie sind verantwortlich für den Maschinenraum, Mister Leen – und für die Leute, die dort arbeiten. Unser aller Leben hängt davon ab, wie sorgfältig Sie und Ihre Leute dieses Schiff behandeln!«

Leen scheint sichtlich betroffen. »Es wird nicht wieder vorkommen, Sir«, versucht er, sich zu entschuldigen.

»Da haben Sie recht. Es sollte besser wirklich nicht wieder vorkommen.«

»Sie haben mein Wort darauf, Sir.«

»Hmmm. Wir werden sehen.« Korie blickt zu Brandt, doch das Gesicht des Kapitän bleibt ausdruckslos. »Also schön, machen Sie mit den Reparaturen weiter.«

»Jawohl, Sir.«

Korie beendet die Verbindung und hängt das Handmikro wieder in den Gürtel. Sein Gesicht zeigt eine grimmige Frustration.

»Mister Korie«, sagt Brandt mit fester, leiser Stimme. Irgend etwas in seinem Tonfall verunsichert Korie.

»Sir?«

Brandt winkt ihn näher heran. Korie tritt zu ihm. Der Kapitän senkt seine Stimme zu einem Flüstern. »Lassen Sie die Mannschaft ein wenig zur Ruhe kommen, ja? Wir sind schon ziemlich lang unterwegs.«

»Jawohl, Sir.«

Brandt hebt eine dicke Hand. »Oh, ich will Sie keineswegs schikanieren. Aber eine Abordnung der Raumfahrergewerkschaft hat sich bei mir über die rigide Art und Weise beschwert, mit der Sie die Disziplin aufrechterhalten.«

»Sie haben sich ... Wer?«

»Das ist nicht Ihre Angelegenheit, Mister Korie. Machen Sie sich deswegen keine Gedanken. Sie haben mir zu gefallen, nicht der Mannschaft. Und soweit es mich betrifft, machen Sie Ihre Arbeit. Sie produzieren Ergebnisse. Es ist nur ... äh, wir sollten versuchen, ein wenig ... taktvoller vorzugehen.«

Korie wischt eine blonde Strähne aus den Augen. »Ich werde mir Mühe geben.«

»Gut.« Auf dem Hauptschirm sind die beiden leuchtenden Zyklopen mit ihrer Zerstörung fertig. Der ausgebrannte Adapter ist aus seiner Verankerung gelöst. Es ist ein einfaches schwarzes Modul, ein nacktes Stück Elektronik. Die beiden untersuchen es neugierig mit ihren dunklen, ausdruckslosen Zyklopenaugen.

Brandt senkt eine Hand auf die Kontrollen. »Quartiermeister?«

Der Lautsprecher antwortet: »Sir?«

»Hier spricht der Kapitän. Sorgen Sie dafür, daß der Maschinenraum für den Multiplexadapter belastet wird.«

»Sir?«

»Die Mannschaft des Maschinenraums wird die Kosten für den Adapter tragen. Ziehen Sie es von ihren Prämien ab.«

»Jawohl, Sir.« Die Stimme klingt verwirrt.

Brandt ignoriert es und unterbricht die Verbindung. Dann bemerkt er, wie Korie ihn verblüfft anstarrt. »Ein Kapitän steht immer hinter seinen Offizieren«, erklärt er.

Korie nickt. »Aber nur, wenn sie im Recht sind.«

Auf dem Hauptschirm erscheinen zwei weitere Gestalten, diesmal in Grün und Blau, und schweben aus der Schleuse und über die Hülle. Eine davon führt ein Duplikat des ausgebrannten Adapters mit sich. Die beiden aktivieren ihre Gravitoren und schweben in Richtung Heck, während die Kameras ihnen folgen.

Die *Roger Burlingame* hängt regungslos in der Nacht. Oder besser gesagt, *scheint* regungslos in der Nacht zu hängen. Die Geschwindigkeit, mit der sie sich bewegt, ist zu klein, um wahrnehmbar zu sein.

Im Innern des Schiffs – scheint die Mannschaft sich ebenfalls nicht zu bewegen. Schweigend beobachtet jedermann die Arbeiten auf seinem Schirm.

In der Zentrale beobachtet Rogers verdrießlich seine Gravitationskontrollen. Er beobachtet die Instrumente, aber in Gedanken ist er ganz woanders. Zu seiner Rechten murmelt ein blaugekleideter Decksmann in sein Handmikro. »Instandhaltung? Sauerstoffverbrauch ist um null Komma null drei gestiegen.«

Noch weiter zur Rechten regelt ein anderer Decksmann die Strahlungsschilde der *Roger Burlingame*. So weit entfernt von jedem Stern ist es nicht erforderlich, die Schilde mit voller Stärke zu betreiben. Neben der Schildkontrolle verfolgt ein gelangweilter Fähnrich auf einem winzigen Monitor den Fortschritt der Instandsetzungsarbeiten.

Unten in der Grube sitzt Barak vor seiner Konsole und berechnet mögliche Abfangkurse. Er sieht auf seinen Schirm, runzelt die Stirn, berührt einen Knopf, blickt wieder hin und seufzt zufrieden. Die Linien auf dem Schirm bewegen und verändern sich. Jonesy steht neben Barak, den unvermeidlichen Kopfhörer gegen ein Ohr gedrückt.

Im hinteren Teil der Zentrale lauscht Willis in seinen eigenen Kopfhörer. Er nimmt die Füße von der Kante seiner Konsole und überfliegt die Bildschirme vor sich. »O nein, das ist gar nicht gut. Versuchen Sie Kamera Nummer sechs.«

Korie geht im linken hinteren Teil des Hufeisens mit einem unsicheren Decksmann ein Diagramm durch. Wolfe steht finster blickend daneben. Unterhalb der drei, bei den Hyperraumkontrollen, streitet erneut ein Techniker mit seinem Gesprächspartner im Maschinenraum. »Da sehen Sie«, sagt die Stimme aus dem Lautsprecher triumphierend. »Ich hab' Ihnen doch gleich gesagt, daß es nicht an unseren Maschinen liegen kann.«

»Das wird wahrscheinlich der Grund sein, aus dem der Adapter ausgebrannt ist. Ihr Clowns da unten betrachtet das Gitter anscheinend nicht als Teil eurer Maschinen.« Er wartet nicht die Antwort des anderen ab, sondern unterbricht die Verbindung.

Im vordersten Teil der Zentrale haben es sich zwei Offiziere in den Pilotensitzen bequem gemacht.

Noch gar nicht lange ist es her, da waren auf dem großen Frontschirm nur das wütend rote Glühen des Hyperraums und ein weißer Reflex darin zu erkennen. Jetzt bewegen sich vier bunt gekleidete Harlekins darüber und bauen einen Ersatzadapter in eine leere Halterung ein. Das glitzernde Flechtwerk des Gitters Nummer zwei ragt über ihnen in die Schwärze.

Eine der Gestalten berührt ein Paneel auf ihrer Brust, und ihre Stimme ertönt in den Lautsprechern. »Hier Decksmann Fowles. Wir müssen das Gitter entmagnetisieren.«

Der Offizier an der vorderen Konsole beugt sich über sein Mikro. »Verstanden.« Er wendet sich zu dem Kapitän um und sagt: »Sir, sie sagen, sie müssen das Gitter entmagnetisieren.«

»Ich weiß, ich habe es selbst gehört. Fangen Sie an.«

Der Offizier wendet sich zu seiner Konsole um und wirft einen Blick das Hufeisen hinauf. »Rogers?«

»Sir?«

»Schwerkraft auf Null herunterfahren.«

»Auf N-n-null, Sir?« stammelt der Junge. »Aber ...«

»Aber was?« verlangt der Offizier zu wissen.

»Äh ... nichts, Sir.« Rogers schluckt nervös. »Schwerkraft auf Null herunterfahren, jawohl, Sir.« Er beschäftigt sich mit seinen Kontrollen. Sekunden später vibriert das rauhe Schrillen eines Alarms durch das gesamte Schiff.

»Alles sichern für freien Fall! Alles sichern für freien Fall!« Rogers' hohe Stimme quäkt aus den Lautsprechern. Zwei der Männer grinsen sich beim pubertären Klang der Durchsage an.

Brandt rutscht in seinem Sitz zurecht und legt einen Sicherheitsgurt über seinen mächtigen Bauch. Korie, der noch immer oben am Hufeisen steht, ergreift eine Stange und hält sich daran fest. Andere in der Zentrale folgen seinem Beispiel; alles faßt nach Handgriffen oder legt Gurte in Erwartung des allmählichen Absinkens der Schwerkraft an.

»Zehn Sekunden! Zehn Sekunden!« zittert die unerfahrene Stimme in den Lautsprechern.

Die Mannschaft beeilt sich, die letzten Schreiber und Monitore zu sichern. Eine Pause, dann ein einzelner, glockenähnlicher Ton – ein plötzliches, schmerzhaftes Zusammenziehen der Eingeweide, und der Boden klappt schlagartig weg. Korie klammert sich in einem heftigen Schwindelanfall an seine Stange.

Brandt schnappt keuchend nach Luft und findet sich außerstande zu atmen. Es hat ihn aus dem Sitz gerissen, und nun spannt der Gurt schmerzhaft eng über seine Brust. Mit einer Hand lockert er ihn und zieht sich gleichzeitig wieder in seinen Sitz zurück.

Oben beim Hufeisen sitzen einige Männer mitten in der Luft und fluchen leise vor sich hin. Andere sind auf dem Weg zurück zu ihren Sitzen oder schnallen sich gerade fest. Einer von ihnen – Wolfe – greift vergeblich nach einem vorüberschwebenden Stift und schießt unvermittelt aus seinem Sitz nach oben, einen Ausdruck der Wut auf dem Gesicht.

Ein anderer – ein ziemlicher Hüne – macht keine Anstalten, an seinen Posten zurückzukehren. Statt dessen zieht er sich Hand über Hand an einem Geländer entlang in Richtung Gravitationskontrolle. »Rogers, du verdammter Idiot! Wo zur Hölle hast du eigentlich gelernt, wie man ...«

»*Reynolds! Zurück an Ihren Platz!*« Die tiefe Stimme des Kapitäns donnert über die Brücke. Plötzlich herrscht eine schüchterne Stille in der Zentrale, und schweigende weiße Gesichter wenden sich um. Reynolds zögert, noch immer mitten in der Luft, die Hand am Geländer.

»Verdammt, Sir! Der Kerl ist ...«

»Haben Sie mich nicht verstanden? Ich erteile hier die Befehle, nicht Sie!« Niemand wagt zu atmen. Selbst Wolfe, oben an der Decke, verharrt reglos. Sein entflohener Stift schwebt über die Brücke und direkt in das Gesichtsfeld des Kapitäns.

Brandt ignoriert es. Er blickt unverwandt auf Reynolds. Schlagartig wird dem Mann bewußt, wo er sich befindet. »Jawohl, Sir.«

Er dreht sich um und zieht sich entlang des Geländers zu seinem Platz zurück, wo er seinen massigen Körper in den Sitz zwängt. Er fummelt an seinem Gurt herum und läßt die magnetische Verriegelung mit lautem Klicken einrasten.

Der Kapitän läßt seinen Blick über die Zentrale schweifen, und die Männer wenden sich schweigend wieder ihren Kontrollen zu. Ein Fähnrich greift mit ausdruckslosem Gesicht nach oben und zieht Wolfe in seinen Sitz.

»Danke.« Er will noch etwas hinzufügen, aber ein kalter Blick seitens Korie läßt ihn verstummen.

Brandt sieht seinen Ersten Offizier an – der sich mit einem Fuß lässig in einem Loch seiner Stange verkeilt hat und ansonsten frei in der Luft schwebt – und deutet mit einer scharfen Kopfbewegung in Richtung des vorderen Bereichs der Zentrale. *Finden Sie heraus, was da passiert ist.*

Korie nickt. *Befehl verstanden*, hakt sich aus seinem Loch und drückt sich ab in Richtung Rogers. An einer weiteren Strebe findet er erneut Halt. »Also schön, Rogers. Schießen Sie los, Mann.«

Mit flatternden Nerven beginnt Rogers zu stammeln:

»Ich ... ich weiß es nicht, Sir, Mister Korie! Ich ... ich habe nur ... ich habe den Aus-Schalter betätigt, und ... und ... und die Schwerkraft sollte eigentlich langsam absinken, aber ... aber sie ging schlagartig weg ...«

»Warum haben Sie nicht den Dimmer benutzt?«

»Den Dimmer, Sir?«

»Sie wissen doch, was ein Dimmer ist?«

»Nein, Sir. Ich ...«

Kories blasse Augen verengen sich zu Schlitzen. »Haben Sie das noch nie gemacht?« verlangt er zu wissen.

»Nein, Sir. Noch nie. Ich ... Ich bin eigentlich Radec-Techniker. Ich wurde nur für Radec ausgebildet, Sir, und sonst für nichts, und ...«

Der Erste Offizier starrt Rogers ungläubig an.

»... und es war der Schnellkurs. Sie brachten uns nur das Notwendigste bei, Sir, ich meine, die Grundlagen, und den Rest würden wir schon an Bord unserer Schiffe lernen, sagten sie ...«

»Und warum haben Sie das nicht?«

»Ich habe doch ... ich meine, ich ... ich bin nicht fertig geworden.«

»Und warum verrichten Sie dann Ihren Dienst an dieser Konsole?«

»Ich wurde eingeteilt, Sir.«

»Wer hat Sie eingeteilt?«

»Äh ...«

Korie schneidet ihm die Antwort ab. »Schon gut. Ich werde mir ansehen, wer für den Dienstplan verantwortlich ist. Wer sollte Sie an Ihrer Konsole einweisen?«

»Wolfe, Sir. Ich meine, Decksmann Wolfe. Aber er hat gesagt, alles ginge vollautomatisch. Ich wußte nicht, daß ...«

Korie ignoriert den stammelnden Rogers und wirbelt herum. Er blickt über die noch immer schweigende Zentrale. »Wolfe!«

Wolfe sieht furchtsam zu ihm. »Sir?«

»Machen Sie, daß Sie herkommen, Mann!«

»Jawohl, Sir.« Er will sich vom Geländer abdrücken, überlegt sich die Sache aber noch einmal und zieht sich statt dessen

Hand über Hand daran entlang. Rasch nähert er sich entlang des Hufeisens Korie, der noch immer mitten in der Luft an seiner Strebe hängt.

»Waren Sie damit beauftragt, diesen Mann an seiner Konsole einzuweisen?«

»Also, ich ...«

»Hatten Sie den Befehl oder nicht?«

»Äh, Sir ... ich ...«

»Ja oder nein?« hakt Korie ungeduldig nach.

»Äh, jawohl, Sir«, gesteht Wolfe. »Ich sollte ihn einweisen.«

»Und warum haben Sie es nicht getan?«

»Sir?«

»Ich fragte, warum Sie es nicht getan haben.«

»Ich habe es doch getan, Sir.«

»Und warum weiß der Mann nicht, was ein Dimmer ist?«

»Es war nicht notwendig, Sir.«

»Es war was?!«

»Nun, Sir, der Dimmer wird so gut wie nie benötigt. Ich dachte nicht, daß ...«

»Da haben Sie verdammt recht!« poltert Korie. »Sie haben nicht gedacht!« Er starrt Wolfe einen ungemütlich langen Augenblick an, während er sich zu beruhigen versucht. Der Kapitän beobachtet die Szene mit verschlossenem Gesicht. Langsam fährt Korie fort: »Sie haben diesem Mann erzählt, die Konsole wäre vollkommen automatisch?«

»Jawohl, Sir.«

Eine erneute Pause. »Wolfe, ich würde glauben, Sie wären ein gegnerischer Saboteur, wenn Sie nicht so verdammt dämlich wären!«

»Sir, ich ...« Aber Kories finsterer Ausdruck sagt ihm, daß jeder Versuch einer Entschuldigung reine Zeitverschwendung ist. Er verstummt.

Auf einer Konsole seitlich unter ihnen beginnt ein Kommunikatorlicht ärgerlich zu blinken. Korie ignoriert es. Rogers macht Anstalten, den Ruf anzunehmen ...

»Nehmen Sie die Finger weg«, grollt Korie, ohne seine Augen von Wolfe abzuwenden. Rogers zieht die Hand zurück, als hätte er sich verbrannt.

Korie blickt zum Kapitän. Keine Hilfe zu erwarten. Er blickt wieder den bleichen Wolfe an und knurrt nur ein einziges Wort. »Raus!«

»Sir?«

»Sind Sie nicht nur dumm, sondern auch noch taub, Mann? Ich sagte, Sie sollen verschwinden! Verlassen Sie augenblicklich die Zentrale! Betrachten Sie sich als unter Arrest. Verschwinden Sie in Ihr Quartier! Auf der Stelle!« Ohne abzuwarten, ob seinem Befehl Folge geleistet wird – er ist sicher, daß Wolfe ihn befolgt –, wendet sich Korie der blinkenden Konsole zu, greift an Rogers vorbei und betätigt den Knopf.

Eine schroffe Stimme ertönt aus dem Lautsprecher. »Zentrale, hier ist die Kombüse!«

Rogers stöhnt leise auf. »O nein!«

Die schroffe Stimme fährt fort: »Ich dachte, ich hätte Ihnen gesagt, daß Sie Ihre verdammten G's unter Kontrolle halten sollen! Sie sollten sich das Chaos ansehen, das Sie in meiner Küche angerichtet haben! Ich sollte Sie an den Ohren herbeiziehen und selbst aufräumen lassen!«

Der Erste Offizier und der Kapitän wechseln einen raschen Blick.

Korie will sein Handmikro aus dem Gürtel ziehen, aber eine Handbewegung Brandts läßt ihn innehalten. Der Kapitän hakt sein eigenes Mikro los und schaltet es ein. »Smutje, wenn Sie noch ein einziges Mal diese Brücke anrufen, um sich über die Gravitation zu beschweren, dann werde ich persönlich zu Ihnen hinunterkommen und Sie in Ihren Müllschlucker stecken!«

Ein wütendes »*Wer wagt es?!*« brüllt aus dem Lautsprecher.

»Der Kapitän«, bellt Brandt zurück, und plötzlich ist es auf dem gesamten Schiff wieder einmal still. Brandt senkt sein Handmikro und spricht nun zu jedermann an Bord. »Gottverdammt noch mal! Sind denn jetzt alle verrückt geworden?!«

Keine Antwort. Der Kapitän blickt seine Zentralenbesatzung an; die Männer sind blasse, reglose Gestalten, mitten in der Luft erstarrt.

»Für den Fall, daß Sie es vergessen haben, Herrschaften«, fährt der Kapitän mit leiser, kontrollierter Stimme fort, »wir befinden uns im Kriegszustand. Sie alle sind Soldaten, und das bedeutet nicht, daß Sie gegeneinander kämpfen!«

Er macht eine Pause und blickt Reynolds in die Augen. Der Mann ist ihm ein Dorn im Auge. »Ich habe mir diesen Kindergarten jetzt lange genug angesehen. Von jetzt an werden Sie in den Turnraum gehen, wenn Sie persönliche Dinge zu regeln haben. Ziehen Sie Ihre Boxhandschuhe über und tragen Sie es aus, aber – bei Gott! – Sie werden Ihre Streitigkeiten aus meiner Zentrale heraushalten. *Haben Sie mich verstanden ...?*«

Langsam läßt er den Blick über die Anwesenden schweifen. »Und für den Fall, daß Sie sich das nicht merken können: Geben Sie mir nur Bescheid. Ich bin sicher, ich kann mir etwas ausdenken, das Sie daran erinnern wird. Und wenn ich es nicht kann, dann kann es Mister Korie. Hat noch jemand Fragen?«

Schweigen. Niemand hat Fragen.

»Gut. Ich dachte es mir. Und jetzt gehen Sie bitte wieder an Ihre Arbeit.«

Die Mannschaft setzt sich rasch in Bewegung. Niemand verspürt den Wunsch herauszufinden, wie ernst dem Kapitän seine Worte sind. Blaugekleidete Männer ziehen sich an ihre Plätze und beugen sich mit gespielter Geschäftigkeit über ihre Instrumente, während jeder versucht, den anderen in vorgetäuschter Gleichgültigkeit zu übertrumpfen.

Der Kapitän hakt sein Mikro wieder in den Gürtel und blickt entschlossen nach vorn. Er zwingt sich, seine Aufmerksamkeit auf das bevorstehende Entmagnetisieren zu richten.

Beim Hufeisen führt Korie einen mit weit aufgerissenen Augen dastehenden Rogers zurück zu der Gravitationskonsole, dann wendet er sich um und bemerkt Wolfe, der noch immer neben ihm schwebt. Der Mann wirkt bleich und nervös, und auf seiner Stirn stehen dicke Schweißperlen.

»Sind Sie immer noch hier?«

»Sir, lassen Sie mich doch erklären ...«

»Ich habe Ihnen einen Befehl erteilt, Wolfe. Ich erwarte, daß Sie meinem Befehl Folge leisten.«

Wolfe wirft Korie einen flehenden Blick zu, sucht nach einer letzten Chance, einem Funken Gnade – vergeblich. Er fällt in sich zusammen und schlägt die Augen nieder. »Jawohl, Sir.« Hand über Hand zieht er sich am Geländer entlang in den hinteren Teil der Zentrale zurück, auf den Ausgang zu. Zischend gleitet die Tür hinter ihm zurück ins Schloß. Korie wirft einen raschen Blick in die Runde. »Goldberg!« ruft er.

Ein gedrungener Mann mit seltsam unpassenden roten Haaren sieht auf. »Sir?«

»Sie kennen sich aus an der Gravitationskonsole.« Es ist eine Feststellung, keine Frage.

»Jawohl, Sir.«

»Sir?« meldet sich Rogers, der hinter Korie schwebt.

Korie verdreht sich in der Luft, um Rogers anzusehen. »Was gibt's?«

»Sir, ich möchte bitte vom Dienst in der Zentrale befreit werden. Sir.«

»Abgelehnt.« Korie will sich wieder nach Goldberg umwenden ...

»Aber Sir! Ich ...«

Korie erstarrt – er versucht es zumindest, doch sein Schwung reißt ihn weiter. Er bekommt einen Haltegriff zu fassen und richtet sich aus. Dann blickt er Rogers an: »*Ich sagte abgelehnt*.« Er starrt den Mann an, als will er sagen: *Untersteh dich zu widersprechen.*

Rogers fügt sich. »Jawohl, Sir.«

Korie wendet sich wieder der Grube zu. »Goldberg«, schnarrt er und deutet auf Rogers. »Weisen Sie diesen Mann in die Gravkonsole ein.«

»Aye aye, Sir.« Der rothaarige Mann kommt mit schwimmenden Bewegungen quer durch die Zentrale heran.

»Das nächste Mal«, murmelt Korie, »das nächste Mal haben Sie keine Entschuldigung mehr, Rogers. Also lernen Sie es besser richtig.«

»J-jawohl, Sir.«

Korie löst seinen Griff von der Stange und läßt sich zum Zentrum der Grube treiben. Er greift nach einer Rückenlehne, verpaßt sie, greift erneut. Dann zieht er sich in den Sitz und schnallt einen Gurt locker um. Als er sich mit dem Handrücken über die Stirn wischt, wird ihm mit einemmal bewußt, daß er schwitzt. Er wischt die feuchten Handflächen an seiner Hose ab.

Zu seiner Linken befindet sich Brandt. Der Kapitän verharrt reglos und ignoriert seinen Ersten Offizier genauso wie den Rest der Zentralenbesatzung. Korie folgt seinem unverwandten Blick nach vorn, wo die hellen, gesichtslosen Gestalten im Augenblick damit beschäftigt sind, das klaffende Loch in der metallenen Haut der Schiffshülle wieder zu schließen. Alle vier haben die Gravitoren abgeschaltet und schweben im freien Fall, um die Demagnetisierung nicht zu stören. Sie sind durch Sicherheitsleinen mit Verankerungspunkten auf der Hülle verbunden. Einer der Männer beobachtet unablässig eine Reihe von Instrumenten auf einem tragbaren Apparat. Langsam wird der latente Magnetismus des Gitters neutralisiert.

Korie bemerkt den ausdruckslosen Blick des Kapitäns und reckt sich zu ihm hinüber. Mit leiser Flüsterstimme sagt er: »Ich dachte, Sie wollten Ihre Leute nicht mehr anbrüllen …?«

Ohne die Augen vom Schirm zu nehmen murmelt Brandt: »Na und? Ich habe meine Meinung eben geändert.«

Kapitel 4

Eines sollten Sie niemals vergessen, wenn Sie Ihren Liebling dressieren: Haben Sie Geduld mit ihm. Und schlagen Sie das Tier unter keinen Umständen – ganz besonders nicht aus Wut.

Manchmal allerdings – und nur in Ausnahmefällen – kann es erforderlich werden, die Aufmerksamkeit des Tieres durch einen überraschenden Nasenstüber zu wecken.

J. H. HARRIS
DER NEUE WEG DER HUNDEDRESSUR
ÜBERARBEITETE, GEKÜRZTE AUSGABE

Das gleichmäßige Summen der Konsolen und Instrumente wird vom plötzlichen Piepton eines Kommunikators durchbrochen. »Beagle hier. Wir sind jeden Augenblick fertig.«

»Gut«, entgegnet einer der Offiziere im Pilotensitz. »Wir übernehmen dann von hier.« Er blickt zum Hufeisen hinauf und nickt Goldberg zu.

Goldberg wendet sich zu Rogers um, der hager und nervös neben der Gravkonsole schwebt. »Also gut«, sagt der ältere. »Haben Sie die Prozedur begriffen?«

»Ich glaube schon ...«

»Sie *glauben* ...?«

»Ich meine, jawohl«, korrigiert Rogers sich hastig. »Dieses Ding hier – ich meine, der Dimmer – muß eingeschaltet und langsam auf volle Stärke hochgefahren ...«

Goldberg seufzt. »Richtig.« Er blickt zu einem der Schirme über seinem Kopf hinauf und überzeugt sich, daß die Gestalten in den Raumanzügen tatsächlich mit der Demagnetisierung fertig sind. Dann sieht er wieder zu Rogers. »Alles in Ordnung. Sie können anfangen.«

Rogers nickt. Er streckt die Hand nach dem Dimmer aus, dann zögert er erneut. Er kaut auf der Unterlippe, und sein hageres Gesicht scheint plötzlich unsicher. »Warten Sie ... lassen Sie mich die Sache noch mal durchgehen. Ich will sicher sein, daß ich alles richtig verstanden habe.«

Goldberg seufzt erneut, greift an Rogers vorbei und legt einen Schalter um. Das Geräusch eines Alarms geht durch das Schiff. Er legt einen weiteren Schalter um und rasselt: »Alles sichern für Schwerkraft. Alles sichern für Schwerkraft.« Dann blickt er Rogers an. »Also schön, was kommt als nächstes?«

Rogers' hageres Gesicht blickt noch immer verwirrt. »Die Zehn-Sekunden-Warnung?«

»Ich meine danach.«

»Den Dimmer hochfahren?«

»Fragen Sie mich oder antworten Sie mir?«

»Äh, also ... ich fahre den Dimmer hoch.«

Goldberg seufzt noch lauter. »Danke, Mister Rogers. Vielen herzlichen Dank. Schön, machen Sie weiter. Geben Sie die Zehn-Sekunden-Warnung durch.«

Rogers bedient das Mikro. Seine dünne hohe Stimme hallt durch das Schiff. In der Zentrale beeilen sich die Männer, eine vertikale Haltung einzunehmen. Einige Skeptiker ziehen sich in freie Sitze und legen Gurte an.

Goldberg blickt auf seine Uhr und zählt leise mit. »In Ordnung ... *Jetzt!*«

Rogers betätigt einen Schalter, aktiviert den Dimmer, läßt ein weiteres Mal eine Alarmglocke ertönen und beginnt, die Schwerkraft hochzufahren. Nach und nach legt sich das Gefühl des ununterbrochenen Fallens. Wolfes Stift beginnt in Richtung des Bodens zu sinken. Unten wird wieder unten. Goldberg balanciert in Richtung eines Sitzes und sinkt langsam hinein ...

Rogers schiebt den Regler des Dimmers langsam nach oben, sehr langsam. Er sinkt dem Boden entgegen, entspannt sich sichtlich, löst die Hand vom Regler und schiebt ihn dabei unabsichtlich ganz nach vorn. Der Boden springt ihn an und kracht gegen seine Fußsohlen, beraubt ihn seines Gleichgewichts. Andere Besatzungsmitglieder sacken unter dem Ansturm ihres Gewichts zusammen, und irgendwo klappert ein Stift laut zu Boden. Goldberg knallt in seinen Sitz. Dort sitzt er, verzweifelnd, und bedeckt das Gesicht mit einer sommersprossigen Hand.

Im hinteren Teil der Zentrale erhebt sich Willis mühsam aus seinem Sitz und reicht Reynolds einen Zettel. Der nimmt das Papier, faltet es zusammen und stopft es selbstgefällig in eine Tasche seiner Jacke. An der Gravkonsole sichert Rogers den Dimmer, verriegelt ihn und läßt vorsichtig die dafür vorgesehene Plastikabdeckung darüber einrasten. Dann verriegelt er auch die Abdeckung. Eifrig wendet er sich zu Goldberg um und sagt: »Nun?«

Goldberg, die Hand noch immer vor den Augen, atmet tief ein. Langsam läßt er die Hand sinken und atmet mit erschöpftem Geräusch ebenso laut wieder aus. »Nun«, sagt er schließlich, »es hätte besser sein können.«

»Oh?« sagt Rogers.

Der Rotschopf rollt in stummer Verzweiflung die Augen. *Wie um alles in der Welt konnte ein Wirrkopf wie Rogers bloß die*

Ausbildung überstehen? Er schwenkt in seinem Sitz herum und blickt Korie an. Dann zuckt er hilflos die Schultern, als will er sagen: *Ich habe mein Bestes getan, Sir.*

Korie nickt unmerklich.

Goldberg schüttelt seinen sommersprossigen Kopf und will sich aus dem Sitz erheben, als Rogers sich bückt und mit einem Stift wieder hochkommt. »He«, sagt er. »Wolfe hat seinen Stift vergessen ...«

Goldberg hält inne. »So?«

»Ja. Ich meine, ich ... Was soll ich damit machen?«

»Wollen Sie das wirklich von mir wissen?« Aber die Anspielung entgeht dem Grünschnabel völlig; Rogers blickt den Älteren nur verständnislos an. »Mir egal«, sagt Goldberg schließlich. »Geben Sie Wolfe den Stift zurück.« Er tritt an Rogers vorbei und steigt in die Grube hinab.

Während er durch die Grube geht, nickt Korie ihm zu. »Danke, Mister Goldberg.«

»Nicht der Rede wert, Sir. Wirklich nicht der Rede wert.« Noch immer den Kopf schüttelnd, kehrt er an seine eigene Konsole zurück.

Korie lehnt sich in seinem Sitz zurück, rechts hinter dem Kommandositz des Kapitän. Er ist mit den gleichen Kontrollinstrumenten ausgestattet wie der Kommandositz und kann während eines Kampfes als Reservebefehlsstelle eingesetzt werden. Im Augenblick allerdings sind die meisten Instrumente deaktiviert. Geistesabwesend beginnt Korie, den Schiffscomputer mit einem logistischen Problem zu füttern.

Auf dem Hauptschirm an der Stirnseite der Zentrale sind die vier Gestalten in Raumanzügen noch immer damit beschäftigt, die Metallplatten wieder in die Hülle einzusetzen.

Kapitän Brandt wirft einen Blick auf das Geschehen und schwenkt nach rechts zu seinem Astrogator. »Mister Barak, wo bleibt der Abfangkurs, den Sie mir versprochen haben?«

Der starkknochige Mann schwingt mit seinem Sitz zu Brandt herum. »Er ist fertig, Sir. Wir können jederzeit anfangen.«

»Gut. Bringen Sie Ihre Berechnungen auf den Hauptschirm, und überzeugen Sie mich davon, daß wir den Gegner fangen können.«

Barak nickt zustimmend und gibt Jonesy ein Handzeichen. Die Übertragung der Wartungsarbeiten verschwindet von der Stirnwand der Zentrale und weicht einem leuchtenden Gitter. In der oberen linken Ecke erscheint ein kleiner, verwaschener Fleck mit einem größeren weißen Kreis darum.

Barak steigt zur Brücke hinauf und stellt sich neben den Kapitän. »Also, das da ist der Feind, Sir«, beginnt er und deutet auf den Schirm. »Der verwaschene Fleck stellt seine sämtlichen Aufenthaltswahrscheinlichkeiten für den Zeitpunkt dar, an dem wir dort eintreffen. Der Fleck dehnt sich stetig aus, um die maximale Unterlichtgeschwindigkeit des Gegners zu berücksichtigen.«

»Wie groß ist das in Frage kommende Gebiet?« erkundigt sich Brandt.

Barak runzelt nachdenklich die Stirn. »Ziemlich groß, Sir …«

»Wie groß ist *ziemlich groß*, Mister Barak?«

»Äh …« Der Astrogator hustet in die Faust und kratzt sich gedankenverloren im Nacken. »Ungefähr sechzehneinhalb Lichtstunden, Sir.«

»Und was bedeutet der weiße Kreis ringsum?«

»Das ist sein Ortungsbereich, Sir. Etwa achtundvierzig und eine halbe Lichtstunde im Durchmesser. Eigentlich beträgt der Durchmesser der Sphäre nur zweiunddreißig Lichtstunden, aber wir müssen die sechzehneinhalb Lichtstunden der Aufenthaltswahrscheinlichkeit addieren, da wir seine genaue Position nicht kennen. Der Gegner kann sich zu dem Zeitpunkt, an dem wir dort eintreffen, *überall* in diesem nebligen Fleck aufhalten, Sir.

Er kann jedes Schiff in seiner Sphäre orten, bevor es ihn erreicht. Außerhalb des Gebiets kann er nur dann eine Kraftfeldverzerrung detektieren, wenn die Geschwindigkeit des sich nähernden Schiffes über einem gewissen Betrag in Relation zu seiner Entfernung liegt. Der Scheidepunkt ist gekennzeichnet durch das Sinken unseres Geschwindigkeitsquotienten, einer Variablen, unter unseren Massequotienten, eine Konstante.«

Brandt macht eine ungeduldige Handbewegung. »Schon gut, schon gut. Fahren Sie fort.«

Barak gibt Jonesy ein Zeichen. Ein weißer Punkt erscheint in der entgegengesetzten Ecke des Schirms, unten rechts. »Das ist die *Roger Burlingame*«, erklärt Barak. »Inzwischen fast fünfundfünfzig Lichttage vom Gegner entfernt.«

Jonesy betätigt einen weiteren Schalter, und langsam wächst eine Linie vom unteren Lichtpunkt über den Schirm in Richtung des hellen Nebels in der oberen linken Ecke. Sie geht dicht am Ortungsbereich des Gegners vorbei, berührt den Kreis beinahe – und macht dann einen scharfen Knick, um genau in das Zentrum zu stoßen. »Und das ist der Kurs, um den Sie mich gebeten haben«, erklärt der Astrogator.

Brandt bemerkt die Wortwahl seines Astrogators. Barak scheint noch immer nicht von der Idee begeistert, sich an den Gegner heranzuschleichen.

»Ihr Plan sieht folgendes vor«, fährt Barak fort. »Sie wollen mit der maximal möglichen Geschwindigkeit in Richtung des Gegners vorstoßen, aber gleichzeitig unter der Minimalgeschwindigkeit bleiben, bei der er uns entdecken kann.«

Langsam nickt der Kapitän. »Richtig, richtig.«

»Wir wissen mit ziemlicher Sicherheit, daß es sich um ein Schiff der Zerstörerklasse handelt. Das bedeutet, daß der Gegner auf keinen Fall stärkere Kraftfelddetektoren besitzt als wir selbst. Ich halte einen Detektionsfaktor von vier zu sechs für ausreichend sicher – was bedeutet, daß wir pro vier Lichttagen Distanz eine Maximalgeschwindigkeit von sechsfach Licht erzielen dürfen. Auf diese Weise kann er unsere Hyperraumblase nicht orten, und wenn wir näher kommen, senken wir unsere Geschwindigkeit entsprechend. Die Anfangsgeschwindigkeit wird zweiundachtzig Komma fünffach Licht sein, und mit jedem Lichttag, den wir zurücklegen, werden wir die Geschwindigkeit um eineinhalb Licht reduzieren.«

»Schön und gut. Aber was geschieht, wenn wir in seinen Ortungsbereich eindringen?«

»An dieser Stelle wird es kompliziert, Sir. Zuerst einmal werden wir unsere Geschwindigkeit auf einfach Licht reduzieren müssen – und die Hyperraumblase ist bei derart niedrigen Geschwindigkeiten nicht leicht zu kontrollieren.

Sobald wir am Punkt der größten Annäherung angelangt

sind – der Stelle, an der unser Kurs den Kreis zu streifen scheint –, werden wir einen Haken schlagen und in Richtung des Mittelpunkts vorstoßen. Wir werden auf Höchstgeschwindigkeit gehen und direkt im Zentrum landen.«

»Vorausgesetzt, der Gegner befindet sich im Zentrum dieses verwaschenen Gebiets«, poltert Brandt, »wie lange werden wir dann benötigen, um ihn zu stellen?«

»Oh ...« Baraks breites Gesicht legt sich in nachdenkliche Falten. Er zieht ein Handterminal aus seiner Jackentasche und gibt ein paar Berechnungen ein. »Acht Minuten und zwanzig Sekunden, Sir. Mehr oder weniger. Wir können die Zeit nur bis auf ein paar Sekunden genau schätzen.«

Brandt winkt ab. »Und was, wenn der Feind sich *nicht* im Zentrum aufhält? Was, wenn er sich in die eine oder andere Richtung entfernt oder das Gebiet ganz verlassen hat? Wie lange werden wir in diesem Fall benötigen, um ihn zu finden?«

»Äh ... wir werden ihn fast augenblicklich entdecken. Wahrscheinlich schon bei unserer Annäherung, und wir können unmittelbar einen Abfangkurs einschlagen.«

»Ich rede nicht von einem Abfangkurs«, sagt Brandt. »Ich rede von einem Suchprogramm. Wie lange wird es dauern, ihn zu finden?«

Barak schüttelt den Kopf. »Ich verstehe nicht, Sir? Wir sollten ihn sofort entdecken. Unsere Ortungsgeräte sind genauso gut wie seine, und er wird in diesem Gebiet sein. Ich verstehe nicht, wieso wir ...«

»Mister Barak«, schneidet der Kapitän dem Astrogator das Wort ab. »Warum *muß* der Feind sich Ihrer Meinung nach in diesem Gebiet aufhalten?«

»Äh, weil ... nun, er wird nicht genügend Zeit finden, irgendwo anders hin zu flüchten.«

»Mister Barak, wie lange werden wir brauchen, um dorthin zu gelangen?«

Jetzt ist der Astrogator deutlich sichtbar verwirrt. »Wohin zu gelangen? Meinen Sie seinen Ortungsbereich, Sir?«

»Ich meine, wie lange es dauert, von *hier* nach *dort* zu gelangen.«

»Vierunddreißig Stunden, Sir.«

»Aha. Vierunddreißig Stunden also. Mister Barak, in vierunddreißig Stunden kann eine ganze Menge geschehen. Wahrscheinlich wird der Gegner sich noch immer in dem Gebiet aufhalten, das Sie ausgerechnet haben ... aber es besteht auch die Möglichkeit, daß er es bereits verlassen hat. In vierunddreißig Stunden könnte er vielleicht ganz woanders sein.«

»Unmöglich, Sir! Er kann nicht aus diesem Radius heraus, selbst wenn wir eine große Unsicherheit mit einbeziehen. Wir haben seine Geschwindigkeit in die Berechnungen übernommen, und wir ...«

»Ich rede hier nicht von inhärenter Geschwindigkeit, Mister Barak. Ich rede von der Tatsache, daß der Gegner versuchen könnte, sich *davonzuschleichen* – und wenn er das tut, dann möchte ich wissen, wie lange es dauert, bis wir ihn gefunden haben!«

»Oh«, sagt Barak. Er senkt verlegen den Blick und hantiert mit seinem Handterminal. »Nun, wir ... äh, wir werden auf dem ganzen Hinweg nach ihm Ausschau halten, und das wird uns in die Lage versetzen, das Standardsuchprogramm entsprechend zu variieren ...«

Korie mischt sich ein. »Das primäre Suchprogramm nimmt dreiundvierzig Minuten in Anspruch. Das sekundäre Suchprogramm dauert einhundertelf Minuten, und das tertiäre sechs Stunden und siebenundzwanzig Minuten.«

Beide Männer drehen sich nach dem Ersten Offizier um. Barak zieht ein verdrießliches Gesicht. Korie hat die ganze Zeit hinter dem Kommandositz des Kapitäns gestanden und sich lässig gegen die hohe Autolog-Konsole gelehnt. Jetzt sagt er als Antwort auf ihre fragenden Blicke: »Ich habe den Computer gefragt. Ich wollte selbst wissen, wie lange es dauern würde, bis wir den Abschuß machen.«

Brandt beginnt sich zu entspannen. Anscheinend ist wenigstens einer seiner Offiziere auf Draht. Er läßt sich in seinen gepolsterten Sitz zurücksinken. »Wie groß ist das Gebiet, das von diesem Suchprogramm eingeschlossen ist, Mister Korie?«

»Fünf Lichttage. Maximal, Sir. Ich bezweifle, daß er sich weiter entfernt hat.«

»Warum?«

»Nun ja – wenn er versucht, sich weiter davonzuschleichen, dann muß er mit höherer Geschwindigkeit fliehen, und dann orten wir sein Kraftfeld ...«

Brandt schüttelt den Kopf und unterbricht Kories Vortrag mit einer ungeduldigen Handbewegung. »Sie enttäuschen mich, Mister Korie. Für einen Augenblick dachte ich, Sie wüßten, worauf ich hinauswollte, aber Sie begehen den gleichen Fehler wie Mister Barak hier. Sie nehmen beide an, daß der Feind dort draußen nur darauf wartet, daß wir uns anschleichen. Nun, lassen Sie sich gesagt sein: Das tut er nicht! Er wird versuchen, so schnell zu verschwinden, als wäre der Teufel persönlich hinter ihm her.«

Der Kapitän erhebt sich aus seinem Sitz und deutet mit der Hand auf den Schirm. »Sobald er seine Systeme wieder in Betrieb nehmen kann, wird er sich in *Bewegung* setzen!«

»Wenn er das tut, dann werden wir seine Hyperraumblase orten ...«

Aufgebracht fährt Brandt dazwischen. »Nur dann, wenn seine Geschwindigkeit hoch genug ist und er sich in unserer Reichweite befindet! Kapieren Sie eigentlich nicht, was ich damit sagen will? *Das Schiff dort draußen wird mit allen Mitteln versuchen, sich in Sicherheit zu bringen!* Genau das hat es getan, als es aus dem Hyperraum zurückfiel, und das wird es wieder tun, sobald seine Maschinen repariert sind.«

Er macht eine Pause, schluckt, und fährt ein wenig ruhiger fort. »Jetzt im Augenblick befinden wir uns etwa fünfundfünfzig Lichttage von ihm entfernt. Wir wissen nicht exakt, wo er sich aufhält, ja, wir wissen nicht einmal mit Sicherheit, ob er überhaupt noch dort draußen ist – vielleicht hat er längst Fersengeld gegeben. Vielleicht hat er seinen Hyperraumantrieb längst wieder in Ordnung gebracht und ist verschwunden? Wenn er seine eigene Geschwindigkeit unter achtzig Licht gehalten hat, dann erfahren wir niemals etwas. Und bedenken Sie – die Entfernung arbeitet zu seinem Vorteil. Je größer sie wird, desto schneller kann er fahren, ohne daß wir ein Signal auffangen.« Er hält inne und mustert die beiden Männer vor sich, als wolle er sie zum Widerspruch bewegen. »Vielleicht hat er sich bis jetzt noch nicht in Bewegung gesetzt, aber in den nächsten vierunddreißig Stunden wird er das mit ziemlicher Sicherheit tun.«

Korie schweigt. Seine blassen blauen Augen blicken nichtssagend. Barak hingegen schüttelt zweifelnd den Kopf. »Ich verstehe, worauf Sie hinauswollen, Sir, aber es würde für den Gegner keinen Sinn ergeben, sich davonzustehlen. Sein Vorsprung ist bereits zu groß – warum sollte er sich mit Täuschungsmanövern aufhalten?«

»Mister Barak, Sie mögen ein hervorragender Astrogator sein, aber zum General taugen Sie nicht. Sie denken zu geradeheraus. Natürlich würde es keinen Sinn machen, sich davonzuschleichen – wenn er seine Maschinen augenblicklich repariert bekommt. Aber angenommen, er sitzt für zehn oder zwölf Stunden fest, dann ist es seine einzige Alternative.«

Der Kapitän wendet sich an seinen Ersten Offizier. »Und Sie, Mister Korie, Sie überraschen mich ein wenig. Die Aussicht auf Beute scheint einen Kurzschluß in Ihrem logischen Denkapparat bewirkt zu haben. Wenn der Kommandant des gegnerischen Schiffs auch nur einen Funken Verstand besitzt, dann spielt er auch unsere Situation durch. Während wir hier herumsitzen und überlegen, wie wir ihn am besten stellen, sitzt er auf seinem Schiff und überlegt, wie er uns am besten austrickst. Es wird nicht lange dauern, bis er herausgefunden hat, daß unsere einzige Chance in einem Versuch besteht, uns an ihn heranzuschleichen. Das läßt ihm genau zwei Möglichkeiten, meine Herren. Entweder, er kann sich davonschleichen, oder er kann versuchen, sich seinerseits an *uns* heranzuschleichen ...«

Diesmal schüttelt Korie den Kopf. »Nein. Sein Antrieb ist genauso stark wie der unsere, und das bedeutet Zerstörerklasse. Und unsere Zerstörer sind besser bewaffnet. Das weiß er.«

Brandt lächelt. »Richtig. Also bleibt ihm lediglich die erste Alternative. Zumindest schätze ich den Gegner so ein. Der feindliche Kommandant ist mit Sicherheit nicht dumm. Er wird die Situation analysieren, seine Chancen ausrechnen und zu dem Schluß kommen, daß unbemerkte Flucht die beste Alternative darstellt. Und es erscheint mir äußerst wahrscheinlich, daß er mit seiner Strategie erfolgreich sein wird.«

»Sir?«

Brandt sieht Korie an. »Nun, überlegen Sie selbst. Er hat einen Vorsprung von sechsundfünfzig Lichttagen. Ob wir uns mit Höchstgeschwindigkeit nähern oder versuchen, uns anzuschleichen – er hat in jedem Fall reichlich Zeit, uns auszumanövrieren. Alles hängt davon ab, wie lange er braucht, um seine Maschinen wieder einsatzfähig zu machen.« Er deutet auf das Diagramm auf dem großen Schirm. »Ob es Ihnen gefällt oder nicht, dieses Ding ist nur eine Vermutung. Ich wage sehr stark zu bezweifeln, daß wir mit dieser Strategie Erfolg haben werden. Sie könnte sich als sehr kostspielige Verschwendung von Zeit und Treibstoff herausstellen.«

»Aber das ist ein Risiko, das wir eingehen müssen«, gibt Korie zu bedenken.

»Ist es das wirklich?« Brandt sieht seinen Ersten Offizier an.

»Wir sind schon zu weit gegangen, um mit leeren Händen nach Hause zurückzukehren.«

Brandt erwidert nichts. Kories hagere Gesichtszüge wirken entschlossen. Barak meldet sich zu Wort. »Sie selbst haben diese Vorgehensweise ausgearbeitet, Sir ...« erinnert er den Kapitän.

Brandt nickt langsam. Er schweigt noch immer. Seine brütenden grauen Augen scheinen auf einen Punkt hinter den Wänden der Zentrale gerichtet. Sein breiter Mund bewegt sich lautlos vor unausgesprochenen Gedanken. Am Ende schnarrt er: »Also schön, meine Herren. Wir machen weiter. Lassen Sie uns herausfinden, ob er noch dort ist oder nicht.«

Korie und Barak wechseln einen verstohlenen, triumphierenden Blick. Barak will sich in Richtung seiner Konsole in Bewegung setzen, als der Kapitän ihn zurückwinkt.

»Einen Augenblick noch, Mister Barak. Da wäre noch eine Sache. Wenn er dort ist, dann hat er acht Minuten und zwanzig Sekunden von dem Augenblick, in dem er uns entdeckt, bis zu unserem Eintreffen. Wenn er nicht verschwinden kann, dann wird er sich stellen. Die Vorwarnzeit ist zu lang. Er wird uns mit allem empfangen, was er hat, sobald wir aus dem Hyperraum kommen.«

»Darüber würde ich mir nicht zu viele Gedanken machen, Sir«, entgegnet Barak. »Wir werden gleichzeitig nach ihm Ausschau halten. Sobald wir wissen, wo genau er steckt, werde ich ein zehn Sekunden dauerndes automatisches Alarmmanöver für den Rücksturz in den Normalraum programmieren.«

»Gut.«

Der große Hauptschirm klärt sich und zeigt, wie die vier Männer in Raumanzügen soeben durch die hell erleuchtete Luke der Luftschleuse schweben. Die Reparatur ist beendet. »Also schön«, sagt Brandt. »Dann wollen wir uns bereit machen. Geben Sie die Nachricht durch.«

»Aye aye, Sir.« Barak wendet sich seiner Konsole zu, löscht die Anzeigen auf den Monitoren und beginnt, Befehle zu bellen. Die Zentralenbesatzung verfällt sofort in die vertrauten Sicherheitsroutinen, die dem Sprung in den Hyperraum vorausgehen. Auf dem Interkom herrscht ein Gewirr von Stimmen.

»Erbitte Vektor der inhärenten Geschwindigkeit.«

»Viktor Nordpol Punkt Nordpol. Standardausrichtung.«

»In Ordnung, danke. Hyperraumkontrolle, Polarität der Sekundärspulen, null Grad – neunzig Grad – einhundertachtzig Grad.«

»Setzen Polarität: null Grad – neunzig Grad – einhundertachtzig Grad. Anfänglicher Hyperraumfaktor acht zwo Punkt fünf.«

»Verstanden, setze acht zwo Punkt fünf.«

»Hyperraumkontrolle, Polarität zurücksetzen.«

»Polarität ist zurückgesetzt.«

»Bereit halten.«

»Bereit.«

»Koordinaten: drei sechs Grad – eins vier vier Grad – neun null Grad.«

»Was? Wir treten ja seitlich ein!«

»Bestätigen Sie!«

»Können Sie die Koordinaten bitte wiederholen?«

»Sechsunddreißig, einhundertvierundvierzig, neunzig.«

»Danke. Bestätigung: drei sechs – eins vier vier – neun null.«

»Korrekt.«

»He, was hat der schwarze Barak vor?«

»Ein Ausweichmanöver. Er will in einem rechten Winkel aus dem Hyperraum fallen.«

»Gravkontrolle, Energie beobachten.«

»Oh? Äh ... jawohl, Sir. Richtig.«

»Vorbereiten zum Übergang in ... was war noch mal die Zeit?«

»Sieben Minuten. Erste optimale Amplitude in sieben Minuten und fünfzehn Sekunden.«

»Kann ich bei sieben ein Signal haben?«

»Halten Sie sich bereit.«

»Bereit.«

»In Ordnung ... drei ... zwei ... eins ... *Jetzt!*«

»Danke.«

»Hyperraumgeschwindigkeit setzen auf acht zwo Punkt fünf.«

»Acht zwo Punkt fünf? Ist das korrekt?«

»Acht zwo Punkt fünf ist korrekt.«

»Sind Sie sicher? Das dauert ja sechzehn Stunden, bis wir den Burschen haben!«

»Dreiunddreißig Komma sieben. Wir verringern die Geschwindigkeit, je mehr wir uns nähern.«

»Was zur Hölle ...?«

»Bitte befolgen Sie die Anweisung. Energie bereit?«

»Bereit zum Datenempfang.«

Brandt legt den Kopfhörer beiseite, mit dem er den Vorbereitungen zugehört hat. Das Verfahren mag lässig klingen, aber es ist sicher und erprobt. Das Schiff wird genau nach Plan in den Hyperraum springen, und die Blase wird es in die Richtung bewegen, in die es bewegt werden soll.

»Bereit zum Sprung, Sir.« Brandt nickt. »Dann los.«

Der Pilot spricht in sein Mikro. »Maschinenraum, bitte bestätigen Sie: Frequenzmodule zwei, vier und sechs auf Phasenreflex neun null. Adjustierungswinkel – null Komma null null null eins zwo ...«

»Bestätigt.«

»Danke«, sagt der Offizier. Und fügt fröhlich hinzu: »Vergessen Sie nicht zu kompensieren.«

»Richtig«, kommt die lakonische Antwort. »Und Sie da oben auch.«

Ein Alarm ertönt. Rings um das Hufeisen werden alle nicht unbedingt erforderlichen Maschinen heruntergefahren. Jede verfügbare Energie wird benötigt, damit die Generatoren genügend Initialkraft aufbringen, um die Hyperraumfelder entstehen zu lassen. Die Beleuchtung wird zu einem düsteren Glühen gedämpft, und in einem Lautsprecher knackt es. »Fertig machen zum Sprung. Sprung erfolgt in sechzig Sekunden.«

Brandt beschließt, nicht so lange zu warten. Er erhebt sich aus dem Kommandositz. »Mister Korie?«

Der Erste Offizier blickt den Kapitän fragend an. »Sir?«

»Übernehmen Sie, Mister Korie.«

»Jawohl, Sir.« Korie setzt sich in den vertrauten Sitz.

»Ich bin in meiner Kabine.«

»Ja, Sir.«

Brandt geht nach hinten und verläßt die Zentrale. Hinter ihm gleitet die Tür ins Schloß. Der Korridor ist eng und vollgestopft. Es riecht nach abgestandener Luft, und auf den Plastikpaneelen an den Wänden ist die Patina vieler Jahre nicht zu übersehen.

Während der Kapitän über den Korridor stapft, ertönt eine warnende Glocke, gefolgt von einem beinahe unmerklichen Gefühl freien Falls. Brandt stützt sich einen Augenblick an der gegenüberliegenden Wand ab und wartet, bis die Beleuchtung wieder ihre gewohnte Helligkeit erreicht hat. Das Schiff ist jetzt im Hyperraum. Eine reine Routineprozedur, wenn sie nicht so verdammt komplex wäre.

Brandt macht unterwegs nur noch einmal kurz halt, tritt zur Seite und läßt einen Mann vorbei, der geschäftig durch den Korridor eilt. Der Decksmann murmelt eine schnelle, aber verlegene Entschuldigung, als er den Kapitän erkennt, und eilt weiter.

Der Korridor zieht sich durch das gesamte Schiff; die

Kapitänskabine befindet sich im hinteren Drittel. Brandt stößt die Tür auf und tritt ein.

Wie üblich ist die Kabine des Kapitäns die größte an Bord des Schiffs, aber auf einem Libertyschiff ist auch sie nicht besonders geräumig. Das Schiff ist für eine Besatzung von dreiundfünfzig Leuten konstruiert, und Raum ist purer Luxus. Die Kabine mißt vier mal fünf Meter, und sie spiegelt den luxuriösen Geschmack ihres Kapitäns wider.

Zum Beispiel gibt es da ein richtiges Bett statt des üblichen Schlafnetzes. Natürlich ist es in eine Wandnische eingelassen, die normalerweise von einem Spind eingenommen wird, aber es ist trotzdem ein richtiges Bett mit einer richtigen Matratze und richtigen Laken. Der Boden der Kabine ist mit festem, rotgoldenem Schaum bedeckt. An einer Wand steht der stolzeste Besitz Brandts: Ein Tisch mit zwei Sesseln.

Zugegeben, die Möbel sind eine schändliche Platzverschwendung, aber sie bestehen aus echtem terranischen Mahagoni, ein Geschenk des brasilianischen Botschafters. Nachdem er sie einige Zeit in seinem Besitz hat, verspürt Brandt nicht mehr den Wunsch, sie wieder loszuwerden. Das beengte Gefühl, das sie am Anfang in seiner Kabine erzeugten, hat sich längst gelegt, und jetzt erfreut sich der Kapitän an dem luxuriösen Ambiente, das die Möbel seinem ansonsten eher nüchternen Quartier verleihen.

Gegenüber der Sitzgruppe, an der anderen Wand, hängt ein großes Gemälde – ein silberner Schlachtkreuzer, der über einem roten Planeten im Orbit hängt.

Zu anderen Zeiten fungiert das Gemälde als Bildschirm, aber jetzt im Augenblick erinnert es den Kapitän an sein erstes Kommando.

Auf dem Regal darunter steht eine Schreibmaschine. Ein einzelnes Blatt grauen Papiers befindet sich im Einzug. Mit einemmal erinnert sich Brandt an seinen Inhalt. Er geht zur Wand hinüber und zieht den Brief aus der Maschine:

VON: *Georj Brandt*
Kapitän der Roger Burlingame
AN: *Vizeadmiral Joseph Harshlie*
Alliiertes Flottenkommando
BETRIFFT: *Bitte um Versetzung*

Sehr geehrter Herr Admiral,
hiermit möchte ich meine Bitte um Versetzung an einen weniger aktiven Posten erneut vortragen. Wie ich bereits in meinem letzten Gesuch geschildert habe, bin ich der Auffassung, daß ich in einer heimatnahen Position weitaus wertvoller sein könnte.

Ich verstehe die politischen Zwänge, denen ein Mann in Ihrer Position unterliegt, aber gestatten Sie mir dennoch, darauf hinzuweis

Brandt legt den unvollendeten Brief beiseite. Neben der Maschine liegen zwei weitere Briefe; der Inhalt des ersten aus den üblichen Standardbausteinen zusammengestellt:

VON: *Joseph Harshlie*
Vizeadmiral,
Alliiertes Flottenkommando
AN: *Kapitän Georj Brandt,*
Roger Burlingame
BETRIFFT: *Bitte um Versetzung*

Kapitän Brandt,
sosehr ich Ihren letzten Bitten um Versetzung auch positiv gegenüberstehe, so sehr bedaure ich, Ihnen mitteilen zu müssen, daß dies im Augenblick vollkommen unmöglich ist. Die Situation, wie ich sie Ihnen in meiner letzten Mitteilung schilderte, hat sich noch nicht genügend entspannt, und ich sehe für die nächste Zukunft keine entscheidende Verbesserung.

Sobald Ihre Bitte um Versetzung durchführbar erscheint,

werde ich unaufgefordert mit Ihnen in Verbindung treten. Ich danke Ihnen für Ihr fortgesetztes Interesse und für Ihre diesbezügliche Korrespondenz.

Mit freundlichen Grüßen

Joseph Harshlie
Vizeadmiral

Und der zweite, persönliche Brief:

Mein lieber Georj,
Du weißt, es gibt nichts auf der Welt, das ich nicht für Dich tun würde, wenn es in meiner Macht stünde. Das weißt Du. Und ganz sicher wünschte ich mir, ich könnte Deiner Bitte um Versetzung nachgeben.

Aber, mein lieber Georj, Du kannst mir glauben – es ist vollkommen unmöglich. Es gibt viel zu viele Raumschiffskommandanten, die kriegsmüde geworden sind, Männer, die Stück für Stück genauso qualifiziert sind wie Du selbst.

Und viel zu viele dieser Männer sind schon viel zu lange für einen ausgedehnten Erholungsurlaub oder eine Versetzung in die Etappe überfällig. Du hast wenigstens das Glück, ein halbwegs vernünftig ausgerüstetes Schiff und eine Besatzung zu kommandieren, die sich in gutem Zustand befindet. (Ich kenne Männer, die glücklich wären, könnten sie mit Dir tauschen.)

Du bist nicht der einzige, der diesen Krieg satt hat. Wir alle sind seiner überdrüssig geworden. Gott, ich wünschte, ich könnte Dir sagen, was das für ein Gefühl ist, wenn man jeden Morgen auf seinem Schreibtisch eine Liste der neuesten Verluste findet. (Und der Krieg macht auch am Wochenende keine Pause. Die Montagsliste ist immer die schlimmste von allen!)

Auch andere Männer werden kriegsmüde, Georj, aber wenn ich jeden versetzen würde, der seiner Sache ein wenig überdrüssig ist, dann hätte ich schon morgen hundert leere Schiffe in den Docks. Ich muß Dir nicht erzählen, daß die Allianz sich das nicht leisten kann.

Ich kann Dir nicht befehlen, mit Deinen Gesuchen aufzuhören, Georj, aber weil wir Freunde sind, kann ich Dir verraten, daß Du nur Deine Zeit verschwendest. Die Erfolgsrate der Roger Burlingame liegt nicht unter dem Durchschnitt, aber auch nicht darüber. Nichts in Deiner Akte rechtfertigt eine Versetzung.

Bei Deinem gegenwärtigen Kommando können wir uns wenigstens darauf verlassen, daß das Schiff seine Aufgaben erfüllt – und in dieser Hinsicht bist Du nur schwer zu ersetzen. (Außerdem hast Du selbst gesagt, daß Dein Erster Offizier noch nicht reif ist für ein eigenes Kommando. Ich persönlich bin da zwar anderer Meinung, aber wenn Du meinst, er braucht noch mehr Erfahrung, dann verlasse ich mich auf Dein Wort.)

Noch einmal, ich bitte Dich als Freund: Hör auf mit Deinen Versetzungsgesuchen! Du weißt ebensogut wie ich, daß in Deinem Fall eine Versetzung gleichzeitig eine Beförderung notwendig macht. Ich persönlich würde das zwar begrüßen, aber mein Büro befindet sich nicht in der Position, derartige Entscheidungen zu treffen. Und Deine ständigen Gesuche erzeugen alles andere als Wohlwollen in der Admiralität, ganz zu schweigen davon, daß sie für mich peinlich zu lesen sind, und noch peinlicher finde ich es, sie abschlägig beantworten zu müssen.

Georj, die Admiralität steht diesen Gesuchen gar nicht wohlwollend gegenüber, ich bitte Dich eindringlich, laß dies das letzte gewesen sein!

Ich weiß, wie hart es für Dich ist, aber denk auch mal daran, wie hart es für mich ist. Meine Bürde ist bereits schwer genug. Bitte mach sie nicht noch schwerer, mein Freund.

Mit aufrichtigem Bedauern Joe

Einem Impuls folgend zerknüllt Brandt die Briefe und schiebt sie in die Kammer des kleinen Brenners, der vertrauliche Dokumente vernichtet.

Kapitel 5

Moral und praktisches Handeln sollten ein und dasselbe Ziel verfolgen. Tun sie es nicht, dann stimmt etwas nicht. Entweder mit dem einen oder mit dem anderen.

SOLOMON SHORT

Korie klopft leise an die Tür des Kapitäns. Nach einer Minute klopft er erneut. Nach kurzer Pause fragt eine gedämpfte Stimme: »Wer ist da?«

»Korie, Sir.«

»Einen Augenblick.« Eine weitere Pause, dann gleitet die Tür auf.

Im Innern der Kabine ist Brandt gerade dabei, den obersten Knopf seiner Uniformjacke zu schließen. Sein eisengraues Haar ist wirr, und er fährt mit der Hand hindurch. »Was gibt's, Mister Korie?« fragt er und setzt sich auf einen seiner kostbaren hölzernen Stühle. Dem Ersten Offizier bietet er keinen Platz an. In der Kabine Brandts riecht es abgestanden. Ein wenig unbehaglich beginnt Korie: »Sir, ich habe mich gefragt, was wir wegen Wolfe unternehmen wollen.«

»Wolfe?« Ein leichtes Stirnrunzeln begleitet die Frage.

»Der Decksmann, der sich auf der Brücke eine Verfehlung zuschulden kommen ließ, Sir.«

»Ah, ja. Wolfe. Hmmm ...« Brandt verstummt, und seine Augen wandern über die dunkle Mahagonioberfläche seines Tischs. Gedankenverloren wischt er ein paar Staubflusen weg. »Was schlagen Sie vor, Mister Korie?«

Korie zögert. *Also schön,* denkt er. *Wenn Sie es nicht sagen, dann tue ich es.* »Degradieren Sie ihn.« Nach einer kaum wahrnehmbaren Pause fügt er hinzu: »Sir.«

Brandt blickt noch immer nicht auf, als er den Kopf schüttelt. »Nein. Ich sehe keine Veranlassung dazu.« Er sieht Korie an. »Sperren Sie ihn eine Woche in sein Quartier und streichen Sie ihm für diese Zeit den Lohn.«

»Sir!« entgegnet Korie aufgebracht. »Nachlässigkeit ist ein Vergehen, das vor ein Kriegsgericht gehört! Und es würde dem Rest der Mannschaft zeigen, daß wir es ernst meinen.«

»Ich kenne die Vorschriften selbst«, weist Brandt seinen Ersten Offizier zurecht. Er seufzt und wischt sich über die Nase. »Aber in diesem Fall würden wir Schwierigkeiten haben, unseren Standpunkt zu beweisen.«

Korie läßt sich für einen Augenblick gehen und stößt einen Fluch hervor. Zwei kurze, scharfe Silben.

Der Kapitän hebt eine buschige Augenbraue. »Mister Korie!« sagt er in gespieltem Entsetzen. »Ein solches Wort von einem Offizier und Gentleman?«

Korie ignoriert den Spott. »Es ist doch wohl ziemlich offensichtlich, Sir, daß Wolfe seine Pflichten vernachlässigt hat, als er es versäumte, Rogers in die korrekte Bedienung der Gravkontrollen einzuweisen.«

»Haben Sie Beweise?«

»Natürlich habe ich ...«

»Wenn ich Wolfes Verteidiger wäre«, unterbricht der Kapitän seinen Ersten Offizier, »dann würde ich plädieren, daß Wolfe die Ausbildung von Decksmann Rogers zu einem geeigneteren Zeitpunkt in allernächster Zukunft zu vervollständigen gedachte.«

»Das ist verdammt dünnes Eis, um daraufhin einen Freispruch zu erzielen.«

»Es ist hart genug«, widerspricht der Kapitän. »Schließlich muß der Verteidiger seine Behauptung nicht beweisen. Wir, die Ankläger, müssen beweisen, daß es nicht so war.

Und außerdem, Mister Korie – es ist besser, Sie lernen es beizeiten, wenn Sie jemals ein eigenes Schiff kommandieren wollen –, ein Kriegsgericht zusammenzurufen ist wie ein Tritt in den Hintern. Ganz abgesehen von den katastrophalen Auswirkungen auf die Moral der Besatzung.« Er schneidet die Erwiderung Kories mit einer herrischen Geste ab und fügt, während sein Blick wieder zu der Mahagonimaserung des Tischs zurückkehrt, nachdenklich hinzu: »Wir sollten, anstatt uns in eine ziemlich unhaltbare Position zu begeben, lieber die Gelegenheit ergreifen und der Mannschaft zeigen, daß wir sowohl gerecht als auch gütig sind. Der Mann behält sein Gesicht, und wir behalten einen kompetenten Decksmann.«

»Kompetent?« Korie glaubt, sich verhört zu haben.

»Relativ betrachtet«, lenkt Brand ein. »Ich muß Ihnen sicher nicht erzählen, wie gespannt die Personalsituation ist. Ersatz ist so gut wie nicht zu beschaffen. Wir befinden uns im Krieg. Alles muß ein wenig gestreckt werden. Auch die Auslegung der Vorschrift.«

»Jawohl, Sir. Aber ...«

»Sicher, es gibt immer ein *aber*, nicht wahr, Mister Korie?« Die Andeutung eines Lächelns flackert über das Gesicht des Kapitäns, aber es verschwindet genauso rasch wieder, wie es gekommen ist. »Geben Sie ihm eine Chance. Lassen Sie ihn seinen Fehler wiedergutmachen. Wenn er schlau ist, werden wir alle davon profitieren, und wenn nicht – wenn sich herausstellt, daß er genau der Querkopf ist, den Sie in ihm zu sehen glauben –, dann geben wir ihm genug Seil, damit er sich selbst den Strick drehen kann.«

»Und dann haben wir zwei Vergehen, wenn es zum Kriegsgericht kommt ...« sagt Korie.

»Ich hoffe, Sie haben unrecht«, erwidert Brandt. »Wir wollen abwarten, was geschieht ...« Unvermittelt blickt er auf und scheint wieder Notiz von Korie zu nehmen. »Sie täten besser daran, sich auf Ihren ... äh, Meisterplan zu konzentrieren und das Schiff kampfbereit zu machen. Schließlich ist der Gegner unsere Hauptsorge.«

Korie versteift sich. »Jawohl, Sir. Aber die Disziplinierung wäre psychonomisch sinnvoll.«

Brandt winkt ab und wechselt das Thema. Psychonomie stößt ihn ab. Er ist ein Kapitän der alten Schule. »Diese Kampfübungen, für die Sie verantwortlich sind – wie lange ist eigentlich die letzte her?«

»Zu lange.«

»Hmmm. Ich schlage vor, Sie beginnen mit einer neuen Serie.« Der Kapitän seufzt. »Ich schätze, Sie können genausogut augenblicklich damit anfangen. Genaugenommen kann ich mir gar keinen besseren Zeitpunkt vorstellen. Fangen Sie an, Mister Korie. Gönnen Sie sich ein wenig Vergnügen.«

»Jawohl, Sir. Haben Sie einen Vorschlag für das Szenario oder die Dauer?«

Brandt schüttelt den Kopf. »Nein. Handeln Sie nach eigenem Ermessen. Ich vertraue Ihnen.«

»Jawohl, Sir.« Korie wendet sich ab und will gehen.

»Oh, noch etwas, Mister Korie …«

»Sir?«

»Denken Sie an den Rat, den ich Ihnen gegeben habe. Übertreiben Sie es nicht. Schikanieren Sie die Leute nicht mehr als nötig.«

»Jawohl, Sir.«

»Schön. Dann können Sie jetzt gehen.«

Lange bleibt Korie draußen vor der Kabine des Kapitäns stehen und erforscht mit der Zunge einen Riß in der Backe, während er über die bevorstehenden Kampfübungen nachdenkt.

Im Augenblick kann er wegen Wolfe nichts unternehmen, aber in der Zukunft, da werden sich ganz ohne Zweifel günstige Gelegenheiten bieten, um in dieser Sache Maßnahmen zu ergreifen. (Wolfe ist zu dumm, um mir aus dem Weg zu gehen. Ich muß nur abwarten … alles eine Frage der Zeit …) Er trifft eine Entscheidung. Auf dem Absatz macht er kehrt und stapft in Richtung Heck davon. Durch die Kombüse, hell und verlassen. Es riecht nach Reinigungsmittel und Kaffee. Durch die Kantine, nicht ganz so hell. Die Plastikmöbel sind an den Wänden aufgestapelt, in der Mitte eine weite, leere und teppichbedeckte Fläche. Durch die leere, stille und dunkle Reservezentrale.

Er erreicht einen Antigrav-Niedergang und schwebt Hand über Hand hinab. Er geht lieber durch die Torpedolagerräume als durch das Mannschaftsquartier. Eintönige Plastikgehäuse sind an den Wänden aufgereiht, Zylinder in engen Gestellen gesichert. Seine Schritte hallen laut über den Kunststoffboden.

Der Maschinensaal ist eine weite Halle, vollgestellt mit Stasismaschinen. Korie kommt auf einem Laufsteg auf halber Höhe des Maschinensaals aus dem Korridor. Überall an den Generatoren und in den Gängen sind Sicherheitsnetze angebracht, die einfachen Zugang zu den Maschinen gewährleisten sollen, aber im Augenblick arbeitet niemand darauf. Die sechs Stasisgeneratoren sind konusförmige Monstren in einem sphärischen Rahmenwerk, jeder Konus ist auf das Zentrum der Kugel und einen anderen Konus auf der gegenüberliegenden Seite gerichtet. Jedes Konuspaar ist senkrecht zu den beiden anderen montiert, und die Nord- und Südpole des Gitterwerks und die Neunzig-Grad-Punkte werden von Generatoren eingenommen. Große Kabelstränge führen zu ihnen.

Dieses erste kugelförmige Gitterwerk steckt in einem weiteren, umgebenden Gitter, wo es auf Kardanlagern montiert ist, um relativ zum Schiff in jede denkbare Richtung geschwenkt werden zu können. Die Richtung, in die sich die Hyperraumblase bewegt, ist unabhängig vom Kurs des Schiffs im Normalraum. Die Apparatur füllt beinahe den gesamten Maschinensaal aus.

Korie läßt den Blick über die Halle schweifen. Auf der anderen Seite arbeiten ein paar Männer, aber er kann sie durch den blauen Nebel des Gitterwerks nicht deutlich erkennen, und hören kann er wegen des Summens der Maschinen ebenfalls nichts. Er betritt einen weiteren Niedergang und findet einen gelangweilten Techniker an einer Überwachungskonsole. »Wo steckt Leen?« will er wissen.

»Im Turnraum«, brummt der Techniker. »Er füllt ihn auf.«

Korie setzt seinen Weg nach hinten fort. Er umrundet die Stasisrahmen in weitem Bogen und verläßt den Maschinenraum durch den hinteren Ausgang.

Jetzt befindet er sich im ›Koboldsgebiet‹, dem dunklen, schmutzigen hinteren Bereich der *Roger Burlingame*. Hier hinten befinden sich noch ein paar Mannschaftsquartiere, aber sie liegen ein Deck höher, und er muß nicht an ihnen vorbei. Dieses Deck hier enthält die Zugangsschleuse und die Wartungsmaschinerie zu den beiden Rettungsbooten auf dem darunterliegenden Deck. Außerdem findet sich hier ein wohlbestücktes Ersatzteillager, in dem es auch Schablonen und Synthesizer für die Hyperraumantriebe gibt.

Dahinter befindet sich eine kleine Kammer, die als Observatorium fungiert; die notwendigen Instrumente sind im Augenblick allerdings in Schränken weggeschlossen. Die

Kammer hat nämlich noch eine weitere Funktion, und für diese wird sie zur Zeit vorbereitet: Sie bildet die Schleuse zum Turnraum.

Korie schiebt sich in die beengte Kammer, aber sofort zieht er sich wieder zurück, um die drei Männer, die in ihrem Innern arbeiten, nicht zu behindern. Er bezweifelt, daß sie ihn überhaupt gesehen haben. Nur der Leitende Ingenieur gibt ein kurzes Brummen von sich – ein nicht gerade freundliches Zugeständnis an die Existenz des Ersten Offiziers –, bevor er sich wieder seiner Arbeit zuwendet.

Die ›Turnhalle‹ ist keine richtige Halle, sondern ein Druckballon, der im entleerten Zustand nicht mehr Raum als einen halben Kubikmeter einnimmt. Aufgeblasen allerdings, am Heck der *Roger Burlingame*, wird er zu einer großen, beinahe kugelförmigen, schwerkraftlosen Halle. Der Spind wird zu einem Alkoven, durch den man die Halle betritt, und in den Alkoven gelangt man durch das Observatorium.

Langsam wird Luft in die Kunststoffhülle geleitet, während einer der Männer sorgfältig auf plötzlichen Druckabfall achtet. Die Turnhalle soll angeblich unzerreißbar sein, aber es hat schon Ausnahmen gegeben. Ein umhüllendes Netz sichert das mylare Gewebe des Ballons und hält ihn sicher an Ort und Stelle. Es wird nur langsam ausgerollt, um eine zu rasche Füllung zu vermeiden. Der Alkoven zu der Turnhalle wird erst dann geöffnet werden, wenn die letzte Druckprüfung mit negativem Ergebnis abgeschlossen ist. Aber die Hauptsorge der Männer gilt einer möglichen Beschädigung oder Schwächung des Ballongewebes durch zu große Hast.

»Mann, bin ich froh, wenn wir dieses Ding erst aufgeblasen haben.«

»Ich auch. Noch eine Wache mehr bei Alarmstufe Rot, und ich wäre reif gewesen für die Gummizelle. Paß auf! Am Boden ist zu viel Spannung auf dem Netz!«

»Ich hab's.«

Langsam und majestätisch wölbt sich die Halle nach außen und nimmt kugelförmige Gestalt an. Durch die gläserne Alkoventür kann man bereits hineinsehen. Auf dem Instrumentenpaneel bleiben alle Lichter grün, alle Anzeigen schlagen aus. »Druck auf ein Viertel Enddruck angewachsen«, sagt der Mann an den Instrumenten. »Keine Lecks zu sehen.«

»*Noch* keine Lecks zu sehen«, korrigiert ihn Leen. »Beobachten Sie die Anzeigen fünf Minuten. Wenn der Druck konstant bleibt, dann füllen Sie den Ballon ganz und werfen ein Dutzend Pingpongbälle hinein. Wenn sie sich innerhalb einer halben Stunde noch nicht in irgendeiner Ecke zusammengeballt haben, dann ist die Sache dicht, und wir können der Besatzung den Zutritt gewähren.« Er wendet sich zur Luke um. »Und was führt Sie hierher, Mister Korie?«

Korie betritt die Kammer, und die beiden Besatzungsmitglieder weichen verblüfft zurück. Sie haben nicht bemerkt, daß der Erste Offizier ihnen bei der Arbeit zusieht. »Es gibt Arbeit«, sagt er. »Der Kapitän wünscht, daß ich eine neue Reihe von Alarmübungen veranstalte.«

Leens Augen blicken mißtrauisch. »Welche Art von Alarmübungen schwebt Ihnen dabei vor?«

»Kampfbereitschaft. Etwas in der Art.«

Der Leitende Ingenieur nickt bedächtig. »Ich werde die Konsolen für Sie bereit machen. Mit welcher Abteilung wollen Sie anfangen?«

Korie wartet, um die Wirkung zu vergrößern. Er mustert sein Gegenüber aufmerksam. »Ich denke, im Maschinenraum ging es in der letzten Zeit ein wenig lax zu.«

Leen ist ein kleiner Mann mit väterlicher Ausstrahlung, aber unter den Augen des Ersten Offiziers wird er steif. Er schürzt die Lippen, kaut auf ihnen, bevor er hervorpreßt: »Mister Korie, meine Leute haben getan, was sie konnten ...«

»Anscheinend konnten sie nicht genug, Mister Leen.«

»Ich werde mit ihnen reden, Sir.«

»Wir werden mit ihnen *üben*, Mister Leen. Und ich gebe Ihnen Bescheid, wenn ich denke, daß Ihre Leute gut genug sind.«

»Jawohl, Sir.« Leen verschluckt sich beinahe.

»Ich würde gerne um ...« Korie wirft einen Blick auf den Chrono, »... sechshundert beginnen.«

»Aber Sir ...!«

»Ja, Mister Leen?«

»Das ist zu kurzfristig! Meine Leute werden nicht rechtzeitig ...«

»Ich schon, Mister Leen. Und der Feind kümmert sich nicht um Dienstpläne, Leitender. Die Zeit muß reichen.« Er wendet sich zum Gehen. »Ihre Leute werden bereit sein.« Dann duckt er sich durch die Luke und stapft davon.

Im Korridor hört er, wie einer der Männer flucht. »Dieser Bastard! Am liebsten würde ich ...«

Die Stimme des zweiten erwidert: »Wer nicht?« Kories Gesicht verfinstert sich. Er ist versucht kehrtzumachen und die Leute zurechtzuweisen, aber er zwingt sich statt dessen weiterzugehen. *Nach der Übung werden wir sehen, ob sie eine Zurechtweisung benötigen.*

Er geht auf dem gleichen Weg zurück, den er gekommen ist, aber vor dem Maschinenraum biegt er in einen Seitengang ab. Diesmal ist der Reservekommandostand hell erleuchtet, als er hindurchkommt. Zwei Techniker sind damit beschäftigt, die Konsolen hochzufahren.

In der Kantine sind einige der Möbel aufgestellt worden, aber unter den wenigen Männern im Raum herrscht eine eigenartige Spannung. Sie versteifen sich, als er vorbeikommt, doch Korie ignoriert sie.

In der Kombüse herrscht der meiste Betrieb. »He, Smutje, beeilen Sie sich, ja?« Eine Schlange von Männern wartet auf ihr Essen. Keiner von ihnen sieht besonders glücklich aus, obwohl es seit Tagen ihre erste wirkliche Pause ist. Korie wirft einen Blick auf seinen Chrono; es ist eine neue Schicht, die ihren Dienst bald antreten wird. Dies sind die ersten Männer, die an der Übung teilnehmen. Wahrscheinlich wissen sie schon Bescheid. Leen hat bestimmt die gesamte Mannschaft informiert, während er noch auf dem Weg nach hier gewesen ist.

Korie folgt dreien seiner Leute nach vorn in Richtung Zentrale, wo sie ihre Kameraden ablösen werden. Er betritt den Raum nach ihnen und geht sofort zur Brücke, wo er dem diensthabenden Offizier auf die Schulter klopft und seinen Platz einnimmt. (Ich will mir die Sache für eine Weile ansehen.)

Oben beim Hufeisen sind soeben Goldberg, Rogers und ein dritter Mann abgelöst worden. Rogers läßt die Schultern hängen und blickt niedergeschlagen drein. Während er geht, hält er den Kopf gesenkt und sieht seinem Vordermann auf die Fersen. Unmittelbar bevor er die Zentrale verläßt, wendet er den Kopf und wirft einen Blick zu Korie – und stellt überrascht fest, daß der Erste Offizier ihn die ganze Zeit beobachtet hat. Er errötet und beeilt sich, aus der Zentrale zu verschwinden. »Warum hat er mich so angesehen?«

»Hä?« fragt Goldberg, der vor ihm hergeht.

»Ach, nichts«, erwidert Rogers. Er verläßt die beiden in der Kantine und trottet weiter nach hinten, in Richtung seiner Koje.

Diese Sektion der Mannschaftsquartiere ist ein beengter Raum. An jeder Wand stehen zwei Dreierkojen, zwölf insgesamt, alles harte Plastikrahmen mit Nylonnetzen darin.

An der dritten Wand steht eine Doppelreihe von Spinden neben der Tür zur Toilette. Es gibt außerdem einen Sonovac – die einzige Dusche auf dem gesamten Schiff befindet sich weiter vorn, wo der Kapitän sie bequem erreichen kann. Im Quartier befinden sich nur noch zwei andere Männer, und beide schlafen. Mit Ausnahme der Toilette herrscht in den Mannschaftsquartieren ewiges Halbdunkel. Tag und Nacht haben an Bord eines Raumschiffs keinerlei Bedeutung, sie sind nur willkürliche Festlegungen von Zeit, die außer auf Passagierschiffen keine Rolle spielen. Ein Zerstörer operiert vierundzwanzig Stunden am Tag, und es ist Sache des Individuums, seine Schlaf- und Essenszeiten um den Dienstplan herum zu verteilen.

Das Quartier ist heiß und stickig, es riecht nach Schweiß. Vorsichtig, um die anderen nicht aufzuwecken, beginnt Rogers sich auszuziehen. Seine Uniformjacke ist noch sauber, und so hängt er sie ordentlich in seinen Spind. Hose und Socken wirft er in die Klappe zur Wäscherei. Nur mit kurzer Unterhose bekleidet, schließt er die Tür seines Spinds und tappt zurück zu seiner Koje. Er zieht sich auf eines der schmalen Plastikgestelle hinauf, als ihm etwas einfällt. Er klettert wieder aus der Koje, geht zu seinem Spind zurück, öffnet ihn und wühlt in den Taschen seiner Uniformjacke. Dann zieht er ein kleines Röhrchen mit Kapseln hervor, steckt sich eine davon in den Mund und schluckt sie trocken herunter. Als er das Röhrchen in die Uniformjacke zurückstecken will, klappert etwas zu Boden. Ein silberner Stift. Wolfes Stift.

Er blickt den Stift unentschlossen an, dann hebt er ihn auf. Er will ihn auf ein Regal in seinem Spind legen, doch dann besinnt er sich anders. Er nimmt Shorts und ein T-Shirt aus dem Spind und beginnt langsam, sich wieder anzuziehen.

Kapitel 6

Nichts übersteigt das Übermaß.

SOLOMON SHORT

Wolfe starrt auf den Boden der Koje über ihm. Das Nylonnetz ist nur wenige Zentimeter von seinem Gesicht entfernt. Es ist so nah, daß er Schwierigkeiten hat, es scharf zu sehen. Wolfe trägt Shorts, sonst nichts. Uniformjacke und Hose liegen auf einem unordentlichen Haufen auf dem Boden seines Spinds.

»Wolfe?« fragt eine Stimme und stört ihn in seinem Grübeln.

»Hä?« Verwirrt wendet er sich dem Sprecher zu – ein wenig zu hastig, denn er stößt sich die Schulter an dem harten Rahmen über sich. »Was wollen Sie?« Dann sieht er, wer da seinen Namen gesprochen hat. Rogers. »Scheiße! Was zur Hölle ...!« Er drückt gegen den Netzrahmen über sich, und die Koje klappt zur Wand. Dann setzt er sich auf und wendet sich dem anderen zu.

»Ich ... ich bin gekommen, um mich zu entschuldigen«, stammelt Rogers. »Ich wollte nicht, daß ...«

»Scheißegal, ob Sie wollten oder nicht!« unterbricht Wolfe den Grünschnabel aufgebracht. »Äh, Sir, ich ... Wolfe, ich meine, Decksmann Wolfe, sollte mich in die Bedienung dieser Konsole einweisen ...!« äfft er die hohe Stimme Rogers' nach. »Sie hätten mir nicht mehr schaden können, wenn Sie es darauf angelegt hätten!«

»Es war ... ein Unfall, Sir. Es ist mir nur so herausgerutscht. Ich wollte Sie nicht in Schwierigkeiten bringen. Wirklich nicht. Ich wollte nicht ...«

»Ja, ja. Das wird wohl so sein, Rogers, wie? Sie sind viel zu dumm, um so etwas absichtlich zu tun. Also schön, was wollen Sie noch von mir? Wollen Sie sich davon überzeugen, ob ich in meinem Quartier bleibe?«

»Nein, Sir. Ich ... ich ... Sie haben das hier in der Zentrale vergessen.« Er wühlt in seinen Taschen und zieht den silbernen Stift hervor.

Wolfe blickt den Stift an, dann mustert er den verlegenen Grünschnabel ungläubig. »Sie sind hier heruntergekommen, um mir diesen Stift wiederzubringen? O Scheiße! Sie müssen der dümmste Wirrkopf in der gesamten ...«

Rogers versteift sich ein wenig. »Wenn ich so dumm bin, wie kommt es dann, daß man *Sie* in Ihr Quartier eingesperrt hat?« Er hält den Stift noch immer in der ausgestreckten Hand.

Wolfe reagiert wie vor einem interessierten Publikum. Er atmet schwer und blickt in die Runde, als will er sich überzeugen, ob noch jemand diese unglaubliche Frechheit mitgekriegt hat – er will seine Verblüffung teilen. Es sind noch ein paar andere Männer im Raum, aber sie geben sich einen unbeteiligten Anschein. Wolfe mustert erneut Rogers. »Ich bin wegen *Ihrer* Dummheit hier eingesperrt, Sie dämliches Stück Scheiße!« explodiert er. »Sind Sie sogar zu blöde, einen Kameradenfreund zu decken?«

»Ich hatte nie einen *Kameradenfreund*! Ich bin jetzt seit vier Monaten an Bord dieses Schiffs, und ich warte noch immer darauf, daß irgend jemand etwas anderes zu mir sagt als ›dummes Stück Scheiße‹!«

»Nun, Sie sind ein dummes Stück Scheiße! Sehen Sie den Tatsachen ins Auge, Rogers. Sie wurden als dummes Stück Scheiße geboren, und Sie werden als dummes Stück Scheiße sterben.«

Rogers' Gesicht läuft rot an, und er zittert am ganzen Leib.

»Wenigstens bin ich nicht in mein Quartier eingesperrt worden ...!!«

»Ach, gehen Sie doch zur Hölle, Mann! Verschwinden Sie, raus hier! Ich kann Ihren Anblick nicht mehr ertragen.« Wolfe legt sich auf seine Pritsche zurück.

»Nein!« sagt Rogers entschieden mit seiner lautesten Stimme. »Ich bin hergekommen, um mit Ihnen zu reden, und ich werde nicht gehen, bevor ich alles gesagt habe. Niemand an Bord dieses Schiffes spricht je mit mir oder hört mir zu oder sonst irgend etwas – verdammt noch mal, ich bin es leid, wie ein zurückgebliebenes Kind behandelt zu werden! Ich habe Gefühle wie jeder andere auch ...«

»Ziehen Sie endlich Leine, Mann! Sie langweilen mich.«

»Nicht, bevor ich nicht fertig bin.«

Wolfe hält sich die Ohren zu. »In Ordnung. Jetzt können Sie meinetwegen erzählen, was Sie wollen. Ich muß mir das Gewäsch ja nicht anhören.« Er blickt starr geradeaus an die Decke.

Rogers beginnt zu schreien. »Wenn Sie sich auf mich verlassen wollen, dann müssen Sie allmählich damit anfangen, mich auch wie jemanden zu behandeln, auf den Sie sich verlassen können! Sie werden mich gefälligst freundlicher behandeln. Sir!«

Wolfe grinst den jungen Burschen wortlos an. Selbstgefällig.

»Ich habe Sie nicht in Schwierigkeiten gebracht, Wolfe. Sie waren selbst schuld! Sie können mir nicht die Schuld daran geben! Wolfe! Hören Sie mir zu? Es ist Ihre eigene Schuld, daß Sie hier unten eingesperrt sind. Aber wenn Sie wollen, daß ich Ihnen helfe, dann müssen Sie freundlich zu mir sein! Wolfe!«

Wolfe grinst weiter und tut, als hört er kein Wort. Sein Gesicht ist ein einziges spöttisches Grinsen. Rogers wirft sich auf ihn, versucht, ihm die Hände von den Ohren zu reißen. »Sie hören mir zu! Jetzt! Nur dieses eine Mal, aber Sie werden sich anhören, was ich Ihnen zu sagen habe!«

Wolfes Ruhe ist dahin. »Lassen Sie mich los, Sie kleiner Scheißkerl!« Er stößt den anderen zurück. Rogers taumelt und rudert wild mit den Armen. Wolfe stößt ihn erneut, dann rollt er sich von seiner Koje und baut sich vor dem jungen Burschen auf.

Rogers fängt sich, blickt Wolfe an: »Hören Sie, Wolfe ...«

Aber Wolfe ist wütend und außer Kontrolle – er marschiert los, versenkt seine Faust in Rogers' Unterleib. Der Jüngere klappt zusammen, und Wolfe reißt das Knie hoch, Rogers voll ins Gesicht. Rogers taumelt zurück, und Wolfe schlägt hart nach seinem Kopf. Krachend stolpert Rogers gegen die Kojen auf der gegenüberliegenden Seite. Eine Sekunde lehnt er an dem harten Plastikrahmen, dann rutscht er zu Boden, während röchelnde Laute aus seiner Kehle kommen. Er hat die Hände um den schmerzenden Unterleib geschlungen, sein Gesicht ist blutüberströmt, und er krümmt sich in einer fötalen Haltung zusammen.

Wolfe steht über dem Jungen, schwer atmend, und zwei oder drei andere Männer eilen herbei, um ihn aufzuhalten. Aber er hat seine Beherrschung wieder. Der Kampf ist vorbei. »Du hast ihm ziemlich übel mitgespielt, wie?« brummt ein stämmiger Techniker. Rogers liegt stöhnend auf dem Boden, wälzt sich vor Schmerzen hin und her. Ein- oder zweimal hustet er gequält.

»Das war wirklich nötig, Wolfe, was?« fragt ein anderer.

»Ach ...« Wolfe winkt ab.

»Wie willst du die Sache denn erklären, Mann? Du kennst doch Rogers ... er wird nichts anderes zu tun haben, als auf dem schnellsten Weg zu diesem Arschloch von Eins-O zu gehen.«

»Nein, das wird er nicht.« Wolfe tritt zu dem sich windenden Jungen, legt ihm eine Hand auf die Schulter. »Du wirst niemandem etwas verraten, Rogers, oder? Rogers?«

Benommen schüttelt der Jüngere den Kopf.

»Da, seht ihr? Das dumme Stück Scheiße lernt seine Lektion.« Wolfe kehrt zu seiner Koje zurück und wirft sich darauf.

»He, Wolfe«, sagt der kräftige Techniker. »Du hast das hier vergessen.«

»Hä?«

Der andere wirft ihm etwas Kleines, Glänzendes zu. Wolfe fängt den Gegenstand aus der Luft. Es ist sein Stift. Er macht ein verlegenes Gesicht und beginnt rasch zu grinsen. »Ja«, sagt er. Und wirft den Stift achtlos auf ein Regal neben seiner Pritsche.

In der Zwischenzeit hat sich Erlich, der Techniker, über Wolfes Opfer gebeugt. »He, Rogers, alles in Ordnung?«

Der Junge ist noch immer zu benommen, um zu antworten. Er stöhnt leise.

Der Mann beobachtet ihn eine Weile, und seine Besorgnis steigert sich. Er kniet neben dem anderen nieder. »Kommen Sie, versuchen Sie aufzustehen. Sie können nicht hierbleiben.«

Statt einer Antwort beginnt Rogers zu husten. Er blutet heftig aus der Nase. Erlich wechselt einen Blick mit seinen Kameraden. »He, Mackie, hilf mir mal! Wir wollen ihn in die Krankenabteilung schaffen!«

»In die Krankenabteilung? Bist du übergeschnappt?« schreit Wolfe und setzt sich auf. »Das kannst du nicht machen!«

»Halt den Mund, Wolfe. Du hast schon genug Unheil angerichtet.«

»Bringt ihn einfach nur in seine Koje. Ihm fehlt nichts.«

»Das hoffst du«, entgegnet Erlich. »Und was, wenn du dich irrst? Was willst du dann erzählen?«

»Was wirst du sagen, wenn der Arzt fragt, wieso Rogers so zugerichtet ist?«

»Nichts. Und der Arzt wird den Mund halten. Er steht auf unserer Seite.«

»Einen Scheiß steht er!« schnappt Wolfe.

Die anderen ignorieren ihn. Erlich beginnt, Rogers auf die Beine zu manövrieren. »Los doch, Champ. Häng dich einfach an mich, hörst du? Mackie, nimm seinen anderen Arm.«

Ungeschickt mühen die beiden sich in dem beengten Raum mit ihrer Last ab, dann haben sie den blutenden Jungen zwischen sich. »Komm schon. Mackie ...«

»Ja, ja, schon gut. Der Kleine wird schon nicht sterben.« Und zu Rogers: »Benutz deine Füße, Doofkopf. Du bist nicht so hilflos, wie du tust.«

»Laß ihn in Ruhe.«

»Ja, ja.«

Sie schleppen Rogers durch den engen Korridor in Richtung der Krankenabteilung davon, und Wolfe blickt ihnen mit bleichem Gesicht hinterher. Die anderen Männer im Quartier wenden sich ihren eigenen Angelegenheiten zu und ignorieren ihn demonstrativ.

Den immer noch benommenen Rogers zwischen sich, eilen Erlich und Mackie den Korridor entlang. Einmal bleiben sie stehen, um einen Kameraden – Jonesy – vorbeizulassen. Er muß sich seitlich an ihnen vorbeiquetschen. Als er Rogers in das Gesicht blickt, sagt er entsetzt: »Jesses! Was ist denn mit ihm passiert?«

»Er ist gegen eine Wand gelaufen«, sagt Mackie.

»Aber jemand muß ihm dabei geholfen haben.«

»Er hatte einen fliegenden Start.«

»Jaaaah. Sicher.«

»Geh weiter, ja?« brummt Erlich.

Jonesy zuckt die Schultern und setzt sich in Bewegung. Die beiden schleppen ihre Last weiter. »Schön, jetzt weiß es bald das ganze Schiff. Jonesy kann die Klappe nicht einmal dann halten, wenn er sie voller Diamanten hat.«

»Es wird sowieso kein Geheimnis bleiben«, schnaubt Erlich. »Wenn Wolfe nicht von selbst darüber zu reden beginnt, dann wird *dieser* Idiot hier es tun.« Er deutet auf Rogers.

»Ja, gut und schön ... ein Blick in sein Gesicht, und der Rest wird nicht schwer zu erraten sein. Warte nur, bis Korie es herausfindet ...«

»Ich kann warten«, entgegnet Erlich. »Wir sind da. Die Krankenstation.«

Kapitel 7

Selbst Murphys Gesetz funktioniert nicht immer.

SOLOMON SHORT

Um genau sechshundert Uhr betritt der Erste Offizier der *Roger Burlingame*, Jonathan Thomas Korie, den Maschinenraum. »Mister Leen?« Seine Stimme klingt fest und kühl.

»Sir!« Der Leitende Ingenieur springt in Habachtstellung. »Maschinenraum bereit zur Inspektion und Übung, Sir!«

Korie nickt langsam und läßt den Blick mit einer beinahe erzwungenen Ruhe über den Maschinenraum schweifen. An jeder Überwachungskonsole stehen zwei Männer in Habachtstellung, die Uniformen sind frisch und sauber. Oben hängt die ›Affenmannschaft‹ in ihren leuchtfarbenen Schutzanzügen in den Netzen und wartet. Korie sieht den Leitenden Ingenieur an. »Sehen Sie? Ich habe Ihnen doch gesagt, daß Ihre Leute bereit sein würden.«

Leens Mund wird schmal, doch dann sagt er lediglich: »Jawohl, Sir!«

Unvermittelt ändert Korie sein Verhalten. Seine Gelassenheit weicht einer steifen militärischen Atmosphäre – Haltung, Bewegung, Kiefermuskulatur, alles erscheint mit einem Schlag direkter, befehlsmäßiger. »Schön, Mister Leen. Fangen wir an.« Er tritt an eine der Konsolen und löst den wartenden Techniker mit dem rituellen Schulterklopfen ab. »Ich werde von hier aus zusehen. Im Reservebefehlsstand sitzen drei Leute, die die verschiedenen Simulationen in Ihre Konsolen hier eingeben. Soweit es Sie, Mister Leen, und Ihre Mannschaft betrifft, handelt es sich um echte Kampfalarme.«

»Jawohl, Sir.« Leen steht weiterhin in Habacht. Seine gesamte Haltung drückt aus: »Du verdammter Bastard, dir werde ich's schon zeigen«, und das ist genau das, was der Erste Offizier zu sehen wünscht.

Korie betätigt ein Pedal unter der Konsole, und hinter ihm

kommt ein Sitz aus dem Boden. Er läßt sich hineinfallen. Von seiner Position hier in der Ecke kann er fast zwei Drittel des Maschinenraums und seiner Mannschaft im Auge behalten. Er wendet sich der Konsole vor ihm zu und löscht die Routineanzeigen auf den Monitoren. Leen steht immer noch steif und abwartend da. Während der Übung wird sich zeigen, ob er seine Mannschaft vernünftig trainiert hat. Wenn nicht, wird es ebenfalls ans Licht kommen. Von jetzt an liegt es nicht mehr in seinen Händen, und er ist auf die Rolle des Zuschauers beschränkt.

Korie schaltet den Interkom ein. »Brücke? Sind Sie soweit?«

Vom Reservebefehlsstand – der Zentrale für die Übung – kommt die Antwort. »Jawohl, Sir.«

»In Ordnung. Dann lassen Sie uns mit Fall Nummer eins anfangen.«

Ein Alarmsignal schrillt durch den Maschinenraum. »Alarm! Alle Mann auf Kampfstationen! Alarm! Alle Mann auf Kampfstationen!« Ein überflüssiges Kommando, denn die Mannschaft im Maschinenraum wartet bereits an ihren Stationen. Die Lichter auf Kories Monitor wechseln nacheinander auf Grün, während die Meldungen der Stationen eingehen.

»Ausweichmanöver«, erschallt es aus dem Kommunikator. »Autokontrollen einschalten. Dreißig Sekunden Programm Zwölf Alpha, anschließend dreißig Sekunden Programm Sechs Lambda, dann dreißig Sekunden Programm Neun Theta.«

Kontrolleuchten schalten auf Gelb, dann zurück auf Grün, als alle Stationen auf Computerkontrolle umgestellt haben. In einer echten Kampfsituation würden sich jetzt Geschwindigkeit und Richtung der Hyperraumblase mit einer willkürlich variierenden Frequenz zwischen einem und fünfzig Hertz ändern. Die Programme wählen die Werte auf dem Zufallsprinzip basierend aus.

Die Reaktionszeit der Mannschaft ist überraschend schnell, doch Kories Gesichtszüge bleiben unergründlich. Die richtige Übung hat noch gar nicht begonnen. Der Schirm vor ihm beginnt, ein komplexes dreidimensionales Muster zu zeichnen – den Zickzackkurs der *Roger Burlingame* und ihres aus der Hyperraumblase resultierenden Kraftfeldes. Es handelt sich lediglich um eine Simulation – alle Monitore bis auf die Reservesysteme wurden von den realen Schiffskontrollen abgekoppelt, und die Kampfsituation auf den Schirmen der Maschinenraumbesatzung existiert nur in den Speichern des Hauptcomputers. Die Männer haben allerdings keine Möglichkeit, den Unterschied zwischen der Simulation und einem echten Kampf festzustellen.

»Rücksturz aus dem Hyperraum zum Abfeuern der Raketen vorbereiten«, ertönt der nächste Befehl. »Phasenwandler neutralisieren.«

Direkt neben Korie wiederholt ein Techniker den Befehl; andere Männer folgen seinem Beispiel.

»Verriegelungen entfernen. Bereithalten zum Neutralisieren.«

»Bereit zum Neutralisieren.«

»Neue Ausrichtung«, befiehlt die Pseudozentrale. »Acht drei Komma eins vier.«

»Neue Ausrichtung. Acht drei Komma eins vier«, kommt die Bestätigung. Rasch wird der Wert in die Konsole eingegeben. Das große kugelförmige Gitterwerk, in dem die Generatoren gelagert sind, rotiert langsam in eine neue Lage. Das Schiff wechselt seine Ausrichtung innerhalb der Hyperraumblase.

Auf dem Schirm verläuft der Kurs noch immer im Zickzack durch den Hyperraum. Die Ausrichtung der *Roger Burlingame* wird erst dann zum Tragen kommen, wenn die Hyperraumblase zusammenfällt. In einer wirklichen Raumschlacht ist das Schiff so gut wie unverwundbar; eine Hyperraumblase ist so ultramanövrierfähig, daß es schwierig ist vorherzusagen, wo der Feind in dem Augenblick sein wird, wenn die Raketen feuern. Ganz zu schweigen von seiner Position, wenn die Raketen an ihrem Zielpunkt ankommen.

Die Raketen besitzen ihre eigenen Hyperraumgeneratoren, kurzlebige Apparaturen, deren einziger Sinn darin besteht, die Waffe in das Ziel zu befördern und das Hyperraumfeld des Feindes durch Überlappung mit seinem eigenen zum Zusammenbrechen zu bringen. Wenn die Waffe ihr Ziel erreicht, dann werden die Stasisgeneratoren des Gegners überladen, und sowohl die Blase als auch das Schiff darin werden zerstört. Innerhalb eines winzigen Augenblicks.

Aber ein Schiff muß in den Normalraum zurückkehren, bevor es seine Raketen oder Torpedos abfeuern kann. Die Raketen werden ausgestoßen, gezündet, und dann müssen sie in ihren Hyperraumblasen zuerst eine sichere Entfernung erreichen, bevor das feuernde Schiff in die vergleichsweise Sicherheit seines eigenen gekrümmten Raums zurückkehren kann. Für diese wenigen Minuten, in denen ein Schiff seine Raketen ausstößt, ist es verwundbar. Deswegen der Zwang, so kurz wie nur irgend möglich im Normalraum zu bleiben.

Im Kampf werden die Hyperraummanöver automatisch ausgeführt, kontrolliert durch die Schiffsrechner; schneller und willkürlicher, als es ein Mensch je könnte. Wenn ein Schiff den Hyperraum verläßt, um seine Waffen abzufeuern, dann ist seine Bewegung abhängig von der zuvor erreichten inhärenten Geschwindigkeit. Der Kurs entspricht dem Kurs, den das Schiff in der Hyperraumblase eingehalten hat – und dieser Kurs ist variabel. Die Geschwindigkeit eines Schiffes innerhalb seiner Hyperraumblase ist ohne Bedeutung, genau wie die Richtung. Beide kommen erst im Normalraum wieder zur Geltung. Die Orientierung der Hyperraumgeneratoren im Verhältnis zur Hyperraumblase bleibt konstant, sie funktionieren wie ein Gyroskop oder Kreisel; es ist das Schiff, das sich um die Generatoren herum ›dreht‹.

Deswegen wird die Richtung, in der die *Roger Burlingame* fliegt, ganz einfach dadurch korrigiert, daß das Schiff in den Hyperraum übertritt, die Generatoren subjektiv in Rotation versetzt, womit objektiv das Schiff in Relation zum Normalraum gedreht wird, und anschließend wieder in den Normalraum zurückstürzt. Die Richtung der Hyperraumblase und die Richtung der inhärenten Geschwindigkeit sind voneinander unabhängig, und so kann das Schiff ohne jeglichen Verlust kinetischer Energie aus dem Normalraum gehoben und in einer anderen Ausrichtung wieder in ihn zurückversetzt werden. Nur die Richtung des Geschwindigkeitsvektors hat sich geändert, nicht jedoch sein Betrag.

Ein typisches Manöver unter Schlachtbedingungen

besteht in einem von mehreren Minuten bis hin zu mehreren Stunden dauernden komplexen Muster aus unablässigen Richtungswechseln der Hyperraumblase, unterbrochen von einem plötzlichen Rücksturz mit einem Schiff, das mit Unterlicht in eine für den Feind völlig unerwartete Richtung fliegt, gefolgt vom augenblicklichen Abfeuern seiner Raketen und Torpedos und der Rückkehr in den Hyperraum. Anschließend folgen Ausweich- und Täuschungsmanöver.

Genau von dieser Art ist die Übung, die Korie als erstes durchführen lassen will. Später werden noch komplexere Manöver folgen.

»Noch immer bereit zum Neutralisieren der Umwandler«, erinnert ein Techniker.

»Nur nicht so voreilig da unten«, ertönt es aus der Simulationszentrale. »Bereithalten, um Ausweichprogramme zu beenden.«

»Bereit.«

»Beenden.«

»Beendet.«

»Umwandler neutralisieren.«

»Neutralisation – jetzt!«

»Zyklus auf eins acht null setzen. Phasenübergang einleiten.«

»Zyklus auf eins acht null gesetzt. Übergang eingeleitet.«

»Kompensatoren einschalten.«

»Kompensatoren eingeschaltet.«

»Zyklus vollständig. Umwandler neutralisiert. Hyperraumblase ist jetzt stationär.«

»Rücksturz.«

»In Ordnung.«

Kontrollampen blinken auf. Auf den Monitoren hat der Schiffscomputer den Rücksturz simuliert. Beinahe im gleichen Augenblick … »Waffen abfeuern! Vorbereiten für Hyperraum.«

»Bereit.« Der Maschinenraum hat nichts mit dem Abfeuern der Raketen und Torpedos zu tun, aber das hier ist trotzdem der wichtigste Teil der gesamten Übung. Korie will herausfinden, wie lange die Leute benötigen, um ihre Monitore freizumachen, einen neuen Kurs zu programmieren und wieder in *den Hyperraum zu springen. Befehle fliegen knackend über den Interkom.*

»Inhärenter Geschwindigkeitsvektor acht drei Komma eins vier!«

»Bestätigung. Geschwindigkeitsvektor acht drei Komma eins vier.«

»Hyperraumkontrolle, Umwandler polarisieren. Dreizehn Grad. Ich wiederhole, dreizehn Grad.«

»Bitte?«

»Sie haben mich verstanden. Dreizehn Grad ... dreizehn Grad ... dreizehn Grad ...«

»Waffen aktiviert und bereit.«

»Zielansprache.«

»Initialhyperraumgeschwindigkeit eins drei fünf.«

»Eins drei fünf, verstanden.«

»Vorbereiten zur Wiederaufnahme der Ausweichmanöver nach Übergang.«

»Ausweichmanöver programmiert.«

»Energiemengen stimmen überein?«

»Stimmen überein.«

»Kompensatoren bereit?«

»Kompensatoren werden jetzt bereitgemacht.«

»Energiemengen abgeglichen. Operation vollständig und bestätigt.«

»Bitte noch einmal überprüfen.«

»Wird gemacht.«

»Frequenzmodule eins, drei und fünf auf Phasenreflex eins drei.«

»Verstanden. Ausrichtungswinkel?«

»Keiner.«

»Keiner?«

»Richtig.«

»Ausweichmanöver wie folgt: Programm Sieben Gamma, Acht Gamma, Neun Delta, jeweils für fünfzig Sekunden.«

»Sieben Gamma, fünfzig Sekunden. Acht Gamma, fünfzig Sekunden. Neun Delta, fünfzig Sekunden. Bestätigt. Beginn drei volle Sekunden nach Übertritt.«

»Geht es nicht schneller?«

»Lieber nicht.«

»In Ordnung.«

»Raketen im Hyperraum und unterwegs.«

»Mach schon, Baby, mach schon!«

»He Mann! Das ist nur eine Übung ...!«

»Halten Sie den Mund, Sie Idiot!«

»Vorbereiten zum Übertritt.«

»Bestätigt.«

»Alle Kontrollen auf Grün?«

»Bestätigt.«

»Übertritt.«

»Übertritt.«

»Verriegelungen einschalten.«

»Verriegelungen eingeschaltet.«

»Ausweichmanöver beginnen.«

»Bestätigt.«

»Alles klar auf C-Deck?«

»Bestätigt.«

»Statusbericht Raketen, bitte.«

»Zielverfolgung aktiv.«

»Wen verfolgen sie? Uns oder den Gegner?«

»Den Gegner, hoffe ich ...«

Eine Stimme von der Brücke: »Raketenstatus: Wir haben vorbeigeschossen.«

»O Scheiße ...!«

Leen blickt zu Korie. »Warum haben Sie ihnen nicht wenigstens einen Treffer gegönnt?«

Korie sitzt mit im Schoß zusammengelegten Händen vor seiner Konsole und zeigt einen verwirrten Gesichtsausdruck. Er blickt den Leitenden Ingenieur an. »Ehrlich gesagt«, beginnt er, »das Programm ist so geschrieben, daß sie eine faire Chance haben zu treffen.« Er atmet durch, tief und laut, kein richtiger Seufzer, dann berührt er den Interkomknopf auf seiner Konsole. »Brücke, hier Korie. Wie weit lagen wir daneben?«

Die Antwort klingt lakonisch. »Dreiundvierzig Prozent unter Optimum, Sir.«

Erneut blickt Korie zu Leen. »Sehen Sie? Deswegen haben wir nicht getroffen. Ich habe die Übung so programmiert, daß

Ihre Leute bis mindestens fünfzehn Prozent herankommen müssen, um einen Treffer zu erzielen.«

»Sie denken an alles, wie?«

»Dafür werde ich bezahlt.« Korie strafft sich in seinem Sitz und löscht die Anzeigen auf dem Schirm. »In Ordnung. Versuchen wir es noch einmal. Brücke, Programm Nummer zwei vorbereiten. Maschinenleitstand, hatten Sie Schwierigkeiten, mit den Kompensatoren Schritt zu halten?«

Kapitel 8

MEMO
VON: Konteradmiral Farrel
AN: Flottillenadmiral Harshlie

Joe,
der Feind hat eine dritte Front im GY-Sektor eröffnet, genau wie wir es vorausgesehen haben. Ich muß Ihnen nicht sagen, welche Bürde uns damit auferlegt wird. Wir können der Herausforderung standhalten, aber es wird verdammt hart werden. Ich will so viele Schiffe in das Gebiet entsenden, wie nur irgend möglich. Wir können elnlge aus den Sektoren GX und GV abziehen, aber ich will die Gebiete nicht unverteidigt lassen.

Was haben wir hier in den Docks oder bei den vorgeschobenen Basen, das wir noch in die Bresche werfen könnten?

Stephen

MEMO
VON: Flottillenadmiral Harshlie
AN: Konteradmiral Farrel

Lieber Stephen,
nichts.

MEMO
VON: Konteradmiral Farrel
AN: Flottillenadmiral Harshlie

Lieber Joe,
jetzt geben Sie sich mal einen Ruck, Mann! Wenn ich aus dem Fenster sehe, dann erkenne ich sechs Schiffe im Orbit. Oder sind das optische Täuschungen?

Stephen

MEMO
VON: Flottillenadmiral Harshlie
AN: Konteradmiral Farrel

Lieber Stephen,
Kreuzer K-143 ist die *Massion*, die zum Dienst in den Vorrangsektor DL abkommandiert ist.

Kreuzer K-146 ist die *Specht*. Tyler benötigt sie für eine Spezialaufgabe.

Kreuzer K-151 ist die *Cutter*. Sie soll ihrem Schwesterschiff *Perry* Unterstützung geben, sobald sie fertig aufmunitioniert ist.

Zerstörer F-93 ist die *Roger Burlingame*. Darüber haben wir lange genug diskutiert.

Zerstörer F-101 ist die *Carver*. Sie ist ebenfalls für Sektor DL bestimmt.

Zerstörer H-13 ist nur eine leere Hülle. Das war einmal die *Wilson*. Noch Fragen?

Joe

MEMO
VON: Konteradmiral Farrel
AN: Flottillenadmiral Harshlie

Lieber Joe,
Was stimmt denn nicht mit der *Roger Burlingame*?

Stephen

MEMO
VON: Flottillenadmiral Harshlie
AN: Konteradmiral Farrel

Lieber Stephen,
Sie machen sicher Witze. Ich würde die Roger Burlingame nicht einmal einsetzen, wenn ich Selbstmord begehen wollte. Das Schiff ist älter als ich, und wir gehören beide schon seit langem ausgeschlachtet.

Joe

MEMO
VON: Konteradmiral Farrel
AN: Flottillenadmiral Harshlie

Lieber Joe,
es ist mir völlig egal, wie alt das Schiff ist. Ich will nur wissen, ob es einsatzfähig ist. Bitte überprüfen Sie den Zustand der Roger Burlingame.

Stephen

MEMO
VON: Flottillenadmiral Harshlie
AN: Konteradmiral Farrel

Lieber Stephen,
in Ordnung. Hier der Zustandsbericht, aber er wird Ihnen nicht gefallen. Ich hätte Ihnen auch so sagen können, wie mitgenommen das Schiff ist.

Joe

MEMO
VON: Konteradmiral Farrel
AN: Flottillenadmiral Harshlie

Lieber Joe,
an der *Roger Burlingame* gibt es nichts auszusetzen. Die Generatoren funktionieren, und sie hält die Luft. Sie benötigt ein paar kleinere Reparaturen, aber ansonsten können wir sie einsetzen.

Stephen

MEMO
VON: Flottillenadmiral Harshlie
AN: Konteradmiral Farrel

Lieber Stephen,
im Kampf???? Das ist nicht Ihr Ernst?
Joe

MEMO
VON: Konteradmiral Farrel
AN: Flottillenadmiral Harshlie

Lieber Joe,
ich kann es mir nicht leisten zu scherzen.
Wer hat außerdem gesagt, daß die *Roger Burlingame* in den Kampf geschickt werden soll? Ich will sie für den leichten Patrouillendienst in Sektor DV. Auf diese Weise können wir von dort ein gutes D-Klasse-Schiff abziehen und es nach GY schicken.
Stephen

MEMO
VON: Flottillenadmiral Harshlie
AN: Konteradmiral Farrel

Lieber Stephen,
Punkt eins: Das Systemanalysenetzwerk der *Roger Burlingame* arbeitet nicht korrekt. In das Schiff wurden seit der Indienststellung so viele neue Maschinen und Apparate eingebaut, daß das Netzwerk vollständig zusammengebrochen ist. Wenn etwas schiefgeht, dann ist die Besatzung von den Sekundären Analysesystemen abhängig, und sie müssen den Fehler an Ort und Stelle verifizieren.

Punkt zwei: Die Führungsstäbe für die Energie- und Kontrollkabel zu den Stasisgeneratoren wurden entfernt. Das Schiff kann im Hyperraum nicht die Richtung wechseln, ohne die Kabel zu zerstören. Wir haben keine entsprechenden Ersatzteile mehr, weil die F-Klasse seit zwanzig Jahren als veraltet und überflüssig gilt.

Punkt drei: Das Phasenreflexsystem ist nicht mehr in Ordnung.

Punkt vier: Das Phasenadaptionssystem ist hinüber.

Punkt fünf: Die Übertrittskompensatoren müßten von Grund auf erneuert werden, bevor das Schiff die Sicherheitsüberprüfungen bestehen könnte. Und wo sollen wir F-Klasse-Kompensatoren hernehmen?

Punkt sechs: Soll ich wirklich noch mehr aufzählen? Kein Problem. Die Liste ist endlos. Sie wollen die *Roger Burlingame*? Nicht einmal zu einer Kaffeefahrt, Sir.

Joe

MEMO
VON: Konteradmiral Farrel
AN: Flottillenadmiral Harshlie

Lieber Joe,
uns bleibt keine andere Wahl. Wir brauchen das Schiff. Wir brauchen jedes Schiff, das keine Luft verliert und sich bewegt.

Ich habe die Logbücher der *Roger Burlingame* vor mir liegen. Das Schiff funktioniert jetzt schon seit sechs Jahren ohne Systemanalysenetzwerk. Die längste Panne, die die *Roger Burlingame* je hatte, dauerte mal eben dreiundneunzig Stunden.

Die Stasisgeneratorstäbe wurden, vier Monate bevor das Schiff hier andockte, ausgebaut. Der Leitende Ingenieur hat es selbst getan, weil sie nicht funktionierten. Aus den Logbüchern geht hervor, daß er eine ›Affenmannschaft‹ in die Netze hochgeschickt hat, die die Kabel manuell führt. Anscheinend funktioniert das Verfahren, hier steht nämlich, daß das Schiff ohne die Stäbe effizienter zu manövrieren ist.

Die Phasenadaptions- und die Phasenreflexsysteme sind nicht als lebensnotwendig eingestuft. Ein Schiff kann auch ohne sie überleben, falls erforderlich. Die Mannschaft kann die Aufgaben beider Systeme manuell erledigen. Die *Roger Burlingame* hat das bewiesen.

Lassen Sie die Übertrittskompensatoren überholen. (Es ist mir egal, wo oder wie, aber machen Sie es!) Sie sind schon zweimal von der Mannschaft überholt und repariert worden; finden Sie heraus, wie man das gemacht hat, und lassen Sie die Arbeiten erneut durchführen.

Und so weiter.

Hören Sie, Joe, alle unsere Schiffe besitzen dreifache Sicherheitsfunktionen. Hören Sie auf, sich Sorgen zu machen. Das Schiff wird einsatzfähig sein. Wir brauchen es. So einfach ist die Sache.

Stephen

MEMO
VON: Flottillenadmiral Harshlie
AN: Konteradmiral Farrel

Lieber Stephen,
in Ordnung. Aber Sie unterschreiben die Papiere der *Roger Burlingame*, nicht ich.

Joe

MEMO
VON: Konteradmiral Farrel.
AN: Flottillenadmiral Harshlie

Lieber Joe,
beruhigen Sie sich. So schlimm, wie Sie meinen, ist die Sache nun auch wieder nicht. Aber ich verspreche Ihnen, daß wir das Schiff außer Dienst stellen, wenn es zurück ist. Sobald wir können.

Wen haben Sie eigentlich als Besatzung ausgesucht?

Stephen

MEMO
VON: Flottillenadmiral Harshlie
AN: Konteradmiral Farrel

Lieber Stephen,
beigefügt finden Sie eine Liste der freien Kapitäne und Ersten Offiziere. Ziemlich kläglich, nicht wahr? Kapitän Weberly hat sich um ein Schlachtschiffkommando beworben, und ich stimme ihm zu. Ich möchte, daß er die neue *Roosevelt* übernimmt, sobald sie nächsten Monat in Dienst gestellt wird. Außerdem ist Kapitän Yu frei. Ein guter Mann, aber kein richtiger Raumfahrer. Er ist eher ... er ist ein Schreibtischhengst. Er ist am besten dort aufgehoben, wo er jetzt seinen Dienst versieht, auf Basis K-7.

Ich denke, wir täten am besten daran, einen der Ersten Offiziere zum Kapitän zu befördern. Dann kann er sich die ersten Sporen bei einer leichten Mission verdienen. Was halten Sie von Korie? Oder Perren, Freeman, Yang? Oder vielleicht Colen?

Joe

MEMO
VON: Konteradmiral Farrel
AN: Flottillenadmiral Harshlie

Lieber Joe,
was halten Sie von Kapitän Brandt? Sie haben ihn ausgelassen. Er ist ein fähiger Kapitän.

Stephen

MEMO
VON: Flottillenadmiral Harshlie
AN: Konteradmiral Farrel

Lieber Stephen,
ich würde Kapitän Georj Brandt lieber nicht das Kommando über eine Klapperkiste geben.

Joe

MEMO
VON: Konteradmiral Farrel
AN: Flottillenadmiral Harshlie

Joe,
ich bin Ihrer Meinung. Aber was halten Sie davon, wenn Sie ihm die Roger Burlingame *geben?*

Stephen

MEMO
VON: Flottillenadmiral Harshlie
AN: Konteradmiral Farrel

Lieber Stephen,
genau das meinte ich damit.

Joe

MEMO
VON: Konteradmiral Farrel
AN: Flottillenadmiral Harshlie

Lieber Joe,
auf die Gefahr, daß ich mich wiederhole: Was halten Sie davon, Brandt die *Roger Burlingame* zu geben?

Worauf ich hinaus will ist, daß dieser Brandt allmählich zu einem ausgewachsenen Ärgernis wird. Wir müssen ihn irgendwie aus dem Weg schaffen. Er kann nicht länger auf *Threebase* bleiben. Die Leute fangen an, über ihn zu reden.

Versetzen Sie ihn auf die *Roger Burlingame*, dort kann er keinen Schaden anrichten. Vertrauen Sie mir.

Stephen

MEMO
VON: Flottillenadmiral Harshlie
AN: Konteradmiral Farrel

Lieber Stephen,
in Ordnung. Aber ich würde trotzdem lieber einen der Ersten Offiziere mit dem Kommando betrauen.

Joe

MEMO
VON: Konteradmiral Farrel
AN: Flottillenadmiral Harshlie

Lieber Joe, tut mir leid, aber ich brauche diese Männer für wichtigere Aufgaben. Sie sind ausgebildet für den Kampf, und dort benötige ich sie.

Aber wenn ich mir die Sache genauer überlege, könntest du einen von ihnen auf die *Roger Burlingame* schicken. Als eine Art Rückhalt für Brandt. (Auf diese Weise sind wir wenigstens sicher, daß ein Mann an Bord das Schiff kommandieren kann.)

Wir wollen abwarten, was unsere Psychojungs dazu sagen. Sie werden wissen, wer am besten geeignet ist.

Stephen

MEMO
VON: Flottillenadmiral Harshlie
AN: Konteradmiral Farrel

Lieber Stephen,
beigefügt finden Sie den psychologischen Bericht betreffend das Kommando der *Roger Burlingame.* Am besten eignet sich Colen als Erster Offizier – aber er ist bereits Weberly zugeordnet und wird mit ihm auf die Roosevelt gehen. Freemans Tod und Yangs Versetzung lassen nur noch Korie und Perren übrig. Die Psychos empfehlen Korie. Seine Akte ist ebenfalls beigefügt.

Joe

MEMO
VON: Konteradmiral Farrel
AN: Flottillenadmiral Harshlie

Lieber Joe,
ich bin mit Korie einverstanden. Er hat eine interessante Akte. Verspricht, ein guter Kapitän zu werden, wenn er ein wenig mehr Erfahrung gesammelt hat. Wir wollen ihn im Auge behalten.

Im schlimmsten Fall benötigen wir die *Roger Burlingame* für sechs oder acht Monate. Wenn wir sie dann wieder außer Dienst stellen, dann überprüfen Sie bitte erneut Kories Akte. Ich bin gespannt, wie er sich anstellen wird.

Nachdem er unter Brandt gedient hat, verdient er mit Sicherheit ein eigenes Kommando.

Stephen

Kapitel 9

Eine Armee marschiert mit dem Magen.

NAPOLEON BONAPARTE

In der Messe riecht es nach Kaffee und Ketchup. Es ist ein heller Raum, aber beengt. Das Mobiliar besteht aus schmalen Tischen und Bänken, an denen höchstens zwölf Männer zur gleichen Zeit essen können. Auf den Tischen stehen bunte Gewürzstreuer, und in einer Ecke sitzen drei Raumfahrer schweigend über ihren Mahlzeiten. In der gegenüberliegenden Ecke sitzt Korie, eine Tasse Kaffee vor sich und sonst nichts.

Wie immer ist seine Uniform makellos, das hellblonde Haar sauber gescheitelt, die Wangen frisch enthaart und rosig schimmernd. Seine Augen blicken kalt wie Stahl. Er nippt nachdenklich an seinem Kaffee, während er auf den Tisch vor sich und die Wand dahinter starrt, graue Plastikpaneele ohne jede Verzierung. Was Korie auch immer dort zu sehen glaubt, es bleibt sein Geheimnis.

»Ist hier noch frei?«

Korie hebt den Blick. Die Stimme gehört dem Sanitätsoffizier Panyovsky, einem dicken Mann mit slawischen Gesichtszügen, breitem Kinn, Lachfalten, hellen Augen und schütterem dunklen Haar.

»Jetzt nicht mehr«, erwidert der Erste Offizier mit einem angedeuteten Lächeln. »Setzen Sie sich.«

»Keine Sorge, das mache ich. Aber lassen Sie mich erst etwas zu essen holen.« Panyovsky geht zur Theke, zieht sich einen Becher Orangensaft, einen Toast und eine Tasse Kaffee. »He, Smutje! Was halten Sie davon, wenn Sie mir ein paar Eier machen?«

»Kein Problem«, kommt es aus der Kombüse. »Rührei?«

»Ja, danke.« Panyovsky kehrt an den Tisch zurück und stellt sein Tablett ab.

»Essen Sie immer solche Mengen zum Frühstück?« fragt Korie.

»Frühstück? Das ist mein Mitternachtsimbiß. Ich habe noch nicht geschlafen.«

»Oh. Ich bin eben aufgestanden.«

Der andere weitet in gespieltem Entsetzen die Augen. »Sie meinen, Sie *schlafen* wirklich? Die Besatzung denkt, Sie schlafen nie!«

Korie muß unwillkürlich grinsen. »Nun, ich schlafe auch nicht sehr viel. Man gewöhnt sich zu leicht daran.«

Mit vollem Mund nuschelt Panyovsky: »Wenn ich Sie wäre, ich würde nicht einmal ein kleines Nickerchen gestehen. Es schadet Ihrem Image.«

»Sie verraten es nicht weiter, oder?«

»Meine Lippen sind versiegelt.«

»Dann werden Sie Schwierigkeiten mit Ihrem Essen haben.«

»Dafür werde ich sie entsiegeln.« Der Sanitätsoffizier schlürft laut an seinem Kaffee. »Und, was macht die Arbeit als Erster Offizier?«

Ein Schulterzucken. »Das gleiche wie immer.«

»Das meinen Sie nicht im Ernst«, entgegnet Panyovsky. »Mir ist nicht entgangen, daß es in den letzten Tagen einige Aufregung gegeben hat.«

»Nur ein gegnerisches Schiff, nicht der Rede wert«, sagt Korie sarkastisch.

»Schön ...« Panyovsky zeigt sich zugänglich. »Wenigstens ist es ein wenig Abwechslung im eintönigen Alltag.«

»Nach anderthalb Jahren ist *alles* eine Abwechslung von der Routine«, bemerkt Korie.

»Anderthalb Jahre? Schon *so lange*?«

Korie nickt. »Eigentlich sind es schon eher zwei Jahre. Zweieinhalb Monate fehlen noch.«

Panyovsky grunzt und saugt die Luft durch die Zähne. »Sie sind dran mit einem eigenen Schiff, nicht wahr?«

Korie zuckt erneut die Schultern. »Ich schätze, Sie haben recht. Aber ich bekomme allmählich das Gefühl, daß man mich auf diesen Kahn hier verfrachtet hat, damit ich aus dem Weg bin.«

»Warum sollte man das tun?«

»Woher soll ich das wissen? Vielleicht bin ich auf *Threebase* jemandem auf die Füße getreten, ohne es bemerkt zu haben. Ich glaube, der einzige Weg von Bord dieses Schiffes liegt darin, daß ich mich im Kampf bewähre und dafür sorge, daß man auf mich aufmerksam wird.«

»Die *Roger Burlingame* ist kein Kampfschiff, mein Freund ...«

»Das habe ich bemerkt.«

»... und wir befinden uns auch nicht im Kampfgebiet.«

»Auch das ist mir nicht neu. Wir sind nur aus dem Grund hier, daß die Menschen auf *Callister Mines* nicht behaupten können, sie wären ungeschützt. Pah! Was könnten wir schon ausrichten.«

»Mir kommt es aber gar nicht vor, als wären wir so schlecht.«

»Bis jetzt mußten wir *Callister Mines* auch noch nicht gegen irgend jemanden verteidigen. Wie können wir da schlecht sein?«

»Ich meinte eigentlich dieses feindliche Schiff. Sie waren nicht schlecht.«

Korie zuckt die Schultern. »Ich muß mich schließlich bewähren, wenn ich von diesem Schiff herunter will. Und ich will herunter.«

»Damit stehen Sie nicht alleine.«

»Und wer noch – außer dem ganzen Rest der Mannschaft?«

Panyovsky grinst. »Ich. Barak. Der Kapitän. Die *Roger Burlingame* ist so beliebt wie *Gristler's Planet* während der Seuchenzeit.«

»Hmmm«, sagt Korie. »Daß der Kapitän dieses Schiff nicht mag, das wußte ich bereits. Es ist kein Geheimnis. Er hat kein Interesse an diesem Kommando.«

»Da sehen Sie! Sie haben bereits ein eigenes Schiff! Die *Roger Burlingame*!«

Kories Stimme klingt wie Eis. »Das. Ist. Nicht. Dasselbe.«

»Beruhigen Sie sich. Es war nur ein Scherz.«

Ein Bellen des Schiffskochs unterbricht das Gespräch. »He,

Panyovsky! Kommen Sie schon und holen Sie sich Ihr Essen – oder soll ich es den Schweinen geben?«

Der Sanitätsoffizier grinst. »'tschuldigen Sie mich für 'ne Sekunde.« Er erhebt sich und geht zur Theke, wo ein dampfender Plastipack mit Rührei auf ihn wartet. Korie zwingt sich zur Ruhe, und als der dicke Offizier an den Tisch zurückkehrt und in seinen Stuhl sinkt, grinst er sogar. Panyovsky hat eine antiseptische Sauberkeit an sich, die Korie als erfrischend empfindet.

»Wissen Sie«, sagt Panyovsky, »manchmal denke ich, der Koch ist der eigentliche Kapitän eines Schiffes. Manchmal bin ich mir da sogar ganz sicher.« Er öffnet den Plastipack und gießt Ketchup über die Eier.

»Die gesamte Kombüse ist ein einziger Anachronismus«, entgegnet Korie. »Ich würde Gott weiß was für einen vernünftigen Automaten geben.«

»Nun, wir befinden uns schließlich auf einem Zerstörer der zweiten Generation«, erklärt der andere. »Und damals wurden Schiffe eben noch anders gebaut. Man dachte, daß man wegen der künstlichen Schwerkraft endlich von diesen Null-g-Essensschläuchen weg und zu einer mehr traditionellen Zubereitung der Verpflegung kommen könnte. Natürlich mit all den modernen Verfahren und Apparaten, die die Kunst des Kochens bereichert haben.« Er zwinkert Korie zu. »Sehen Sie, mein Freund, auf diese Weise sind wir an einen Punkt angelangt, der weder Fisch noch Fleisch ist – aber ein wenig von beidem. Wir haben einen richtigen Koch an Bord, und seine Hauptaufgabe besteht darin, Plastipacks zu erhitzen. Allerdings«, fügt er nachdenklich hinzu, »bin ich gerne bereit zuzugeben, daß dieses Shishkebab gar nicht schlecht ist.« Er schaufelt eine gut gefüllte Gabel Rührei mit Ketchup in den Mund.

»Außerdem«, fügt Panyovsky hinzu, »hat man gewisse Vorteile, wenn ein richtiger Koch statt eines Automaten an Bord ist. Zum einen garantiert es eine größere Auswahl beim Essen. Sehen Sie, es spielt keine Rolle, welche Art von Kombüse sich an Bord befindet. Das Essen wird in Stasisboxen gelagert und in Mikrowellen erhitzt. Ein Automat bringt Ihnen den einen Vorteil, daß er die Portionen kontrolliert. Großartig:

Niemand kann sich beschweren, daß er zu wenig bekommen hat. Auf der anderen Seite kriegt man keinen Nachschlag. Jedenfalls nicht, ohne daß ein neues Paket erhitzt wird. Wenn hingegen ein Koch an Bord ist, dann wird immer gerade irgendeine Mahlzeit zubereitet, und die Plastipacks gibt es obendrein.«

Korie grinst. »Denken Sie eigentlich jemals an etwas anderes als an Ihren Magen?«

»Wie?« Panyovsky blickt an sich hinunter und tätschelt seinen Bauch. »An was sonst soll ich denn Ihrer Meinung nach denken?«

»Passiert in der Krankenabteilung denn nie etwas?«

Der Sanitätsoffizier zieht ein geheimnisvolles Gesicht. »Ungefähr genausoviel wie in der Zentrale«, verrät er. »Heute mußte ich ein gebrochenes Schlüsselbein richten, die erste ärztliche Behandlung seit Monaten. Beinahe hatte ich schon vergessen, wie man so etwas macht. Zum Glück fand ich ein paar Hinweise in der Schiffsdatenbank ...«

Korie ignoriert den Redefluß des anderen. »Ein gebrochenes Schlüsselbein? Wer?«

»Heute früh. Ein Radec-Techniker. Ein junger Bursche namens Rogers.«

»Rogers?« Plötzlich wird Korie hellwach. »Wie ist das passiert?«

Panyovsky gibt sich gelassen, aber er blickt nach rechts und links und wartet mit seiner Antwort, bis ein vorüberkommender Decksmann außer Hörweite ist. »Sie sagten, er wäre gegen die Schotten gefallen. Aber ich glaube nicht an diese Geschichte.«

»Und warum nicht?« Panyovskys Augen verengen sich vielsagend. »Kennen Sie den Burschen?«

Korie bleibt unverbindlich. »Er arbeitet in der Zentrale.«

Panyovsky nickt. »Dann wissen Sie ja, wie die Besatzung ihn behandelt.«

»Ja ... wie den Grünschnabel, der er ist.«

»Dann wissen Sie auch, wie er an das gebrochene Schlüsselbein gekommen ist. Irgend jemand hat ihn dazwischengenommen.«

»Ein gebrochenes Schlüsselbein ist schon ziemlich heftig. Wo ist es geschehen?«

»In Abschnitt K. Auf dem Achterdeck.«

»Das ist ein Mannschaftsraum«, sagt Korie. Er runzelt die Stirn. »Warten Sie mal – Rogers hat seine Koje woanders. Er schläft weiter vorn!«

»Das mag sein, wie es will. Jedenfalls lautet so die Geschichte, die man mir erzählt hat. Erlich und MacHeath brachten ihn zu mir, und nach ihrer Geschichte ist er im Abschnitt K gegen ein Schott gefallen.« Er unterbricht sich und schlürft an seinem Kaffee. »Aber man muß kein Arzt sein, um zu sehen, daß der Junge ziemlich gemein zusammengeschlagen worden ist.«

Korie blickt besorgt. »Das gefällt mir nicht.«

Panyovsky zuckt die Schultern. »Was können Sie schon unternehmen? So etwas passiert eben. Die Mannschaft muß ihre Differenzen untereinander austragen.«

»Aber nicht auf diese Weise. Nein, nicht, wenn sie sich gegenseitig dienstunfähig schlagen.«

»Oh, ich glaube nicht, daß es Rogers so schlimm erwischt hat. Er wird für eine Weile mit einer Schiene herumlaufen, aber er wird seine Arbeit machen können.«

»Das meine ich nicht. Was, wenn er nicht Radec-Techniker, sondern bei der ›Affenmannschaft‹ wäre? Oder irgendwo, wo er einen Raumanzug tragen muß? Könnte er das mit seiner Schiene?«

Der Schiffsarzt fixiert Korie mit einem bedächtigen Blick. »Meine Aufgabe besteht nur darin, sie wieder hinzukriegen, Mister Korie. Ich bin nicht ihr Kindermädchen. Das sollten Sie sich ebenfalls merken. Was die Männer außerhalb meiner Krankenstation anfangen, ist ganz allein ihre Sache. Ich versuche, mich nicht hineinziehen zu lassen, weil ich nämlich genau zwischen beiden Seiten stecke.«

»Wissen Sie, wer es getan hat?«

»Nur Gerüchte ...«

»Wer?«

»Ich will Ihnen etwas verraten, Mister Korie. Sie werden es vielleicht noch nicht bemerkt haben, aber es ist nicht leicht

Sanitätsoffizier zu sein. Zumindest nicht an Bord eines Zerstörers der F-Klasse. Ich weiß wahrscheinlich besser, was an Bord vor sich geht, als jeder andere Mann auf diesem Schiff, einschließlich Ihnen und dem Kapitän und sogar dem Gewerkschaftsvertreter. Die Mannschaft erzählt mir ihre Probleme, *Sie* erzählen mir *Ihre* Probleme – und alle denken, ich stünde auf ihrer Seite. Ich darf keine eigene Meinung haben, und ich stehe immer zwischen den Fronten. Also ist es das sicherste, wenn ich meine Arbeit erledige und die Mannschaft versorge, so gut ich kann – und sonst gar nichts. Damit wenigstens Sie alle Ihre verschiedenen Meinungen haben können.«

»Aha«, sagt Korie. »Und jetzt, nachdem Sie Ihren standardisierten ›Ich-muß-immer-schön-neutral-bleiben‹-Spruch aufgesagt haben – *wer war es?*«

»Meine Spione berichten, daß ein Bursche namens Wolfe dahinter steckt. Kennen Sie ihn?«

»Ja. Ich kenne ihn.« Korie will sich erheben. Panyovsky packt ihn am Arm und hält ihn fest.

»Warten Sie einen Augenblick, mein Freund. Das wäre keine gute Idee.«

»*Was* wäre keine gute Idee? Sie wissen doch gar nicht, was ich vorhatte.«

»Was auch immer Sie vorhatten«, grinst Panyovsky. »Es wäre mit Sicherheit keine gute Idee gewesen.«

Korie setzt sich wieder. »Und warum nicht?«

»Weil«, beginnt der Schiffsarzt langsam, »selbst Rogers sagt, daß er gegen einen Schott gefallen ist.«

»Obwohl Wolfe ihm beim Fallen geholfen hat ...?«

»Wahrscheinlich. Aber Sie werden ihn nicht dazu bringen, es zuzugeben. Er hat Angst vor Vergeltung. Sie haben jedenfalls keine Möglichkeit zu beweisen, daß ein Kampf stattgefunden hat. Niemand wird zugeben, etwas gesehen zu haben.«

»Was ist mit den beiden Männern, die ihn in die Krankenabteilung brachten?«

»Erlich und MacHeath? Machen Sie Witze? Die beiden gehören zur Mannschaft, und sie verpfeifen keinen Kameraden. Ganz egal, was passiert ist.«

»Und Sie sind sicher, daß Rogers nicht reden wird?«

»Jedenfalls nicht mit mir.«

»Ich werde selbst mit ihm reden.« Er will erneut aufstehen.

»Nein, das werden Sie nicht. Er schläft.« Panyovsky blickt beiläufig auf seine Uhr. »Außerdem steht eine weitere Übung für den Maschinenraum auf Ihrem Dienstplan, oder haben Sie das vergessen? Sie sind bereits zehn Minuten zu spät dran.«

Kapitel 10

Der Krieg ist die Hölle!

GENERAL WILLIAM TECUMSEH SHERMAN

»Er kommt zu spät«, ertönt es auf Kanal B des Interkoms.

»So? Wer beschwert sich deswegen?«

»Vielleicht haben wir Glück, und er ist gestorben.«

»Du Träumer!«

»Korie ist der Träumer. Er träumt, dieser Kahn hier sei ein Schlachtschiff.«

»Vielleicht weiß er etwas, das wir nicht wissen?«

»Vielleicht hat er etwas, das wir nicht haben?«

»Ich wünschte, er wäre auf einem anderen Schiff.«

»Wißt ihr, wenn wir diesem feindlichen Schiff jemals nahe kommen, dann benötigen wir gar keine Raketen. Korie wird einen Raumanzug überstreifen und es mit bloßen Händen angreifen.«

»Wenn er das tut, dann warten wir nicht ab, ob er zurückkommt. Wir verschwinden einfach vorher.«

»Hört, hört! Endlich kommt ein vernünftiger Vorschlag aus deinem Mund!«

»Wir sollten ihn ohne Raumanzug hinausgehen lassen.«

»Oh? Ich bemerke einen feindseligen Unterton in diesen Überlegungen?«

»Da hast du verdammt recht, Mann!«

»Schon gut, schon gut. Ich wollte nur sichergehen, daß du auf der richtigen Seite stehst.«

»He, hört mal. Wollt ihr wissen, was dieses Arschloch jetzt gemacht hat?«

»Welches Arschloch?«

»Es gibt nur ein Arschloch an Bord dieses Schiffes.«

»Ach, dieses Arschloch. Was hat es denn gemacht?«

»Wißt ihr, warum wir bei diesen Übungen immer vorbeischießen?«

»Sicher. Weil wir mehr als fünfzehn Prozent unter dem Optimum bleiben.«

»Ja, aber wißt ihr auch, was Korie als Optimum gewählt hat, als er die Übungen programmierte?«

»Fünf Millionen Einheiten Halluzin-N?«

»Nicht ganz, aber du kommst der Wahrheit ziemlich nah. Das Optimum, das wir zu erreichen versuchen, ist ein Schlachtschiff der K-Klasse.«

»Hä?«

»Du hast richtig verstanden. Er läßt uns gegen die Spezifikationen der verdammten K-Klasse antreten.«

»Er hat sie ja nicht mehr alle!«

»Er hätte besser bei seinem Halluzin-N bleiben sollen.«

»Vielleicht ist er dabei geblieben, und das ist das Resultat.«

»Meint ihr, wir sollten ihm verraten, daß die *Roger Burlingame* nur ein veralteter Zerstörer der F-Klasse ist?«

»Nein. Das soll er mal schön selbst herausfinden.«

»Aber wir sitzen auf dem gleichen Schiff wie er ...«

»Unglücklicherweise.«

»Herzlichen Glückwunsch. Du hast soeben Kories Geheimnis erkannt.«

»Und das wäre?«

»Daß wir nicht bei der Alliierten Flotte unterschrieben haben, sondern einen Pakt mit dem Teufel.«

»Was erzählt der Kerl da?«

»Ihr hättet eben das Kleingedruckte lesen sollen.«

»Wer kann denn lesen? Als ich mich bei der Flotte meldete,

da wollten sie nur wissen, ob ich fünf Minuten auf den eigenen Beinen stehen kann, ohne hinzufallen.«

»Nun, das erklärt zumindest die Effizienz dieses Schiffes.«

»Und was erklärt seine Ineffizienz?«

»He, wenn wir wieder zurück in der Basis sind – was sollen wir den anderen erzählen, wenn sie fragen, warum wir den gegnerischen Vogel nicht zu fassen gekriegt haben?«

»Unser Netz hatte ein Loch?«

»Sehr witzig. Bist du nicht der Spaßvogel, der immer zustimmend mit dem Kopf zu nicken beginnt, wenn andere dein Schiff heruntermachen?«

»Ja, genau der bin ich. Schließlich habe ich keine Lust, mich mit meinen eigenen Schiffskameraden anzulegen.«

»Ist einem von euch eigentlich jemals aufgefallen, daß an Korie irgend etwas Seltsames ist? Fast, als würde er andauernd *rechnen*.«

»Auf diesem Schiff befindet sich niemand, an dem nichts Seltsames ist. Deswegen sind wir schließlich alle hier.«

»Weiß einer von euch, welche Strafe auf Meuterei steht?«

»Das letzte, was ich hörte, war Tod durch Ausstoßen ins Vakuum.«

»Hmmm. Die Aussicht erscheint mir Tag für Tag attraktiver.«

»Vergiß es. Der letzte, der versucht hat, das Schiff zu übernehmen, war Kapitän Brandt.«

»Und was ist mit ihm?«

»Korie hat ihn in seine Kabine geschickt.«

»Dieser Bastard. So mit einem alten Mann umzuspringen!«

»Ach ja? Das ist noch gar nichts im Vergleich zu dem, was er für uns auf Lager hat.«

»Oh? Und was hat er für uns auf Lager?«

»Er wird uns dazu bringen, auf unseren Posten zu bleiben.«

»Ach du Scheiße!«

Kapitel 11

Ich befürchte fast, es würde keine Verbesserung bringen, wenn die menschliche Rasse mit mehr Intelligenz ausgestattet wäre. Es würde uns lediglich in die Lage versetzen, unsere Fehler auf einer höheren Ebene zu begehen.

SOLOMON SHORT

Ein leises überraschtes Pfeifen ist der einzige Hinweis – ein Offizier hat das Mannschaftsquartier betreten. Das Licht wird eingeschaltet und enthüllt die schäbige Armseligkeit der Kojen, die brüchigen Plastikpaneele an den Wänden. In der Mitte des Raums steht der Erste Offizier Jonathan Korie mit einem Gesicht wie der Tod persönlich. »Wolfe, aufstehen.«

»Hä?«

»Ich sagte aufstehen, Mann!«

Überrascht und bestürzt richtet sich der kleinere Mann auf. Als er erkennt, daß Korie vor ihm steht, springt er förmlich aus dem Bett und nimmt Haltung an. »Jawohl, Sir!«

»Wolfe, ich sage Ihnen das nur ein einziges Mal, also sperren Sie besser die Ohren auf. Wenn Sie etwas nicht mitkriegen, dann werden Ihre neugierigen Stubenkameraden Ihnen sicher alles erzählen können.«

»Jawohl, Sir!«

»Wolfe, ich weiß, was Sie mit Rogers angestellt haben. Ich weiß es so sicher, als wäre ich selbst dabeigewesen und hätte es mit angesehen.«

»Sir! Ich weiß nicht, wovon Sie reden ...«

»Natürlich wissen Sie das nicht. Aber für den Fall, daß es Ihnen wieder einfällt, hören Sie mir besser gut zu.«

»Sir, ich wiederhole – ich weiß nicht ...«

»Sie unterbrechen mich, Wolfe.«

»Ich weiß nicht, wovon Sie reden, Sir. Rogers ist mit dem Kopf gegen eine Wand gefallen ...«

»Wolfe!«

»Ich weiß nichts darüber ...«

»Halten Sie den Mund, Mann!«

»Jawohl, Sir.«

Korie atmet schwer. Sein sonst so bleiches Gesicht ist rot vor Zorn. Wolfe steht steif vor seiner Koje – in Habacht, aber trotzdem irgendwie aufsässig.

»Also schön«, sagt Korie schließlich, ein wenig zu schnell. »Sie wissen nichts darüber. Ich gebe Ihnen trotzdem eine Warnung ...«

»Sir ...!«

»... die Sie dem Schott weitergeben können, gegen das Rogers gefallen ist.« Korie schäumt vor Wut. »Wenn ich mit diesem speziellen Schott auch nur noch die kleinsten Scherereien haben sollte, dann werde ich es persönlich herausreißen. Ich werde es Stück für Stück auseinandernehmen und durch eine Luftschleuse ins All werfen. Und ich werde es mit dem allergrößten Vergnügen tun. Haben Sie mich verstanden?«

»Ich denke doch, Sir.«

»Es gibt besser kein nächstes Mal.«

»Jawohl, Sir. Ich werde es dem Schott sagen.«

»Machen Sie das.« Korie starrt den Mann an, während er überlegt, ob er weiterreden soll. Wolfe ist ein teiggesichtiger Klumpen, ein blaßhäutiger, verfetteter Schläger. Seine Augen sind von wäßrigem Blau, und in ihnen lauert eine heimtückische Gemeinheit.

Korie beschließt, es dabei zu belassen. Wolfe hört offensichtlich nicht mehr zu. Er macht auf dem Absatz kehrt und verläßt das Quartier.

Wolfe wartet, bis der Erste Offizier außer Hörweite ist, dann atmet er erleichtert aus und sinkt auf seine Pritsche. »Au Backe! Er hat es auf meinen Arsch abgesehen.«

»Jaaa«, ruft MacHeath. »Dein Arsch ist auch schwer zu verfehlen.«

»Leck mich!«

»Sieh den Tatsachen ins Auge, Mann«, sagt Erlich. »Du kommst ihm andauernd in die Quere. Es wird nicht lange dauern, bis er erneut über dich stolpert, und dann dreht er durch. Geh ihm aus dem Weg und mach deine Arbeit vernünftig, das ist alles.«

»Wenn du das sagst, dann klingt es so einfach!« schnappt Wolfe. Er wirft sich flach auf das Bett.

»Nun, jedenfalls hat er keine Zeit verschwendet und ist sofort hergekommen.«

»He!« sagt MacHeath plötzlich. »Meint ihr, Rogers hat gesungen?«

»Nein. Ich schätze, der Bastard hat es erraten. Ansonsten hätte er mich mit Sicherheit längst erledigt.«

»Das glaubst auch nur du.«

»Es ist so. Es ist so.«

Kapitel 12

Die Hälfte der Männer weiß nicht, warum wir kämpfen, und der anderen Hälfte ist es gleichgültig – sie lieben einfach den Kampf.

GENERALMAJOR JAKOB ENDERLY,
ZWEITER AMERIKANISCHER BÜRGERKRIEG

»Also los, fangen wir an!« Korie betritt den Maschinenraum und geht direkt zu seiner Konsole. »Leen, schaffen Sie Ihre Leute in die Netze.« Er läßt sich in den Sitz fallen und löscht die Daten auf dem Schirm. »Brücke, wir überspringen die beiden nächsten Übungen und gehen direkt zu Nummer vier weiter. Sie haben den roten Knopf, Zentrale. Benutzen Sie ihn, wenn Sie die Übung nicht kompensieren können – ich breche lieber den Test ab, als daß ich den Gegner erneut verliere.« Er schwenkt in seinem Sitz herum und blickt zu Leen. »Alles bereit?«

»Jawohl, Sir. Wir warten seit zwanzig Minuten.«

»Tut mir leid. Ich hätte befehlen sollen, daß Sie ohne mich anfangen. Aber egal.« Er hakt das Handmikro aus dem Gürtel. »Alles herhören!« Seine Stimme ertönt verstärkt aus den Lautsprechern des Maschinenraums. »Wir überspringen die beiden nächsten Übungen und gehen direkt zu den wichtigen Dingen über. Dieser Test wird aus einer Reihe von rasch hintereinander folgenden Rückstürzen in den Normalraum bestehen, wobei wir jedesmal unsere Waffen abfeuern. Ich will sehen, ob wir ein weitgefächertes Sperrfeuer legen können. Wir haben eine größere Chance, den Gegner zu erwischen, wenn wir gleich einen ganzen Schwarm von Fischen auf ihn feuern können. Sobald wir diese Aufgabe beherrschen, werden wir noch ein paar Feinheiten hinzufügen ... Ausweichmanöver zum Beispiel oder simulierte feindliche Raketenangriffe – während wir auf ihn schießen, schießt er zurück. Und ich verspreche Ihnen, meine Herren, es reicht nicht aus, den Bären zu töten. Wir müssen sein Fell nach Hause schaffen und an die Wand nageln. Oh, eines noch. Der Leitende Ingenieur hat mich gebeten, Ihnen ein Lob auszusprechen, weil Sie Ihre Effizienz bis auf zweiundzwanzig Prozent unter dem Optimum gesteigert haben. Ich bin anderer Meinung. Ich denke, es ist noch zu früh. Wenn Sie auf fünfzehn Prozent herankommen, dann haben Sie Ihre Arbeit gut gemacht. Bei fünfzehn Prozent sind wir vielleicht imstande, den Feind abzuschießen. Und das bedeutet einen Bonus für uns alle, oder nicht?« Er wartet nicht auf eine Antwort. »Gut, dann fangen wir an.«

Er schwenkt mit seinem Stuhl wieder zur Konsole, als das Alarmsignal durch den Raum schrillt. Das massive Gerüst der Generatorhalterungen füllt den Maschinenraum aus wie das Gerippe eines Ungeheuers von Brobdingnagian. Die gewaltigen schwarzen Konusse darin summen, als wären sie lebendig. Selbst von seinem Platz an der Konsole aus kann Korie das Prickeln auf der Haut und in den Haaren spüren, das den Druck des Feldes verrät. »Mister Leen?«

»Sir?«

»Statik. Ich kann Statik spüren. Arbeiten alle Maschinen einwandfrei?«

»Äh ...« Leen tritt an Kories Konsole, beugt sich vor und betätigt einen Schalter. Er sieht konzentriert auf den Monitor, als eine Reihe von Diagrammen erscheint. »Alles in Ordnung, Sir.

Es ist eine routinemäßige Entladung durch die Übertrittskompensatoren. Die Manöverzentrale scheint die Übung vorzubereiten.«

»Gut. Danke, Mister Leen.«

Leen strafft sich und geht. Korie blickt auf seinen Schirm. Die *Roger Burlingame* bewegt sich inzwischen mit achtundzwanzig Komma fünf Licht. Sechsunddreißig Lichttage haben sie bereits zurückgelegt, aber noch immer liegen zwanzig Lichttage vor ihnen.

Er löscht die Anzeigen auf dem Schirm und richtet es zur Kontrolle der Übung ein. Ein plötzlicher Impuls läßt ihn den Interkom abschalten. Er will diesmal nicht vom Geplapper abgelenkt werden und sich ausschließlich auf die Diagramme und Lichtzeichen auf seinen Schirmen konzentrieren.

Eigentlich hat er angenommen, seine Anwesenheit hier im Maschinenraum während der Übungen würde eine spezifische Ursache für die Ineffizienz der Mannschaft zutage fördern – einen Mann zum Beispiel, der seine Arbeit nicht ordentlich versieht oder irgendeine Art von zeitverschwendender Schlamperei, aber nach wenigen Tests hat Korie erkannt, daß es diesen spezifischen Grund für die Leistungsschwäche des Maschinenraums nicht gibt. Es liegt an der gesamten Besatzung. Sie sind schlampig. Der einzige Weg, das abzustellen, besteht in Drill und nochmals Drill.

Korie preßt seine schmalen Lippen zusammen, während er nachdenkt. Sie sind auch im normalen Zustand beinahe blutleer, und der leichte Druck reicht aus, um sie weiß werden und vor dem Hintergrund seiner bleichen Haut verschwinden zu lassen. Seine Augen sind verschleiert, die Pupillen winzig wie Stecknadelköpfe, voll angestrengter Konzentration. Unter normalen Umständen, wären sie noch auf Patrouille, hätte Korie sich nicht weiter an einer gewissen Lässigkeit unter der Besatzung gestört. Die *Roger Burlingame* ist ein altes Schiff, und sie ist müde; wenn es ihr merklich an einem gewissen Stolz fehlt, so kommt das nicht von ungefähr.

Aber das hier ist kein normaler Patrouillendienst mehr. Unvermittelt sind sie in das Kampfgeschehen verwickelt worden, und Korie sieht sich mit der Aufgabe konfrontiert, die unmotivierte Besatzung eines mittelalterlichen Schiffs, das nur in der Etappe eingesetzt werden sollte, in eine kampfstarke Truppe zu verwandeln, die sich mit den besten der Flotte messen kann. Sie sind unzureichend und mit veralteter Ausrüstung versehen, sind unterbewaffnet, und trotzdem – irgendwie muß er es schaffen, daß sie die Standards der besten Schiffe der Allianz erreichen ... und übertreffen.

Der Gegner, dessen Reflex jetzt auf dem Schirm erscheint, ist nur simuliert. Aber irgendwo dort draußen, nur zwanzig Lichttage weit entfernt, da wartet der echte Feind. Ein gegnerisches Schiff, gefährlich und tödlich; die Verzerrungen, die seine Kraftfelder erzeugen, lassen darauf schließen, daß es sich um einen Zerstörer der gleichen Klasse wie der *Roger Burlingame* handelt. Darüber hinaus wissen sie nichts, nichts über die Fähigkeiten des feindlichen Schiffes, nichts über seine Bewaffnung.

Sie hatten das Signal vor etwas mehr als vierzehn Tagen zum erstenmal aufgefangen, in einem Raumsektor, der angeblich ›sauber‹ sein sollte. Doch es hatte ein paar Hinweise gegeben, und sie waren gewarnt worden, auf der Hut zu sein. Zuerst hatte Korie die Warnungen in den Wind geschlagen. *Threebase* gab derartige Warnungen mit monotoner Regelmäßigkeit heraus. Aber als sie die ersten Reflexe auf den Ortungsgeräten auffingen, da mußte er seine Meinung gezwungenermaßen ändern.

Die Entdeckung des Feindes war reiner Zufall. Zuerst wollte die Radec-Mannschaft nicht glauben, daß sich dort draußen tatsächlich ein feindliches Schiff aufhalten könnte; schließlich war es vollkommen unwahrscheinlich. Sie überprüften immer und immer wieder ihre Instrumente, aber der Reflex des Feindschiffes wurde immer deutlicher.

Es befand sich beinahe direkt voraus, und es hatte den gleichen Kurs eingeschlagen wie sie – in Richtung des Allianzstützpunkts. Vielleicht befand es sich auf einer Bombenmission. Zuerst hatte Korie noch geglaubt, eines der eigenen Schiffe vor sich zu haben, aber eine Überprüfung der Datenbanken und das Verhalten des anderen Schiffes hatten rasch zu der Erkenntnis geführt, daß diese Möglichkeit ausschied. Seine Kraftfeldprojektion – unverwechselbar wie ein Fingerabdruck – war vollkommen unbekannt, und das hatte nur einen Schluß zugelassen: Es handelte sich um ein feindliches Schiff.

Die *Roger Burlingame* hatte ihre Geschwindigkeit erhöht, und der Feind hatte das gleiche getan. Offensichtlich hatte der Feind die *Burlingame* zur gleichen Zeit geortet wie die *Burlingame* den Feind. Der Kapitän des anderen Schiffes schien sich entschieden zu haben, seine Mission abzubrechen, denn er flog an der Basis vorbei. Die *Roger Burlingame* schoß in heißer Verfolgung hinterher. Sie ging auf Höchstgeschwindigkeit, und der Gegner tat das gleiche. Nach den Computern erreichte er dabei hunderteinundsiebzig Licht. Aber diese Geschwindigkeit blieb nicht konstant und sank nach und nach ab. Vielleicht waren die Energiezellen des anderen kurz davor, sich zu erschöpfen, oder vielleicht waren seine Maschinen instabil – aus welchem Grund auch immer, eine Verfolgung schien jedenfalls möglich.

Und sie war mehr als möglich. Sie war unausweichlich. Korie schob seit mittlerweile einundzwanzig Monaten auf der *Roger Burlingame* seinen Dienst, ohne die geringste Abwechslung. Frustration hatte sich in ihm ausgebreitet und wie ein tödlicher Endoparasit an ihm genagt. Er war für den Kampf ausgebildet worden, man hatte ihm den Kampf versprochen, und jeder Teil seiner Laufbahn war auf dieses eine Ziel gerichtet gewesen. Seine Hände sehnten sich nach dem Gefühl des Kampfes, seine Augen brannten, sein ganzer Körper war steif vor Erwartung. Er hatte den Befehl zur Verfolgung gegeben, ohne auch nur eine Sekunde nachzudenken. Er hatte keine Wahl gehabt. (Und dann war ihm bewußt geworden, was er getan hatte, und er hatte den Blick auf Brandt gerichtet und den Kapitän fragend angesehen. Aber der alte Mann hatte nur genickt und gesagt: »Das ist Ihr Vogel, Mister Korie. Schnappen Sie ihn.« Und mit diesen Worten hatte er die Brücke verlassen.)

Zehn lange Tage hatte Korie den Gegner auf dem großen Schirm in der Zentrale beobachtet – und während der gesamten Zeit hatte ein einziger Gedanke sein Bewußtsein erfüllt: *Wenn wir ihn stellen – werden wir dann auch imstande sein, ihn zu besiegen?*

Sie besaßen einen Vorteil. Der Kapitän des anderen Schiffes hatte offensichtlich keine Ahnung, wie schlecht die *Roger Burlingame* ausgerüstet war, wie schwach bewaffnet – sonst wäre die *Roger Burlingame* auf der Flucht. Soweit es der andere Kapitän wissen konnte, war es ein Kreuzer der K-Klasse, der ihn jagte.

(Schön und gut, soll er denken, was er will. Soll er lange genug weiterdenken, damit ich aus dem Hyperraum heraus, meine Raketen abfeuern und wieder in den Hyperraum zurück kann. Das ist alles, was ich brauche. Nicht länger.)

Korie hat lange und intensiv über diesem Problem gebrütet. (Die *Roger Burlingame* ist kein Kampfschiff. Die Mannschaft ist nicht zum Kampf ausgebildet.)

Übungen? Er hatte ein paar Übungen während der quälend langsam vonstatten gehenden Verfolgung auf den Plan gesetzt, aber seine Sorge war es gewesen herauszufinden, wo die Fähigkeiten der Mannschaft lagen, so daß er eine Kampftaktik entwickeln konnte. Nun ist diese Strategie durch die Umstände hinfällig geworden, und ihm bleibt keine andere Wahl. Er muß versuchen, die Mannschaft zurechtzubiegen. Es geht jetzt nicht mehr darum, den Abschuß zu machen – es ist zu einer Frage des eigenen Überlebens geworden. Sie haben ihren Vorteil eingebüßt. (Der gegnerische Kapitän wird inzwischen ahnen, daß die *Roger Burlingame* kein Kreuzer der K-Klasse ist. Wir müssen uns folglich etwas anderes ausdenken.)

Korie beobachtet, wie die riesigen Generatoren in ihren Halterungen nach unten gleiten – ein wichtiger Bestandteil der Übung. Ein Maschinist in einem hellen Schutzanzug beeilt sich, ein Kabel am Verdrehen zu hindern. Das Schiff ändert im Hyperraum die Richtung – und damit die Richtung seiner inhärenten Geschwindigkeit. Einen Augenblick lang wankt der Mann unsicher oben in seinem Netz, dann gleitet das Kabel in die richtige Führung, und Korie atmet auf. Die Männer wissen, was sie tun, und doch …

Der Mann mit dem gelb glänzenden Schutzanzug, der dunklen Brille und dem Helm hängt wieder gelassen in seinem Netz. Von seinem linken Bein hängt ein Kabel herab, das zu einer Station auf dem Boden des Maschinensaals führt: für den Fall, daß einer der gewaltigen Generatoren Funken statischer Elektrizität versprüht – was schon häufiger geschehen ist –, wird der Mann durch das Kabel geerdet. Statische Elektrizität ist an Bord von Raumschiffen seit jeher eines der größten Probleme gewesen.

Die Hyperraumgeneratoren in ihrem kugelförmigen Gitterwerk sind ein beeindruckender Anblick. Jeder der gigantischen Konusse besitzt eine Länge von mehr als sieben Metern. Die sechs großen Maschinen überlagern ihre Felder gegenseitig genau in der Mitte des Gitterwerks, wo sie auf diese Weise eine Miniatur-Hyperraumblase erzeugen. Die Resonanz dieser Blase erzeugt die das Schiff einhüllende äußere Blase. In gewissem Sinn befindet sich der Hyperraum sowohl im Schiff als auch ringsum. Die Gitter dienen dazu, die Blase auszudehnen und das Schiff durch das sich aufbauende Kraftfeld zu leiten. Jedesmal, wenn das Schiff rotiert, wird die Ausrichtung der Generatoren – und der kleinen Hyperraumblase im Innern der Gitter – in Relation zu eben diesem Gitter verändert. Die Gestalt des Resonanzfeldes jedoch muß im Verhältnis zum Kraftfeld konstant bleiben, und so dienen die Phasenreflexsysteme dazu, die Resonanz durch das Gitter hindurch zu justieren. Auf diese Weise behält die Hyperraumblase ihre Orientierung und Stabilität.

Die größere Hyperraumblase draußen bleibt immer in Resonanz mit der inneren, und das Schiff bewegt sich zwischen den beiden. Die ganze Zeit über arbeiten die Übertrittskompensatoren daran, plötzliche Energieschübe der Phasenadapter auszugleichen. Würde das System nicht auf diese Weise funktionieren und das Hyperraumgitter nicht die Gestalt der Resonanz anpassen, wenn die Hyperraumgeneratoren im Innern des Schiffs gedreht werden, wäre das Resultat eine Rückkopplung, eine Überladung, möglicherweise sogar das Ausbrennen der Maschinen – was letztendlich die Zerstörung des Schiffes bedeuten würde.

Würde ein Schiff versuchen, ohne Adjustieren der Hyperraumresonanz innerhalb der Blase zu rotieren, dann liefe das darauf hinaus, daß es das Kraftfeld selbst zu drehen versucht. Was nicht vollkommen unmöglich ist, weil dieser Teil des Kraftfeldes nicht mit dem größeren umgebenden Feld in Wechselwirkung steht – aber das Unterfangen würde sehr viel mehr Energie erfordern, als ein Schiff überhaupt zu produzieren imstande ist.

Auf jeden Fall ist es einfacher, das Schiff zu bewegen und das Feld in Ruhe zu lassen.

Es gibt lediglich ein weiteres Manöver, bei welchem die Hyperraumgeneratoren in ihrem Gitter gedreht werden, und das findet nicht im Hyperraum statt. Wenn ein Kapitän es für erforderlich hält, die Richtung der inhärenten Geschwindigkeit auf eine andere Achse als die übliche Längsachse des Schiffes zu legen, dann muß er sein Schiff einfach im Normalraum drehen. Und da im Zentrum des Gitters stets eine kleine Hyperraumblase existiert, funktioniert sie zugleich als Gyroskop, um das herum das Schiff gedreht werden kann – indem man ganz einfach die Generatoren in eine neue Position dreht. Das Schiff bewegt sich entlang des gleichen Vektors weiter wie bisher, aber sein Bug zeigt jetzt nicht mehr in die Richtung, in die es sich bewegt.

Zurück im Hyperraum ist alles wie zuvor, nur daß die Inhärenzgeschwindigkeit des Schiffes in jede beliebige Richtung zeigt, die der Kapitän gewünscht hat. Wie zuvor kann er diese Richtung ändern, indem er das Schiff im Hyperraum dreht.

Der Hauptvorteil dieser Verfahrensweise liegt im Andocken. Wenn die Inhärenzgeschwindigkeit eines Schiffes bereits sehr nahe an der seines Zielortes liegt (und es ist bedeutsam, daß alle Raumstationen und Schiffe ihre Geschwindigkeit innerhalb eines bestimmten, optimalen Bereiches halten), so muß es nur noch seinen Annäherungswinkel und die Richtung des Geschwindigkeitsvektors angleichen. Beides ist leicht durch Manöver im Hyperraum und im Normalraum durchführbar.

Billig, effektiv und schnell.

Und sollte die Inhärenzgeschwindigkeit einmal zu groß oder zu klein sein, dann fliegt ein Schiff einen nahe gelegenen Planeten an und verbrennt einen Teil seiner kinetischen Energie, indem es gegen den Gravitationstrichter kämpft, oder es baut kinetische Energie auf, indem es in den Trichter eintaucht. Die meisten Schiffskommandanten bevorzugen es, ihre Inhärenzgeschwindigkeit niedrig zu halten, weil sie auf diese Weise leichter zu kompensieren sind. Denn selbst wenn ein Schiff nicht im Hyperraum die Orientierung ändert, so gibt es doch eine gewisse Rückkopplung in den Generatoren. Je geringer die inhärente Geschwindigkeit, desto geringer sind die Rückkopplungen.

Die Phasenadapter und Phasenreflexsysteme der *Roger Burlingame* sind erst vor kurzem gewartet und repariert worden. Ohne diese Arbeiten wäre eine Verfolgung des Gegners von vornherein unmöglich gewesen. Ohne diese Systeme hätte die *Roger Burlingame* nicht die erforderliche Wendigkeit besessen, um in einen Raumkampf einzutreten. Sie wäre ein Schiff gewesen, das immer nur geradeaus fliegt, beschränkt auf die allergrundlegendsten Manöver im Raum. Daß die Phasensysteme instandgesetzt wurden, ist Korie zu verdanken, und darauf ist er auch stolz. Er war es, der die Ersatzteile aufgetrieben hat, und er war es auch, der die Techniker brachte, die die Systeme reparierten.

Er will ein Schiff, das so kampfbereit ist, wie es nur sein kann – und wenn er dieses Schiff nicht durch offizielle Kanäle bekommt, dann verläßt er eben den vorgeschriebenen Dienstweg und baut es sich selbst. Überall auf der *Roger Burlingame* finden sich Dutzende von Hilfsapparaten und Kontrollsystemen, die er aus planetaren Depots und außer Dienst gestellten Wracks zusammengetragen hat. Korie will ein Schiff, das funktioniert.

Aber am meisten von allem will er *sein eigenes* Schiff. Er will *Kapitän* Jonathan Thomas Korie vom Alliierten Sternenschiff *Sowieso* sein. Was auch immer. Im Augenblick ist es ihm sogar beinahe egal, was für ein Schiff sie ihm geben, solange es überhaupt ein Schiff ist. Solange es sich bewegt und luftdicht ist …

Ein Raumschiffskapitän muß eine ganze Menge Neuer Physik meistern, bevor er sein Schiff auch nur navigieren kann – er muß lernen, gleichzeitig in zwei Richtungen zu denken. Ein Raumschiffskapitän muß sein Schiff in- und auswendig kennen, er muß jedes Teil der Ausrüstung kennen, wissen, wie jedes Teil funktioniert, wie es auseinandergenommen wird und wieder zusammengesetzt. Er kennt jede Funktion eines Schiffes, bevor seine Ausbildung zu Ende ist, und er ist in der Lage, jede Aufgabe an Bord ohne große Vorbereitung zu erfüllen, und er sieht mit einem Blick, was richtig gemacht wird und was nicht.

Ein Kapitän muß immer und immer wieder an den Simulatoren trainieren. Jede seiner im Bruchteil von Sekunden getroffenen Entscheidungen muß durch Hunderte von Stunden vergleichbarer Probleme in den Simulatoren erlernt sein. Raumschiffskommandant zu sein bedeutet, die volle Verantwortung für ein Schiff und seine Mannschaft zu übernehmen. Es bedeutet, die Entscheidungen zu verstehen, die gefällt werden müssen, es bedeutet, die Entscheidungen zu fällen und mit ihren Konsequenzen zu leben.

Raumschiffskommandant zu sein …

… ist genau das, was Jonathan Thomas Korie zu sein wünscht.

Ein Raumschiff in einem Krieg zu befehligen, dazu wurde Korie ausgebildet.

Seine Hände sind um die Lehnen des Sitzes verkrampft. Die Knöchel treten weiß hervor. (So nah! So nah und doch so gottverdammt weit weg!)

Die Übung bleibt vierundzwanzig Prozent unter dem Optimum.

Kapitel 13

MEMO
VON: *Flottillenadmiral Harshlie*
AN: *Konteradmiral Farrel*

Stephen,
ich dachte, wir wollten die Roger Burlingame *außer Dienst stellen?*

Joe

MEMO
VON: *Konteradmiral Farrel*
AN: *Flottillenadmiral Harshlie*

Joe,
tut mir leid, aber wir benötigen die Roger Burlingame *noch. Außerdem besteht keine dringende Notwendigkeit mehr, sie außer Dienst zu stellen. Das Schiff ist nicht mehr das Wrack, das es noch vor kurzem war.*

Stephen

MEMO
VON: *Flottillenadmiral Harshlie*
AN: *Konteradmiral Farrel*

Stephen,
wenn die Roger Burlingame *in einem brauchbaren Zustand ist, dann gehört das Verdienst Korie. Erinnern Sie sich an unsere Unterhaltung über das, was geschehen würde, wenn wir einen Kapitän wie Brandt mit einem Ersten Offizier wie Korie zusammen auf das gleiche Schiff setzen? Nun, ich habe recht behalten. Brandt ist nicht derjenige, der das Sagen an Bord hat. Korie führt das Kommando.*

Joe

MEMO
VON: Konteradmiral Farrel
AN: Flottillenadmiral Harshlie

Joe,
er erledigt seine Aufgabe außerdem verdammt gut. Die Effizienz der *Roger Burlingame* hat zum erstenmal wieder seit was weiß ich wie vielen Jahren die siebzig Prozent überschritten! Ich denke, wir sollten diesem jungen Burschen sein eigenes Schiff geben.

Stephen

MEMO
VON: Flottillenadmiral Harshlie
AN: Konteradmiral Farrel

Stephen, tut mir leid, aber wir können ihn nicht ohne die Empfehlung seines Kapitäns befördern. Das heißt, wir könnten es zwar, aber wenn wir Brandts Zustimmung nicht hätten, würde es ziemlich eigenartig aussehen.

Joe

MEMO
VON: Konteradmiral Farrel
AN: Flottillenadmiral Harshlie

Joe,
wieso sollte Kapitän Brandt Kories Beförderung nicht gutheißen? Gibt es einen besonderen Grund?

Stephen

MEMO
VON: Flottillenadmiral Harshlie
AN: Konteradmiral Farrel

Stephen,
Brandt will eine Beförderung und an den Schreibtisch – das hätte er jedenfalls gerne –, und bevor er die nicht hat, wird er niemanden empfehlen.
Natürlich ist es Korie, der das Schiff kommandiert und in Schuß hält, aber Brandt hat nichts dagegen, die Lorbeeren zu ernten. Korie ist derjenige, der die *Roger Burlingame* führt. Brandt weiß das, aber bevor er nicht seine Beförderung hat, wird er Korie nicht von seinem Schiff lassen.
Brandt will der erste sein, der diesen Kahn verläßt.

Joe

MEMO
VON: Konteradmiral Farrel
AN: Flottillenadmiral Harshlie

Joe,
natürlich haben Sie recht.
Wenn es eine Möglichkeit gäbe, Brandt nach oben zu treten, dann würde ich sagen, machen Sie es – und geben Sie Korie die *Roger Burlingame*. Aber ich würde Korie lieber ein Schiff geben, mit dem er kämpfen kann, statt ein so veraltetes Wrack wie die *Roger Burlingame*.
Nein, wir müssen Brandt auf der *Roger Burlingame* lassen. (Man könnte sagen, die beiden sind wie füreinander geschaffen.) Und solange Brandt auf diesem Schiff festhängt, wird er Korie bei sich behalten, damit er es führt.
Das ist ziemlich unfair gegenüber Korie, aber wir werden es später wiedergutmachen.
Ach so, werfen Sie doch noch einmal einen Blick in Kories Akte. Es stimmt, er ist ein verdammt guter Mann im Kampf, aber meiner Meinung nach braucht er jemanden, der ihn davon abhält, über das Ziel hinauszuschießen. Einen mäßi-

genden Ersten Offizier vielleicht. Haben wir keinen erfahrenen Mann, den wir ihm zur Seite stellen könnten?

Stephen

MEMO
VON: Flottillenadmiral Harshlie
AN: Konteradmiral Farrel

Stephen,
manchmal denke ich, wir haben keinen einzigen erfahrenen Mann mehr in der gesamten verdammten Flotte.

Joe

MEMO
VON: Konteradmiral Farrel
AN: Flottillenadmiral Harshlie

Joe,
nachdem ich den Bericht über die *Mitchell*-Katastrophe durchgegangen bin, denke ich, daß Sie recht haben könnten.

Worauf ich hinaus wollte: Vielleicht fehlt es Korie noch ein wenig an Fingerspitzengefühl. Er ist ein ungeduldiger junger Mann. Das mag während eines Kampfes vielleicht von Vorteil sein, aber ich denke dennoch, daß sein erstes Kommando ein Begleitschiff oder ein Schiff in einer größeren Flottille sein sollte. Wenn es einen größeren Plan gibt, in den er sich einfügen muß, dann wird ihn das von impulsiven Fehleinschätzungen abhalten. Unsere jüngeren Männer neigen allzu rasch dazu.

Wie schnell können Sie ihn von der *Roger Burlingame* herunterholen?

Stephen

MEMO
VON: Flottillenadmiral Harshlie
AN: Konteradmiral Farrel

Stephen,
ich kann Korie nicht von der *Roger Burlingame* abkommandieren. Punkt.

Jedesmal, wenn ich das Thema zur Sprache bringe, fängt der gute alte Georj wieder mit seinem Versetzungsgesuch an.

Er weiß, daß wir Korie wollen, aber er wird ihn uns nicht geben, bevor wir ihn nicht auch genommen haben.

Joe

P. S.: Der Gewerkschaftsvertreter auf der *Roger Burlingame* ist einer meiner Leute. Er hat mir bestätigt, daß Korie wirklich derjenige ist, der die *Burlingame* kommandiert. Und er hält die Zügel straff in der Hand. Unglücklicherweise, wie gesagt werden muß, weil er nicht der Kapitän des Schiffes ist, und es auf diese Weise zu einem Problem mit der Mannschaftsmoral kommt. Die Männer glauben nicht, daß sie einen richtigen Anführer haben.

P. P. S.: Wir hatten in den letzten Monaten zwei oder drei Feindberührungen. Ich würde gerne ein paar zusätzliche Kundschafter in den Sektor schicken. Glauben Sie, der Feind könnte eine weitere Front eröffnen?

MEMO
VON: Konteradmiral Farrel
AN: Flottillenadmiral Harshlie

Joe,
eine neue Front? In Sektor DV? Eher würde ich wieder an Märchen glauben.

Ach so, wie haben Sie denn das Kunststück fertiggebracht, einen Ihrer Leute bei der Gewerkschaft einzuschleusen? Und was um alles in der Welt soll das nutzen, wenn Sie einen Ihrer Leute als Gewerkschaftsvertreter auf der *Roger Burlingame* sitzen haben?

Stephen

MEMO
VON: Flottillenadmiral Harshlie
AN: Konteradmiral Farrel

Stephen,
er ist auf der *Roger Burlingame*, weil die Gewerkschaft herausgefunden hat, daß er mein Mann ist. Sie verlangten, daß er auf die *Roger Burlingame* geht, um ihn aus dem Weg zu haben.

Eigentlich dient er nur noch als Ablenkungsmanöver. Wenn ich sie im Glauben lasse, mich ausgetrickst zu haben, dann wird es leichter sein, einen neuen Mann woanders unterzubringen.

Nebenbei bemerkt, einer der Gründe für den verbesserten Zustand der *Roger Burlingame* ist, daß sie das Glück gehabt hat, an Ort und Stelle Ersatzteile zu finden. Natürlich hat Korie die Sache eingefädelt. Er ist sehr flexibel, dieser Bursche, aber ich denke trotzdem, wir sollten unsere Entscheidung über ein Nachschubdepot in Sektor DV noch einmal überdenken.

Joe

MEMO
VON: Konteradmiral Farrel
AN: Flottillenadmiral Harshlie

Joe,
es macht keinen Sinn, ein Nachschubdepot zu errichten, wenn man nichts hat, das man deponieren könnte.
Stephen

MEMO
VON: Flottillenadmiral Harshlie
AN: Konteradmiral Farrel

Stephen,
letzte Woche hat es eine weitere Feindberührung in Sektor DV gegeben. Ich will Sie nicht beunruhigen, aber ich denke wirklich, es ist an der Zeit, der *Roger Burlingame* ein wenig Unterstützung zu schicken. Sie patrouilliert jetzt seit mehr als zwanzig Monaten in diesem Gebiet.

Das Schiff ist nicht für einen richtigen Kampf ausgerüstet, und seine Mannschaft besitzt nicht die erforderliche Ausbildung. Sie wissen genausogut wie ich, was geschieht, wenn das Schiff in einen ernsten Zwischenfall gerät. Brandt wäre außerstande, die Situation in den Griff zu bekommen, und Korie müßte das Kommando an sich reißen.

Es würde beiden Männern schaden. Brandt wäre nach einem solchen Zwischenfall nicht länger fähig, ein eigenes Schiff zu führen. Man würde ihn ... entlassen müssen. Und er würde Korie wegen seiner Überheblichkeit und seiner Fähigkeiten verabscheuen und ihm vielleicht sogar einen schwarzen Stempel in die Akte drücken.

Natürlich alles nur unter der Annahme, daß die *Roger Burlingame* einen Feindkontakt übersteht.

Joe

MEMO
VON: Konteradmiral Farrel
AN: Flottillenadmiral Harshlie

Joe,
sicher, ich würde die *Roger Burlingame* nur zu gerne unterstützen, aber womit?

Das Beste, was ich Ihnen – oder der *Burlingame* – anzubieten habe, sind ein paar neue Waffen. Ich werde ein paar HE-Projektoren und ein halbes Dutzend neuer Raketen an die *Burlingame* ausgeben lassen. Wenn ihre Ausrüstung wenigstens zum Teil vernünftig arbeitet, dann müßte die *Burlingame* auf diese Weise wenigstens halbwegs kampftauglich sein.

Die Antwort wegen des Nachschubdepots lautet noch immer nein. Wenn Korie seine Reparaturen mit lokalen Ersatzteilen improvisieren kann, dann lassen Sie ihn gewähren. Wir können uns die Kosten eines neuen Versorgungsdepots einfach nicht leisten, solange wir in den Sektoren GX und GW noch Probleme haben.

Und was die psychischen Probleme der Mannschaft angeht – sie werden lernen müssen, damit zu leben. Ihre Probleme sind nichts im Vergleich zu dem, was Gerüchten zufolge auf der *Sanders*, der *Appa* oder der *Goodman* vorgeht.

Außerdem – sollte sich die Krise verschärfen, und Korie beweist sein Können im Kampf, dann liefert es uns einen guten Vorwand, ihn aus Brandts Fingern zu reißen. Wir brauchen ein paar Helden für die Menschen zu Hause. Wir könnten Korie dazu benutzen und ihm anschließend ein eigenes Schiff geben. Brandt könnten wir einen weniger wichtigen Mann zur Seite stellen ... das heißt, wenn er dann noch auf seinem Schiff ist.

All das ist natürlich reine Spekulation, aber vergessen Sie es nicht, nur für den Fall ... Ach ja, eines noch. Verlängern Sie die Patrouillenfahrt der *Roger Burlingame* noch um weitere sechs Monate. Wenigstens. Tut mir leid, Joe, aber Sie wissen selbst, wie wenig Schiffe uns zur Verfügung stehen.

Stephen

Kapitel 14

Es gibt zahllose Geschwindigkeiten. Monde umkreisen Planeten, Planeten umkreisen Sonnen, Sonnen bewegen sich im Verhältnis zu anderen Sonnen und umkreisen den Kern ihrer

Galaxien. Galaxien wiederum bewegen sich in Relation zu anderen Galaxien, und wer will schon sagen, ob das Universum selbst sich nicht ebenfalls in eine – wenn auch unbekannte – Richtung bewegt?

JARLES ›FREIFALL‹ FERRIS
PHILOSOPHIE UND REALITÄT:
EINE ÜBERSICHT DER AKTUELLEN IDEEN

Korie findet Rogers im Duschraum. Wie alle Duschräume auf allen Schiffen riecht auch dieser nach altem Schweiß und Dampf. Gelassen legt der Erste Offizier seinen Duschbeutel und die frische Uniform auf das trockene Ende der Plastikbank. Er unterbricht sein Tun, um Rogers' vergeblichen Kampf mit der Uniformjacke zu beobachten, die sich an der sperrigen Kunststoffschiene an seiner Schulter verfangen hat.

»Benötigen Sie Hilfe?«

»Hä?« Rogers wendet sich um und erblickt Korie zum ersten Mal. »Oh. Mister Korie. Sir.« Er strafft sich …

Korie winkt ab. »Entspannen Sie sich. Im Duschraum gibt es keine Dienstgrade.« Er deutet auf den Verband und stellt seine Frage erneut: »Benötigen Sie Hilfe?«

»Äh, danke, Sir. Aber ich denke, ich komme zurecht.« Er kämpft verbissen weiter.

Korie beobachtet amüsiert, wie der junge Mann versucht, seine Jacke über den Kopf zu ziehen. Es sieht aus, als würde er sich den gesunden Arm dabei auskugeln.

»Sind Sie sicher, daß Sie keine Hilfe benötigen …?«

»Äh, ziemlich sicher. Ich …«

»Blödsinn.« Korie tritt zu dem anderen. »Drehen Sie sich um.« Er zieht den Reißverschluß an beiden Seiten der Jacke auf und zieht sie Rogers über den Kopf, wie ein Erwachsener ein kleines Kind auszieht. »Es gibt so etwas wie Stolz, und es gibt so etwas wie Dummheit.« Er reicht Rogers die Jacke und kehrt an seinen Platz zurück.

Rogers beobachtet den Ersten Offizier, wie er sich rasch seiner Kleidung entledigt. Sein Hemd ist naßgeschwitzt, und er muß sich buchstäblich herausschälen. »Äh, vielen Dank, Sir.«

Korie grunzt zur Antwort, durchsucht seinen Beutel nach Shampoo und verschwindet unter der Dusche, einem türlosen Alkoven hinter zwei gekrümmten Spritzwänden.

Rogers lauscht dem Geräusch des Wassers, das zu Boden plätschert. Er legt seine Jacke auf die Bank und beginnt, seine Hosen auszuziehen. Dann unterbricht er sein Tun und beschließt zu warten, bis der Erste Offizier der *Roger Burlingame* mit seiner Dusche fertig ist. Eine gemeinsame Dusche zu benutzen ist eine Sache – aber sie mit einem Offizier zu benutzen eine ganz andere. Kories Stimme ertönt lauthals in einem erstaunlichen Baß, der mühelos das Brausen des Wassers übertönt: *»Als Knabe einst in Venusport, betrieb ich den üblichen Zimmersport ...«*

Rogers ist verblüfft. Er hat nicht gewußt, daß Mister Korie menschliche Züge besitzt. Die Tatsache, daß Korie singt, daß er *dieses* Lied singt – die zotigste aller Raumfahrerballaden –, ist eine Überraschung.

Unvermittelt unterbricht Korie seinen Vortrag. »Was ist, Rogers? Haben Sie Angst vor mir?«

»Äh, nein, Sir. Ich ...«

»Hier drinnen gibt es vier Duschen, Rogers. Ich kann sie unmöglich alle gleichzeitig benutzen. Sie müssen nicht warten, bis ich fertig bin.«

»Äh ... jawohl, Sir.« Unbeholfen steigt Rogers aus der Unterhose. Nackt bis auf die Schiene um seine Schulter betritt er den Alkoven und rennt beinahe gegen Korie, der in diesem Augenblick herauskommt.

»Aber es ist in Ordnung«, fügt Korie seinen letzten Worten hinzu. »Weil ich nämlich jetzt fertig bin.«

»Äh ... jawohl, Sir.«

Rogers macht einen nervösen Schritt an Korie vorbei unter die noch immer laufende Dusche. »Ich habe sie für Sie angelassen«, ruft Korie ihm hinterher.

»Äh ... danke, Sir.« Rogers regelt die Temperatur ein wenig herunter. Vielleicht ist Mister Korie doch nicht so schlimm, wie er gedacht hat.

Rogers beginnt sich einzuseifen. Er ist sich seines Körpers bewußt, doch er versucht, das luxuriöse Gefühl zu ignorieren.

Er blickt nicht an sich hinunter, sondern starrt beharrlich die Duschköpfe an, die aus der Wand kommen. »Sagen Sie – dürfen Sie eigentlich duschen?« ruft Korie plötzlich.

»Bitte?« Rogers hält inne. »Oh, Sie meinen wegen des Verbands?«

»Ja«, erschallt die Antwort. »Ich würde meinen, daß ...«

»Der Doktor sagt, es geht in Ordnung«, antwortet Rogers ein wenig zu schnell. Er hebt die Stimme, um das Brausen des Wassers zu übertönen. »Es ist nur ein gebrochenes Schlüsselbein. Er sagt, es gibt überhaupt keinen Grund, daß ich nicht meine Pflichten erfüllen könnte.« Und ein wenig fragend fügt er hinzu: »Wissen Sie, ich bin jetzt nicht mehr an den Gravkontrollen ...«

Korie erwidert nichts darauf. Rogers fährt mit dem Einseifen fort, dann sagt er: »Der Doktor hat es arrangiert. Er sagt, wenn ich als Radec-Techniker ausgebildet bin, dann soll ich auch als Radec-Techniker arbeiten. Mit der nächsten Wache trete ich meinen Dienst an ...« Plötzlich hat er das Gefühl, beobachtet zu werden. Korie steht im Durchgang zu den Duschen, frottiert sich die Haare und beobachtet Rogers forschend.

»Achten Sie nicht auf mich«, sagt Korie. »Ich passe nur auf ...«

»Äh ...?« Rogers nickt unsicher und wendet sich wieder der Dusche zu. Wie besessen seift er sich ein, jetzt, wo er sich seiner Nacktheit schmerzhaft bewußt geworden ist.

»... ich will nämlich sichergehen ...« fährt Korie fort, »... daß Sie nicht wieder gegen irgendeine Wand fallen.«

»Nein, Sir. Es wird nicht wieder vorkommen«, erwidert Rogers und läßt die Seife fallen. Sie rutscht über den Boden und stoppt an Kories Füßen.

Der Erste Offizier hebt das glitschige Stück auf und reicht es dem zitternden Rogers. »Gut«, sagt er. »Ich will nämlich nicht, daß Sie sich wieder weh tun.«

Rogers nimmt die Seife aus Kories ausgestreckter Hand. »Danke sehr, Sir«, sagt er. »Aber das ist nicht nötig.«

»Nichtsdestotrotz.«

»Es ist nicht nötig, Sir!« besteht Rogers mit schriller Stimme.

»Sie sind sich da schrecklich sicher, was? Aber Ihre Akten sprechen eine andere Sprache.«

»Lassen Sie mich in Ruhe, bitte. Ich kann alleine auf mich aufpassen!«

Rogers wäscht seine Ohren und steckt die Finger hinein, aber selbst das verhindert nicht, daß er Kories nächste Worte vernimmt. »Das wage ich zu bezweifeln, junger Mann. Dann würden Sie nämlich nicht diese Schiene tragen.«

Als er wieder aufblickt, ist Korie verschwunden. Hastig duscht er die Seife ab und tritt aus der Dusche. Korie ist gerade dabei, sich anzuziehen. »Es tut mir leid, daß ich Sie angeschrien habe, Sir.«

»Ach, das geht schon in Ordnung«, entgegnet der Erste Offizier. »Soweit es mich betrifft – es ist nicht geschehen. Wir stehen alle unter Druck.«

»Jawohl, Sir.« Rogers nimmt sein Handtuch und beginnt sich abzutrocknen. Das Wasser auf seinem Körper läßt ihn vor Kälte zittern.

»Ich auch«, sagt Korie unvermittelt.

»Bitte?«

»Ich sagte, ich auch. Ich stehe ebenfalls unter Druck.«

Rogers blickt den Ersten Offizier neugierig an.

Korie sagt: »Ich nehme nicht an, Ihnen ist jemals in den Sinn gekommen, daß ich die Verantwortung für das ganze Schiff mitsamt seiner Mannschaft trage?«

»Äh ... das ist offensichtlich, Sir.«

»Ist es das? Wenn an Bord irgend etwas nicht so läuft, wie es laufen sollte, dann bin ich derjenige, der in Kenntnis gesetzt werden muß. Ich trage die Verantwortung dafür, es wieder in Ordnung zu bringen. Das gilt nicht nur für die Maschinen, sondern auch für die Mannschaft.«

Rogers schweigt betreten.

»Ich bin ein wenig enttäuscht über Sie, Rogers.«

»Sir?«

»Ich weiß, daß Sie Wolfe decken. Das gesamte Schiff weiß es.«

»Ich habe nicht die geringste Ahnung, wovon Sie reden, Sir.« Rogers beginnt in seinen Kleidern zu wühlen.

»Ich rede davon, daß Sie auf diese Weise den Respekt nicht vergrößern können, den irgend jemand an Bord für Sie empfindet. Die anderen denken noch immer, daß Sie ein verdammter Idiot sind. Warum sollten Sie Wolfe schützen?«

»Ich schütze niemanden, Sir.«

»Nicht einmal sich selbst?«

Rogers hält die Jacke vor sich, um seine Blöße zu bedecken, und blickt den Ersten Offizier an. »Sir, ich bin auch so an Bord schon verdammt weit unten. Warum sollte ich der Liste von Schimpfnamen, mit denen ich bedacht werde, auch noch das Wort ›Denunziant‹ hinzufügen?«

»Und warum sollten Sie einen Mann schützen, der eine Gefahr für alle an Bord darstellen könnte?«

»Es tut mir leid, Sir, aber ich kann Ihnen nicht helfen.«

Langsam sagt Korie: »So etwas geht auch, ohne daß Namen bekannt werden.«

»Ohne daß Namen bekannt werden? Auf der *Roger Burlingame*? So anonym wie ein Anschlag am Schwarzen Brett! Es gibt nur eine Person an Bord, die gegen Wolfe aussagen könnte, und das bin ich. Und ich werde mich unter keinen Umständen noch unbeliebter machen, als ich es schon bin.«

»Also schön, Rogers. Ist das Ihr letztes Wort?«

»Jawohl, Sir.«

Korie wendet sich zum Gehen.

»Sir …?«

Korie bleibt stehen. »Ja?«

»Es gibt eine Möglichkeit …«

»Und die wäre …?«

»Versetzen Sie mich auf ein anderes Schiff. Egal welches. Ein anderes Schiff, eine Raumstation, was auch immer. Nur weg von hier.«

Korie denkt nach. »Nein. Es geht nicht.«

»Warum nicht?«

»Also schön, ich werde es Ihnen sagen. Sie haben sich selbst in Ihre Situation an Bord hineingeritten, oder etwa nicht? Sie haben es vermasselt. Und jetzt wollen Sie den anderen auch noch erlauben, Sie von diesem Schiff zu vertreiben. Und wenn Sie weg sind, dann wird man von Ihnen als Rogers dem Hosenscheißer reden.«

»Na und?«

»Wenn Sie sich auf diesem Schiff in den Dreck reiten, was soll Sie daran hindern, es auf dem nächsten Schiff genauso zu machen?«

»Ich weiß es jetzt besser. Ich habe dazugelernt.«

»Sicher haben Sie das. Sie haben gelernt, daß Schmerzen weh tun. Ich will Ihnen etwas sagen, Bübchen – so ruft man Sie doch, oder? *Bübchen?* Und Ihre Kameraden haben recht, wissen Sie das? Sie haben recht. Sie werden ein Bübchen bleiben, bis Sie endlich eines erkennen: Sie, und nur Sie allein, sind für Ihre Handlungen verantwortlich. Niemand sonst. Wenn Sie Mist bauen, dann müssen Sie ihn alleine wieder in Ordnung bringen. Und das hier auf der *Roger Burlingame* ist Ihr ganz persönlicher Mist. Niemand wird Ihnen einfach so Respekt entgegenbringen. Sie müssen sich den Respekt anderer *verdienen*. Wenn Sie sich benehmen wie ein Bübchen, dann wird man Sie auch so behandeln. Aber wenn Sie Ihnen zeigen, daß Sie keine Angst haben und zurückschlagen …«

»Sir …«

»Das ist Ihre einzige Chance, Rogers. Ich werde Sie nicht versetzen. Niemand kommt so leicht davon. Wenn Sie einer von ihnen sein wollen, dann müssen Sie es hier an Bord werden, Rogers. Sie werden keine zweite Chance erhalten.«

»Jawohl, Sir.«

»Rogers, ich will Ihnen noch etwas verraten. Sie wissen, daß ich die Informationen aus Ihnen herausholen könnte, wenn ich wollte?«

»Sir …«

»Oder nicht?«

»Jawohl, Sir.«

»Dann vergessen Sie das nicht. Wenn es sein muß, werde ich es nämlich tun.« Und mit diesen Worten geht Korie.

Kapitel 15

Irren ist menschlich –
dem anderen die Schuld zu geben, noch mehr.

SOLOMON SHORT

Korie fühlt sich frisch und sauber, und er riecht noch immer nach Seife, als er die Zentrale betritt. Er bleibt eine Zeitlang im Hintergrund stehen und genießt das Gefühl von Macht.

An ihren Konsolen beobachten die Männer mit sichtlicher Anspannung die Monitore. Das immerwährende leise Hintergrundgemurmel ihrer Gespräche ist verstummt, und obwohl alle mit ihren Instrumenten vertraut sind, verrät das intensive Beobachten der Monitore ihre Nervosität.

Korie nickt zufrieden. Er macht einen Schritt nach vorn und betritt die Grube. Der Fähnrich im Kommandositz erhebt sich, aber Korie winkt ab. »Bleiben Sie sitzen«, sagt er. »Ich will für den Augenblick nur ein wenig zusehen.«

Der Mann sinkt sichtlich nervös zurück in den Sitz.

Auf den Schirmen an den Wänden der Zentrale flackert ein Diagramm nach dem anderen auf, doch zwischendrin zeigen sie immer wieder die blutrote Leere der Hyperraumdetektoren. Korie schlendert ein paar Schritte nach rechts und bleibt neben der Astrogationskonsole stehen. Er klopft Jonesy auf die Schulter und berührt einen Schalter. »Radec? Hier Korie.«

»Sir?« Die Stimme von Rogers.

»Haben Sie eine Spur vom Gegner aufgefangen?«

»Nein, Sir. Bis jetzt noch nicht, Sir. Aber wir suchen nach ihm.«

»In Ordnung.« Ungeduldig unterbricht der Erste Offizier die Verbindung.

Die hintere Tür gleitet zischend auf. Korie wendet den Kopf und sieht Barak.

Der große schwarze Mann nickt, tritt in die Grube hinunter und zu seiner Konsole. »Noch nichts?« fragt er.

»Nichts.«

»Na, es ist ja auch noch früh.« Er läßt den Blick über die nervöse Mannschaft gleiten. »Der Kapitän ist noch nicht da?«

»Der Kapitän ist noch nicht auf«, korrigiert Korie.

»Aber er wird kommen?«

Korie gibt sich unverbindlich. »Ich weiß es nicht.«

»Wenn er sich nicht zeigt ...«

»Ich weiß. Dann ist es mein Baby.«

»Was ist das für ein Gefühl?«

Korie grinst schwach. »Ein wenig beängstigend.«

»Gut«, grinst Barak zurück. »Wären Sie nicht nervös, müßte ich es sein.« Er läßt sich in seinen Sitz fallen, löscht alte Diagramme von seinem Schirm und beginnt, die Schiffsposition neu zu berechnen.

Korie geht zum Hufeisen hinauf, schlendert langsam die Biegung entlang und bleibt an jeder Konsole kurz stehen, um sich von der Kampfbereitschaft des Schiffes zu überzeugen. Gelegentlich schlägt er eine Korrektur vor, aber die meiste Zeit über schweigt er. Die Männer spannen sich, wenn er herankommt, versteifen sich unter Kories prüfenden Blicken und atmen unmerklich auf, wenn er zur nächsten Konsole weitergeht.

»Ankunft in sechzig Minuten«, ruft Barak.

Als er seine Runde beendet hat, gönnt sich Korie den Luxus und geht zurück zum Podium in der Grube, um den Kommandositz zu übernehmen. Der Fähnrich ist sichtlich erleichtert, als er gehen darf.

Der Sitz ist fest und bequem. Liebkosend fährt Korie über die Kontrollen auf der Armlehne. Bald, sehr bald schon wird alles, was die *Roger Burlingame* ausmacht, hier bei ihm konzentriert sein.

Er läßt eine Testroutine laufen – alle Signale leuchten grün. Der Kommandositz arbeitet vorschriftsmäßig. Gut.

Korie schwenkt einmal rasch herum, um sich neu zu orientieren und zu sehen, wer auf Wache ist. Er runzelt die Stirn, als sein Blick auf den hinteren Teil des Hufeisens fällt: Drei Männer der Zentralenbesatzung, die Freiwache haben, stehen bei der Autologkonsole. Er hält inne. »Sie da. Verlassen Sie bitte die Brücke.« Er schwenkt wieder nach vorn. *(Das hier ist ein Kriegsschiff und kein Vergnügungskreuzer. Wir benötigen keine Zuschauer ...)*

Das Geräusch der Tür verrät ihm, daß die Freiwachen gegangen sind. Korie entspannt sich in seinem Sitz. Träge beginnt er eine Reihe von Systemzuverlässigkeitstests einzugeben. Eines nach dem anderen leuchten die Paneele grün auf. Diagramme erscheinen auf den Monitoren. Was er sieht, erfreut ihn. Und doch ...

Er schaltet den Interkom ein. »Alles herhören. Ich bitte um erhöhte Bereitschaft. Wir befinden uns zwar nicht im Alarmzustand, aber ich würde gerne eine weitere Reihe von Tests durchführen, solange wir noch die Zeit dazu haben.«

Ein weiterer Gedanke kommt ihm, und er schaltet auf einen privaten Kanal. »Maschinenraum, ist Mister Leen in der Nähe?«

»Einen Augenblick, Sir.« Eine kurze Pause, dann ist der Leitende Ingenieur am anderen Ende. »Sir?«

»Der Turnraum«, sagt Korie. »Haben Sie ihn schon eingeholt?«

»Äh ...« Leens Zögern ist verräterisch. »Nein, Sir. Noch nicht.«

»Warum nicht?« Kories Stimme bleibt unverbindlich.

»Ich hatte noch keine Zeit dazu, Sir. Ich war damit beschäftigt, die Hilsen-Einheiten zu kalibrieren. Ich wollte sicherstellen, daß wir ausreichend Unterlichtstabilität erzielen. Ich werde mich jetzt um den Turnraum kümmern, Sir.«

»Gut. Es war richtig, sich zuerst um die Hilsens zu kümmern. Sie sind wichtiger als der Turnraum. Trotzdem, stellen Sie bitte sicher, daß er im Verlauf der nächsten Dreiviertelstunde eingeholt wird.«

»Jawohl, Sir. Ich sorge dafür.«

»Gut«, sagt Korie erneut, und er meint es auch so. Er unterbricht die Verbindung. *Leen ist ein guter Schiffsingenieur. Er liefert gute Arbeit. Man soll einen Mann nur dann schikanieren, wenn es nötig ist. Ansonsten soll man ihm zeigen, daß man Vertrauen in seine Fähigkeiten besitzt. Man muß ihn behandeln, als wüßte man, daß man sich auf ihn verlassen kann, und er wird alles tun, um es zu beweisen. Wenn nicht, dann ist das der Zeitpunkt für ein wenig Schikane.*

Wollen mal sehen, Rogers sitzt jetzt an den Radec-Kontrollen. Er sagt, er wäre Radec-Techniker – mal sehen. Barak und Jonesy arbeiten an der Astrogation, keine Schwierigkeiten zu erwarten. Goldberg hat ebenfalls Dienst, das ist gut. Hmmm – wer sitzt am Autolog? Oh, Willis! Jesses, der Bursche ist ein fauler Sack! Wollen mal sehen ... dort sind Harris und Reynolds – Reynolds kennt seine Arbeit, das ist mal sicher – und dieser neue Mann an der Hyperraumkontrolle ... wie heißt er noch? Seit zwei Monaten ist er jetzt an Bord, und ich erinnere mich immer noch nicht an seinen Namen. Na, jedenfalls macht er seine Arbeit, sonst wäre es mir sicher längst aufgefallen.

Wer ist im Maschinenraum? Leen, natürlich. Und Stokely, O'Mara, Fowles, Beagle ... ja, die Affenmannschaft ist gut. MacHeath an den Sekundärumwandlern? Nein, wir hatten beschlossen, Eisely dort hinzustellen und MacHeath an eine Konsole zu setzen. Wer bleibt dann noch für die Energiestation? Erlich, Peterson, Campbell und Dover – ja, gute Leute. Sie können die Stasiszellen so gut bedienen wie jeder andere ... nicht, daß es dort viel zu bedienen gäbe. Jeder gute Stasistechniker kann das. Hmmm. Erlich hat die Stasisboxen in der Kombüse repariert. Und ich meine, ich hätte ihn auch schon mit Leen arbeiten sehen. Ich werde das überprüfen. Vielleicht ist der Mann reif für eine Prämie.

Aber Rogers an der Radecstation ... der Gedanke gefällt mir nicht. Wer ist sonst noch bei ihm? Keene? Nein, er sitzt an der Reservekonsole der Feuerleitstelle. Bridger. Ja, Bridger sitzt bei Rogers. Das geht in Ordnung. Er kennt sich aus. Aber ich brauche zwei gute Leute beim Radec ... Rogers?

Nun, vielleicht sollte ich einfach abwarten und sehen ... verdammt noch mal, Radec ist eine der wichtigsten Stationen während des gesamten Manövers! Unser Leben hängt davon ab! Der Gegner sieht unseren Reflex in der gleichen Sekunde, in der wir über ihn kommen ... und wir sehen ihn erst, wenn wir seine stationäre Masse erfassen. Er sieht uns zuerst, er hat eine längere Vorwarnzeit als wir. Wir sind im ersten Augenblick blind ... und wir brauchen die schärfsten Augen, die wir an Bord haben. Wen habe ich, der Rogers ersetzen könnte?

Niemanden, verdammt! Was denke ich mir eigentlich dabei? Ich kann Rogers jetzt nicht ablösen! Wenn ich ihn von den Kontrollen entferne, dann ist er bei der Mannschaft endgültig unten durch. Sie dürfen nicht wissen, daß ich kein Vertrauen in Rogers habe. Natürlich ist er schon unten durch, was die Mannschaft angeht, so viel Unterschied würde es auch nicht machen ... Nein, ich muß ihn an der Konsole lassen. Ich muß ihm eine Gelegenheit geben, sich zu bewähren. Oder nicht? Verdammt, ich kann es mir nicht leisten, den Gegner wieder zu verlieren, weil irgendein Spinner ...

Zur Hölle, ich habe sowieso niemanden, der Rogers ablösen könnte. Ich muß ihn lassen, wo er ist, ob es mir gefällt oder nicht.

... und es gefällt mir nicht.

Verdammt!

»Noch fünfunddreißig Minuten«, meldet Barak.

Korie sitzt zusammengesunken in seinem Sitz und kaut auf den Nägeln. Sein Gesichtsausdruck ist ein düsteres Brüten. Er scheint rot angelaufen zu sein, aber das liegt nur an der Reflexion des Hauptschirms auf seiner Haut.

Brandt betritt die Zentale. Korie sieht beim Geräusch der Tür auf, genau wie Barak. Der Kapitän fängt die Blicke seiner beiden Offiziere auf und deutet mit einem Nicken an, daß sie sich bei ihm einfinden sollen.

»So, da wären wir also«, beginnt er schließlich. »Sind Sie bereit für Ihren ersten Kampf, Mister Korie?«

Der Erste Offizier nickt entschlossen.

»Ausweichmanöver programmiert, Mister Barak?«

»Sind im Computer, Sir. Wir müssen die *Roger Burlingame* nur hereinbringen. Sobald wir den Gegner orten, wird EDNA seine Position erfassen und den Ausweichkurs darauf abstimmen.«

»Fein.« Der Kapitän wendet sich erneut an Korie. »Raketenmannschaften bereit?«

»So bereit, wie sie jemals sein werden, Sir. Die Raketen benötigen nur noch ein Ziel. Wir haben sie mit EDNA gekoppelt. Der Schiffsrechner programmiert ihnen laufend die neuesten Daten ein und wird auch das Abfeuern übernehmen.«

»Also benötigen Sie die Raketenmannschaft fast gar nicht?« bemerkt Brandt. »Ist der Rest der Mannschaft bereit?«

Korie nickt.

»Fein.« Der Kapitän mustert nachdenklich seinen Ersten Offizier. »Nun, in Kürze werden wir es herausfinden.« Er tritt an Korie und Barak vorbei in die Grube hinunter und auf die Brücke, wo er sich in den leeren Kommandositz fallen läßt. Korie blickt ihm mit Widerwillen hinterher.

»Entspannen Sie sich«, flüstert Barak. »Wir werden den Abschuß schaffen. Es ist ein guter Plan.«

»Ich bin froh, daß wenigstens einer so denkt«, erwidert Korie ebenso leise.

»Dreißig Minuten«, ruft Jonesy.

»Alles herhören, alles herhören!« Die Stimme des Kapitäns erschallt im gesamten Schiff. »Ich glaube nicht, daß ich Ihnen befehlen muß, Ihre Kampfstationen einzunehmen. Ich bin soeben durch das Schiff spaziert und habe bemerkt, daß die meisten von Ihnen ohnehin schon dort sind. Aber für das Logbuch gehen wir nun korrekterweise über zu Alarmstufe Rot.«

Die Innenbeleuchtung flackert und erlischt. Die Lichter weichen einem hellen Rot, das rasch stark gedämpft wird. Auf der Brücke bleibt nur noch die Helligkeit der Schirme und Konsolen.

Brandt lächelt in die Dunkelheit. »Nun, Mister Korie, eines muß man Ihnen lassen – Sie haben die Mannschaft auf Vordermann gebracht.« Er beugt sich erneut über das Interkommikro: »In etwas weniger als dreißig Minuten beginnt die letzte Annäherungsphase an das Gebiet, in dem der Gegner von unseren Schirmen verschwunden ist. Wir gehen auf Höchstgeschwindigkeit und halten nach ihm Ausschau. Sobald wir ihn finden, werden wir vier Nuklearraketen auf ihn abschießen – für den Fall, daß er sich im Normalraum aufhält.

Meine Herren, ich weiß, daß Mister Korie Sie hart rangenommen hat und Sie so kampfbereit sind, wie es nur möglich ist. Ich möchte an dieser Stelle nur sagen, daß ich mein allergrößtes Vertrauen in Sie setze – wenn ich das nicht täte, wären wir jetzt nicht hier. Ich weiß, daß Sie alle gute Arbeit leisten und wir fähig sind, mit einem Abschuß auf der Liste nach Hause zurückzukehren. Niemand an Bord wünscht sich etwas anderes, also lassen Sie uns hineinfliegen und den anderen zur Hölle schicken.« Er schaltet ab und blickt Korie an. »Wie war das?«

Korie zuckt die Schultern. »Klang gut.«

Brandt senkt die Stimme zu einem Flüstern, und Korie beugt sich zu dem Kapitän herab. »Sie wissen, daß ich meine Zweifel hege, Mister Korie?«

»Jawohl, Sir. Ich weiß es. Mir geht es ähnlich.«

Brandt grunzt. »Das habe ich nicht anders erwartet. Sie sollten schließlich besser als jeder andere an Bord dieses Schiffes wissen, wie gut – oder wie schlecht – wir vorbereitet sind.«

»Jawohl, Sir. Genau aus diesem Grund habe ich meine Zweifel. Aber wenn die Männer sich so gut anstellen wie während der Übungen ...«

»Das hier ist keine Übung, Mister Korie. Das hier ist echt.«

»Deswegen haben die Männer auch so hart üben müssen, Sir, Mir ist lieber, die tatsächliche Schlacht unterfordert sie, als umgekehrt.«

»Diese Mannschaft war noch nie in einer Schlacht, Mister Korie ...«

»Genausowenig wie ich«, erwidert Korie. »Und genausowenig wie Sie, Sir.«

Brandt wirft dem Ersten Offizier einen scharfen Blick zu, aber er beschließt, nichts auf die letzte Bemerkung zu erwidern.

»Was ich damit sagen will: Die Mannschaft ist nicht in kritischen Situationen erprobt. Jeder einzelne kann im entscheidenden Augenblick versagen.«

»Ich habe besonderes Augenmerk auf diejenigen gerichtet, die Schwierigkeiten mit ihren Stationen zu haben schienen. Um die anderen mache ich mir keine Gedanken.«

»Hmmm. Wir werden sehen. Sie haben die Zentrale genauso gedrillt wie den Maschinenraum?«

»Jawohl, Sir. Die erste Reihe von Übungen galt nur dem Maschinenraum und der Raketenmannschaft. Die zweite

Reihe umfaßte volle Kampfsimulationen. Wir kamen bis auf neunzehn Prozent an das Optimum heran.«

»Das ist nicht besonders gut …«

»Ich habe einen Kreuzer der *K-Klasse* als Optimum definiert, Sir.«

Brandt hebt eine Augenbraue. »Dann stimmt das Gerücht also …?«

»O ja.«

»Also sind neunzehn Prozent gar nicht so schlecht, wie es sich im ersten Augenblick anhört?«

»Im Gegenteil, Sir. Es ist sogar verdammt gut. Für dieses Schiff jedenfalls.«

»Also schön«, sagt Brandt. »Das beruhigt mich. Vielleicht haben wir ja doch eine Chance.«

»Das habe ich keinen Moment bezweifelt, Sir.«

»Zwanzig Minuten«, meldet eine Stimme auf der rechten Seite.

Für eine Weile kehrt Stille in der Zentrale ein. Kapitän Brandt sitzt regungslos wie ein verwitterter grauer Granitfelsen in seinem Sitz. Er sieht aus wie eine Statue, die in einer charakteristischen Haltung eingefroren ist – einer Haltung von lässiger Starrheit. Korie steht schräg hinter dem Kapitän und kämpft gegen seine Nervosität, doch vergeblich. Sie verrät sich in seinem Tappen mit dem Fuß, dem Einsaugen der Wangen und dem ununterbrochenen Kauen auf den Lippen. Überall in der Zentrale ticken, summen, klicken und klappern Apparate und Instrumente; eine monotone Sinfonie aus letzten Funktionsprüfungen, gefolgt von allerletzten Funktionsprüfungen, erneuten Kontrollen und dritten Abgleichen. Das Tempo ist ein hektischer Viervierteltakt, gelegentlich unterbrochen von Sechzehnteln und Zweiunddreißigsteln. Der Notenschlüssel ist die Angst, der Dirigent heißt Schicksal …

»Fünfzehn Minuten.«

Korie zwingt sich in seinen Sitz, einen Behelfssitz rechts hinter dem Kapitän. Der Erste Offizier rutscht unruhig auf der Sitzkante hin und her. »Radec?«

»Sir?«

»Haben Sie schon was?«

»Nichts, Sir.«

»Suchen Sie weiter.«

»Jawohl, Sir.«

Also schön, entspann dich endlich, sagt er sich. *Du gewinnst überhaupt nichts mit deiner Nervosität. Was geschehen soll, wird geschehen. Rogers wird Meldung machen, sobald er ein Signal hat ...* Korie atmet tief durch. Lange tiefe Atemzüge, langsame tiefe Atemzüge. *Entspann dich. Entspann dich einfach ...*

»Noch zwölf Minuten.«

Dann plötzlich: »Sir, ich habe noch immer ein rotes Signal auf meiner Konsole.«

»Was ist es?« Mit einem Satz ist Korie auf dem Hufeisen.

»Die Turnhalle. Sie ist noch nicht gesichert.«

Korie greift an dem Mann vorbei und bedient ein paar Schalter. »Los schon, ich brauche ein Bild«, murmelt er und legt weitere Schalter um. »Da.«

Der Schirm über der Konsole zeigt die Außenhülle der *Roger Burlingame.* Ein einzelner Scheinwerfer verbreitet Licht. Eine schmale schwarze Linie zeigt eine nicht zur Gänze verriegelte Schleusenluke an, und aus dieser Luke quillt gelb glänzendes Gewebe. Die Blase des Turnraums steht im Begriff, sich selbständig zu machen. Während Korie noch hinsieht, quillt die Blase weiter hinaus.

»Verlieren wir Druck?« will Korie wissen.

»Nein, Sir. Noch nicht. Es scheint Restgas zu sein, das für das Aufblähen sorgt.« Korie beugt sich über das Mikro. »Leen! Verdammt, warum haben Sie den Turnraum nicht gesichert?«

Die Stimme des Leitenden Ingenieurs meldet sich verwirrt: »Sir?«

»Der Turnraum, Mister Leen! Warum wurde er nicht gesichert?«

»Soweit ich weiß, Sir, wurde er gesichert.«

»Wurde er nicht!«

»Wurde er nicht ...?«

»Werfen Sie einen Blick auf Ihren Schirm! Kanal D.«

»Jawohl, Sir.«

»Ich will auf der Stelle zwei Männer dort hinten! Sichern Sie das verdammte Ding, aber ein bißchen plötzlich!«

»Ich bin schon auf dem Weg, Sir …«

»Sie bleiben auf Ihrem Posten, Mister Leen. Schicken Sie jemand anderen.«

»Jawohl, Sir.«

Korie unterbricht die Verbindung. Beinahe im gleichen Augenblick schaltet er sie wieder ein: »Warum wurde der Ballon nicht sofort gesichert?«

Leen antwortet. »Tut mir leid, Sir. Ich weiß es nicht.«

»Dann finden Sie es heraus. Wen haben Sie mit dieser Aufgabe betraut?«

»Niemanden, Sir. Ich habe es selbst getan.«

»Sie – haben – es – selbst …?«

»Jawohl, Sir.«

Korie hält inne. *Nein, ich kann Leen nicht zum Bericht herkommandieren. Nicht im Augenblick. Ich … wir brauchen ihn.* »Also schön, Mister Leen. Wir werden uns später darüber unterhalten.« Und mit sehr leiser Stimme fügt er hinzu: »Sorgen Sie dafür, daß der Ballon gesichert wird.« Er schaltet ab und tritt mit sehr kontrollierter, sehr langsamer Bewegung von der Konsole zurück.

Der Mann, der an der Konsole Dienst hat, blickt den Ersten Offizier fragend an. »Sir?«

»Geben Sie ihnen … fünf Minuten, um den Ballon zu sichern …«

»Jawohl, Sir.«

» … und wenn sie es bis dahin nicht geschafft haben …« Korie wählt seine Worte bedächtig, » … dann stoßen Sie ihn ab.«

»Abstoßen. Jawohl, Sir.«

Korie geht hinunter in die Grube und zurück auf die Brücke, zu seinem Sitz. Er ist bleich und zittert leicht. Der plötzliche Adrenalinstoß ist daran schuld. *Leen, du verdammter Bastard. Ich dachte, ich könnte mich auf dich verlassen …*

Nach einem Augenblick hat er sich wieder in der Gewalt. Er strafft sich. *Komm schon, Mann. Es ist nur der Turnraum.*

Der wirkliche Ärger kommt noch ... Er blickt nach links. Brandt scheint in seinem Sitz zu dösen.

»Noch acht Minuten.«

Acht Minuten! Das schaffen sie nie! Korie springt auf und rennt zum Hufeisen zurück. Nervös steht er hinter dem Mann an der Konsole und beobachtet den Monitor. Man sieht, daß etwas an der Plastikhülle zerrt, aber sie quillt unverändert aus der Luke.

»Sie werden es nicht rechtzeitig schaffen«, sagt er. »Sagen Sie ihnen, daß sie sich zurückziehen sollen. Ich werde die Blase abstoßen.«

Der Mann murmelt etwas in sein Mikro. Nach einem Augenblick sagt er: »Sie sind in der Schleuse.«

»In Ordnung.« Korie hämmert auf den Schaltern herum. Eine ganze Reihe roter Lichter blinkt auf, und er legt weitere Schalter um. Es gibt nur einen Weg, die Blase abzustoßen: Er muß sie rasch mit einer kleinen Menge Gas füllen und das Netz absprengen, das die Blase am Schiff sichert. Auf dem Monitor wächst der Ballon rasch zu einer Kugel heran.

Hinter ihm wird Stimmengemurmel laut. »Was zur Hölle ...!«

»He, sie blasen die Turnhalle auf ...!«

Die innere Schleusenluke ist geschlossen. Korie zerbricht ein Siegel über einem Schalter, dreht einen Schlüssel – die Sprengsätze sind scharf. Ein weiterer kontrollierender Blick auf die Paneele, und er drückt den Knopf. Die Turnhalle schwebt frei; auf dem Schirm kann man sehen, wie sie langsam vom Schiff wegtreibt, ein geisterhaft weißer Schatten, der das Funkeln des einzelnen Scheinwerfers auf der Schiffshülle reflektiert. Wie ein großer, gemächlich flatternder Schmetterling treibt der Ballon zum Rand der Hyperraumblase und verschwindet schlagartig.

»Verdammt! Das war unser Turnraum!« mault irgend jemand im Hintergrund.

Korie ignoriert die Bemerkung. Er löscht die Daten auf dem Schirm und führt eine Kontrolle durch. Alle Dioden zeigen grünes Licht. »Alles in Ordnung«, sagt er zu dem wartenden Mann.

»Danke sehr, Sir.« Der Mann nimmt seinen Platz wieder ein, und Korie kehrt zu seinem Sitz zurück.

»Noch vier Minuten. Alle Stationen bereithalten.«

Korie will sich hinsetzen, als Brandt ihm zuflüstert: »War das nötig? Mußten Sie den Turnraum abstoßen?«

»Ich denke schon.«

Brandt überlegt einen Augenblick. Schließlich sagt er: »In Ordnung.«

Korie erklärt: »Vielleicht war es vom Standpunkt der Sicherheit aus betrachtet nicht unbedingt nötig; der Alkoven und das Observatorium sind doppelt gesichert. Aber es schien mir aus Gründen der Disziplin erforderlich. Ich habe ein Exempel statuiert.«

»Ein Exempel?« Brandt hebt eine buschige Augenbraue.

»Wenn wir ein Kampfschiff sein wollen, dann benehmen wir uns auch besser wie eines. Das nächste Mal werden sie sicherstellen, daß der Turnraum gesichert ist.«

»Hmmm«, sagt Brandt. »Ein interessanter Standpunkt.« Er verstummt wieder, und Korie kehrt auf seinen Posten hinter dem Kommandositz zurück.

»Drei Minuten«, meldet Barak. »Alle Stationen, bereitmachen für Übernahme durch EDNA.«

»Bereit.«

»Überlichtfaktor eins Komma eins.«

»Verstanden.«

Die Schirme flackern in rascher Reihenfolge; Diagramme blitzen auf, nur um im nächsten Augenblick schon wieder von anderen ersetzt zu werden.

»Neunzig Sekunden.«

»Alle Systeme – letzter Check!«

»Hyperraumkontrolle?«

»Alles grün.«

»Energiestation?«

»Grün.«

»Lebenserhaltung?«

»Grün.«

»Maschinenraum?«

»Bereit.«

»Astrogation?«
»Bereit.«
»EDNA?«
»EDNA sagt bereit.«
»Systemkontrollen?«
»Alle in Betrieb.«
»Auf Automatik umschalten.«
»Fünfzehn Sekunden.«
Der Frontschirm ist noch immer leer. Rot und leer.
»Zehn Sekunden. Bereithalten!«
»Bereit.«
»Fünf Sekunden.«
»Autokontrolle zeigt Grün.«
»*Und los!*«
Irgendwo schließt sich ein Schaltkreis. Die Hyperraumblase der *Roger Burlingame* verändert ihre Form und …

… das Schiff eilt mit einhundertvierundsiebzigfacher Lichtgeschwindigkeit durch einen Korridor gekrümmten Raums, sichtbar nur auf den blitzenden Diagrammen.

Die Monitore summen. Auf den Schirmen flackern weitere Diagramme und Linien, imaginäre Grenzen, von Computern gezogen, die von Menschen bedient werden, Grenzen, die die Reichweite der *Roger Burlingame* markieren, um dem Verstand der Menschen an Bord etwas zu geben, an dem sie sich in einer ansonsten vollkommen leeren Umgebung orientieren können.

»Radec! Statusbericht!«

»Suche nach gegnerischem Schiff bisher erfolglos.«

Auf dem Hauptschirm schwillt das Gitter des gekrümmten Raumes an und eilt vorbei. Korie geht zum Zentrum der Grube hinunter. Die Linien auf dem Schirm zischen jetzt an ihm vorbei wie Kugeln. Er fummelt ungeduldig an seinem Handmikro.

»Noch immer keine Ortung«, ertönt Rogers' Stimme. »Alles negativ.«

»Noch sechs Minuten bis ins Zentrum«, sagt Barak. »Bereit zum Ausweichmanöver.«

Die Schirme blitzen und flackern in immer rascherer Reihenfolge.

»Noch immer keine Ortung.«

»Fünf Minuten bis Ausweichmanöver.«

»Keine Ortung.«

»Noch kein Gegner in Sicht.«

»Ja, schon gut«, murmelt Korie leise halb zu sich selbst. »Wo steckt er?«

Unbeweglich sitzt Brandt schräg vor ihm, angeleuchtet vom wilden Flackern der Schirme wie von einem Stroboskop. »Er sollte hier sein ...« poltert er leise.

Die blitzenden Linien auf den Schirmen werden schlagartig rot, dann wieder weiß.

»Was war das ...?«

»Nur ein visueller Hinweis, mehr nicht. Entspannen Sie sich.«

Die Konsolen geben leise summende Geräusche von sich, unwillkürlich wie das schwere Atmen eines Mannes.

»Vier Minuten.«

»Noch immer keine Ortung.«

»Feuerleitstelle, bereithalten.«

»Sind bereit.«

Und noch immer blitzen Linien über die Schirme. Grelle Bilder, die ihre Schatten in die Zentrale werfen, ein sprudelnder, plätschernder Korridor aus Licht.

»Drei Minuten ...«

»Noch keine Ortung.«

»Wo zur Hölle versteckt sich der Kerl?«

Die Frage bleibt unbeantwortet. Ein endloser Tunnel aus Nichts rast am Schiff vorbei. Korie fingert an seinem Mikro. »Feuerleitstelle ...«

»Noch immer bereit, Sir.«

Das aufdringliche Gesumme der Monitore zerrt an Kories Nerven. »Gebt mir endlich ein Ziel«, murrt er.

»Zwei Minuten.«

»Radec?«

»Nichts, Sir. Absolut *nichts*.«

»Wir hätte ihn längst entdecken müssen.«

»Nicht, wenn er sich auf der anderen Seite des Zielgebiets aufhält.« Baraks Stimme.

»Wir sind dicht genug dran, um bis auf die andere Seite sehen zu können«, schnappt Korie zurück.

Barak antwortet nicht. Die leeren Schirme tun es für ihn.

»Eine Minute ...«

»Bereithalten für Ausweichmanöver. Nur für den Fall ...«

Korie läßt sich in seinen Sitz sinken. Er ist voller Ungeduld. In der Zentrale ist jedes noch so leise Gespräch verstummt. Nur auf den Monitoren ist Bewegung zu erkennen.

»Dreißig Sekunden. Dreißig.«

»Radec?«

»Noch nichts, Sir.«

»Nun, wo zur Hölle steckt der Gegner, verdammt?!«

»Ich weiß es nicht, Sir. Ich ...«

»Sir ...« Barak wendet sich an den Kapitän, »... da ist kein feindliches Schiff, Sir ...«

»Trotzdem Ausweichmanöver einleiten«, befiehlt Brandt.

Barak hämmert auf seine Konsole. »Ausweichmanöver!«

Für den kurzen Bruchteil einer Sekunde verlieren die Schirme ihre Synchronisation. Das wilde, vorbeirauschende Gitter erscheint aus einem Dutzend verschiedener Blickwinkel, und die *Roger Burlingame* hüpft wie wild hin und her.

»Radec!«

In Rogers' Stimme liegt beinahe Panik: »Tut mir leid, Sir! Ich finde nichts!«

»Mister Barak«, sagt der Kapitän, »beenden Sie die Ausweichmanöver. Stationäre Felder.«

»Jawohl, Sir.«

Die Schirme blinken wie wahnsinnig, dann meldet Barak: »Ausweichmanöver beendet. Hyperraumgeschwindigkeit Null. Felder sind stationär.«

Die Schirme sind leer. Nichts rührt sich. In der Zentrale herrscht befremdliche Stille.

Brandt poltert: »Alles bereithalten.«

Eine Pause – sie lauschen der Stille. Die Monitore grinsen spöttisch auf die Besatzung hinab, zahnlos und leer.

Korie steht in der Grube. Er wirbelt herum, starrt von einem Schirm zum andern. Vergeblich.

Alle leer. Alle still. Keine Bewegung zu erkennen.

Er sieht zu Brandt. Brandt sieht zu Barak. Barak sieht zu Korie.

Der Kapitän blickt von einem zum anderen und atmet tief durch. »Also schön, Mister Korie. Sieht ganz danach aus, als wären Ihre Vorbereitungen vergeblich gewesen.«

Korie öffnet den Mund zu einer Erwiderung; er macht ärgerlich einen halben Schritt auf den Kapitän zu – und hält inne. Er blickt zu Barak. »Radec ...?«

Barak wirft einen Blick auf seine Kontrollen. Dann wieder zu Korie. »Überprüfen Sie es ...«

»Das werde ich!« Der Erste Offizier springt zum Hufeisen hinauf und von dort zum Ausgang. Den Korridor hinab und in den engen Raum, in dem die Ortungszentrale untergebracht ist. Bridger und Rogers sehen ihn verblüfft an.

»Aufstehen«, befiehlt Korie. Er wirft sich in Rogers' Sitz, löscht den Schirm und beginnt mit einer Systemüberprüfung. Die Kontrolleuchten zeigen Grün.

Er schaltet den Interkom ein. »Systemanalyse! Ich verlange eine vollständige Überprüfung der Ortungssysteme. Jetzt!«

Er wendet seine Aufmerksamkeit wieder den Kontrollen zu und beginnt, eine neue Ortungsroutine einzugeben. »Gott stehe Ihnen bei, Rogers«, sagt er schwer atmend. »Wenn das feindliche Schiff dort draußen ist und Sie haben es irgendwie übersehen ...«

»Sir«, ertönt es aus dem Interkom. »Die vorläufige Überprüfung ergibt, daß alle Systeme operativ und fehlerfrei sind.«

»Wiederholen Sie den Test!«

»Jawohl, Sir.«

»Es tut mir sehr leid, Sir«, sagt Rogers. »Aber da draußen ist nichts ...«

Die Konsole bestätigt seine Worte. Alle sechs Monitore über Korie bleiben leer. Korie löscht die Routine und startet eine neue. Ergebnislos.

Der Interkom meldet sich erneut: »Sir, alle Ortungssysteme arbeiten mit sechsundneunzig Prozent Effizienz. Der Abtastquotient beträgt sogar neunundneunzig.«

Korie antwortet nicht. Er startet eine dritte Routine. Ungeduldig wartet er, während der Konsolenrechner die Eingaben verarbeitet. Dann blinkt ein Monitor nach dem anderen auf. Sie sind alle leer.

Korie sieht Rogers an, als sähe er ihm zum erstenmal. Er blickt noch einmal zu den Monitoren zurück, um sich zu versichern, daß er nicht ebenfalls einen Fehler gemacht hat, dann sagt er zu dem wartenden Burschen: »In Ordnung, Rogers. Sie können wieder an Ihre Konsole.« Er erhebt sich aus dem Sitz.

Rogers wartet, bis der Erste Offizier an ihm vorbei ist, bevor er sich hinsetzt. Sein Gesicht zeigt einen verdrießlichen Ausdruck.

Bridgers, ein stiller Mann mit hagerem Gesicht, beugt sich zu ihm hinüber und legt ihm die Hand auf den Arm. »Beruhigen Sie sich, Mann. Das ging nicht gegen Sie. Er mußte sich einfach persönlich überzeugen.«

Rogers bleibt stumm.

Auf der Brücke werfen Barak und Brandt Korie neugierige Blick zu. »Und ...?«

»Nichts.« Er wirft sich in seinen Sitz. »Die Ortungsgeräte sind in Ordnung.«

»Dann ist das feindliche Schiff verschwunden ...« sagt Barak.

Brandt nickt langsam. »Während wir uns angeschlichen haben, hat er sich weggeschlichen.«

»Kann es sein«, sagt Barak, »daß der Feind versucht hat, sich während der vierunddreißig Stunden, die wir damit verbracht haben, uns an seine letzte Position zu schleichen, sich seinerseits an uns heranzuschleichen?«

Korie schüttelt den Kopf. Brandt denkt darüber nach. »Möglich wäre es schon, aber ...«

»Mister Barak«, sagt Korie, »im Computer finden Sie unter dem Kodewort BOGIE eine Serie von vorläufigen Suchmustern, die von diesem Punkt aus nach außen verlaufen. Das wird die nächsten neun Stunden die Aufgabe dieses Schiffes sein. Ich wäre Ihnen dankbar, wenn Sie die Programme aktivieren würden.«

Barak blickt fragend zu Brandt, und der Kapitän nickt.

»Im Computer«, fährt Korie fort, »finden Sie außerdem ein

Suchmuster, das anschließend ablaufen und die nächsten drei Tage in Anspruch nehmen wird. Das Kodewort lautet BOGIE ZWO. Würden Sie es bitte in Bereitschaft halten?«

Erneut blickt Barak seinen Kapitän an, erneut nickt der Kapitän.

»Darüber hinaus«, sagt Korie, »finden Sie unter den Kodeworten BOGIE DREI und BOGIE VIER zusätzliche Suchprogramme. Es sind weitläufige Programme, die sehr viel Zeit kosten – ich hoffe, wir brauchen sie nicht.«

Der Kapitän nickt ein drittes Mal. »Gut vorausgedacht, Mister Korie. Ich bin froh, daß Sie daran gedacht haben. Wenn ich die beiden Herren jetzt in meine Kabine bitten dürfte ...?« Brandt erhebt sich und verläßt wortlos die Brücke.

Korie und Barak wechseln einen Blick. Barak erteilt Jonesy einen letzten Befehl, dann folgt er zusammen mit Korie dem Kapitän nach achtern.

Kapitel 16

Moral ist – wie Geschwindigkeit – ein relativer Begriff. Ihre Bestimmung ist abhängig von dem, wie sich die Objekte in der Umgebung verhalten. Man kann lediglich seine eigene Position in Relation zu diesen Objekten bestimmen, aber eine absolute Bestimmung der Moral ist unmöglich – genauso wie eine absolute Bestimmung der Geschwindigkeit.

JARLES ›FREIFALL‹ FERRIS
PHILOSOPHIE UND RELATIVITÄT:
EINE ÜBERSICHT DER AKTUELLEN IDEEN

Der Kapitän steht an seinem Tisch. »Kommen Sie herein, meine Herren.«

Korie folgt Barak in die Kabine. Auf seinem Gesicht liegt ein nachdenklicher, beinahe skeptischer Ausdruck.

»Schließen Sie bitte die Tür.«

Korie schließt die Tür.

Brandt blickt von einem zum andern, von dem stämmigen, dunkelhäutigen Astrogator zu dem schmalen, bleichen Ersten Offizier. Er wählt seine Worte mit Bedacht, als er zu sprechen beginnt. »Wir haben einen ... einen, wie Sie es nennen würden, sehr ernsthaften Versuch gemacht, das gegnerische Schiff zu stellen ...«

Korie schnaubt.

Brandt ignoriert es und fährt fort: »... doch ich denke, es ist an der Zeit, unsere Situation realistisch zu bewerten. Zuerst einmal sollte ich Ihnen vielleicht meinen Glückwunsch aussprechen, Mister Korie, und auch Ihnen, Mister Barak, für die Art und Weise, wie Sie beide heute vormittag die Besatzung geführt haben. Ich war beeindruckt von der Schnelligkeit und dem Geschick, das alle während des Angriffsmanövers gezeigt haben. Die Reaktion auf Befehle erfolgt selten so unverzüglich wie heute. Äh, mein Kompliment an Sie beide, meine Herren, für die Art und Weise, in der Sie diese Besatzung trainiert und ausgebildet und dieses Schiff auf Vordermann gebracht haben. Ich werde eine Empfehlung in das Logbuch eintragen.«

Brandt senkt den Blick auf den Tisch neben sich und ordnet ein paar Papiere. »Und jetzt – was das feindliche Schiff betrifft – natürlich werden wir nach ihm suchen.« Unvermittelt blickt er wieder auf. »Es besteht eine nicht unbedeutende Chance, daß der Feind sich in dieser Gegend versteckt hält. Allerdings besteht die auch nicht zu vernachlässigende Möglichkeit, daß wir ihn verloren haben. Wir sollten ... das im Gedächtnis behalten ... und es in unseren zukünftigen Überlegungen ... berücksichtigen ...«

Korie blickte den Kapitän befremdet an, desgleichen Barak. Brandt beeilt sich, fortzufahren: »Ich ... ich denke, wir haben einen ... einen moralischen Sieg in dieser Sache errungen. Wir haben bewiesen, daß die *Roger Burlingame* ein vollwertiges Schiff in der Flotte der Allianz ist. Das Autolog wird dies gegenüber dem Flottenkommando bestätigen. Wir haben uns selbst aus dem Dreck gezogen, und wir sind mehr als eine bloße Hinterhofpatrouille. Und ... und das ist etwas, auf das wir ... stolz sein können.

Wir werden die, äh ... Suche jetzt noch lange genug fortsetzen, bis wir sicher sind, daß der Feind nicht mehr in der Nähe ist ... und dann werden wir Kurs Richtung Heimat setzen. Ich vertraue darauf, daß ...«

»Sir!«

Brandt runzelt die Stirn wegen der Unterbrechung. »Was gibt es, Mister Korie?«

»Sir, ich bitte darum, im Logbuch festzuhalten, daß ich gegen diese Taktik war.«

»Gegen diese Taktik?«

»Gegen das Manöver, das wir soeben beendet haben. Den Versuch, mit niedriger Geschwindigkeit an den Gegner heranzuschleichen. Ich möchte im Log festhalten, daß ich eine andere Vorgehensweise empfohlen habe. Wenn Sie sich erinnern, ich wollte von Anfang an, daß wir mit Höchstgeschwindigkeit herankommen.«

»Äh, ja ...« Brandt macht eine kurze Verlegenheitspause. Er ist ein wenig überrascht. Der Kapitän leckt sich über die Lippen, bevor er fortfährt: »In Ordnung. Ja, selbstverständlich ... äh, wir werden es natürlich im Logbuch festhalten. Wer weiß? Vielleicht hätten Sie sogar recht gehabt, Mister Korie. Aber – ich hatte die Entscheidung zu treffen, und zu diesem Zeitpunkt war ich überzeugt von der Richtigkeit meiner Entscheidung. Ich wählte die Vorgehensweise, die mir als die beste erschien. Es gibt keine Möglichkeit herauszufinden, ob es das war oder nicht ...«

»Mit Ausnahme der Tatsache, daß wir den Gegner verloren haben.«

»Sicher, Sie haben recht, aber ...«

»Wären wir nach meiner Taktik vorgegangen, hätten wir lediglich acht Stunden für die Annäherung benötigt. Nur ein Viertel der Zeit wäre vergangen, und wir hätten ihn wahrscheinlich erwischt, bevor er sich davonschleichen konnte.«

»Mister Korie, wir haben auf der Brücke sorgfältig all diese Möglichkeiten durchgesprochen. Es ist gerade sechsunddreißig Stunden her, und ich habe keine Lust, wieder von vorn zu beginnen. Ich habe die Taktik bestimmt, die mir als die beste erschien ...«

»... und sich als falsch herausstellte.«

Brandt mustert seinen Ersten Offizier mit einem kalten Blick. »Ich denke nicht, daß sich einer von uns in einer Position befindet, die ihm diese Art von Beurteilung erlauben würde. Wenn sich herausstellt, daß eine meiner Entscheidungen als Kapitän der *Roger Burlingame offensichtlich falsch* war, dann bin ich der erste, der seinen Irrtum zugibt.«

Korie begegnet dem Blick des Kapitäns fest. »Jawohl, Sir.«

Brandt atmet auf. »Haben Sie auch etwas zu diesem Thema zu sagen, Mister Barak?«

Der Astrogator bleibt unverbindlich. »Nein, Sir. Meine Aufgabe ist es, Entscheidungen umzusetzen, nicht, sie zu fällen, Sir.«

»Hmmm«, sagt Brandt. Die Antwort gefällt ihm nicht. »Also schön.« Sein Verhalten ändert sich. Sachlich fährt er fort: »Nun, was diese Suchprogramme betrifft ...«

»Sir!« Korie unterbricht ihn erneut.

»Sie könnten mich ruhig einmal ausreden lassen, Mister Korie.« Der Kapitän wirkt jetzt leicht verärgert.

»Sir, ich würde empfehlen ...«

»Warum warten Sie nicht einfach ab, was ich zu sagen habe, Mister Korie?«

»Jawohl, Sir.«

»Ich würde sagen, daß wir die Suche so lange fortsetzen, bis wir uns davon überzeugt haben, daß der Gegner nicht mehr in der Nähe ist. Ich schätze, das Standardprogramm sollte dazu ausreichen. Mister Barak, wenn wir, sagen wir nach zwölf Stunden Suche, noch immer kein Signal des Gegners aufgefangen haben, können wir mit ziemlicher Sicherheit davon ausgehen, daß der Feind diesen Raumsektor verlassen hat. Wir werden anschließend Kurs zur Basis setzen. Mister Korie ...?« Der Kapitän deutet mit einer beinahe spöttischen Geste an, daß Korie nun eine abweichende Meinung äußern darf, wenn er denn eine hat.

Und Korie hat. »Zuerst einmal: Das Standardsuchprogramm reicht keineswegs aus. Dieses Programm wird in der

Hauptsache für Rettungsaktionen und Rendezvous verwendet. Es ist kein Manöver, das in einer Kampfsituation eingesetzt werden sollte. Der Gegner kann ganz bewußt seine Entdeckung vermeiden. Die Programme, die ich entwickelt habe – und die sich bereits in unserem Computer befinden –, sehen dreidimensionale Spiralen mit zufälligen Abweichungen vor, um die Ausweichmanöver des Gegners zu kompensieren.

Eine Standardsuche bezieht nur ein beschränktes Gebiet ein. Ein Gebiet, von dem man weiß, daß das Ziel sich darin aufhält. Meine Suchprogramme hingegen weiten sich ständig nach außen hin – weil wir, wie sie selbst gesagt haben – nicht wissen, wo sich der Feind versteckt. Meine Suchprogramme werden ihn finden, wenn er noch in der Nähe ist.«

»Ich meine, das Standardprogramm sollte diesen Zweck ebenfalls erfüllen ...«

Korie schnaubt. »... und wir verlieren den Gegner erneut. Mit Ihren Standardprogrammen ziehen Sie nur eine Schau für die Besatzung und das Flottenkommando ab – niemand wird denken, Sie hätten zu früh aufgegeben –, aber wenn der gegnerische Kapitän so schlau ist, wie ich glaube, dann werden wir ihn nur mit einer unorthodoxen Suchmethode – mit meiner Suchmethode! – finden.« Korie bricht ab. Der Kapitän blickt ihn versteinert an. »Mister Korie«, sagte er schließlich langsam, »ich denke gar nicht daran, für irgend jemanden eine Schau abzuziehen, wie Sie sich ausdrücken.«

»Sir, Sie haben selbst zugegeben, daß Ihre erste Entscheidung möglicherweise ein Fehler war und – bitte verzeihen Sie – die Vorgehensweise zu vorsichtig. Warum geben Sie mir nicht eine Chance bei dieser hier? Vielleicht können wir den Gegner doch noch stellen?«

Brandt setzt zu einer Erwiderung an, doch dann überlegt er es sich anders. Einen Moment lang ist sein Blick nachdenklich nach innen gerichtet. »Also schön. Wir werden für die nächsten zwölf Stunden nach Ihrem Programm verfahren ...«

»Zwölf Stunden werden nicht ausreichen ...«

»Wieviel Zeit benötigen wir denn Ihrer Meinung nach?«

»Ich weiß es nicht. Ich bin mir nicht sicher«, entgegnet Korie rasch. »Die Wirksamkeit des Programms erfordert, daß wir uns genügend Zeit nehmen, um einen möglichst großen Raumsektor zu überprüfen. So groß wie möglich. Und das bedeutet, wir benötigen auch soviel Zeit wie möglich.«

»*Wieviel* Zeit?«

»So viel wir haben ...«

»Nennen Sie mir eine Zahl, Mister Korie. Einen Anhaltspunkt. Zwei Tage? Drei Tage?«

»Ich weiß es nicht. Einen Augenblick, warten Sie ... Lassen Sie mich überlegen. Mister Barak ...« er wendet sich an Barak, »... wie weit sind wir weg von zu Hause?«

Barak kratzt sich am Kopf. »Warten Sie ... zehn Lichttage bei hundertvierundsiebzig, plus weitere sechsundfünfzig Tage ... das macht etwa fünfeinhalb Lichtjahre, Sir.«

»Also elf Tage Fahrtzeit bei Höchstgeschwindigkeit, richtig?«

»Richtig.«

»Und für wie viele Tage haben wir noch Energie in den Speichern?«

»Hmmm ... etwas weniger als vierzig.«

»Also schön ...« Korie überschlägt die Zahlen hastig im Kopf. »Angenommen, wir benötigen zehn Tage, um von hier bis nach Hause zu kommen. Nehmen wir vom Rest die Hälfte ... er wendet sich Brandt zu »...fünfzehn Tage, Sir.«

»Ganz ausgeschlossen, Mister Korie. Sie lassen uns keinerlei Sicherheitsspielraum.«

»Mein Suchprogramm bringt uns nicht weiter als sieben Tage von hier weg. Das ist genug Sicherheitsspielraum.«

»Trotzdem, Mister Korie. Ausgeschlossen. Sie gehen zu sehr an die Grenzen.«

»Schön, wie Sie meinen. Dann eben nicht die Hälfte, sondern ein Drittel der Differenz ... zehn Tage.«

Brandt denkt darüber nach.

»Plus ...« fügt Korie hinzu, »...plus einen Energietag für die Raketen. Jede mit acht Stunden Antrieb, plus der Zeit zum Rücksturz in den Normalraum, das Abfeuern der Waffen und die Rückkehr in den Hyperraum.«

Brandt blickt zu Barak. Der Astrogator bleibt unverbindlich. Der Kapitän sieht wieder Korie an. »Es gefällt mir nicht. Sie können Ihre zehn Tage haben, Mister Korie. Zehn Tage, und keinen mehr. Wenn Sie den Gegner in dieser Zeit nicht finden, machen wir kehrt und fahren nach Hause.«

»Also schön«, sagt Korie. »Zehn Tage. Einverstanden.«

»Gut«, entgegnet der Kapitän. »Ich will nicht, daß Sie mir später vorwerfen, ich hätte Ihnen keine faire Chance gegeben. Sie stimmen mir doch zu, daß zehn Tage eine faire Chance sind, oder?«

»Unter den gegebenen Umständen – jawohl, Sir.«

»Gut.« Brandt hält inne und mustert Korie abschätzend. Beinahe spöttisch fragt er: »Sollen wir es aktenkundig machen? In das Logbuch eintragen?«

Der Erste Offizier atmet laut aus. »Jawohl, Sir.«

»Gut.«

»Darf ich mich jetzt entschuldigen, Sir? Ich würde gerne in die Zentrale zurückkehren und den korrekten Beginn der Suchprogramme überwachen. Ich nehme doch wohl richtig an, daß meine zehn Tage bereits zu zählen begonnen haben, oder?«

»Ja, Mister Korie. Das haben sie in der Tat. Also schön, Sie dürfen gehen.«

»Vielen Dank, Sir.« Die Tür gleitet hinter dem Ersten Offizier ins Schloß.

Kapitel 17

Loyalität kann nicht befohlen werden. Man muß sie sich verdienen, genau wie Respekt.

ROGER BURLINGAME
HANDBUCH FÜR OFFIZIERE

Brandt blickt zu Barak. »Haben Sie etwas dazu zu sagen, Mister Barak?«

Der Astrogator schlägt die Augen nieder und studiert seine Fingernägel. »Ich denke nicht, Sir.«

»Aber Sie denken sich Ihren Teil, nicht wahr?«

Barak blickt überrascht auf.

»Ich kann es an Ihrem Gesicht erkennen«, erklärt der Kapitän. »Irgend etwas macht Ihnen ... Kummer.«

Barak mustert den Kapitän vorsichtig. Brandts Gesicht ist hart wie Granit. Der Astrogator weiß, daß das Aussehen des Kapitäns trügerisch ist, doch diesmal blicken seine Augen hart wie Stahl. Deshalb ist er vorsichtig, als er antwortet: »Nun, Sir ... wenn Sie es wirklich wissen wollen ... ich denke, Korie hat recht.«

»Womit, Mister Barak?«

»Mit dem, was er über den Feind gesagt hat, Sir. Über die beste Strategie, den Gegner zu stellen. Ich bin der gleichen Meinung wie Korie. Daß wir besser mit Höchstgeschwindigkeit hergekommen wären.«

»Hmmm«, sagt Brandt und verzieht das Gesicht. Er wendet sich ab, als er weiterspricht. »Sie denken, ich hätte eine verkehrte Entscheidung getroffen.« Eine Feststellung, keine Frage.

»Nein, Sir. Das denke ich nicht.«

»Ah, nun reden Sie schon, Mister Barak.« Brandt blickt ihn wieder an. Seine Stimme wird ein wenig schärfer, als er sagt: »Warum glauben Sie eigentlich, daß ich diese Entscheidung getroffen habe?«

Barak zuckt die Schultern. »Sie ... ich ... ich schätze, Sie werden Ihre Gründe gehabt haben, Sir ...«

»Und welche Gründe sollen das Ihrer Meinung nach gewesen sein, Mister Barak?«

Der Astrogator schüttelt den Kopf. »Ich will mich nicht in Spekulationen ...«

»Kommen Sie, Mann. Versuchen Sie zu raten.«

»Kapitän, Sir, ich ...« Baraks Tonfall ist mit einem Mal steif und förmlich. »Ich lernte bereits vor langer Zeit, die Befehle eines vorgesetzten Offiziers nicht in Frage zu stellen, Sir. Sie haben üblicherweise ihre Gründe, von denen ich nichts weiß ...«

»Das ist korrekt, Mister Barak. Aber ich wünsche, daß Sie diese Gründe verstehen ...«

»Bitte, Sir. Ich möchte es lieber nicht. Es könnte meine Arbeit beeinflussen, wenn ich davon erfahre. Meine Aufgabe ist die praktische Durchführung Ihrer Entscheidungen; ich muß nicht wissen, aus welchen Gründen Sie so und nicht anders entschieden haben.«

»Und Sie sind überhaupt nicht neugierig?«

»Man könnte sagen, ich will mich nicht hineinziehen lassen, Sir. Sie könnten mir etwas verraten, das meine Ansichten über jemanden ändert, mit dem ich zusammenarbeiten muß, und das könnte Auswirkungen auf die Erfüllung meiner Pflichten haben.«

Brandt nickt langsam. Nachdenklich. Verstehend. »Setzen Sie sich, Al.« Er deutet auf einen Stuhl.

Mit drei Schritten durchquert der Astrogator die Kabine des Kapitäns und nimmt Platz. Das zierliche Holzgestell knarrt unter seinem Gewicht. Baraks Blick ist unverwandt auf den Kapitän gerichtet, der sich vom Tisch zurückgezogen hat und seinen Astrogator nun aus der entgegengesetzten Ecke des Zimmers ansieht.

»Wissen Sie«, beginnt er, »Ihre Gründe, warum Sie nicht mehr wissen wollen, sind sehr scharfsinnig … Sie zeigen mir, daß Sie bereits einen Verdacht haben, warum meine Entscheidung so und nicht anders ausfiel.« Er runzelt nachdenklich die Stirn, dann fährt er leise fort: »Was halten Sie von Korie?«

»Korie? Warum? Er ist … ein intelligenter Offizier, und … und …«

Brandt blickt den Astrogator ironisch an. »Fahren Sie nur fort, Al.«

Barak atmet tief ein. »Sir, Mister Korie ist ein hervorragender Offizier. Vielleicht richtet er sich ein wenig zu streng nach den Vorschriften, aber er ist trotzdem ein guter Mann. Er kennt sein Schiff besser als irgendein anderer, er besitzt hohe Ideale und erwartet, daß sich alle danach richten.«

»Und wenn sie das nicht tun?«

»Äh, Mister Korie ist sehr streng, Sir. Aber wie schon gesagt, Sir, er hält sich immer an die Vorschriften.«

»Jetzt kommen Sie schon, Al.« Brandt lehnt sich gegen das

Regal mit der Schreibmaschine. »Ich will wissen, was Sie von ihm halten, und nicht, was im Lehrbuch steht.«

»Es tut mir leid, Sir, aber das ist alles, was mich an Mister Korie zu interessieren hat … oder was ich von ihm zu halten habe.«

»Sie haben keine diesbezügliche eigene Meinung …?«

»Ich weiß nicht, was Sie sonst noch von mir hören wollen, Sir.«

Brandt schnippt ein imaginäres Staubkorn von seiner Schreibmaschine. »Ich will von Ihnen wissen … Was halten Sie von Korie als Mensch?«

Barak schüttelte den Kopf. »Ich … mehr kann ich Ihnen wirklich nicht sagen, Sir.«

Brandt akzeptiert diese Antwort. Er denkt über Baraks Antwort nach und akzeptiert sie schließlich. »Also schön.« Er strafft sich. »Wollen Sie hören, was ich von Korie halte?«

»Äh, Sir …«

»Ich denke, daß Mister Korie der gefährlichste Mann an Bord der *Roger Burlingame* ist. Korie legt eine derartig beschränkte Sturheit an den Tag, die alles andere verzehrt und tödlich ist. Er ist ohne Zögern bereit, alles und jeden an Bord dieses Schiffes zur Befriedigung seines unglaublichen Ehrgeizes zu opfern …«

»Also nein, das dürfte wohl kaum …«

»… und seine krankhafte Sehnsucht, ein Schlachtschiff zu kommandieren, ist wahrscheinlich der gefährlichste Zug von allen – ganz besonders, wenn man sein gewalttätiges Temperament bedenkt. Haben Sie seine nervösen Anfälle noch nie bemerkt? Haben Sie Korie in der Zentrale beobachtet? Er benimmt sich wie ein Wahnsinniger, seit wir das feindliche Schiff jagen …«

»Sir, ich muß protestieren …«

Brandt unterbricht seinen Redefluß. »Protestieren?«

»Mister Korie ist nicht … nicht so schlecht, wie Sie sagen, Sir.«

»Nicht – so – schlecht?!« Der Kapitän zögert. »Sie meinen … Sie würden nicht zögern, ihm in die Schlacht zu folgen?«

»Nein, Sir. Das würde ich nicht. Mister Korie ist ein ... sorgfältiger Stratege ...«

»Al ...« sagt Brandt. »Al, ich für meinen Teil hätte Angst, Mister Korie in den Kampf zu folgen.«

Für einen Augenblick herrscht Schweigen zwischen den beiden Männern. Schließlich fragte Barak: »Warum, Sir?«

»Sehen Sie sich um, Al. Sehen Sie dieses Schiff? Die *Roger Burlingame.* Ein Zerstörer der F-Klasse. Wissen Sie eigentlich, wie alt dieses Schiff ist? Kennen Sie den Zustand ihrer Ausrüstung? Kennen Sie den Zustand dieses ... dieses Wracks?«

»Ich weiß, er könnte besser sein, Sir«, erwidert der Astrogator vorsichtig.

»Ja.« Brandt lächelt. »Er könnte besser sein. Er könnte sicherlich nicht um vieles schlechter sein.«

»Sie übertreiben, Sir. Wir haben eine Menge Arbeit in die Maschinen gesteckt, und Mister Korie hat eine Menge neuer Ausrüstung organisiert ...«

»Ah, ja. Das ist ein weiteres Beispiel für seinen ... seinen ... starrköpfigen Ehrgeiz, ein Schlachtschiff zu kommandieren. Die *Roger Burlingame* ist sein Spielzeug. Korie plant allen Ernstes, ein Kampfschiff aus ihr zu machen. Er glaubt sogar, er hätte es schon geschafft.«

Barak schweigt. Sein Gesichtsausdruck bleibt vorsichtig neutral.

Der Kapitän geht in der engen Kabine auf und ab. »Al, dieses Schiff ist nicht die Kampfmaschine, die Mister Korie in der *Roger Burlingame* zu sehen glaubt. Die Besatzung hat keine entsprechende Ausbildung. Sie ist nicht erfahren genug. Korie ist so besessen von seiner Vision, daß er taub für jedes vernünftige Argument ist. Die *Roger Burlingame* ist nur wenig mehr als ein Wrack, trotz aller Verbesserungen durch Korie. Sie sollte schon vor drei Jahren ausgeschlachtet werden. Statt dessen hat das Flottenkommando sie wieder in Dienst gestellt!: Er knallt die Faust auf den Tisch. »Die *Roger Burlingame* ist nicht mehr als ein verrottetes Wrack! Eine verrottete, stinkende Hülle ...!«

Barak schlägt die Augen nieder. »Es tut mir leid, wenn Sie so darüber denken, Sir. Ich ... ich mag dieses Schiff.«

Brandt blickt seinen Astrogator mit einem Ausdruck der Überraschung an. »Sie mögen dieses Schiff ...?!«

»Jawohl, Sir.«

»Um Himmels willen, Al – wieso?«

Barak schüttelt den Kopf. »Ich mag es einfach. Die *Roger Burlingame* ist klein und gemütlich, und es ist leicht, auf ihr zu leben.«

»Leicht auf ihr zu leben?«

»Wenn man weiß, was man zu tun hat und nicht in Eile ist, wieder von Bord zu kommen. Mister Korie möchte ein Schlachtschiffkommandant sein, da mögen Sie recht haben. Ich mache ihm keinen Vorwurf, daß er so wenig Geduld mit der *Burlingame* zeigt. Er will weg von hier. Es gibt eine ganze Reihe von Männern an Bord, die sich am liebsten auf der Stelle woandershin versetzen lassen würden – aus dem einen oder anderen Grund – und ich mache niemandem daraus einen Vorwurf ...«

»Al«, unterbricht Brandt seinen Astrogator mit scharfer Stimme. »Ich bin einer dieser Männer, die von diesem Schiff wegwollen.«

Baraks Antwort ist nur ein Flüstern. »Ich weiß, Sir.«

»Sie wissen es?«

»Jawohl, Sir. Das ganze Schiff weiß es.«

»Oh? Nun, schön, ich vermute, es ist wirklich kein allzu großes Geheimnis.« Er reibt sich die Nase. »Ja, ist ja auch egal. Jedenfalls will auch ich weg von hier.« Er läßt sich auf seinem Bett nieder und blickt Barak an. »Ich will meine Versetzung zu einer Basis, Al. Ich will dort helfen, den Krieg zu gewinnen, wo ich am besten helfen kann. Wissen Sie, dieser Krieg wird total falsch ausgetragen. Unsere Seite kämpft, um zu gewinnen, Al. Und so werden Kriege nicht mehr ausgetragen. Heutzutage gewinnt man, indem man lange genug aushält.«

Brand verstummt. Barak beugt sich verdrießlich auf seinem Stuhl vor. Er starrt noch immer den Boden an, die Ellbogen auf die Knie gestützt, der Kopf nach vorn gesunken. Er nickt langsam, zum Zeichen, daß er dem Kapitän noch immer zuhört.

»Al«, fährt Brandt schließlich fort, »ich habe keine Lust zu kämpfen. Ich will nicht kämpfen. Ich will dem Feind nicht gegenübertreten. Ich will ihn überleben. Und um dieses Ziel zu erreichen, muß ich ihm ausweichen. Das ist der Grund, aus dem ich ...«

Barak blickt seinen Kapitän scharf an. »Sir, so weit war ich in meinen Überlegungen bereits gekommen. Der Gedanke kam mir, als Sie anordneten, daß wir uns an den Feind anschleichen sollen. Mir wurde klar, daß Sie dem Feind mit voller Absicht eine Chance einräumten, zu verschwinden.«

»Und warum haben Sie nichts gesagt?«

»Ich ... ich war mir nicht sicher, Sir.« Sein Blick gleitet wieder nach unten, und er fährt mit der Betrachtung des Kabinenbodens fort. »Außerdem hatten Sie eine so gute Erklärung abgegeben ...«

»Hmmm, ja. Ich will dieses Schiff nicht stellen, Al. Ich will es einfach nicht. Ich ... es ist nicht, daß ich Angst hätte, o nein, verstehen Sie mich nicht falsch. Ich denke lediglich, daß wir einen Kontakt mit dem Feind nicht überleben würden. Wir sind nicht schnell genug, nicht gut genug ...« Seine Stimme wird ganz leise. »Ich konnte die Jagd nicht einfach abblasen, umdrehen und nach Hause fliegen. Es ... es wäre nicht richtig gewesen. Und deshalb tat ich das einzige, was ich in dieser Situation tun konnte. Ich ließ den Gegner entkommen.

Al, ich bin ein Karrieremensch. Die Flotte ist mein Leben. Ich kommandierte schon seit Jahren Schiffe, als dieser Krieg ausbrach. Heute ist alles anders, und ich ... eine neue Generation von Offizieren ist entstanden. Sie verstehen nicht, was es bedeutet, ein Schiff zu kommandieren. Sie sind wie Korie. Sie denken, es ist alles nur ein Spiel. Sie sind besessen vom Krieg. Sie ... Al, Korie ist davon überzeugt, daß er aus diesem Schiff etwas Besseres gemacht hat. Aber er irrt sich, er irrt sich gewaltig – und ich sehe keinen Weg, wie ich ihm das beibringen könnte.

Ja, ich weiß, ich gestehe gerne, daß er in vielerlei Hinsicht ausgezeichnete Arbeit geleistet hat. Ich bin höchst zufrieden mit der Art und Weise, wie er die *Roger Burlingame* in Schuß gebracht hat. Und es macht mir auch nichts aus, ihm freie Hand mit der Mannschaft und den Maschinen zu lassen. Eine Sorge weniger, um die ich mich kümmern muß. Und eine gute Erfahrung für Korie, wenn er jemals ein eigenes Schiff bekommt. Aber – ein Schlachtschiffkommandant? Nein, ich möchte mein Leben unter keinen Umständen in seine Hände legen. Die *Roger Burlingame* ist und bleibt ein Wrack. Bestenfalls ist sie raumtüchtig und verliert keine Luft. Al, wie müssen diesen Krieg überleben. Wir werden ihn überleben, und das werden wir, indem wir nicht nach dem Feind und nach Schwierigkeiten Ausschau halten. Ist denn das wirklich so schlecht?«

»Ich weiß es nicht, Sir.« Baraks Antwort kommt leise, beinahe unhörbar. » ... Aber *Threebase* hat uns hergeschickt, um eine Mission zu erfüllen. Wir haben diese Aufgabe zu erledigen – oder bei dem Versuch ihrer Erfüllung zu sterben, Sir. Ich denke, daß dieses Schiff – und Korie ebenfalls – eine Chance verdient, sich zu beweisen. Ich denke, es ist falsch von Ihnen, wenn Sie uns zurückhalten und uns den Abschuß unmöglich machen.«

Eine Pause. »Schön, Al. Das ist Ihre Meinung. Meine Meinung ist eine andere. Korie ist noch nicht soweit. Die Mannschaft ebenfalls nicht. Und das Schiff wird es niemals sein. Ich habe getan, was ich tun mußte, um den Kontakt mit dem Feind zu vermeiden, und ich würde es wieder tun.« Abrupt steht er auf und durchquert das Zimmer. »Al, sagen Sie mir eins – wollen Sie nicht überleben? Warum sind Sie so unbekümmert? Wie kommen Sie nur mit Korie zurecht? Und warum mögen Sie dieses Schiff?«

»Wenn Sie fragen müssen, dann verstehen Sie es einfach nicht. Es ist nun mal so. So bin ich.«

»Also schön, so sind Sie. Aber was denken Sie, Al – ich meine, über das, was ich Ihnen soeben gesagt habe?«

Barak bleibt reglos sitzen. Er ist in sich zusammengesunken und hat den Blick auf den Boden gerichtet. Sein Gesicht zeigt seine Sorgen, und seine Augen schimmern feucht. »Sir, ich weiß es wirklich nicht. Ich weiß es nicht. Ich habe mich immer darauf verlassen, daß mein Kapitän alle Entscheidungen für mich trifft. Ich ... ich ... es gefällt mir überhaupt nicht. Zeichen von Schwäche zu sehen, meine ich.«

»Sie denken, ich wäre schwach?«

»Ich weiß es nicht. Ich denke schon. Ich wünschte, Sie würden das Schiff führen, anstelle von Korie, aber ... aber das tun Sie nicht ... und ich wünsche mir einen Kapitän, hinter dem ich zu einhundert Prozent stehen kann, Sir.«

Brandt blickt seinen Astrogator lange Zeit an. »Was soll das bedeuten, Mister Barak?« Seine Stimme klingt förmlich und steif.

»Nichts, Sir. Ich ...«

»Fahren Sie fort, Al. Sagen Sie, was Sie denken.«

»Das habe ich bereits, Sir.« Barak stößt die Worte hervor. »Ich respektiere den Kapitän, der Sie eigentlich sein sollten ... genau wie die Mannschaft. Aber es ist Mister Korie, der die Befehle erteilt ...«

»Weil ich ihn dazu ermächtigt habe!« entgegnet Brandt ein wenig zu laut.

»Ich wünschte, Sie hätten recht, Sir. Aber Korie braucht Sie nicht dazu. Er hat selbst genügend Autorität. Die Mannschaft gehorcht ihm.«

Brandt ist steif. »Die Mannschaft gehorcht *mir!* Ich bin der Kommandant dieses Schiffes.« Er wiederholt sich: »Ich allein bin der Kommandant!« Sein Mund formt die Worte ein drittes Mal. »Der Kommandant.«

Barak starrt ihn an. Es herrscht Schweigen.

Brandt erwidert den Blick. »Nun?« verlangt er schließlich zu wissen.

»Jawohl, Sir.« Barak resigniert. »Sie sind der Kapitän, Sir.«

»Vielen Dank, Mister Barak.«

Der Astrogator senkt den Blick. »Darf ich jetzt gehen, Sir?«

»Ja, Mister Barak. Sie dürfen.«

Kapitel 18

Die einzige Konstante im Universum ist die Veränderung

I GING

Das Gegenteil von Veränderung ist nicht Widerstand gegen die Veränderung, sondern Veränderung in die entgegengesetzte Richtung.

I GING

Es gibt nur eins, dessen man sich sicher sein kann: Man kann sich nichts sicher sein.

TOM DIGBY
AMERIKANISCHER PHILOSOPH DES 21. JAHRHUNDERTS

Auf dem Weg zurück in die Zentrale macht Korie beim Radec-Raum halt. »Rogers, Bridger ...«

Bridger sieht den Ersten Offizier an. Rogers blickt starr auf seinen Monitor.

»Ich wollte nur Bescheid geben, daß Sie Ihre Ortungsgeräte auf größte Empfindlichkeit einstellen. Wir beginnen eine verlängerte Suche nach dem feindlichen Schiff – und Sie beide haben Schlüsselfunktionen bei dieser Aktion. Wenn Sie Ihre Arbeit nicht vernünftig erledigen, dann brauchen wir erst gar nicht anzufangen. Aber Sie werden Ihre Arbeit korrekt erledigen. Ich ... ich habe volles Vertrauen in Sie beide. Er blickt die Männer nacheinander an. »Sie haben mich bisher nicht enttäuscht.« Sein Blick bleibt auf Rogers hängen, und seine Augen verengen sich nachdenklich. Der Junge sitzt stocksteif vor seinem Monitor, und die Schiene um seine Schulter verleiht ihm ein buckliges, zusammengesunkenes Aussehen. »Nun, machen Sie weiter so ...« Der Erste Offizier tritt auf den Korridor hinaus und setzt seinen Weg zur Zentrale fort.

Dort angekommen, läßt er sich in den vertrauten Kommandositz fallen. »Donelly!« ruft er, noch bevor er richtig sitzt, und der Offizier am Steuer blickt fragend zu ihm. »Wie schnell sind wir zur Zeit?«

»Einhundert Licht, Sir.«

»Gehen Sie auf einhundertdreißig. Setzen Sie das Suchprogramm fort.«

»Jawohl, Sir.«

Korie überprüft die Kontrollen des Sitzes. Als er zufrieden ist, wendet er sich der Überprüfung des Schiffstatus zu. Alles scheint noch zu funktionieren ... gut.

Er schaltet den Interkom ein. »Maschinenraum ...?«

»Jawohl, Sir. Einen Augenblick bitte, Sir.« Nach kurzer Pause meldet sich Leen. »Sir?«

»Korie hier, Mister Leen.«

»Ja, Sir?«

»Ich wollte Ihnen lediglich ein Kompliment machen und meinen Dank aussprechen, Mister Leen.«

»Sir?«

»Ihre Mannschaft hat während des Manövers heute morgen gute Arbeit geleistet. Wir haben den Feind zwar nicht finden können, aber Ihre Leute scheinen mit maximaler Effizienz gearbeitet zu haben. Ich bin sehr zufrieden.«

»Vielen Dank, Sir.«

»Sie sagen Ihren Leuten Bescheid, nicht wahr, Mister Leen?«

»Jawohl, Sir. Aber wenn Sie vielleicht selbst ein Wort an die Männer richten würden ... sie würden es jedenfalls begrüßen.«

»Ja, natürlich. Sie haben recht. Ich will versuchen, später noch einmal vorbeizuschauen.«

»Mister Korie, Sir?« Die Stimme Leens klingt vorsichtig. »Wegen des Turnraums, Sir ...«

»Leitender«, unterbricht Korie ihn. »Vergessen Sie die Sache.« Er wählt seine Worte mit Bedacht. »Ich bin sicher, es gab einen einleuchtenden Grund, aus dem der Ballon nicht ordnungsgemäß gesichert war.«

»Jawohl, Sir.«

»Es gibt jedenfalls wichtigere Dinge, um die wir uns im Augenblick zu kümmern haben. Wir sind noch immer auf der Jagd nach dem feindlichen Schiff, Mister Leen, und haben mit einem Suchprogramm begonnen. Wir werden weitersuchen, bis wir den Gegner gefunden haben. Meine größte Sorge ist zu diesem Zeitpunkt, daß Sie Ihre Maschinen lange genug am Laufen halten und Ihre Männer Herr jeder Situation bleiben. Also lassen Sie uns nicht mehr vom Turnraum reden. Wenn Ihre Mannschaft sich weiterhin so gut schlägt wie heute morgen, dann werde ich kein Wort mehr über die Geschichte verlieren.«

»Jawohl, Sir. Wir geben unser Bestes, Sir.«

»Fein. Äh, Mister Leen ...? Da wäre noch etwas.«

»Sir?«

»Wir sind noch nicht fertig mit den Übungen. Ich werde einen neuen Plan aufstellen. Jeden Tag drei Stunden, für jede Wache.«

Am anderen Ende der Leitung herrscht Schweigen. Als der Leitende Ingenieur schließlich antwortet, klingt seine Stimme merklich kühler. »Jawohl, Sir.«

»Es wird sich um volle Schlachtsimulationen handeln, Mister Leen, und sie werden andere Problemstellungen beinhalten als die Übungen, die wir zuvor durchgeführt haben. Es wird sich um Such- und Angriffsmanöver handeln, ein wenig komplizierter und schwieriger zu beherrschen.«

»Jawohl, Sir. Wir ... wir werden bereit sein.«

»Gut. Ich danke Ihnen.« Korie unterbricht die Verbindung. Einen Augenblick entspannt er sich in seinem Sitz und trommelt mit den Fingern auf der Armlehne. Ringsum summt die Zentrale geschäftig.

Der große Frontschirm zeigt die stetig vorbeiziehenden Linien des Kraftfeldes, aber der Vektor ist eigenartig. Statt geradewegs hindurchzustürzen, bewegt sich das Schiff diagonal nach unten durch das rechteckige Gitter.

Korie trifft einen Entschluß. Er berührt die Armlehne seines Sitzes. »Alles herhören. Hier spricht der Erste Offizier.« Er macht eine kurze Pause, wie um die Aufmerksamkeit seiner Leute auf sich zu lenken, bevor er fortfährt: »Wie Sie inzwischen alle wissen, haben wir heute morgen die Spur des Gegners verloren. Aber die Suche ist noch nicht zu Ende. Er hält sich möglicherweise noch immer in diesem Gebiet auf, und wir werden nach ihm suchen, bis wir ihn gefunden haben. Selbst wenn er versucht haben sollte, sich davonzuschleichen, werden wir ihn finden.

Ich möchte Ihnen allen gratulieren zu Ihrer beispielhaften Pflichterfüllung – und Ihnen meinen Dank aussprechen –, und ich hoffe, daß ich mich auch weiterhin auf Sie verlassen kann, während unsere Suche fortschreitet. Wir haben noch immer eine ziemlich gute Chance, das feindliche Schiff zu stellen, und wir werden das Beste daraus machen. Ihre fortgesetzte Unterstützung vorausgesetzt, gibt es nichts, was uns aufhalten könnte. Ich danke Ihnen nochmals.« Er schaltet ab.

Jonesy steht zu seiner Rechten und wartet darauf, mit Korie zu sprechen. »Ja, Mister Jonesy?«

»Es geht um dieses Suchprogramm, Sir. Ich habe ein paar Fragen.«

»Ja?«

»Wir haben unsere Geschwindigkeit um dreißig Licht erhöht, Sir. Aber das wird unsere Hyperraumblase zwanzig Lichttage weiter sichtbar machen. Sind Sie sicher, daß das in Ihrem Sinne ist?«

Korie blickt Jonesy an. »Sie haben recht, Mister. Aber wir haben keine andere Wahl.« Korie schwenkt mit dem Sitz ganz zu ihm herum. »Es sieht folgendermaßen aus: Wir haben ein Zeitlimit. Uns bleiben nur zehn Tage, um den Feind zu finden. Auf der anderen Seite haben wir auch einen bestimmten Raumsektor abzusuchen. Ursprünglich hatte ich angeordnet, die Geschwindigkeit der *Roger Burlingame* niedrig zu halten, so daß der Feind umgekehrt genausowenig weiß, wo wir stecken. Aber die Situation gebietet, daß wir ihn so schnell wie möglich aufspüren.

Ich bin ziemlich sicher, daß er seine Geschwindigkeit niedrig halten wird, so daß wir sehr dicht herankommen müssen, um ihn zu finden. Da unsere Geschwindigkeit so hoch ist, wird er uns sehen, bevor wir ihn sehen. Wir sind wie ein Hund, der geräuschvoll das Gebüsch durchstöbert – vielleicht gelingt es uns auf diese Weise sogar, ihn aufzuschrecken, so daß er zu fliehen versucht – und in diesem Fall haben wir augenblicklich sein Signal wieder. Deswegen die höhere Geschwindigkeit. Darauf hoffe ich, Mister Jonesy.«

»Jawohl, Sir. Aber ich mache mir eigentlich mehr Gedanken über die Auswirkungen unserer erhöhten Geschwindigkeit auf das Suchmuster selbst. Auf die Art und Weise, wie Sie das Programm aufgestellt haben, werden wir nicht jeden Teil des Raumsektors erfassen. Aber wenn ich Sie richtig verstanden habe, wollen wir den Ortungsradius unseres Schiffes durch ein größtmögliches Gebiet schicken, um auf diese Weise jeden möglichen Kurs des Gegners abzufangen.«

»Ja, genau, Mister Jonesy. Wir bewegen uns auf der Oberfläche einer sich stetig ausdehnenden Kugel von Aufenthaltswahrscheinlichkeiten des Gegners.«

»Nun, durch die erhöhte Geschwindigkeit«, führt Jonesy weiter aus, »werden wir einen Teil dieser möglichen Aufenthaltsorte des Gegners zu früh überstreichen. Außerdem besteht die Möglichkeit, daß er uns so rechtzeitig entdeckt und ausweichen kann.«

»Sie haben recht!« erkennt Korie schlagartig. »Äh, wir werden also die Geschwindigkeit lange genug wieder herabsetzen, bis wir ein alternatives Suchprogramm für die höhere Geschwindigkeit fertig haben ...«

»Das habe ich bereits, Sir. Ich habe EDNA veranlaßt, Ihr Programm für einhundertdreißig Licht neu zu berechnen. Ich hoffe, Sie hatten nichts dagegen?«

Korie blickt den Hilfsastrogator angenehm überrascht an. »Nein, nein, selbstverständlich nicht. Ich bin im Gegenteil froh, daß Sie weitergedacht haben. Fahren Sie fort, Mister Jonesy. Geben Sie Ihre neuen Berechnungen ein und führen die entsprechenden Manöver aus.«

»Jawohl, Sir.« Jonesy will sich abwenden.

»Und, Jonesy ...?« fügt Korie hinzu. »Danke.«

»Keine Ursache, Sir. Auch ich will diesen Abschuß.« Mit diesen Worten geht der Hilfsastrogator zurück an seinen Platz.

Kapitel 19

Es muß doch einen einfacheren Weg geben, sich seinen Lebensunterhalt zu verdienen!

ZUGESCHRIEBEN SEINER HEILIGKEIT, PAPST GREGOR II

Die Kabine des Ersten Offiziers liegt direkt neben der des Kapitäns – so sind sie sich zumindest physisch nah, wenn schon nicht mental. Rogers wechselt einen Blick mit dem Mann, der bei ihm steht, dann klopft er an Kories Tür. Zuerst scheu, dann mit einer resignierenden Heftigkeit, als will er sagen: »Bringen wir es endlich hinter uns.«

»Herein«, ertönt eine gedämpfte Stimme.

Rogers tritt ein, gefolgt von Reynolds, dem Gewerkschaftsvertreter an Bord der *Roger Burlingame*. Das Zimmer ist dunkel. Korie liegt auf seiner Pritsche. »Schalten Sie das Licht ein«, murmelt er. Als Rogers seiner Aufforderung folgt, zuckt der Erste Offizier zusammen und legt die Hand über die Augen. »Was wollen Sie?«

»Ich möchte mit Ihnen reden, Sir ...«

»Aaahhh.« Korie gähnt. Dann reibt er sich die Augen und bemerkt zum ersten Mal Reynolds. »Was soll er dabei?«

Reynolds und Rogers wechseln einen Blick. Reynolds öffnet den Mund zum Reden, doch Rogers sprudelt los: »Ich habe ihn gebeten mitzukommen, Sir. Ich habe das Recht dazu.«

Korie verzieht das Gesicht und gähnt erneut.

»Ich habe über das nachgedacht, was Sie zu mir sagten, Sir ...«

»In welcher Beziehung?«

»Was Sie im Duschraum sagten, Sir.«

»Oh, das? Na und? Was ist damit?« Korie stützt sich auf den Ellbogen. »Sind Sie gekommen, um mir die Sache mit Wolfe zu erzählen?«

Rogers strafft sich. Der Verband spannt über seiner Schulter. »Nein, Sir.« Rogers zögert, aber als er schließlich fortfährt, *klingt seine Stimme beherrscht. »Äh, Sie sagten, Sie könnten die Information aus mir herausprügeln, wenn Sie müßten, Sir.«*

»Hmmm.« Korie wird wachsam. »Und ...?«

»Nun, ich habe einen Entschluß gefaßt, Sir ...« Rogers blickt erneut zu Reynolds, aber das Gesicht des Gewerkschaftsvertreters ist ausdruckslos. »... ich habe beschlossen, daß ich nichts sagen werde. Es sei denn, Sie wollen die Informationen aus mir herausprügeln, Sir. Ich meine, ich bleibe bei meiner Aussage.«

»Ich verstehe. Haben Sie die Sache mit Mister Reynolds abgesprochen, bevor Sie herkamen?«

»Sir!« meldet sich Reynolds zu Wort. »Mister Rogers hat mich lediglich gebeten, dieser Unterhaltung als Zeuge beizuwohnen, das ist alles. Soweit es mich betrifft, handelt Rogers ganz allein aus sich heraus.«

»Ich verstehe.«

»Nein, Sir«, sagt Rogers. »Ich denke nicht, daß Sie verstehen.«

»Also schön, Rogers.« Korie seufzt und richtet sich in eine sitzende Haltung auf. Er reibt sich den Schlaf aus den Augen. »Dann schießen Sie mal los, Mann.« Sein Tonfall ist gelangweilt, beinahe ungeduldig.

»Nun, Sir, es ist folgendermaßen. Sie haben mir gesagt, ich wäre selbst verantwortlich für meine Handlungen. Und Sie, äh ... Sie haben recht, Sir. Also ist dies der Punkt, an dem ich die Verantwortung für mich selbst zu übernehmen beginne. Ich muß ›nein‹ zu Ihnen sagen.«

Korie atmet aus. Laut. »Ein eigenartiger Punkt, um damit zu beginnen.«

»Verstehen Sie nicht? Ihnen etwas zu verraten würde einfach nur bedeuten, daß ich meine Verantwortung für mich selbst auf jemand anderen weiterschiebe.«

Der Erste Offizier der Roger Burlingame *nickt bedächtig.*

»Würde ich Ihnen verraten, was geschehen ist, könnten Sie das gegen Wolfe verwenden – aber die anderen würden mir die Schuld daran geben. Also ist das der Punkt, an dem ich den Strich ziehe und meine eigene Verantwortung akzeptiere.

Deshalb lautet meine Antwort ›nein‹. Sie werden es aus mir herausprügeln müssen, Sir.«

»Also schön, ich werde es im Gedächtnis behalten.« Korie unterdrückt ein weiteres Gähnen. »Ist das alles, was Sie als Gründe anzuführen haben?«

»... Da wäre noch etwas, Sir.«

»Ja?«

»Nun, ich ... wir beide wissen, was geschehen ist. Jedermann an Bord des Schiffes weiß es. Aber bevor ich nicht bereit bin auszusagen, gibt es keine Beweise. Und ich werde nicht aussagen. Wolfe weiß das. Die gesamte Besatzung weiß das. Somit habe ich eine gewisse Macht über Wolfe, oder nicht?«

Korie blickt den Burschen an. »Sie sind schrecklich naiv, Rogers, wissen Sie das?«

»Ich denke nicht, Sir. Das Verhalten der anderen mir gegenüber hat sich geändert. Selbst Wolfes Verhalten hat sich geändert. Ich will damit nicht sagen, daß sie jetzt auf einmal nett zu mir sind oder so etwas, aber wenigstens lassen sie mich in Frieden. Und das ist ein gewaltiger Fortschritt zu dem, was vorher war.«

Korie kratzt sich am Kopf und bringt sein blasses Haar noch mehr durcheinander. Er wirft einen Blick zu Reynolds hinüber. »Stimmt das ?«

Reynolds bemüht sich, neutral zu klingen. »Kann ich nicht beurteilen, Sir.«

»Sie sind wirklich eine gewaltige Hilfe«, murrt Korie. Er sieht wieder zu Rogers. Aus dieser Perspektive sieht der junge Bursche unnatürlich breitschultrig aus. »Also schön. Ich hoffe, das Rückgrat, das Sie jetzt demonstrieren, ist stabiler als dieser Verband da an Ihrem Hals – weil der Verband nämlich schon ziemlich bald wieder abkommt. Im Augenblick glauben Sie, Sie hätten mir die Stirn geboten, Rogers. Ich hoffe nur, Sie können auch der Mannschaft die Stirn bieten, wenn die Zeit dazu kommt.«

»Sir, ich habe keinen Streit mit der Mannschaft. Ich bin einer aus der Mannschaft.«

»O ja, natürlich.« Korie streckt sich und steht auf. Er geht zu einem Stuhl. »Ich will Ihnen etwas sagen, Rogers«, beginnt er und nimmt Platz. »Es ist mir im Grunde genommen ziemlich egal, ob Sie mir die Wahrheit verraten oder nicht. Ich brauche Ihre Hilfe nicht, um Wolfe auffliegen zu lassen – Sie können das ruhig mithören, Reynolds, es geht auch Sie an. Wolfe wird schon bald wieder seinen Dienst verrichten, und ich erwarte, daß er innerhalb weniger Tage die nächste, genauso große Dummheit begehen wird. Sehen Sie? Ich benötige Ihre Hilfe wirklich nicht. Und ich habe auch nicht das Bedürfnis, irgend etwas aus Ihnen … herauszuprügeln. Wenn Sie also meinen, Sie wären jetzt einer von der Mannschaft, dann gehen Sie nur und vergessen Sie es nicht.«

»Ich weiß nicht, ob ich jetzt dazugehöre oder nicht, Sir. Aber Sie selbst haben mir gesagt, daß ich meine Angelegenheiten auf diesem Schiff regeln müßte, und sonst nirgends. Also werde ich auch tun, was ich für richtig halte.«

Korie winkt ab. »Schon gut, schon gut. Sehen Sie, es ist mir vollkommen egal, was Sie machen. Ich will nur das feindliche Schiff, sonst nichts. Machen Sie Ihre Arbeit, und bleiben Sie mir aus der Quere, und ich werde …« er schnaubt, »… zufrieden sein.«

»Jawohl, Sir.«

»Und jetzt lassen Sie mich bitte allein, alle beide. Ich möchte noch ein wenig schlafen.«

»Jawohl, Sir.«

Nachdem die Tür hinter ihnen zugeglitten ist, wirft Reynolds Rogers einen eigenartigen Blick zu. »Wissen Sie was?«

»Was?«

»Sie sind immer noch ein Arschloch.«

»Oh? Na schön …« Rogers sieht Reynolds fest in die Augen. »Das ist *Ihre* Meinung …« Er wendet sich um und läßt den anderen einfach stehen.

Reynolds blickt ihm hinterher. Dann schnaubt er verächtlich und schüttelt ungläubig den Kopf.

Kapitel 20

Die Schwierigkeit mit der Macht ist, daß man sie auch benutzen muß, wenn man sie besitzt – und hat man sie erst einmal benutzt, dann ist es sehr schwer, wieder damit aufzuzhören.

STEPHEN-JAMES WATLING,
SECHSUNDVIERZIGSTER PRÄSIDENT DER USA

Kanal B, allgemeiner Rundspruch:

»Wie lange geht das jetzt schon? Fünf Tage?«

»Jaaah.«

»Meint ihr, wir finden das andere Schiff?«

»Neee.«

»Korie schon.«

»Nun, wir alle kennen Korie, oder?«

»Sagt, was ihr wollt – ich für meinen Teil habe Korie lieber auf meiner Seite als gegen mich.«

»Woher weißt du denn, daß es da einen Unterschied gibt?«

»Ich meine es ernst. Mir ist lieber, er ist auf unserem Schiff als auf dem des Gegners.«

»Ich nicht. Ich wünschte, er wäre auf dem anderen Kahn.«

»Jetzt hör mal zu – unsere Chancen sind verdammt gering, wie es aussieht. Und eines kann man mit Sicherheit von Korie behaupten – er ist ein echter Killer ...«

»Ja, aber er killt seine eigenen Leute, Mann! Jesses, noch eine winzige weitere Übung, und ich melde mich freiwillig in die Klapsmühle.«

»Aber wenn Korie auf dem anderen Schiff wäre, dann würde er uns noch viel mehr einheizen ...«

»Wenn Korie auf dem anderen Schiff wäre, dann hätte Brandt schon längst kehrtgemacht und uns nach Hause gebracht. Wir wären erst gar nicht bis hierher gekommen, und diese ganze Suchaktion würde nicht stattfinden.«

»Nicht die Suchaktion ist es, die mir Sorgen macht.«

»Hä?«

»Hat einer von euch sich mal über die letzte Reihe von Übungen Gedanken gemacht?«

»Nööö – warum auch? Hätten wir das tun sollen?«

»Das würde ich schon sagen. Wißt ihr, was er geübt hat? Ein *Valsalva-Manöver*!«

»Noch nie gehört.«

»Bis jetzt hat es noch niemand riskiert – außer in Simulationen. Sie finden einfach niemanden, der dumm genug ist, es in der Realität auszuprobieren.«

»Hä? Wieso?«

»Man schießt seine Raketen ab, während man sich noch im Hyperraum befindet ...«

»Ach, du Scheiße!«

»Genau. Jetzt habt ihr was, über das ihr euch Gedanken machen könnt. Das Arschloch will allen Ernstes ein *Valsalva-Manöver* ausprobieren!«

»Hoppla! Wenn man vom Teufel spricht ... er kommt. Es geht weiter.«

Kapitel 21

Wenn man in irgendeiner Angelegenheit einen Befehl erteilt hat, dann trägt man auch die entsprechende Verantwortung für seine Durchführung. Die niedereren Dienstgrade sind in der Regel froh, einem Ranghöheren diese Bürde aufzuladen – und wenn man erst einmal dazu übergegangen ist, Befehle zu erteilen, so sieht man sich unversehens in der Situation, dies auch in Zukunft tun zu müssen.

Niemals darf man sich von Rangniederen Nebensächlichkeiten aufbürden lassen, die sie einem nur allzu bereitwillig auf die Schultern laden. Man bestehe stets darauf, daß jeder all seine Fähigkeiten selbst einsetzt, genau wie man darauf bestehe, daß jeder Mann die volle Verantwortung übernimmt für sein Handeln und die Arbeit, die er zu erledigen hat.

Man kann ein Schiff nicht alleine betreiben, also muß man diesen Leuten Vertrauen entgegenbringen – ob man will oder nicht. Warum also ihnen nicht einfach in jeder Hinsicht vertrauen?

ROGER BURLINGAME
HANDBUCH FÜR OFFIZIERE

Sechsundzwanzig Handlungen müssen von Menschenhand ausgeführt werden, um die *Roger Burlingame* durch den Raum zu bewegen. Davon betreffen volle zweiundzwanzig die Weitergabe von Informationen: Ein Mann sitzt an seiner Konsole und sorgt dafür (a), daß eine bestimmte Information (b) zu einer bestimmten Zeit (c) einem bestimmten Platz (d) zugeführt wird. Je wichtiger dieser Mann ist, desto mehr Informationen hat er zu bewegen. Er verschiebt die Informationen von einer Datenbank zu einer anderen oder von einem Computer zum anderen. Oder aus den Computern in die Netzwerkkontrolle. Oder von den Sensoren In den Computer. Jedenfalls gibt es so gut wir immer einen Computer, der gerade eine Information sendet oder empfängt. Der Mann im Kommandositz ist der wichtigste Mann an Bord eines Schiffes, und demzufolge erhält er alle diese Informationen. Wenn ein Schiff funktioniert, dann ist die Aufgabe dieses Mannes leicht – er muß lediglich entscheiden, ob er den Informationsfluß ungestört fließen läßt, oder ob er ihn an irgendeiner Stelle unterbricht. Wenn er den Informationsfluß unterbricht, bleibt das Schiff stehen.

Wenn die *Roger Burlingame* stoppt, dann ist der Mann im Kommandositz dafür verantwortlich, sie wieder in Gang zu setzen. Das bedeutet, er hat die Informationen zu untersuchen, die zu dem Anhalten geführt haben, zu entscheiden, was getan werden muß, um den Informationsfluß neu zu programmieren und umzuleiten, wo es notwendig erscheint, und schließlich den Befehl zu erteilen, den Informationsfluß wieder in Gang zu setzen. Die Aufgabe des Mannes im Kommandositz besteht darin, dafür zu sorgen, daß die richtige Information stets in den richtigen Kanal fließt. Ist das nicht der Fall, dann hat er es zu korrigieren. Üblicherweise ist das mit langen Stunden im Kommandositz verbunden, während der man dem monotonen Geschnatter aus dem Interkom lauscht und abstrakte Diagramme auf den Schirmen verfolgt. Aber das ist seine Verantwortlichkeit, und der Mann im Kommandositz kann sie nicht auf im Rang niedrigere abwälzen.

Die Computer summen, die Konsolen ticken und klicken, die Monitore piepen. Die Schirme zeigen blitzende Diagramme, blaue und weiße, gelbe und grüne Linien und Kurven. Eine vollständige Schlachtsimulation ist nicht von der Wirklichkeit zu unterscheiden. Auf den Schirmen erscheinen die gleichen Bilder, die gleichen Muster von Lichtern und Zahlen. Die gleichen Informationen, die von einem Ort zum anderen weitergereicht werden.

Es gibt nur einen einzigen Unterschied: Die Informationen sind rein hypothetisch. Das Kontrollnetzwerk ist abgeschaltet worden und wird von der Reservezentrale aus überwacht. Die Vektoren und Geschwindigkeiten und was sonst noch auf den Schirmen in der Zentrale zu sehen ist, haben keinerlei Bezug zur Realität.

Gäbe es einen Bezug, dann wäre es keine Übung.

Korie hat einen Kopfhörer an das Ohr gepreßt. Aus dem winzigen Lautsprecher ertönen Stimmen. Alle reden wirr durcheinander.

»Beobachten Sie Alpha-Neun sechs drei.«

»Verstanden.«

»PL-Ablesung: null null zwo.«

»Null null zwo, verstanden.«

»DTR bei Delta drei null.«

»Delta drei null, verstanden.«

»Delta drei null, drehen.«

»D-Kanal auf.«

»D-Kanal ist geöffnet. Ich übernehme auf R.«

»R-Kanal verstanden.«

»Ich benötige eine Stabilitätszählung.«

»Markierung bei sieben Minuten.«

»Bereithalten für neue Polaritäten.«

»Bereit für neue Polaritäten.«

»Fünfundvierzig Grad – hundertachtzig Grad – hundertzwanzig Grad.«

»Bestätige: fünfundvierzig – hundertachtzig – hundertzwanzig.«

»Bereithalten zur Ausführung.«

»Bereit.«

»Ausweichmanöver unterbrechen.«

»Unterbreche Ausweichmanöver ... Ausweichmanöver unterbrochen.«

»Neue Polaritäten einführen.«

»Verstanden.«

Ein massives Gitter dreht sich auf seinen Lagern gleichzeitig in allen drei Achsen. Zwei Sätze von Kabeln gleiten sanft in ihren silikongeschmierten Schächten, um der Bewegung der Generatoren zu folgen. Der dritte Kabelsatz ...

... verfängt sich an einem Vorsprung, spannt ein weiteres Kabel, ein dünneres. Das Ding am Ende dieses dünneren Seils schreit auf, als es aus seinem Netz gerissen wird; eine Puppe in einem leuchtend gelben Anzug ...

Augenblicklich beenden die Generatoren ihre Bewegung. Die gelbe Puppe wirbelt durch die Luft – und kracht gegen einen der Gittermasten. Rote Lichter flammen auf allen Konsolen ...

Das Geräusch des Schreis ist genug. Korie hämmert die Faust auf den roten Knopf seiner Armlehne: Alle Kontrolleuchten, alle Paneele, alle Konsolen zeigen Rot. Jeglicher Informationsfluß ist unterbrochen. Die Übung selbst ist ausgesetzt.

... aber wenn ein Datenstrom aufgehalten wird, beginnt ein anderer; Anfragen über Anfragen nach den Gründen, gefolgt von hastigen Antworten.

»Statusbericht? Grund des Notfalls?«

»Irgendwas im Maschinenraum ...«

»... die Affenmannschaft. Irgend jemand hat sich im Kabel verfangen ...«

»Sir, hier Reservezentrale. Wollen Sie, daß wir herunterfahren?«

»Warten Sie noch einen Augenblick«, schnappt Korie. »Zentrale, normalen Betrieb wiederaufnehmen. Fahren Sie das Kontrollnetzwerk hoch. Statusbericht Schiffszustand. Reservebefehlsstand, bereithalten zur Ablösung.«

»Jawohl, Sir.«

»Maschinenraum, was ist passiert?«

»Ein Mann ist im Generatorkäfig gefangen ...«

»Ist er verletzt?«

»Wir wissen noch nichts Genaueres.«

»Halten die Generatoren die Hyperraumblase aufrecht?«

»Jawohl, Sir. Nicht das kleinste Flackern.«

»Gut. Bleiben Sie dran.«

Korie sieht sich rasch in der Zentrale um; die roten Lichter erlöschen eines nach dem andern. Nur der Maschinenraum ist wie betäubt ...

»Goldberg, übernehmen Sie.« Korie springt aus dem Sitz.

»Jawohl, Sir. Wollen Sie, daß ich den Kapitän wecke und in die Zentrale rufe?«

»Nein, noch nicht. Ich will erst sehen, was da los ist.« Dann rennt er zur Tür hinaus.

Er hastet in Richtung des Hecks. Einmal prallt er mit einem Mann zusammen, der nicht rasch genug zur Seite ausweicht. Sein Lauf wird begleitet von Interkom-Durchsagen: »Sanitätsoffizier Panyovsky zum Maschinenraum bitte! Sanitätsoffizier Panyovsky zum Maschinenraum bitte!«

Korie wirft sich in den Null-G-Schacht und mißachtet alle Sicherheitsvorschriften. Dumpf prallt er unten auf, kommt stolpernd hoch, hastet weiter.

Im Maschinenraum bietet sich ein Anblick von kontrolliertem Chaos. Die meisten Männer sitzen noch immer an ihren Kontrollen, aber Leen und verschiedene andere sind oben im Netz. Zwei Männer der Affenmannschaft lassen einen dritten langsam zu Boden herab. Ein vierter Mann im Schutzanzug, jedoch ohne Helm, das Erdungskabel frei hinter sich herziehend, steht bereit, um die bewußtlose Gestalt in Empfang zu nehmen. Gemeinsam mit Leen packt er den Körper und verhindert, daß er unsanft zu Boden geht. Zwei weitere Männer kommen mit einer Bahre herbei.

Korie wartet, bis die reglose Gestalt auf der Bahre liegt, dann tritt er hinzu. »Wer ist es?«

»MacHeath.« Leen zieht dem Reglosen den Helm ab; Korie kniet nieder und hilft ihm. Der Leitende Ingenieur blickt ihn kalt an. »Wenn es Ihnen nichts ausmacht, Sir ...«

Korie erwidert den Blick. »Jetzt ist keine Zeit dafür, Mister Leen. Er ist auch einer meiner Männer.«

Korie öffnet die letzte Naht und zieht MacHeath den Helm ab. Er öffnet den Reißverschluß auf der Vorderseite des Schutzanzugs und legt das Ohr auf die Brust des Mannes.

»Also schön.« Leen zieht die Hand zurück. »Dann machen Sie es.« Er steht auf. »Geht zurück auf eure Posten, Männer. Ich sehe noch immer rote Lichter auf den Schaltpulten. Sie auch, Beagle! Klettern Sie wieder in Ihr Netz! Fowles ...« Er stapft wütend durch den Raum und bellt Befehle. »... und wo zur Hölle bleibt der Arzt?«

»Leen! Halten Sie endlich die Klappe! Ich kann nichts hören!« fährt Korie den Leitenden an. Dann preßt er das Ohr erneut auf MacHeath' Brust. Er hört noch immer nichts – und reagiert ohne zu zögern. Er preßt das Gesicht auf das von MacHeath und beginnt mit einer Mund-zu-Mund-Beatmung. Seine Hand auf der Brust des anderen spürt, wie sich die Lunge leicht hebt, als er die warme Luft in seine Kehle bläst – blasen, heben, saugen, fallen; blasen, heben, saugen, fallen ...

»Das ist gut so! Machen Sie weiter ... Der Sprecher ist Panyovsky, der Sanitätsoffizier. Er läßt sich auf die Knie nieder und schiebt Kories Hand aus dem Weg. Er lauscht zuerst mit dem Ohr, dann mit einem Stethoskop.

Korie unterbricht die Beatmung, um den Arzt anzusehen ...

»Machen Sie weiter, hören Sie nicht auf!« Panyovsky wühlt in seiner Tasche und beginnt, Dinge auszupacken. Eine Injektionspistole. Ein Elektroschockgerät, eine Sauerstoffflasche ...

»Gehen Sie ein Stück zur Seite. Ich will ihm diesen Anzug ausziehen.« Panyovsky pellt den Bewußtlosen aus dem Anzug, macht seinen Arm frei. Er preßt die Injektionspistole auf den Arm, ein Zischen ...

»Adrenalin«, erklärt er. Dann nimmt er die Sauerstoffflasche, reißt die Plastikkappe von der Maske und dreht ein Ventil. »Hier – geben Sie ihm das.«

Korie tut wie geheißen. Er bringt die Maske über das Gesicht MacHeath'. Panyovsky legt erneut das Stethoskop auf die Brust des Bewußtlosen, runzelt die Stirn …

… und greift nach den Elektroden. Mit einer Schere schneidet er MacHeath' T-Shirt auf und schmiert eine helle Salbe auf seine nackte Brust. »Passen Sie auf«, warnt er Korie. Er preßt die Elektroden auf die eingeschmierten Stellen und betätigt einen Knopf. MacHeath bäumt sich auf …

»Noch mal!« sagt Korie. MacHeath bäumt sich erneut auf …

… bäumt sich auf und schnappt nach Luft …

Panyovsky legt die Elektroden zur Seite und hört erneut mit dem Stethoskop auf die Herztöne. Dann entspannt er sich ein wenig. »Halten Sie die Sauerstoffflasche ruhig. Er wird sie brauchen.«

»Lebt er?«

»Er hat einen Schock erlitten.« Panyovsky beginnt an den Siegeln des gelben Schutzanzugs zu zerren. »Er hat noch weitere Verletzungen. Leen, kommen Sie her! Helfen Sie mir, das hier auszuziehen.«

Der Leitende Ingenieur ist beinahe augenblicklich zur Stelle und hilft Panyovsky, den Verletzten auszuziehen. »So, das haben wir.« MacHeath' kräftiger Körper liegt nackt zwischen ihnen. Leen starrt Korie über den Bewußtlosen hinweg an. »Ich dachte, das hier sollte eine volle Schlachtsimulation werden, Sir? Warum geht die Übung nicht weiter? Tun Sie doch einfach so, als wäre dies ein echter Verletzter …«

»Halten Sie die Klappe, Leen.« Panyovsky. Er breitet eine Decke aus.

Korie erwidert: »Sie haben recht, Mister Leen. Ich hätte die Übung nicht unterbrechen dürfen. Wäre dies ein echter Kampf gewesen, könnten wir inzwischen alle tot sein …«

Leen blickt ihn ungläubig an. »Das meinen Sie ernst, nicht wahr? Das meinen Sie ernst, nicht wahr? Das meinen Sie wirklich ernst!«

»Halten Sie endlich den Mund, alle beide!« fährt der Sanitätsoffizier dazwischen. Er stopft die Ecken der Foliendecke unter MacHeath' Körper. Dann steckt er einen Stecker in die Bahre und regelt die Temperatur. »Geben Sie mir zwei Männer, um ihn in die Krankenabteilung zu schaffen!« Er richtet sich auf und legt das Halteband der Sauerstoffmaske um MacHeath' Kopf. »Ich brauche Sie nicht mehr, Sir. Danke.«

Leen kommandiert O'Mara und Fowles an die Bahre. Panyovsky bleibt dicht nebendran, während sie den Verletzten aus dem Maschinenraum tragen. Korie und Leen bleiben allein zurück.

Leen mustert den hochgewachsenen, schmalen Ersten Offizier der *Roger Burlingame*. Bitterkeit und Wut verzerren das Gesicht des Leitenden Ingenieurs. Er öffnet den Mund, überlegt es sich aber anders und schweigt dann doch. Er schluckt die Worte hinunter und will sich abwenden ...

»Leen!«

»Ja, Mister Korie?«

»Was hatte MacHeath bei der Affenmannschaft zu suchen? Er arbeitet an einer Konsole!«

»Ja, Sir. Ich bat ihn darum.«

»Warum, Mister Leen?«

Der Leitende Ingenieur strafft sich. »Ich wollte, daß er mir hilft, ein paar Tests an den Generatoren durchzuführen ...«

»Während einer Übung?«

»Jawohl, Sir. Es war der einzige Zeitpunkt, an dem ich die Generatoren in Bewegung überprüfen konnte.«

»Sie wollten überprüfen, wie die Generatoren sich bewegen?«

»Nein, Sir. Ich habe die Phasenadapter überprüft.« Er spuckt die Worte förmlich heraus. »Ich wollte nicht, daß noch welche durchbrennen.«

»Ich verstehe«, sagt Korie. Er mustert den anderen aufmerksam.

»Ist das alles, Sir? Kann ich gehen?«

»Nein, Mister. Ich bin noch nicht fertig.«

Leen versteift sich. Sein Unterkiefer schiebt sich vor. Seine ganze Haltung drückt aus: *Also schön, du verdammter Bastard. Ich werde mit allem fertig, was du austeilen kannst.*

»Mister Leen«, beginnt Korie langsam. »Wenn Sie erwarten,

daß ich Sie zur Sau mache, dann täuschen Sie sich. Sie haben keinen Fehler gemacht. Sie haben im Gegenteil genau das getan, was ich von Ihnen erwarte.«

Leens Unterkiefer fällt herab ...

Korie fügt hinzu: »Ich kann Ihnen vielleicht übelnehmen, daß Sie in diesem Ton mit mir sprechen, aber wenn man die Umstände bedenkt, dann ist es verzeihlich. Alles, was Sie hier im Maschinenraum geleistet haben, war beispielhaft. Sie und Ihre Mannschaft haben Ihre Arbeit erledigt, so gut es nur irgend jemand vermocht hätte, und wenn Sie der Meinung sind, es sei nötig, die Phasenadapter zu überprüfen ... ich kann ihnen deswegen keinen Vorwurf machen. Machen Sie weiter so, bitte. Ich danke Ihnen.« Er macht auf dem Absatz kehrt und verläßt den Maschinenraum. Ein vor Staunen sprachloser Leitender Ingenieur blickt hinter ihm her ...

Draußen auf dem Korridor bleibt Korie stehen und hämmert die Faust gegen ein Wandpaneel. *Gott allein weiß, wie gerne ich diesen Bastard in der Luft zerreißen würde. Aber ich kann nicht. Ich brauche ihn noch. Ich muß zuerst dieses feindliche Schiff erwischen ... dann sehen wir weiter ...*

Kapitel 22

Die Konstruktion einer Maschine, die Natur ihrer Verwendung, die Prinzipien, nach denen sie funktioniert – all das beeinflußt auch die Menschen, die diese Maschine bedienen. Unsere Schiffe existieren in isolierten Blasen, temporären Gefängnissen, die sich alleine durch ein widerstrebendes Kraftfeld bewegen: unser Hyperraumantrieb ist Energie, die gegen Energie geworfen wird – und wir überlagern sie mit einem weiteren Konflikt, um daraus Bewegung zu erzielen.

Dann stecken wir menschliche Wesen in diese beengten Gefängnisse.

Beeinflußt nicht die Natur der Werkzeuge, mit denen die

Menschen arbeiten, die Art und Weise, wie diese Menschen arbeiten? Beeinflußt sie nicht sogar die Art und Weise wie sie denken?

ARLES ›FREIFALL‹ FERRIS
PHILOSOPHIE UND ELEKTRIZITÄT

Korie will zur Zentrale zurück – da summt sein Kommunikator aufdringlich. Er schaltet ihn ein. »Korie hier.«

»Mister Korie, hier ist die Krankenstation. Panyovsky bittet Sie, herzukommen.«

»In Ordnung, ich bin auf dem Weg.« Korie ist noch immer aufgeregt, und so rennt er halb zur Krankenstation. Als er schließlich dort ankommt, atmet er ein wenig schneller.

Ohne anzuklopfen, tritt er ein. »Wie geht es MacHeath?«

Der Offizier vom Dienst blickt auf. Er will den Kopf schütteln, um anzudeuten, daß er es nicht weiß, als Panyovsky aus dem Nebenzimmer tritt. »Er ist gerade gestorben.«

Korie fühlt sich, als hätte ihm jemand in den Magen getreten. Er schnappt nach Luft. »Das ... das ist doch unmöglich! Er hat noch gelebt, als Sie ihn aus dem Maschinenraum getragen haben ...«

Panyovsky schiebt Korie in einen Stuhl, dann schließt und verriegelt er die Tür. »Es tut mir leid, Jon ...« Korie zuckt beim Klang seines selten benutzten Vornamens zusammen. »Aber man kann einen Körper nicht beliebig oft wiederbeleben. Sein Herz blieb erneut stehen, als wir ihn auf den Tisch legten. Ich konnte es nicht mehr zum Schlagen bringen ...« Unvermittelt sinkt Panyovsky in sich zusammen. Er läßt sich schwer auf die Bank gegenüber Korie fallen. »O Jesus!« Wütend vergräbt er das Gesicht in den Händen. »So eine gottverdammte Scheiße! Hurensohn! Scheiße, Scheiße, Scheiße! Zur Hölle, was für eine verdammte Scheiße!« Einen Augenblick lang herrscht Stille, dann hebt der Sanitätsoffizier den Blick und mustert Korie. Seine Augen sind rot. »Verflucht. Ich habe nicht genügend Worte. Scheiße! Mike, bringen Sie mir die Flasche!« Zu Korie: »Wollen Sie auch einen Drink?«

»Rein medizinisch?«

»Rein alkoholisch.«

Mike, Panyovskys Ordonnanz, bringt eine Flasche Whiskey herbei und stellt sie vor Panyovsky auf den Tisch. »Besorg ein paar Tassen«, sagt der Sanitätsoffizier. »Und bringen Sie sich auch eine mit.« Er öffnet die Flasche und blickt wieder zu Korie. »Mackie war schon tot, bevor sie ihn auf die Trage legten. Ich ... ich konnte nichts mehr für ihn tun ...«

»Aber sein Herz ...«

Panyovsky wischt Kories Einwand mit einer Handbewegung beiseite. »Reiner Reflex. Ich weiß es nicht. Ich glaube nicht, daß er sofort tot war. Er hatte ... verdammt häßliche innere Verletzungen. Er hätte auf keinen Fall überlebt. Das Brustbein gebrochen, die Lunge zerfetzt, an mindestens drei Stellen die Rippen gebrochen, die Milz gerissen, genau wie die Nieren, massive innere Blutungen ... er hatte noch Glück, daß der elektrische Schlag ihm das Bewußtsein raubte. Er hat nichts gespürt ...« Panyovsky nimmt einen Plastikbecher von Mike entgegen und gießt ihn halbvoll. »...allein der elektrische Schlag hätte ausgereicht, einen Mann zu töten. Ich meine, wir haben sein Herz zwar wieder in Gang gesetzt, aber ...« Panyovsky schüttelt den Kopf. »...eigentlich hätte das gar nicht möglich sein dürfen. Er ist innerlich total verbrannt. Tut mir leid.« Er nippt verdrießlich an seinem Becher. »Ich glaube, sein Herz hat im ersten Augenblick einfach nicht erkannt, daß der Rest von ihm längst tot war.«

Korie nimmt eine Tasse von Mike entgegen. »Wissen Sie, wie es dazu gekommen ist?«

»Fowles hat erzählt, MacHeath' Erdungskabel hätte sich im Generatorkäfig verfangen. Als der Käfig sich in Bewegung setzte, wurde er aus dem Netz gerissen und in das Gerüst geschleudert. Er krachte auf eine Gitterstrebe.«

Der Alkohol brennt in Kories Kehle, und der Erste Offizier verzieht das Gesicht. »Es muß ein ziemlich heftiger Sturz gewesen sein.«

»Fowles sagt, zehn Meter.«

Für eine Weile spricht keiner der beiden Männer. Sie starren zu Boden und lauschen dem Geräusch ihres Atems. Gelegentlich nimmt einer von ihnen einen Schluck aus seinem Becher.

Schließlich murmelt Panyovsky: »Was für eine beschissene Art, sich zu verabschieden ...«

Korie nickt. »Wenigstens hat er es nicht mehr gespürt. Oder doch?«

Der Arzt zuckt die Schultern. »Ich weiß es nicht, Jon. Er hatte genügend Zeit zu schreien, oder?«

Korie atmet laut aus. »Jaaah. Ich schätze, Sie haben recht ...« Er steht auf und tritt zum Kommunikator an der Wand. »Zentrale.«

Goldbergs Stimme meldet sich. »Sir?«

»Alles in Ordnung bei Ihnen?«

»Jawohl, Sir.«

»Laufen die Suchprogramme noch?«

»Jawohl, Sir.«

»Gut. Hören Sie – ich möchte, daß Sie den Kapitän wecken. Bitten Sie ihn, in die Krankenabteilung zu kommen. Sagen Sie ihm, es wäre ... ernst.«

»Sir, darf ich fragen ... Wie ernst ist es?«

»Sehr ernst, Mister Goldberg.«

Goldberg zögert. Korie kann beinahe sehen, wie er seine nächste Frage formuliert. »Äh ...«

»Sie werden später alles erfahren«, unterbricht Korie den anderen. »Hören Sie, diese Übung, die wir gerade unterbrochen haben – bereiten Sie einen neuen Durchgang vor. Wir beginnen in zwei Stunden damit. Sie ist wichtig; es handelt sich um das Raketenmanöver.«

»Jawohl, Sir. Sonst noch etwas?«

»Nein. Halten Sie das Schiff klar, und wecken Sie den Kapitän, das ist alles.«

»Aye aye, Sir.«

Korie schaltet ab und wendet sich um. Er blickt den Arzt an und lehnt sich mit der Schulter gegen die Wand. Seine Haltung ist schief, skeptisch, müde.

Panyovsky prostet ihm mit seiner Tasse zu, als will er seinen Mut begrüßen, weiterzumachen – doch dann schüttelt er traurig den Kopf. »Das wird Sie bei den Männern nicht gerade beliebter machen.«

»Sie meinen die Übung?«

»Ja«, seufzte Panyovsky. »Ich denke, Sie haben die Leute so weit getrieben, wie sie nur können.«

Korie setzt sich wieder. »Möglich – aber sie sind immer noch nicht gut genug.«

»Ich weiß nicht, Jon. Ich weiß nicht ...« Panyovsky starrt in seine Tasse. »Ich mache mir ein wenig ... Sorgen, schätze ich. Sie wissen, daß die Männer Sie nicht mögen.«

»Das weiß ich, ja – aber wann mochte die Besatzung schon jemals ihre Offiziere?«

»Oh, ich kenne einige.« Panyovsky nimmt einen Schluck. »Aber mit diesem Schiff hat es eine besondere Bewandtnis – beinahe, als hätte der Stab mit voller Absicht eine Gruppe von Leuten zusammengestellt, die sich gegenseitig hassen.« Nachdenklich bläst er die Backen auf und läßt die Luft geräuschvoll hinaus. »Ich weiß, daß es nicht wirklich so ist, keine Sorge ... alle Mannschaften werden hin und wieder ein wenig bockig – aber diese hier ...« Er schüttelt erneut den Kopf. »... ich weiß es einfach nicht. Aber diese Mannschaft hier erweckt den Eindruck, ständig wütend zu sein.«

»Das ist mir auch schon aufgefallen«, entgegnet Korie. »Ich denke, es liegt an der *Burlingame*. Keiner von uns möchte an Bord dieses Schiffes sein – die Zentrale ist zu kalt, die Mannschaftsräume sind zu warm, die Maschinen sind zu laut, das Essen ist schlecht, die Toiletten stinken ...«

»Die *Roger Burlingame* ist ein altes Schiff, Jon. Wir können nicht viel daran ändern.«

Korie zuckt die Schultern und kippt den Inhalt seines Bechers in einem Zug hinunter.

»Sie könnten den Leuten ein wenig mehr Ruhe gönnen.«

Korie blickt Panyovsky an. »Pan, Sie sind ein guter Arzt. Mag sein, daß Sie sogar ein guter Psychonomiker sind ...«

Panyovsky winkt ab. »Jon, hören Sie mir einfach einmal für eine Minute zu. Ich weiß, daß Sie ein straff geführtes Schiff wollen, aber eine gute Mannschaft ist wie eine Violinensaite. Sie können Sie nur bis zu einem gewissen Grad spannen, bevor sie reißt. Sie erreicht irgendwann einen Punkt, an dem Sie nichts mehr tun können – außer die Leute in Ruhe zu lassen.«

»Sie meinen, wir sind an diesem Punkt angekommen?«

»Ziemlich dicht jedenfalls.«

»Nun ... ich weiß es nicht.« Korie setzt den Becher ab, und Panyovsky schenkt ihm nach. »Ich sehe mir ständig unsere Effizienzbewertungen an. Sie liegen noch ziemlich weit unten. Wir sollten in der Lage sein, sie zu verbessern. Wir müssen sie verbessern, wenn wir gegen den Feind bestehen wollen ...«

»Vielleicht haben Sie recht, Jon ... aber ich denke nicht, daß Sie im Augenblick noch mehr aus dieser Mannschaft herausholen können.«

»Ich muß es wenigstens versuchen.«

»Sie könnten einfach die Verfolgung abbrechen ...«

Korie blickt den Sanitätsoffizier kalt an.

Panyovsky schlägt die Augen nieder. Verlegen füllt er seine eigene Tasse nach. »Jedenfalls«, sagt er schließlich, »die Mannschaft mag Sie nicht, Jon. Die Leute mögen Sie von Tag zu Tag weniger, einfach nur, weil Sie sind, wie Sie sind.«

»Daran kann ich nicht viel ändern.«

»Eigenartig«, sagt der Arzt beinahe amüsiert. »Ich habe meine Ausbildung während des Aufstands auf *Shaleen* erhalten. Es war ein Bürgerkrieg, und wir wußten, wer der Feind war – man wußte immer, wen man zu hassen hatte, wen man töten mußte. Aber hier ...« Er zuckt die Schultern,

»... hier ist alles anders. Wir bekommen den Feind niemals zu Gesicht. Wir kommen noch nicht einmal in seine Nähe. Alles wird an den Kontrollen erledigt, alles, was wir je zu sehen bekommen, ist ein Reflex auf den Schirmen. Man kann keinerlei Unterschied zu einer Simulation erkennen.«

»Also ...?«

Panyovsky schüttelt den Kopf. »Diese Art von Kampf ist nicht recht, Jon. Es gibt niemanden, den man hassen könnte. Wenn wir schon einen Krieg führen müssen, dann sollten wir den Feind auch von Angesicht zu Angesicht sehen. Wir sollten die Erfahrung des Tötens erleben. Eine Pistole in die Hand nehmen und auf den Gegner richten, den Abzug betätigen ... das schreckliche Summen der Waffe spüren, sehen, wie die Augen des Gegners in den Kopf zurückrollen, wenn seine Blutgefäße platzen und der Schock seine Glieder zittern läßt ...

es dauert sehr lange, bis ein Mann auf diese Weise gestorben ist. Ich denke nicht, daß es eine angenehme Erfahrung ist, und ein schöner Anblick ist es auch nicht ...« Er sieht Korie an, »... aber wenn man jemanden genügend haßt ...«

»War es so auf *Shaleen?*«

Panyovsky nickt. »Es gab Zeiten, da war es sogar noch schlimmer.« Seine Haltung ändert sich. Er strafft sich und deutet auf das umgebende Schiff. »Das hier ist falsch, Jon. Wir haben den Krieg seiner Natur beraubt. Wir haben ihm all das Entsetzen und den Horror genommen. Nur das Töten ist geblieben, aber schnell und steril und sauber. Und vermutlich sogar schmerzlos.« Eine Pause. »Kein Wunder, daß die Mannschaft Sie haßt, Jon. Sie haben niemanden sonst, den sie hassen könnten.«

Kories Blick wandert in eine Ecke. Die Worte des Arztes tun weh – aber er läßt sich nichts anmerken. »Es gibt nur eines, das ich tun kann, Pan. Ich kann versuchen, als Offizier so gut zu sein, wie nur irgend möglich. Das bedeutet, daß ich tun muß, wovon ich glaube, daß es richtig ist. Genau wie Sie, wenn Sie einen Mann auf Ihrem Tisch liegen haben.«

»Ja«, stimmt der Doktor zu. »Aber ich kann immer nur einen nach dem anderen verlieren ...«

Korie wirft ihm einen strengen Blick zu. Panyovsky wechselt das Thema. »Ich beneide Sie nicht um Ihre Aufgabe, Jon. Ihnen bleibt keinerlei Spielraum für Fehler. Sie können es sich nicht leisten, einem Irrtum zu unterliegen. Niemals.« Er kippt seinen Drink hinunter. »Wollen Sie noch einen?«

Korie schüttelt den Kopf. Panyovsky verschließt die Flasche. »Also schön«, sagt er. »Ich habe einen Leichnam, den ich für die Bestattung fertig machen muß. Nach der Autopsie ...« Er erhebt sich mit langsamer, müder Bewegung.

Beim Geräusch der Tür wendet er sich um Korie blickt auf, und der Kapitän tritt ein. Brandt blickt von einem zum andern. »Was ist geschehen?«

»Wir hatten einen Unfall im Maschinenraum.«

Brandt wird bleich. »O Gott! Wer?«

»MacHeath«, sagt Korie. »Er fiel in den Generatorkäfig. Er ist ... tot.«

»Wie das? Er arbeitet an der Konsole?«

»Leen hat ihn zur Affenmannschaft geschickt, damit er die Phasenadapter überprüfen konnte.«

Brandt sackt in sich zusammen. Er wendet sich an Panyovsky: »Weiß die Mannschaft schon Bescheid?«

»Nein, Sir. Bis jetzt noch nicht.«

Der Kapitän reibt sich das Kinn. Seine Wangen sind unrasiert und grau. »O Gott!« sagt er einmal mehr. Der Gedanke, der Mannschaft die schlechten Nachrichten zu bringen ...

Er blickt zu Korie. »Wollen Sie es ihnen sagen?«

Der Erste Offizier nickt leicht. »Ich dachte, es wäre vielleicht am besten.«

»In Ordnung. Ich vermute, wir werden eine Untersuchung durchführen. Ist es während einer Übung geschehen?«

»Ja. Wir haben die Bänder.«

»Also schön. Äh ... ich schätze, Sie und Leen fertigen besser jeder einen Bericht an ... und alle Zeugen ebenfalls.«

»Das wäre dann die gesamte Besatzung des Maschinenraums.«

»Ja«, erwidert der Kapitän, und seine Stimmung verdüstert sich noch. Seine Augen scheinen in weite Fernen gerichtet. »MacHeath war ein verdammt guter Mann.«

Korie und Panyovsky blicken in verschiedene Richtungen. Keiner von beiden antwortet.

Brandt starrt auf die Tür hinter dem Sanitätsoffizier. »Liegt er jetzt dort drin?«

»Ja, Sir.«

Den Blick noch immer auf die Tür gerichtet, sagt Brandt: »Sie kümmern sich um alles weitere ...?«

»Jawohl, Sir. Ich ... ich muß noch eine Autopsie durchführen, bevor ich den Leichnam in eine Stasisbox lege ...«

»Ich dachte eher ... « unterbricht ihn der Kapitän, »... an eine Raumbestattung.«

Unbemerkt von Brandt wechseln Korie und Panyovsky einen Blick. Korie schüttelt ganz leicht den Kopf. Panyovsky sieht es und antwortet mit einem raschen Blinzeln seiner weit auseinanderstehenden Augen. Zu Brandt gewandt, sagt er: »Ich denke nicht, daß das eine gute Idee wäre, Sir.«

»Und warum nicht?«

»Äh, ich denke dabei an die Mannschaft. Es könnte sich negativ auf sie auswirken. Ich würde lieber warten, bis wir zur Basis zurückgekehrt sind, Sir.«

»Ich bin der gleichen Meinung«, wirft Korie ein. »Erstens würde es bedeuten, daß wir den Hyperraum verlassen müssen – und das bedeutet, die Suche abbrechen ...«

Brandt wendet sich zu seinem Ersten Offizier um. »Man sollte meinen, daß Sie jetzt zu einem Abbruch bereit wären, Mister Korie.«

»Ich habe noch immer vier Tage übrig, um den Gegner zu finden.«

Brand erwidert nichts. Er schüttelt beinahe mitleidig wegen Kories sturer Beharrlichkeit den Kopf. Dann wendet er sich wieder an Panyovsky. »Also schön, Mister. Sie können ja ein wenig bei der Mannschaft sondieren, was sie von einer Bestattung nach dem Ende der Suchaktion hält, bevor wir zur Basis zurückkehren. Wenn sie dagegen ist, nehmen wir ihn mit nach Hause.«

»Sie werden vielleicht überprüfen wollen«, sagt Korie, »ob er ein Testament hinterlassen hat. Vielleicht findet sich etwas in der Schiffsdatenbank.«

»Schon möglich. Ich werde mich darum kümmern.«

»Außerdem ...«

Korie wird vom Summen des Kommunikators unterbrochen. »Krankenstation, hier spricht Leen.«

Die drei Männer wechseln einen Blick. Korie tritt zur Wand. »Ja, Mister Leen?«

»Äh ...« Leen zögert, als er die Stimme des Ersten Offiziers erkennt. »Sir, ich rufe an, weil ich mich nach MacHeath' Zustand erkundigen wollte. Wie geht es ihm?«

»Leitender«, erwidert Korie sanft. »MacHeath ist vor einigen Augenblicken gestorben.«

Ein hörbares Luftholen auf der anderen Seite der Verbindung.

Rasch fährt Korie fort: »Sagen Sie noch nichts zu den anderen, Mister Leen. Wir waren gerade dabei, es der Besatzung mitzuteilen, und es ist besser, wenn Sie das uns überlassen.«

Der Lautsprecher bleibt stumm, mit Ausnahme eines Seufzers oder Hustens. Hilflos blickt Korie zu Panyovsky.

»Sir ...« Eine andere Stimme im Lautsprecher. »Was ist mit Mister Leen?«

Panyovsky kommt herbei. »Wieso? Was ist mit ihm?«

»Er ist gerade zusammengebrochen ...«

»Ich bin sofort bei Ihnen.« Er greift nach seiner Tasche. »Mike, lassen Sie niemanden herein, bis ich wieder zurück bin.«

»Ich gehe zurück in die Zentrale«, sagt Korie. »Ich werde die Mannschaft von dort aus informieren.«

»Warten Sie noch damit, bis ich herausgefunden habe, was mit Leen ist«, sagt Panyovsky, dann schießt er aus der Tür.

»In Ordnung«, ruft Korie hinter ihm her. Zu Brandt gewandt sagt er: »Benötigen Sie mich noch, Sir?«

»Nein. Nein, gehen Sie nur in die Zentrale. Ich ... ich werde eine Weile hierbleiben.«

»Jawohl, Sir.« Korie ist bereits auf dem Weg.

Brandt bleibt zurück, starrt auf die andere Tür. *Mein Gott, was haben wir getan?*

Kapitel 23

Es ist nicht die Macht, die korrumpiert – es ist ihr Gebrauch. Nach einer Weile verliert der Machtausübende jedes Maß.

GUNTER WHITE
MECHANISMEN DES REGIERENS

Kanal B, allgemeiner Kanal:

»Achtung, alles herhören! Hier spricht der Erste Offizier Jonathan Korie. Vor etwas über einer Stunde geschah im Maschinenraum ein Unfall und unterbrach die Übung, die zu dieser Zeit stattfand. Decksmann Randall MacHeath, der bei der Affenmannschaft Dienst versah, verfing sich mit seinem Erdungskabel im Generatorkäfig. Er wurde aus dem Netz gerissen und stürzte mehr als zehn Meter tief auf eine Gitterstrebe.« Korie macht eine Pause. Sorgfältig wählt er die nächsten Worte. »MacHeath' Verletzungen waren sehr schwer. So schwer, daß Sanitätsoffizier Panyovsky nicht in der Lage war, MacHeath wiederzubeleben. Vor wenigen Augenblicken wurde Decksmann Randall MacHeath für tot erklärt.« Erneut legt er eine Pause ein.

»Heute abend wird es eine Bestattungszeremonie geben. Sie wird in der Schiffsmesse abgehalten und für diejenigen von Ihnen, die zu dieser Zeit Dienst verrichten, über die Rundsprechanlage übertragen werden.

Lassen Sie mich hinzufügen, daß Kapitän Brandt und ich die Trauer und den Schock teilen, den jedes Mitglied dieser Mannschaft fühlt. MacHeath war ein guter Mann. Wir haben entschieden, daß wir den Abschuß des feindlichen Schiffes der Erinnerung von Decksmann Randall MacHeath widmen werden. Wir tun es nicht mehr für uns – wir tun es für ihn.

Ich danke Ihnen.«

Kapitel 24

Wenn er sich irrt, ist er ein toter Dummkopf. Aber wenn nicht – verdammt, dann ist er ein Held.

JACK MACCAULEY,
MAULTIERTREIBER VON GENERAL CUSTER

Der Leitende Ingenieur Leen sitzt auf einer Bank in der Kabine, die er mit drei anderen Männern teilt. Ihm gegenüber sitzt Kapitän Brandt auf einem Stuhl. »Geht es Ihnen jetzt besser, Mister Leen?«

»Ja, ich denke schon.«

»Gut.«

»Es tut mir leid. Ich ... ich wollte nicht einfach so ... zusammenbrechen.«

»Das ist schon in Ordnung, Mister Leen. Es ist verständlich.«

Leen blickt sich um, als sähe er seine Kabine zum ersten Mal. Seine Augen sind rotgerändert und bewegen sich unruhig. Schließlich bleiben sie am Kommunikator hängen. »Das hat überhaupt nicht geholfen«, sagt er. »Seine Durchsage, meine ich.«

»Er hat es gut gemeint«, besänftigt ihn Brandt.

Leen schüttelt den Kopf – schnell und beharrlich. Sein rötliches Haar ist dicht und lockig. »O nein. Nein, nein, nein! Hätte er es gut gemeint, dann hätte er uns nicht so hart rangenommen. Übungen, Übungen und nochmals Übungen ...« Er richtet den Blick auf den Kapitän, funkelt ihn an. »Wissen Sie, das ist es nämlich, was MacHeath umgebracht hat. Diese Übungen. Wäre er nicht so erschöpft und müde gewesen ...«

»Zermartern Sie sich deswegen nicht den Kopf, Leitender. Wir können die Vergangenheit nicht ungeschehen machen ...« Brandt verstummt abrupt. Die Worte klingen so entsetzlich banal.

»Wir könnten versuchen, die Zukunft zu ändern«, schlägt Leen vor. Sein Blick trifft den des Kapitäns.

»Natürlich, das können wir«, erwidert Brandt. »Das ist es, was uns Hoffnung gibt. Der Gedanke, daß wir das Morgen besser machen können.«

»Das meine ich nicht ...«

»Was meinen Sie denn?«

»Halten Sie ihn auf ... Stoppen Sie Korie. Beenden Sie die Übungen, und lassen Sie uns nach Hause fahren. Diese ganze Suche – es ist verrückt. Der reine Wahnsinn. Und ... vergeblich. Ein Mann ist schon deswegen umgekommen. Wir werden das gegnerische Schiff nicht finden. Wahrscheinlich ist es inzwischen schon Lichtjahre weit weg ...«

Brandt gibt keine Antwort. Er rutscht unbehaglich auf seinem Stuhl hin und her, mustert die Wand, den Boden ... Plötzlich sagt er: »Mister Leen, ich weiß es nicht ... Niemand kann es wissen, auch Sie nicht. Es gibt ... gewisse Aspekte ... in dieser Situation ...«

»Sie sind immer noch der Kapitän, oder etwa nicht?« braust Leen mit schneidender Stimme auf.

Brandt versteift sich. »Was wollen Sie damit sagen? Natürlich bin ich der Kapitän. Ich befehlige das Schiff. Aber ich habe Korie das Versprechen gegeben – ich habe ihm gesagt, daß er zehn Tage Zeit hat für seine Suche ...« Er verstummt, sieht Leen in die Augen; der Blick des Leitenden Ingenieurs ist bitter und anklagend. Hastig fügt Brandt hinzu: »Ich persönlich glaube nicht, daß wir den Gegner aufspüren werden. Aber wir können uns noch ein paar zusätzliche Tage auf Patrouille leisten ...«

»Dann bringen Sie ihn wenigstens dazu, daß er mit diesen Übungen aufhört! Er bringt uns noch alle um!« Plötzlich erkennt er die bittere Wahrheit hinter dem, was er gesagt hat, und verfällt in depressives Schweigen.

»Ich werde mit ihm reden«, verspricht Brandt. »Ich werde sehen, was ich tun kann. Aber – ich habe ihm versprochen, daß ich ihm die Zeit gebe, und das bedeutet auch, daß er die Kampfbereitschaft aufrechterhalten kann ...«

»Scheiße!« fährt Leen dazwischen. »Sie sind der Kapitän! Sie können tun, was Sie wollen! Sie können Ihre Meinung jederzeit ändern, wenn Ihnen danach ist. Korie wird noch zum *Ahab* des großen weißen Nichts – er benutzt dieses Schiff und die Menschen an Bord nur für eine einzige Sache: für die Jagd nach dem feindlichen Schiff. Sie sind genauso mies wie er, weil Sie ihm das durchgehen lassen! Sie sollten eigentlich der Kapitän sein ...«

Brandt springt auf und unterbricht Leens bittere Anklage. »Mister Leen, in einer Sache haben Sie recht: Ich bin der Kapitän ...«

»Und warum handeln Sie dann nicht wie ein Kapitän, gottverdammt?«

»Ich muß tun, was für dieses Schiff richtig ist«, entgegnet Brandt leise. »... aber ich muß auch tun, was das Flottenkommando erwartet. Wir befinden uns im Krieg ...«

»Aber das tun Sie nicht«, schluchzt Leen. »Sie tun gar nichts.

Korie macht es. Er befiehlt in Ihrem Namen. Gefällt Ihnen das etwa, was er tut? Heißen Sie das vielleicht gut? Tun Sie das?«

Langsam entgegnet Brandt: »Nein, das ... das tut es nicht. Natürlich nicht. Aber ...«

»Dann gebieten Sie ihm Einhalt!«

»... das kann ich nicht. Es steht im Logbuch! Jedesmal, wenn wir zur Basis zurückkehren, überprüfen sie unser Logbuch – und wenn sie etwas finden, das sie nicht verstehen, dann beginnen sie mit einer Untersuchung ... und dann ...«

»Wissen Sie, daß Korie dieses Schiff befehligt?«

»Sie wissen, daß ich Korie soviel Verantwortung übertragen habe, wie er handhaben kann. Sie wissen, daß er verantwortlich dafür ist, dieses Schiff wieder auf Vordermann zu bringen. Sie wissen, daß ich sein Handeln gutheiße ... und wenn ich plötzlich selbst wieder eingreife, dann wollen sie wissen warum. Es ... Korie würde schlecht dastehen, und ... und ich ...«

»Sie haben die Kontrolle über ihn verloren!« beschuldigt Leen den Kapitän. »Sie haben ihn nicht mehr unter Kontrolle, das ist es, oder nicht?«

»Doch, das habe ich. Ich bin der Kapitän! Korie war ein hervorragender Erster Offizier, bis diese elende Geschichte mit dem feindlichen Schiff begann und alles scheinbar auseinanderzufallen begann. Dieses Schiff war vorher so ein gutes Schiff ...«

»Wir hatten auch niemals vorher Feindberührung ...«

»... aber in der Situation, in der wir uns nun befinden, müssen wir ...«

»Nein! Müssen wir nicht!«

»Nur noch ein paar Tage ...«

»Ein paar Tage, ein paar Jahre ... was ist das schon für ein Unterschied? Sie lassen ihm das einfach so durchgehen ...«

»Nein, das tue ich nicht! Ich bin der Kapitän! Ich muß mir die Gedanken um mein Schiff und meine Leute machen. Ich bin es, der an das Flottenkommando denken muß! Ich bin es, der ...«

»Richtig! Sie müssen sich Gedanken um Ihr Schiff machen. Retten Sie Ihr Schiff vor Korie!«

»Ich mache mir Gedanken um mein Schiff! Ich muß es retten – aber es befindet sich nicht in Gefahr, oder? Der Feind ist nicht mehr in der Nähe! Also befinden wir uns auch nicht in Gefahr – und deshalb muß ich Korie seine Suche fortsetzen lassen, damit es im Logbuch gut aussieht. Wir müssen etwas tun, damit wir gut aussehen ...«

»Sie haben Angst vor ihm«, konstatiert Leen plötzlich. »Sie haben ebenfalls Angst vor Korie.«

Der Kapitän verstummt schlagartig.

»Es stimmt, nicht wahr?«

Brandts Reaktion bestätigt Leens Befürchtungen. Der Kapitän öffnet den Mund zu einer Entgegnung. Er schließt ihn wieder. Er senkt den Blick. Er sieht zu Boden, zur Wand, an die Decke ...

Leen ist schockiert. »Ich wußte es ...« flüstert er. »Die Mannschaft sagt es schon die ganze Zeit, aber ich ... ich wollte es nicht glauben. Ich wollte nicht wahrhaben, daß ...«

Die Augen des Kapitäns blicken ins Leere. Er zwingt sich zurück in die Wirklichkeit. Er versucht es zumindest ...

»Kapitän ...« Leen erhebt sich. »Es ... es tut mir leid. Ich wollte nicht ... Ich meine, ich ... ich ...« Aber es ist zu spät. Die Scherben sind zu weit verstreut.

Brandt murmelt leise vor sich hin. »Ich bin der Kapitän. Ich werde tun, als hätte ich nicht gehört, was Sie gesagt haben. Ich werde so tun, als hätte ich nicht ...« Er dreht sich um, öffnet die Tür, »... nicht gehört, was Sie ...« Er tritt hindurch, und sie gleitet hinter ihm ins Schloß.

Leen starrt mit ungläubigen Blicken hinter ihm her. »Verdammte Bande! Verdammte Bande. Verfluchter elender Hurensohn ... arschkriecherische, braunnäsige, heuchlerische, scheißköpfige Mistkerle. Verdammt sollen sie sein, alle miteinander!«

So geht es noch eine ganze Weile weiter.

Kapitel 25

MEMO
VON: Feldmarschall Farrall
AN: Vizeadmiral Harshlie

Lieber Joe,
ich habe gerade Ihren Bericht über den Unfall auf der *Roger Burlingame* gelesen. Wirklich sehr besorgniserregend.

Natürlich werden wir eine sorgfältige Untersuchung durchführen. Ich würde es begrüßen, wenn ich die Bänder mit den Zeugenaussagen sowie einen detaillierteren Bericht von Ihnen erhalten könnte. Bitte erledigen Sie das so rasch wie möglich.

Wir haben in einer Hinsicht Glück: daß die Situation sich – dank des raschen Handelns zumindest eines der Offiziere an Bord – nicht noch verschlimmert hat. Ich schließe mich Ihrem Vorschlag an, den Mann zu belobigen.

Ich bin genau wie Sie der Meinung, daß der ganze Zwischenfall möglichst bald in Vergessenheit geraten sollte – es wäre nicht gut für die allgemeine Stimmung, und die Lage zu Hause ist so angespannt, daß ein Unfall wie dieser nicht gut aufgenommen würde.

Ach so, bitte seien Sie so gut und schicken Sie ein Memo an alle anderen noch operierenden Schiffe der F-Klasse hinaus, in dem Sie die technischen Einzelheiten des Unfalls erläutern. Betonen Sie die notwendigen Vorsichtsmaßnahmen, um eine Wiederholung zu verhindern. Ein Toter reicht, um Himmels willen!

Stephen.

Kapitel 26

So, wie wir einzelne Individuen der Psychoanalyse unterziehen, um sie von ihren Neurosen zu befreien, so sollten wir auch auf einer globalen Ebene vorgehen. Wir sollten die Verhaltensmuster und Charakteristika der gesamten menschlichen Spezies analysieren. Ich will erreichen, daß Homo sapiens auf diese Weise ein Bewußtsein als Rasse entwickelt.

Wenn wir das versäumen, dann werden wir durch das Gitter der Geschichte fallen, indem wir damit fortfahren, unsere selbstzerstörerischen Spiele von blinder Aggression zu spielen. Von Aggression des Individuums gegen das Individuum, von Aggression von Gruppen gegen Gruppen. Nationen gegen Nationen, Planeten gegen Planeten, bis wir schließlich, am Ende, die gesamten Rasse zerstreut und in genetischem Chaos vernichtet haben, weil sie zu sehr in ihren schizophrenen Spielen verstrickt war, um nach oben zu blicken und zu sehen, daß Gott kein Zustand ist, in dem alle Menschen geboren werden, sondern einer, den zu verdienen sich die gesamte Menschheit anstrengen muß.

JARLES ›FREIFALL‹ FERRIS,
PHILOSOPHIE UND ELEKTRIZITÄT

Korie sitzt allein für sich in der Messe; sein Platz ist für gewöhnlich in der Ecke, abseits vom Lärm und Geklapper der Essensausgabe. Im allgemeinen läßt ihn die Mannschaft allein, zieht sich so weit an die gegenüberliegende Wand zurück wie möglich. Aber an diesem Morgen ist der einwöchige Arrest von Decksmann Wolfe zu Ende, und er kehrt zum Dienst zurück. Als er die Messe betritt, tut er dies mit einer Selbstgefälligkeit, die zu verbergen er sich erst gar nicht die Mühe macht. Er füllt seinen Teller und nimmt mit voller Absicht an Kories Tisch Platz. Grinsend ruft er: »Guten Morgen, Sir!« Auf der anderen Seite der Messe schütteln ein paar Männer, die ihn beobachtet haben, verständnislos den Kopf.

Korie blickt auf und erkennt Wolfe, und ein verdrießliches

Stirnrunzeln schleicht sich auf sein Gesicht. Doch dann richtet er seine Aufmerksamkeit wieder auf die Tasse mit heißem Kaffee, die vor ihm steht. Wolfe kichert, halb zu sich selbst, halb für sein Publikum in der anderen Ecke. Geräuschvoll läßt er seinen Teller über den Tisch gleiten und legt ebenso laut wie umständlich sein Besteck daneben, bevor er nacheinander mit den verschiedenen Gewürzbehältern sein Essen würzt und sie anschließend knallend auf den Tisch zurückstellt. Seine Anwesenheit ist nicht zu überhören.

Jeder Bissen, den Wolfe nimmt, wird laut und aufdringlich gekaut – es ist, als will Wolfe sagen: *Sie können mich mal, Sir. Sie können mir gar nichts.* Er schlürft seinen Kaffee und kaut laut auf seinem Toast herum.

Korie hebt den Blick. Er wirkt angespannt, beinahe am Rand zum Zorn, zur Wut. Wolfe erwidert seinen Blick, erwartungsvoll, spöttisch, selbstgefällig ...

Es ist eine Unterhaltung ohne Worte. Wolfe sagt: *Ich bin hier, Mister Korie, und es gibt nichts, das Sie daran ändern könnten.*

Und Korie antwortet mit Blicken. *Sie passen besser höllisch auf, Wolfe. Treiben Sie es nicht auf die Spitze.* Worauf Wolfe erwidert, immer wieder: *Ich bin jetzt immun gegen Sie. Rogers wird den Mund halten, und ich stehe nicht mehr unter Arrest, und Sie können überhaupt nichts daran ändern.* Und er sagt das alles nur mit seinen spöttischen Blicken.

Abrupt setzt Korie seine Tasse ab, beinahe ein wenig zu hart. Er erhebt sich und wischt über seine Jacke. Einen Augenblick lang sieht er auf den anderen herab. »An welcher Konsole werden Sie Ihren Dienst verrichten, Mister Wolfe?«

»Energiestation sechs, Sir.«

Kalt erwidert Korie: »Ich werde darauf achten.« Er macht kehrt und verschwindet im Waschraum.

»Machen Sie das, Sir«, flüstert Wolfe, und dann überlegt er, warum er den Ersten Offizier provoziert hat. Er wendet sich um und will die Reaktion seiner Mannschaftskameraden genießen, aber im Augenblick scheinen alle in eine andere Richtung zu blicken. Enttäuscht wendet er seine Aufmerksamkeit wieder seiner Mahlzeit zu.

Das Geräusch eines Tellers läßt ihn aufblicken. Rogers hat tatsächlich am anderen Ende des Tisches Platz genommen. Wolfe grinst spöttisch. »Na, Bübchen?« ruft er. »Wie geht's denn so? Was macht das Schlüsselbein?«

Rogers ignoriert ihn einfach.

Ein wenig lauter insistiert Wolfe: »Ich habe gehört, du bist ein guter Freund von Mister Korie geworden, Bübchen. Ich dachte, ich verrate dir, daß das keine so gute Idee ist.«

»Nein«, sagt Rogers, ohne aufzublicken. »Bin ich nicht.«

»Ich hab' dich nicht verstanden, Kleiner. Was hast du gesagt?«

Rogers beschäftigt sich mit seiner Suppe.

»He, Rogers! Ich rede mit dir!«

»Ich höre zu.« Rogers nimmt einen Löffel Suppe.

»Aber du antwortest nicht ...«

»He, Wolfe!« ruft Erlich aus der anderen Ecke der Kantine.

Wolfe blickt auf. »Was ist?«

»Du bist ziemlich laut, Mann.«

»Ich wußte nicht, daß du zuhörst.«

»Ich höre auch nicht zu. Du macht zu viel Lärm, Mann!«

»Ich red' leise weiter.«

»Besser, du hältst ganz die Klappe.«

Wolfe wendet sich um und blickt erwartungsvoll zu Rogers. In leiserem, aber immer noch feindseligem Tonfall flüstert er: »Wie ich höre, bist du jetzt nicht mehr an den Gravkontrollen. Sag mal, wie ist es so beim Radec? Hast du 'n paar hübsche feindliche Schiffe gesehen? Wenn du noch mehr findest, wird Korie noch dein Freund fürs Leben ...«

Plötzlich bemerkt er, daß ringsum eisiges Schweigen ausgebrochen ist. Er blickt auf und sieht den Ersten Offizier in der Tür zum Waschraum stehen. Korie trocknet sich die Hände ab, während er nachdenklich Wolfe mustert. Sein Blick schweift verächtlich über Rogers, dann wieder zurück zu Wolfe. *Machen Sie nur so weiter*, sagt der Blick. Schweigend wirft er das Papierhandtuch in einen Eimer und verläßt die Messe.

Wolfe starrt hinter ihm her. Dann pfeift er leise durch die Zähne. »Ich will verdammt sein!«

Kapitel 27

Natürlich sind es die Bösen, die die Welt beherrschen. Sie verdienen es nicht anders.

SOLOMON SHORT

»Also schön, wo liegt das Problem?« erkundigt sich Barak.

»Ich erzähle besser von Anfang an«, erwidert Leen. »Dann können Sie entscheiden, ob Sie sich meiner Meinung anschließen.« Sie befinden sich in dem großen, unordentlichen Bereich hinter dem Maschinenraum, einem Bereich, der sowohl geräumig als auch beengt wirkt. Geräumig wegen seiner Höhe, und beengt wegen der großen Zahl von Ersatzteilen, die an den Wänden hängen und auf dem Boden gestapelt sind. Es ist die Werkstatt der *Roger Burlingame*, und die meisten Reparaturen und Wartungsarbeiten werden hier durchgeführt. An der einen Wand steht ein massiver Synthesizer, zusammen mit einer etwas kleineren Ausgabe der gleichen Maschine. Ringsum sind noch andere Kunststoffbearbeitungsmaschinen aufgebaut. Eine ganze Seite der Werkstatt öffnet sich zum Hangar der Rettungsboote hin, von wo aus auch die große Frachtschleuse zugänglich ist. Im Augenblick sind die gewaltigen Luken jedoch verschlossen.

Der Leitende Ingenieur Leen führt den Astrogator der *Roger Burlingame* hinüber zu einer Werkbank, wo Teile eines kompliziert aussehenden Apparats über die Arbeitsfläche verstreut liegen. »Erinnern Sie sich, daß ich an den Hilsen-Einheiten gearbeitet habe? Nun, ich habe etwas entdeckt, das mich nachdenklich macht. Nachdem ich die Einheiten wieder abgestimmt hatte, öffnete ich diese hier erneut und warf einen zweiten Blick hinein. Und das da hat mich dann zu den Phasenadaptern geführt.«

»Diese hier?« Barak deutet auf das Gerät auf dem Tisch.

»Es ist dasjenige, das ausbrannte.«

Der Astrogator betrachtet die Einheit, doch dann schüttelt er den Kopf. »Leitender, Sie könnten mir genausogut ein Schinkensandwich vorsetzen. Ich wüßte nicht, wie ich das eine Ende vom anderen unterscheiden soll.«

Leen wischt Baraks Einwand zur Seite. »Kein Problem. Ich erzähl's Ihnen einfach. Ich hatte eben damit angefangen, das Gerät zu zerlegen, als Korie mich anrief, damit ich den Turnraum einhole. Ich war so in Gedanken, daß ich gar nicht bemerkte, wie kurz das Angriffsmanöver bevorstand – deswegen habe ich auch Mist gebaut und vergessen, den Ballon zu sichern. Ich war ganz woanders, nämlich bei dem, was ich in den Hilsen-Einheiten gesehen habe und in dem zerlegten Adapter zu finden erwartete.«

»Aha. Und was haben Sie in diesem Adapter gefunden?«

Leen atmet tief durch. »Wissen Sie, wie der Adapter arbeitet?«

»Leitender, ich weiß noch nicht einmal, wie der Hyperraumantrieb arbeitet. Ich bin Astrogator.«

»Richtig, ich vergaß. Nun, dann gebe ich Ihnen eine zweiminütige Einführung. Wie Sie wissen, ist die Hyperraumblase ein in sich abgeschlossenes Mini-Universum. Richtig?«

»Das habe ich begriffen.«

»Haben Sie sich schon jemals gefragt, wie wir es schaffen, von dort nach draußen zu blicken?«

»Wieso? Ich dachte ...«

»Das können wir nämlich nicht, müssen Sie wissen. Wenn wir erst einmal im Hyperraum sind, dann ist das, als befänden wir uns im Innern einer großen, innen verspiegelten Kugel. Ganz egal, in welche Richtung Sie blicken – Sie sehen immer nur sich selbst. Der Hyperraum ist ein abgeschlossenes, undurchdringliches Universum. Sicher haben Sie die Geschichten von dem Burschen gehört, der einen Schraubenschlüssel über Bord geworfen hat – nur, damit das Werkzeug ein paar Wochen später aus der entgegengesetzten Richtung wieder auftauchte?«

»Ja, schon. In Ordnung. Aber wie können wir dann hinaussehen?«

»Mit Hilfe der Umwandler. Sie sorgen dafür, daß sich die Hyperraumblase bewegt, indem sie die Gestalt des Kraftfelds von innen heraus verändern. Aber sie dienen zugleich als

Fenster, durch das wir in das Normalraum-Universum blicken können. Mit Hilfe der Umwandler empfangen wir die Vibrationen des Kraftfelds, und die Computer interpretieren daraus die Reflexe der Hyperraumblasen anderer Schiffe und die Gravitationstrichter von Sonnen und Planeten – es müssen allerdings schon massive Singularitäten vorliegen, damit wir sie auf diese Weise entdecken können. In Ordnung. Schalten Sie die Umwandler ab, und sie klappen die Läden vor unser Fenster – und was bleibt ...?«

»Nur unser eigenes Spiegelbild, richtig?«

»Richtig. Ein sehr verzerrtes Spiegelbild allerdings, verschmiert über die gesamte innere Oberfläche der Hyperraumblase. Nur wenn wir die Form dieser Blase wissen müssen, werfen wir einen Blick darauf, sonst nie – die gesamte restliche Zeit verbringen die Radec-Jungs damit, das Spiegelbild herauszufiltern.«

»Ja, ich verstehe. Sie hatten vor kurzem einige Probleme damit ...«

Leen wirft Barak einen scharfen Blick zu. »Dann verstehen Sie, was ich Ihnen sagen will?«

Barak schüttelt den Kopf.

Leen fährt fort zu erklären: »Egal. Jedenfalls wurde ich neugierig, als die Hilsen-Einheiten fortgesetzt aus der Phase gerieten. Die Hilsens sind schließlich dafür verantwortlich, die Umwandler zu überwachen und die Form unserer Hyperraumblase zu erhalten. Ich vermutete, daß sie eine Art Rückkopplung oder Vibration aus dem Phasenreglersystem erhielten, aber woher kamen die Störungen in das Reglersystem? Um das herauszufinden, habe ich MacHeath zur Affenmannschaft geschickt. Wir mußten uns direkt in die Generatoren einstöpseln, weil das Systemanalysenetzwerk genau an dieser Stelle absolut tot ist. Ich wollte, daß MacHeath die Phasenadapter während der Manöver beobachtet, um zu sehen, ob das die Quelle der Vibratationen war oder nicht.«

»Und?«

»Ich weiß es immer noch nicht – und ich habe keine Lust, einen weiteren Mann zu riskieren, um es herauszufinden.« Leen deutete mit dem Finger auf den zerlegten Adapter. »Und deswegen entschloß ich mich, dieses Baby hier auseinanderzunehmen. Aber ich ... bis jetzt habe ich, äh, noch nichts gefunden. Wollen Sie wissen, was ich denke? Er brannte nicht aus, weil wir die Inhärenzgeschwindigkeit nicht korrekt kompensierten – wir achten immer darauf. Es ist ein so dämlicher Fehler, daß die Kompensation siebenmal auf unseren Prüflisten erscheint. Ich denke, er brannte aus, weil er gar nicht imstande war zu kompensieren. Er ist nicht dazu geschaffen, mit unserer Ausrüstung zusammenzuarbeiten, und so entsteht die Vibration einfach dadurch, daß die verschiedenen Aggregate zusammenarbeiten müssen. Und bei *verlängerten Hochgeschwindigkeitsphasen verstärken sich diese Vibrationen durch das gesamte System hindurch.*«

»Haben Sie das Korie erzählt?«

»Nein.« Leens Gesicht ist zerklüftet und nicht unsympathisch, aber bei der Erwähnung von Kories Namen preßt er die Lippen zusammen.

»Und warum nicht?«

»Weil der Phasenadapter ... Wissen Sie nicht, woher wir ihn haben?«

»Irgendein Ersatzteildepot oder was ...?«

»O nein. Korie erbeutete es aus einem Wrack der F-Klasse. Sagt Ihnen der Name *Calvington* etwas?«

»Nein.«

»Na, ist ja auch egal. Aber die *Calvington* war das Schiff, aus dem Korie die Adapter hat ausbauen lassen. Warten Sie, ich erkläre es Ihnen. Die Calvington ist noch eine Generation älter als unsere *Roger Burlingame*. Pre-Hilsen, sozusagen; sie benutzten damals noch Grier-Einheiten.«

»Äh, Leitender ...ich kann Ihnen nicht folgen.«

»Tut mir leid. Worauf ich hinauswill, ist folgendes: Die Phasenadapter der Calvington sind nicht notwendigerweise kompatibel zu unseren. Ich mußte eine ganze Menge Kontrolleinrichtungen improvisieren. Es war zwar nicht ganz leicht, aber Korie wollte unbedingt Phasenadapter ...«

»Das kann ich verstehen. Ich würde ebenfalls ein Schiff mit Phasenadaptionssystem bevorzugen.«

»Aber im Grunde genommen benötigen wir es nicht.«

»Nun ...« Barak ist skeptisch. »Es kommt auf den Standpunkt an. Um von einem Ort zum anderen zu gelangen, brauchen wie sie wirklich nicht. Wir gehen einfach in den Hyperraum, und los geht's – aber da wir ohne die Adapter nicht im Hyperraum manövrieren können, sind wir kein wirklich unabhängiges Schiff. Wir sind ständig auf Schlepper angewiesen, wenn wir unsere Inhärenzgeschwindigkeit ändern wollen.«

»Na und?« kontert Leen. »Macht das einen Unterschied für die Art von Patrouille, zu der wir abkommandiert sind? Brauchen wir die Adapter dazu?«

Barak denkt nach. »Nicht wirklich«, sagte er schließlich. »Die DV-Basis bewegt sich in einem konstanten Orbit. Wir starten von dort, führen unsere Patrouille durch, bleiben die ganze Zeit über im Hyperraum – und wenn wir zurückkehren, müssen wir nur dicht bei der Basis in den Normalraum fallen, und wir bewegen uns noch immer in die gleiche Richtung und mit der gleichen Geschwindigkeit wie zu dem Zeitpunkt, zu dem wir gestartet sind.«

»Richtig. Also warum um alles in der Welt benötigen wir Phasenadapter?«

»Damit wir das Schiff im Hyperraum drehen können ...«

»Weil Korie unbedingt Phasenadapter wollte!« Leens Stimme ist plötzlich sehr laut.

Barak verstummt nach dem Ausbruch des anderen. Nach einer Weile sagt er sehr leise: »Wir hatten bereits ein rudimentäres Phasenadaptionssystem, auf dem wir aufbauen konnten, Mister Leen. Es mußte nur wieder instandgesetzt werden, und wir brauchten neue Adapter.«

»Meinen Sie nicht auch, daß *Threebase* uns die Adapter gegeben hätte, wäre man dort der Meinung gewesen, daß wir sie brauchen?«

»Ich denke, sie hätten uns ein besseres Schiff gegeben, wenn sie eins gehabt hätten, Leitender. Es ist schließlich kein Geheimnis, daß die *Roger Burlingame* in letzter Sekunde vor dem Ausschlachten und Abwracken bewahrt wurde.«

Leen antwortet nicht direkt. »Sehen Sie, Al ... das ist der Punkt, auf den ich eigentlich hinauswill. Das Schiff ist ein einziger Trümmerhaufen. Ich weiß das besser als irgend jemand sonst. Das Phasenadaptionssystem, das ich auf Kories Befehl hin improvisiert habe ... es ist zumindest nicht vorschriftsmäßig. Wir haben Teile eingebaut, die wir aus drei oder vier anderen Schiffen ausgeschlachtet haben. Kein einziges davon ist dazu konstruiert, mit dem anderen zusammenzuarbeiten. Deshalb kriegen wir immer wieder Störungen, Vibrationen, Interferenzen ... ständig muß ich irgendwo nachregeln und korrigieren.« Er beugt sich über die Werkbank und schaltet einen Monitor ein. »Ich will, daß Sie sich etwas ansehen, Al.« Leen drückt auf ein paar Knöpfe. »Da, sehen Sie. Das ist eine Simulation. Wenn die Phasenadapter die Vibrationen unserer inhärenten Geschwindigkeit in bezug auf den Hyperraumantrieb verstärken, dann erhalten wir genau diese Art von Muster ...«

Barak starrt schweigend auf den Schirm – die leuchtenden Linien darauf sind ihm beunruhigend vertraut. Ein Gedanke nimmt in seinem Kopf Form an – er schüttelt ihn ab. »Nein, Leitender. Das kann nicht sein.«

»So, wie wir die Hilsens eingestellt haben, könnten sie als eine Art Brennglas funktionieren.«

Barak schweigt. Sein Blick ist starr auf den Monitor gerichtet, sein Gesicht ist finster. Dieser Reflex – er ist nicht echt. Aber seine Form ...

»Oh, verstehen Sie mich nicht falsch«, sagt Leen. »Ich könnte mich täuschen. Aber was, wenn ich recht habe? Was ist mit dem Ersatzteil, das jetzt eingebaut ist? Was soll ich tun?«

»Sie sagen, Sie sind nicht sicher ...?«

»Nicht ohne die Adapter einer genauen Überprüfung zu unterziehen.«

»Nein. Lassen Sie das. Es wäre nicht richtig. Nicht jetzt. Was ist mit den Hilsen-Einheiten? Sind sie wieder in Phase?«

»Ja, aber fragen Sie mich nicht, wie lange das so bleibt ...«

Der Astrogator ist nachdenklich und besorgt. »Und Sie haben noch niemandem davon erzählt? Korie auch nicht? Oder dem Kapitän?«

Leen schüttelt den Kopf. »Sie sind der erste. Ich kann nicht mit Korie reden, oder mit dem Kapitän ...« Er bricht ohne weitere Erklärung ab. Dann sagt er: »Al?«

Barak trifft eine Entscheidung. »Leitender – die Suche dauert nur noch einen oder zwei Tage. Danach fahren wir heim. Lassen Sie die Dinge, wie sie sind – packen Sie diesen Adapter da weg, und vergessen Sie die Sache. Ich werde mit niemandem darüber reden, und Sie halten ebenfalls den Mund. Die Suche wird zu Ende gehen, und wir fahren heim. In der Basis können Sie die Adapter aufs neue prüfen, und es tut niemandem weh.«

Leens Blick ist skeptisch. »Ist das Ihre ehrliche Meinung, Al?«

Langsam erwidert der Astrogator: »Nein, ist es nicht. Aber ich will nicht über die Alternative nachdenken.« Er greift nach vorn und schaltet den Monitor ab.

Kapitel 28

An Bord jedes Schiffes gibt es einen Mann, der in der Stunde der Not oder großer Gefahr von keinem anderen Mann Rat oder Hilfe erwarten kann. Ein Mann allein ist es, der die gesamte Verantwortung für die Navigation, die Maschinen, die Treffsicherheit der Waffen und die Stimmung an Bord trägt. Dieser Mann ist der befehlshabende Offizier. Er ist das Schiff!

BRONZEPLAKETTE IM BÜRO DES FLOTTENCHEFS

Es ist siebzehn Minuten nach drei, und an Bord herrscht nur geringe Aktivität, als ein lautes, schrilles Alarmsignal die Mannschaft auf die Beine bringt.

Die Beleuchtung flackert und verlöscht gleich wieder, flackert erneut auf und weicht einem düsteren Orange. Kampfalarm!

Eilige Schritte auf dem Korridor, unterdrückte Flüche, Stimmengewirr – Männer auf dem Weg zu ihren Stationen. »Was zur Hölle ...?« Andere folgen ihnen, fluchend: »Nun komm schon, Beeilung! Das ist ein Kampfalarm! Sie haben etwas gefunden!«

Schotten krachen zu, Luft zischt, als Abteilungen sich automatisch versiegeln und die Atmosphäre abgepumpt wird. Notfallkonsolen flackern unentschlossen, dann ertönt unvermittelt eine Stimme im Interkom. Barak, der Astrogator. »Alle Mann auf Kampfstation! Alle Mann auf Kampfstation! Dies ist keine Übung! Ich wiederhole, dies ist keine Übung!«

»Verdammt! Ich dachte, wir hätten keine Übungen mehr ...!«

»Halt den Mund, du Idiot! Das ist keine Übung!«

»Was ...?«

»Das ist Barak im Interkom. Los, mach schon! Beeilung!«

Und dann schlüpft Korie durch den Tumult wie ein Aal. Mit stoischer Ruhe eilt er durch den Korridor in Richtung Zentrale, während er seine Uniformjacke schließt. Andere Männer drängen sich an ihm vorbei, viele erst halb angekleidet, hasten zu ihren Kampfstationen. Korie will einen Befehl bellen, aber dann hält er doch den Mund. Wenn sie jetzt nicht wissen, was zu tun ist, dann ist es sowieso zu spät.

Die Zentrale ist ein einziger Ort voll wirrem Durcheinander. Männer stehen vor ihren Konsolen, doch alle starren zu Barak. Der dunkelhäutige Astrogator steht vor dem Kommandositz auf dem erhöhten Podium, das die Brücken bildet, eine Hand auf den Kontrollen in der Armlehne, aber er blickt zu dem noch immer schlaftrunkenen Jonesy an der Astrogationskonsole. »Wo steckt er jetzt?«

»Noch immer am Rand ...«

»Was haben Sie gefunden, Mister Barak?« Korie läßt sich in den Sitz fallen.

»Ich bin mir nicht sicher, Sir ... wir empfangen ein beständiges Signal am Rand unseres Ortungsbereiches. Es ist zu konstant, um ein Gespenst zu sein, aber ...«

»Dann ist es der Feind!« schnappt Korie. Er lächelt, ein dünnes, triumphierendes Grinsen. *Ich wußte es! Ich wußte es!*

»Ich bin nicht sicher, Sir«, sagte Barak. »Es ist noch zu undeutlich, um ein Muster zu identifizieren.«

Dann betritt Brandt die Brücke. »Was gibt es?«

»Der Feind!« sagt Korie überglücklich. »Wir haben ihn!«

Brandt macht einen Schritt in Richtung des Kommandositzes, aber Korie ignoriert den Kapitän. Brandt tut, als hätte er es nicht bemerkt, und wendet sich an Barak. »Bringen Sie es auf den Schirm!«

Barak schüttelt den Kopf. »Es ist noch zu unscharf, um es im Gitter zu projizieren. Wir haben es bisher erst in den hochsensitiven Fernabtastern.«

»Wir gehen näher heran«, beschließt Korie. Er hebt die Stimme, um den Befehl zu erteilen: »Auf Höchstgeschwindigkeit gehen!«

Der Offizier an der Steuerkonsole blickte zur Brücke. Sieht den Astrogator, den Kapitän, den Ersten Offizier – aber Korie sitzt *im Kommandositz!*

»Auf Höchstgeschwindigkeit gehen!« wiederholt Korie seinen Befehl.

Verwirrt blickt der Mann zu Kapitän Brandt – warum hat der Kapitän den Befehl nicht erteilt oder bestätigt? Doch dann wendet er sich seinen Instrumenten zu und gehorcht. Einen Augenblick später rast das Gitter auf dem Schirm schneller vorüber.

»Haben Sie inzwischen ein deutlicheres Bild?«

»Nein, Sir«, antwortete Jonesy. »Noch nicht. Kann sein, daß sie fliehen wollen.«

Korie schlägt auf die Armlehne. »Radec! Was haben Sie?«

Rogers meldet sich. »Ich weiß es noch nicht, Sir. Wir können kein Muster erkennen. Es ist eine sich bewegende Singularität, mehr wissen wir nicht ...«

»In Ordnung. Machen Sie weiter.« Korie unterbricht die Verbindung. Er wendet sich an Jonesy: »Wie weit ist es entfernt? Wie lange wird es dauern, bis wir heran sind?«

»Kann ich noch nicht sagen, Sir. Es hängt von einer ganzen Reihe von Faktoren ab ... Ich weiß erst mehr, wenn wir ein deutlicheres Signal empfangen.«

Brandt mischt sich ein. »Mister Korie, vielleicht ist der Feind bereits außerhalb unserer Reichweite ...«

»Das wissen wir nicht.«

»Er ist zu weit entfernt für ein klares Signal ...«

»Nicht mehr lange.«

»... und Ihre zehn Tage sind beinahe vorüber ...«

»Wir können es trotzdem schaffen!« beharrt Korie. Plötzlich springt er auf. »Ich bin im Radec. Ich werde ein klares Bild auf den Schirm holen.« Er rennt aus der Zentrale.

Der Radec-Raum ist dunkel. Nur die Schirme verbreiten eine flackernde Helligkeit. Korie stürzt herein und bleibt stehen. Rogers ist damit beschäftigt, ein neues Programm in seine Konsole einzugeben; die Monitore zeigen einen unscharfen Reflex. Er löscht die Anzeigen, schließt einen Schaltkreis und beginnt von vorn. Das Bild sieht aus wie zuvor. Er gibt ein drittes Programm ein ... »Nichts, Sir.« Er ist auf eigenartige Weise fröhlich, als wäre die Flüchtigkeit des Reflexes ein persönlicher Angriff auf den Ersten Offizier. Rogers löscht die Anzeige und startet ein viertes Programm – ohne Ergebnis – und mit jedem neuen Programm verstärkt sich der Eindruck in Korie noch.

Der Erste Offizier beobachtet das Geschehen mit nervöser Ungeduld. Rogers' geschickte Hände huschen zielsicher über die Konsole. »Können Sie den Abtastern nicht mehr Energie zuführen?«

»Tut mir leid, Sir – ich bin bereits am Maximum. Das Signal scheint seinen Abstand relativ konstant zu uns zu halten. Sieht aus, als würde der Feind davonlaufen. Warten Sie einen Augenblick ...« Er justiert einen Regler. »Nein, nicht ganz. Ich denke, wir kommen näher ... aber nur ganz, ganz langsam.«

Korie flucht lautlos vor sich hin. *Verdammt. So weit waren wir vor zwölf Tagen auch schon ...* Er wendet sich um. Der Korridor auf dem Weg zurück zur Zentrale ist dunkel und deprimierend.

»Und?« sagt Brandt, als Korie die Brücke betritt.

»Wir kommen näher«, erwidert der Erste Offizier. »Aber nur langsam.«

Brandts Blick trifft auf den Kories. Der Erste Offizier wirkt grimmig und bleich. »Ich schätze, Sie wissen, was das bedeutet ... wir werden ihn ziehen lassen müssen ...«

»Das können wir nicht! Nicht nach so langer Zeit! Wir haben ihn beinahe ...«

»Und womit? Wir haben nichts mehr, womit wir ihn angreifen könnten ...«

»Doch, haben wir«, widerspricht Korie. »Uns bleibt noch immer die Reserve ...«

»Die brauchen wir, um zurück nach Hause zu kommen ...«

»Es ist genug, um ihn zu stellen und nach Hause zurückzukehren! Er ist nicht so weit weg wie vorher! In wenigen Tagen können wir ihn eingeholt haben.«

»Und bleiben liegen, weil wir keine Energie mehr haben, um zur Basis zu kommen«, poltert Brandt. »Nein, Mister Korie! Wir werden ihn ziehen lassen. Ich habe Ihnen zehn Tage Zeit gegeben, um den Abschuß zu machen, und diese zehn Tage sind fast vorbei. Ich kann diese Frist nicht mehr verlängern. Wir haben nicht genügend Energie.«

»Wir haben noch für zwanzig Tage Energie in den Zellen! Wir sind nur dreizehn Tage von der Basis entfernt!«

»Wir dürfen unsere Sicherheitsreserven nicht einfach aufs Spiel setzen!«

Korie funkelt den Kapitän an. Unvermittelt wendet er sich ab und geht zur Hyperraumkonsole. Er beugt sich über den Techniker, der dort arbeitet – es ist Wolfe – und hämmert wütend auf der Tastatur herum. Über ihm blitzt ein Schirm auf und zeigt ein helles, blaues Diagramm. Korie tritt einen Schritt zurück und betrachtet es. »Sehen Sie sich das an! Wir können es schaffen ...!«

Der Kapitän erhebt die Stimme. »Ich werde nicht mit Ihnen diskutieren, Mister Korie!«

»Wenn Sie mir nicht glauben, dann ... dann fragen Sie doch Ihre Techniker!« Korie packt Wolfe, der neben der Konsole steht, und zieht ihn zum Kapitän. »Sagen Sie's ihm!«

Brandt mustert den Mann. »Nun?«

Wolfe blickt von Korie zu Brandt und wieder zu Korie. Die Oberlippe des Ersten Offiziers glitzert von winzigen Schweißperlen.

»Nun?« wiederholt Brandt. »Haben wir genügend Energie oder nicht?«

»Äh ...« Wolfe ist fasziniert von der Intensität, die in Kories Gesicht brennt. Von der Macht, die er plötzlich über diesen

Mann hat. Es ist zu viel für ihn. Abrupt wendet er den Kopf und blickt den Kapitän an. Brandt ist Stück für Stück genauso angespannt, aber an ihm ist etwas Beunruhigendes … »Jawohl, Sir. Wir haben ausreichend Energie.«

Korie atmet in einem scharfen »Ich habe es doch gesagt!« aus.

Wolfe fügt hinzu: »Wir haben außerdem noch eine Reserve von fünf Tagen, die nicht auf den Schirmen zu sehen ist, Sir. Wir wollen sie nicht in unsere Berechnungen mit einbeziehen …«

»Aber sie existiert trotzdem, oder?« verlangt Korie zu wissen.

Wolfe nickt. »Jawohl, Sir. Sie existiert.«

»Danke sehr, Wolfe.« *Danke, daß du mir meinen Abschuß wiedergegeben hast.* Er wendet sich an Brandt. »Wir können es schaffen! Wir müssen es tun! Wenn nötig, können wir mit halber Kraft nach Hause fahren und nochmals fünf Tage Energie einsparen. Sechs, nein sieben sogar …«

»Korie, haben Sie nicht gehört, was der Mann gesagt hat? Wir sollen die Notreserve nicht in unsere Berechnungen mit einbeziehen …« Er wendet sich an Wolfe, »… äh, warum eigentlich nicht?«

»Äh … das ist Energie, die nötig ist, um die Schwellenwerte in den Kraftfeldern zu überschreiten. Wenn wir aus irgendeinem Grund aus dem Hyperraum müßten, dann könnten wir nicht wieder zurück.« Wolfe nuschelt die Antwort, er hat sie nicht gerne gegeben.

Brandt wendet sich an Korie. »Sie wußten es, nicht wahr?«

»Jawohl, Sir. Aber …«

»Schon gut.« Zu Wolfe sagt er: »Gehen Sie wieder auf Ihren Posten.«

Korie nähert sich Brandt. »Warum wollen Sie dieses Schiff nur entkommen lassen, verdammt? Wir können es schaffen!«

»Nur, wenn wir mit dem ersten Schuß treffen, Mister Korie. Und es ist mir gleichgültig, wie gut Sie diese Mannschaft trainiert haben. Sie wird mehr als einen Schuß benötigen!«

»Dann geben Sie mir wenigstens diesen ersten Schuß!«

»Der Feind wird zurückschießen, Mister Korie, verdammt! Ausweichmanöver kosten Energie! Ihr verdammter erster

Schuß könnte uns fünf oder sechs Tage an Energie kosten – wenn wir den Kampf erst beginnen, dann heißt es gewinnen oder sterben. Ein einziger Schuß würde nicht ausreichen, Mister. Hätten Sie ihn zu fassen bekommen, bevor Ihre zehn Tage abgelaufen waren, dann hätten Sie Ihre Chance bekommen, aber ich darf die Sicherheit dieses Schiffes einfach nicht aufs Spiel setzen ...«

»Das ist ein Kriegsschiff, Kapitän! Bestimmte Risiken müssen eingegangen werden ...«

»Ich entscheide darüber!«

Schweigen. Einer dieser scheinbar endlosen Augenblicke, in denen sich zwei Augenpaare treffen – dann werden sie aus ihrer lautlosen Kraftprobe gerissen ...

»Schwere Störungen! Das Muster zeigt einen deutlichen Dopplereffekt! Der Feind kommt her!«

Korie wirbelt zu Jonesy herum, genauso wie Brandt. Baraks Finger fliegen über die Tastatur der Astrogationskonsole. »Verdammt! Ich kriege ihn nicht klar auf den Schirm! Er scheint eine Art Störfilter einzusetzen, um sein Kraftfeld zu tarnen ...« Er beugt sich über den Interkom: »Radec! Was machen Sie?«

»Ich versuche ihn zu fassen, Sir, mit aller Energie. Er scheint über die gesamte Hyperraumblase verteilt zu sein ...«

Korie tritt herbei, um zuzuhören, und zu beobachten.

»... und er kommt unglaublich schnell heran!«

»Wieviel Zeit bleibt uns noch, Al?«

Brandt wirft einen Blick auf den Monitor. »Sechs Minuten. Vielleicht auch weniger.«

»Können Sie mir ein Ziel liefern?«

»Ich werd's versuchen.« Zu Jonesy: »Schalten Sie EDNA auf die Feuerleitstelle.«

»Jawohl, Sir.«

Korie klettert auf die Brücke und zieht sein Handmikro hervor. »Alles herhören! Bereitmachen zur Zielerfassung! Ausweichmanöver vorbereiten, Programme drei Beta, sechs Gamma, neun Delta. Bereitmachen zum ...« Eine Handbewegung des Kapitäns läßt ihn verstummen. »Ich habe Ihnen nicht die Erlaubnis gegeben, unser Schiff in einen Kampf zu ziehen.«

»Sie haben mir zehn Tage gegeben. Ich habe noch fünf Stunden übrig.«

»Ich habe meine Meinung geändert. Wir drehen ab.«

Korie reißt ungläubig die Augen auf. »Sie wollen vor dem Gegner davonlaufen ...?«

Brandt ignoriert den Ersten Offizier. Er wendet sich an den Astrogator: »Mister Barak, bereithalten zur Polaritätsumkehr. Programmieren Sie einen Fluchtkurs nach Hause.«

»Wir werden angegriffen, verdammt noch mal! *Lassen Sie mich kämpfen!*«

Brandt tritt an Korie vorbei zur Steuerkonsole. »Polaritätsumkehr. Bleiben Sie auf Höchstgeschwindigkeit.«

»Aye, aye, Sir.«

»*Nehmen Sie diesen Befehl zurück, Mister!*« Kories Stimme schneidet scharf wie eine Rasierklinge durch den Raum. Er spricht in das Handmikro: »Al, gehen Sie zu den Ausweichprogrammen über ...«

Brandt wendet sich um und starrt Korie entgeistert an, genau wie Barak. Andere Männer blicken zur Brücke hinauf. Der Kapitän sagt: »Was denken Sie eigentlich, was Sie da tun?«

»Ich stelle mich dem Gegner ...«

»Er kommt noch immer näher!« ruft Jonesy dazwischen. »Vier Minuten bis zum Kontakt.«

»Wir haben keine Zeit, um darüber zu diskutieren, Korie ...« sagt Brandt. Er wendet sich wieder an den Steuermann. »Polaritätsumkehr. Augenblicklich.«

Der Mann blickt von Brandt zu Korie und wieder zu Brandt. Einer der beiden ist der Kapitän ... aber der andere erteilt die Befehle. »Sir ...?« Er sieht hilflos zu Korie, wartet darauf, daß dieser den Befehl bestätigt.

»Kurs halten!« brüllt der Erste Offizier. »Al, Ausweichprogramme starten!«

Barak steht an seiner Konsole und rührt sich nicht. Aber neben ihm bewegen sich Jonesys Finger über die Tastatur! Es ist ein Signal. *Gehorcht Korie.* Ringsum beginnen die Männer, den Befehlen des Ersten Offiziers nachzukommen.

Und Brandt erkennt es auch. Er starrt verwirrt um sich. »Ich bin der Kapitän ...!« Er macht einen Schritt auf Korie zu. »Seien Sie kein Dummkopf! Sie dürfen das Schiff nicht riskieren!«

»Wir haben diese Situation geübt«, entgegnet Korie. Er beobachtet weiter die Schirme rings um die Brücke. »Feuerleitstelle – bereitmachen für einen Fächer. Drei Stück.«

»Jawohl, Sir.«

»Hören Sie mich an, Korie! Dieses Schiff ist nicht halb so gut, wie Sie denken! Genausowenig wie die Besatzung! Es ist mir egal, wieviel Sie mit der Mannschaft geübt haben. Wir werden einen Kampf niemals überleben!«

Korie ignoriert ihn. Zu Wolfe gewandt, ruft er: »Bereithalten zum Laden der Raketen!«

»Aye aye, Sir.«

»Zwei Minuten bis zum Kontakt!«

»Korie! Hören Sie augenblicklich auf damit!« Der Erste Offizier ignoriert den Befehl. Wütend kommt Brandt heran. »Al, halten Sie ihn auf!« ruft Korie. »Tun Sie es für mich ...!«

Barak packt den Kapitän bei der Schulter. »Sir!« Er blickt von Brandt zu Korie. Der Erste Offizier steht kühl neben dem Kommandositz und beobachtet den Frontschirm.

Brandt sprudelt hervor: »Al, der Fluchtkurs nach Hause – haben Sie ihn?«

»Jawohl, Sir. Ich habe ihn.«

»Dann bereiten Sie alles vor, um ihn auszuführen ...« Er reißt sich los und stürzt in Richtung der Steuerkonsole. »Polarität umkehren!« sagt er. »Wir verschwinden von hier.«

Der Mann dort ignoriert den Kapitän. Er hebt den Ellbogen, um Brandts Hand von seiner Konsole wegzudrängen. Und auf der anderen Seite zerrt Barak an ihm. »Sir? Sir ...?«

»Jonesy, bereithalten«, sagt Korie. »Dreißig Sekunden vor dem Kontakt springen wir aus dem Hyperraum, feuern unsere Raketen und verschwinden.«

»Verstanden, Sir.«

»Nein!« schreit Brandt. »Das können Sie nicht! Wir fliegen nach Hause!« Barak hält ihn fest. »Das ist ein Befehl! Ich bin der Kapitän!«

»Schaffen Sie ihn hier raus!« Korie nimmt zum ersten Mal wieder Notiz von seinem Kapitän.

»Bleiben Sie im Hyperraum! Wir haben keine Chance zu überleben!«

»Wir haben ein Muster!« meldet Jonesy. Brandt und Barak, der ihn noch immer festhält, wenden sich zum Schirm. Der Wirbel aus weißen Linien ist mit einemmal scharf und deutlich. »Er kommt rasch näher. EDNA zielt bereits.«

»Sechzig Sekunden bis zum Kontakt! Dreißig Sekunden bis zum Rücksturz.«

»Raketen auf Ziel programmiert und feuerbereit ...«

»Al!« kreischt Brandt und versucht erneut, sich loszureißen. »Wir müssen ihn aufhalten!«

Baraks Augen scheinen am Hauptschirm festgefroren. Sein Gesicht ist grau und versteinert. Dieses Muster ...

»Al, halten Sie ihn auf!«

... ist so eigenartig vertraut. Barak läßt den Kapitän los und wendet sich an Jonesy und Korie. »Machen Sie weiter«, sagt er leise. »Rücksturz in den Normalraum!«

Hinter ihm ist Brandt mit den Nerven am Ende. »Al«, stöhnt er. »Al, was tun Sie da nur ...?«

»Fünfzehn Sekunden bis zum Rücksturz.«

Korie wirft Barak einen triumphierenden Blick zu. »Danke, Al ...«

Brandt wirft sich auf den Astrogator, die Hände zu Klauen gekrümmt. Er prallt ab, dreht sich um, stürzt sich auf Korie ... Barak bekommt ihn wieder zu fassen, schlägt ihn nieder. »Tut mir leid, Sir«, seufzt er. Brandt wehrt sich noch immer. Barak schlägt erneut zu.

»Fünf Sekunden ...«

»Alle Lichter grün ...«

»Bereithalten ...!«

»Jetzt!« rief Jonesy. Einen Augenblick später bestätigt er: »Sind im Normalraum.«

»Waffen abfeuern!«

»Halt! Ich habe ein rotes Signal.«

»Feuer, verdammt!« bellt Korie.

Eine kurze Pause, dann: »Auf was, Sir? Das Ziel ist verschwunden ...!« Der Schirm ist leer.

»Was?«

»Radec! Wo ist der Gegner?«

»Ich weiß es nicht, Sir! Wir sind in den Normalraum gefallen, und er war weg! Ich habe schon alle Programme durchlaufen lassen ...!«

Jonesy flüstert: »Glauben Sie, er könnte zur gleichen Zeit aus dem Hyperraum gekommen sein?«

»Nein. Das – ist – nicht – möglich.« Korie wirbelt herum. »Al?«

Barak erhebt sich. Er hat den Kapitän im Zentrum der Grube am Boden festgehalten. Er ignoriert Korie und konzentriert sich darauf, dem Kapitän auf die Beine zu helfen. Er begleitet ihn zum Kommandositz. »Nehmen Sie's leicht, Sir. Es ist alles in Ordnung.«

Korie starrt ihn erstaunt an, packt das Handmikro. »Feuerleitstelle, bereithalten. Radec, geben Sie mir die letzte bekannte Position. Vielleicht hat er den Kopf schon wieder eingezogen und stellt sich tot ...«

»Sie wollen die Raketen abfeuern und sie nach ihm jagen lassen?«

»Das wäre ebenfalls eine Möglichkeit. Radec, haben Sie etwas?«

»Nein, Sir. Ich habe alle Abtaster weit offen ...«

»Versuchen Sie es weiter!«

»Mister Korie!« Es ist Barak, der jetzt auf der Brücke im Zentrum steht. »Sie verschwenden Ihre Zeit, Sir. *Es gibt kein gegnerisches Schiff.*«

Korie wirbelt zu dem Astrogator herum.

Genau wie Jonesy. Genau wie die meisten anderen Männer in der Zentrale.

»Es gibt kein gegnerisches Schiff«, wiederholt Barak. »Es hat nie eins gegeben.«

Korie schwankt. »Wovon reden Sie da? Ich weiß, daß es da ist. Ich habe es gesehen – genau wie Sie auch!«

»Sie haben einen Reflex auf unserem Kraftfeld gesehen, Korie, und kein Schiff. Es war nur unser eigener Reflex. Die Hilsen-Einheiten haben ein Projektion unserer Vibrationen gegen die Hyperraumblase aufgefangen ... wir haben unseren eigenen Schatten gejagt. Dort draußen gibt es nichts. Nichts außer uns.«

»Sie lügen, Barak. Das Schiff hat sich bewegt! Wir haben es eingeholt!«

»Es war eine progressive Vibration. Als sie größer wurde, geschah mit dem Reflex, hinter dem wir her waren, genau das gleiche. Der Computer berechnete daraus, daß wir näher kamen.«

»Nein … das glaube ich nicht …«

»Sie werden es aber glauben müssen, Mister Korie. Es ist wahr! Und es ist allein Ihre Schuld. Es sind Ihre Phasenadapter. Diese verdammten improvisierten Phasenadapter. Sie erzeugen die Vibrationen, weil sie nicht für dieses Schiff gemacht sind. Fragen Sie doch Leen; der Leitende wird Ihnen verraten, was es damit auf sich …«

»Nein!« Korie schüttelt den Kopf, wild, verzweifelt. »Nein, nein, nein! Das ist nicht wahr! Das stimmt nicht! Das Schiff ist da, es ist dort draußen. Wir können es erwischen …« Er wendet sich zu Jonesy um. »Richten Sie die Raketen aus, Mister, zielen Sie auf die letzte bekannte … die letzte bekannte Position …«

»Vergessen Sie's, Jonesy«, widerspricht Barak Kories Befehl.

»Nein!« ruft Korie.

Jonesy blickt unsicher von einem zum andern. Der Astrogator sagt: »Überprüfen Sie Ihre Konsole.«

Jonesy wirft Korie einen verzweifelten Blick zu. »Es tut mir leid, Sir …« Er wendet sich der Konsole zu.

Korie starrt Barak an. »Al, was machen wir nur? Ich weiß, daß der Gegner dort draußen ist …«

Barak blickt ihn von der Brücke herab an. Traurig schüttelt er den Kopf. Ein Stöhnen aus dem Mund Kapitän Brandts lenkt ihn ab.

»Radec!« sagt Korie. Er springt zur Tür, stolpert hindurch. Nur Jonesy blickt hinter ihm her.

Im Sitz schüttelt Brandt verwirrt den Kopf. Seine Augen wandern von einer Seite zur andern. »Al … Al …«

»Alles in Ordnung, Sir. Alles in Ordnung.« Barak beugt sich über den Interkom. »Sanitätsoffizier Panyovsky, bitte zur Brücke.«

»Al, ich … ich …«

Barak wendet sich zu dem älteren Mann. Dem grauhaarigen, zusammengesunkenen Mann. Dem Mann mit dem geschlagenen Gesichtsausdruck. »Sir, entspannen Sie sich. Entspannen Sie sich einfach nur. Der Arzt wird gleich hier sein und sich um Sie kümmern. Er wird Ihnen etwas geben, damit Sie sich wieder besser fühlen. Dem Schiff fehlt nichts.«

»Ich ... ich ...« Die Augen Brandts sind außerstande zu fokussieren.

»Sir, entspannen Sie sich einfach nur.« Barak strafft sich unvermittelt, blickte sich suchend um. »Wo steckt Korie?«

Jonesy sagt: »Er ... er ist rausgegangen. Ich glaube, er sagte etwas von Radec.«

Barak gestikuliert ungeduldig. »Goldberg, Sie übernehmen hier!« Er stürzt zur Tür hinaus.

Im Radec-Raum liegt Rogers am Boden. Blut tropft aus einem Mundwinkel. Bridger kümmert sich besorgt um seinen Kameraden; der Plastikverband um seine Schulter ist in Stücke zersplittert. Der junge Bursche stöhnt leise und ist dicht davor, das Bewußtsein zu verlieren. Aber Baraks Aufmerksamkeit gilt nicht Rogers. Er ist wegen Korie gekommen. Korie – der Erste Offizier sitzt vor Rogers' Konsole, einen eigenartigen Ausdruck im Gesicht. Seine Augen glühen förmlich. Seine Hände bewegen sich wie in Trance über die Kontrollen, als er ein Suchprogramm nach dem anderen eingibt, den Monitor löscht, ein neues Programm eingibt, den Monitor löscht, immer und immer wieder ...

Kapitel 29

Es gibt nur eine Sache, die schlimmer ist, als die Wahrheit zu erfahren: Sie nicht zu erfahren.

SOLOMON SHORT

Siebzehn Stunden lang treibt die *Roger Burlingame* durch den Raum.

Ihre inhärente Geschwindigkeit ist vernachlässigbar gering. So existiert sie, ohne Bewegung, ohne Richtung.

Ihre Decks sind dunkel, das Licht in den Gängen gedämpft. Mister Korie hat den Befehl erteilt, die Maschinen herunterzufahren und abzuwarten, aber er hat den Kampfalarm noch nicht wieder aufgehoben. Die Stimmung an Bord ist gedämpft und niedergeschlagen. Die Männer warten auf ihren Posten wie verdrießliche Zombies. Die Zeit scheint stillzustehen.

Die Männer warten.

Alle, bis auf einen. Der Leitende Ingenieur Leen.

Leen ist erregt, und er ist auf der Suche nach Astrogator Barak. Er findet ihn schließlich vor der Tür zur Krankenstation. Die beiden Männer sehen sich an, studieren sich wortlos.

»War es da oder nicht?« will Barak wissen.

»Ich weiß es nicht«, erwidert Leen. »Kann sein, daß es da war. Kann auch sein, daß es unser eigener Reflex war. Ich fühle mich wie ein Einäugiger, der die Tiefenschärfe untersucht. Niemand hat bis jetzt je untersucht, wie man einen einzelnen Gittersatz dazu bringt, wie ein Augenpaar in Stereo zu sehen. Theoretisch ist es nicht unmöglich, aber ...« Er spreizt hilflos die Hände und läßt sie wieder sinken. »Können wir jetzt nach Hause fahren?«

»Wenn es nach mir ginge, Leitender, dann wären wir schon vor zwei Wochen auf dem Heimweg gewesen. Aber es gibt nur einen Weg, diesen Befehl zu erlangen – wir müssen *beweisen*, daß es nie ein gegnerisches Schiff gegeben hat. Beweisen, daß es die ganze Zeit über nicht mehr als ein Reflex von uns selbst war.«

»Sie wissen so gut wie ich, daß es keine Möglichkeit gibt, das zu beweisen.«

»Dann machen Sie mir einen neuen Reflex. Diesmal mit Absicht.«

Leen blickt Barak mißgelaunt an. »Tut mir leid, aber selbst dazu sind wir nicht imstande, Al. Ich wüßte nicht, wo ich damit anfangen sollte.«

»Dann war's das wohl in dieser Hinsicht. Wir ...«

»Was, wir? Wollen wir etwa für alle Zeiten hier draußen bleiben und warten?«

»Finden Sie mir diesen Reflex, und wir sind auf dem Weg. Was wollen Sie noch von mir, Leitender? Ich bin nur der Astrogator! Ich habe keine Befugnis, dieses Schiff herumzukommandieren. Nicht solange noch zwei andere vorgesetzte Offiziere an Bord sind.« Er wendet sich ab und setzt sich in Richtung Bug in Bewegung.

»Warten Sie, einen Augenblick!«

Barak schüttelt den Kopf und geht weiter.

»Wir können nicht einfach hierbleiben ...!«

Barak bleibt stehen und wendet sich um. »Fragen Sie nicht mich, Mister Leen. Ich weiß nicht, was ich Ihnen antworten soll.«

»Aber die Mannschaft ... die Leute fangen an zu reden!«

»Stecken Sie sich die Mannschaft an den Hut!« Baraks Antwort ist ein Bellen. Es schallt durch den Korridor.

Leen stapft hastig hinter dem großen Mann her, packt ihn bei der Schulter und wirbelt ihn zu sich herum. »Verdammter sturer Hund ...!« beginnt er, dann hält er inne und zwingt seine Stimme zu einem eindringlichen Flüstern. »Sie sind der einzige Offizier an Bord, dem die Mannschaft noch vertraut. Sie sind der einzige, der das Schiff zusammenhalten kann.«

Baraks Augen sind verschleiert. »Das zeigt nur, wie erbärmlich diese Mannschaft wirklich ist. Hören Sie zu, Leen, hören Sie gut zu! Kommen Sie ja nicht zu mir, um mir Ihre Sorgen auf den Hals zu laden. Ich will sie nicht, sie fallen nicht in meine Verantwortung. Meine Aufgabe ist es, Punkte im Raum zu berechnen und dafür zu sorgen, daß das Schiff auch an diesen Punkten ankommt. Das ist alles, und es ist alles, was ich zu tun wünsche. Und um ehrlich zu sein – ich will auch gar nicht mehr wissen. Sie – und jeder andere Mann in der Mannschaft – verlangen von mir, daß ich ein starker Mann bin, ein Vorbild, ein Held. Ich bin kein Held, Leen. Ich habe nur ein einziges Mal versucht, den Helden zu spielen, und das hat meine dreizehn Jahre lang saubere Personalakte zerstört. Ich beging Befehlsverweigerung. Ich weigerte mich, einem Befehl meines Kapitäns nachzukommen – und ich weigerte mich zugleich, den Befehlen meines Ersten Offiziers zu gehorchen. Ich bin erledigt, egal, was ich auch mache. Ich weiß nicht, ob es dort draußen ein feindliches Schiff gegeben hat oder nicht, aber in der Hitze des Gefechts habe ich die Autorität der Schiffsführung untergraben, weil Sie – und eine Menge anderer Leute an Bord – mich dazu ermutigten. Aber ich bin der Bursche, der den Preis dafür zu zahlen hat. Wo ist der Rest von Ihnen? Und jetzt beschweren Sie sich, daß es keine Autorität mehr gibt an Bord! Brandt hat sich in seiner Kabine eingeschlossen, Gott allein weiß, was er dort drin anstellt, und Korie weigert sich, den Befehl zum Heimflug zu erteilen. Er ist noch immer der festen Überzeugung, daß dort draußen ein Schiff lauert.

Wenn Sie unbedingt nach Hause wollen, dann fragen Sie doch Korie, ob er den Befehl gibt. Ich kann es nicht. Ich will es nicht, ich habe nicht die Befugnis dazu, und ich werde wahrscheinlich vor ein Kriegsgericht kommen.« Er macht einen Schritt vor, überragt Leen wie ein Bär. »Ich will Ihnen etwas sagen, Leitender! Als Korie dieses Schiff kommandierte, da funktionierte alles! Und es funktionierte gut, Beschwerden oder nicht. Sie wollen Korie loswerden? Nun, jetzt sind Sie ihn los! Jetzt haben Sie genau das Chaos, das Sie verdienen, und schon beschweren Sie sich wieder! Sie alle! Und ich bin es leid, mir dieses Geschwätz anzuhören. Ich bin es leid, daß mir ständig jemand sagt, ich müßte irgend etwas gegen irgend jemanden unternehmen.«

Leens Augen sind feucht und in den Winkeln leicht gerötet. Sein Gesicht wirkt eingefallen. Als Barak mit seiner Rede fertig ist, sagt er ganz leise: »Aber es ist auch Ihr Leben, Sir. Es ist auch Ihr Schiff. Haben Sie keine Angst?«

Barak zögert einen Herzschlag, bevor er antwortet. »Ich weiß es nicht. Ich bin müde, Mister Leen. Ich denke nicht wie Sie. Ich will einfach nur meine Ruhe haben.«

Er wendet sich um und geht den Korridor hinauf zur Zentrale. Er wird im Kommandositz Platz nehmen und tun, als sei er der befehlshabende Offizier. Aber er wird nur dasitzen und warten, genau wie der Rest der Mannschaft auch.

Leen blickt seinem breiten Rücken traurig hinterher.

Er versteht Barak nicht ganz. Er weiß, daß Brandt und Korie und Barak unmittelbar nach dem Fiasko in der Kapitänskabine verschwunden sind. Sie waren lange Zeit in der Kabine. Ihre Stimmen waren laut, ihr Brüllen war bis auf den Korridor zu hören, und wenig gedämpft von den isolierenden Wänden. Als Korie und Barak schließlich wieder zum Vorschein gekommen waren, sprach keiner von beiden ein Wort. Kories Gesichtsausdruck war grimmig. Barak wirkte aschgrau, eingefallen. Was genau in der Kabine geschehen war, wußte niemand, und weder Barak noch Korie hatten bisher einen Kommentar dazu abgegeben.

In regelmäßigen Abständen ging der Summer des Kapitäns, und eine Ordonnanz brachte ihm ein zugedecktes Tablett aus der Kantine. Es war der einzige Hinweis, daß sich noch immer ein Kapitän an Bord der *Roger Burlingame* befand. Ansonsten war Korie derjenige, der das Kommando hatte.

Nur, daß Korie seit dem Zwischenfall auch nicht mehr in der Zentrale gewesen war. Noch irgendeinen Befehl erteilt hatte, der größere Bedeutung gehabt hätte als: »Machen Sie das sauber, Decksmann!«

Die Mannschaft blieb kampfbereit. Der Befehl zum Aufheben des Alarms war noch nicht gekommen.

Und er würde auch nicht kommen.

Die Schichten wechseln, aber die Männer bleiben auf ihren Posten.

Und die *Roger Burlingame* treibt im All.

Kapitel 30

Ein klein wenig Ignoranz kann einen großen Unterschied machen.

SOLOMON SHORT

Korie sitzt in der Kantine. Er ist allein. Niemand außer ihm befindet sich im Raum.

Auf dem Tisch vor sich hat er ein Schachbrett, sechzehn mal sechzehn Felder. Auf diesem Schachbrett zwei Steine: ein weißes Flaggschiff, ein schwarzes. Korie betrachtet die beiden Steine mit einem nachdenklichen Ausdruck im Gesicht. Er wirkt müde. Seine Augen sind eingefallen, seine Haut scheint sich grau über die Knochen zu spannen. Er blickt nicht auf, als der Leitende Ingenieur eintritt.

»Es ist das Zwei-Flaggschiffe-Problem«, murmelt er vor sich hin.

»Bitte?« erkundigt sich Leen. »Reden Sie mit mir, Sir?«

»Was? Wer?« Korie blickt verwirrt auf und blinzelt. »Oh, Mister Leen. Ich habe nicht bemerkt, daß sie hereingekommen sind. Nehmen Sie sich einen Kaffee, setzen Sie sich zu mir. Ich möchte etwas mit Ihnen besprechen. Kennen Sie das Zwei-Flaggschiffe-Problem?«

Leen schüttelt den Kopf. »Ich ... äh, nein Sir. Ich spiele nicht so gut Schach.«

»Macht nichts, Mister Leen. Setzen Sie sich. Ich will Ihnen etwas zeigen. Sehen Sie das hier? Das Flaggschiff ist die mächtigste Figur im Spiel. Es kann horizontal, vertikal und diagonal gezogen werden, und es kann hypern. Die Figur ist deswegen so stark, weil man sich nicht in eine Angriffsposition begeben kann, ohne selbst verwundbar zu werden. Wenn Sie und Ihr Gegner jeder nur noch ein Flaggschiff besitzen, dann kann keiner mehr den anderen angreifen, richtig?«

»Wenn Sie es sagen«, brummt Leen. Er ist verwirrt und kann dem, was Korie erzählt, nicht richtig folgen.

»Nein, nein ... sehen Sie, hier. Es gibt keine anderen Schiffe auf dem Brett, die Unterstützung bieten könnten. Wenn ich auf die Diagonale des Gegners ziehe, um ihn anzugreifen, dann habe ich verloren. Wenn er in eine Position zieht, um mich anzugreifen, dann verliert er aus dem gleichen Grund. Das Ziel hat einen Zug mehr und kann als erster schlagen. Also ist es ein Unentschieden, weil keine Seite imstande ist, einen Zug zu machen, der mehr bewirkt, als der anderen Seite auszuweichen.« Leise fügt Korie hinzu: »Er ist dort draußen, Leitender. Er spielt ein sehr genau durchdachtes Spiel mit uns.«

»Sir …? Sie glauben noch immer, daß es dort draußen ein Schiff gibt?« Korie blickt auf. »Glauben? Ich bin überzeugter als jemals zuvor. Wir verstecken uns voreinander, und jeder wartet auf den Augenblick, in dem der andere verwundbar ist. Die Frage, Leitender, ist die: Warum hat er uns nicht angegriffen, als wir aus dem Hyperraum kamen? Denn das war der Augenblick, in dem wir am verwundbarsten waren.

Ich muß das Spiel von Anfang an rekonstruieren. Ich finde keinen entsprechenden Gegenzug, bevor ich nicht seine Strategie verstehe. Die eigentliche Frage lautet: Warum ist er zu Beginn überhaupt vor uns weggelaufen?«

»Sir …« Leen versucht, Korie zu unterbrechen, aber Korie redet weiter.

»Nein, nein, hören Sie mir zu. Bitte.«

Die Worte verblüffen Leen. *Bitte?* Aus Kories Mund?! Er blickt in Kories Gesicht und findet die Verzweiflung. Korie braucht jemanden, der ihm zuhört. Und in diesem Augenblick empfindet Leen Mitleid.

»Danke, Leitender. Danke sehr. Und jetzt, denken Sie nach …«

»Mister Korie …« sprudelt Leen plötzlich hervor, »… dort draußen ist nichts! Lassen Sie uns endlich nach Hause fahren.«

»Was?« Kories Kopf ruckt alarmiert hoch. »Was haben Sie gesagt?«

»Ich sagte, es gibt nichts dort draußen, Sir. Lassen Sie uns endlich nach Hause fahren.«

»Wir können nicht nach Hause. Es wäre … es wäre Flucht. Es würde Niederlage bedeuten. Es ist genau das, was der Gegner von uns will.«

»Aber es gibt keinen Gegner, Sir!« Leen ist ein wenig zu laut und ein wenig zu schnell mit seiner Antwort.

»Nein. Genau das ist es, was wir glauben sollen. Er ist verdammt schlau, unser Feind. Verstehen Sie, Leitender? Er tut so, als wäre niemand da – in der Hoffnung, daß wir darauf hereinfallen.«

Leen starrt ihn ungläubig an. Die Gerüchte stimmen also doch. Korie ist einer Wahnvorstellung aufgesessen.

»Hören Sie einfach zu, Leitender. Hören Sie mir einfach eine kleine Weile zu. Solange die *Roger Burlingame* durch den Raum treibt, sind wir sicher. In dem Augenblick, in dem wir uns zu bewegen beginnen, wird er uns sehen. An unserem Kurs wird er erkennen, was wir denken. Wenn wir wenden und nach Hause fliegen, dann ist es offensichtlich, daß wir aufgeben. Unternehmen wir etwas anderes, dann weiß er, daß wir noch immer suchen, und er muß weiterhin so tun, als gäbe es ihn nicht. Aber solange wir treiben, hat er keinerlei Möglichkeiten herauszufinden, was wir planen oder denken. Jetzt sind wir seine Enigma. Weil wir nämlich gar nichts tun. Solange die *Roger Burlingame* mit heruntergefahrenen Maschinen driftet, weiß er noch nicht einmal, wo wir stecken. Oder ob wir überhaupt noch hier sind. Unsere Kraftfeldwellen sind so gut wie nicht sichtbar, während unser Schiff nur treibt. Und genau das ist es, was er auch getan hat. Sich treiben lassen. Seltsam, nicht wahr? Plötzlich sind die Rollen vertauscht. Er hat uns hereinkommen gesehen. Er konnte uns gar nicht übersehen. Und jetzt kann er seine Maschinen nicht mehr anwerfen, ohne seine Position zu verraten. Wenn er uns wirklich glauben machen will, er wäre nicht dort, dann darf er sich nicht bewegen, solange wir noch hier sind. Also haben wir ihn in der Falle, Leen. Er kann sich auch nicht bewegen. Wir haben ihn in einer logischen Umklammerung, und wir sind im Vorteil, glaube ich. Wir tun nämlich nicht so, als würden wir ihn nicht jagen. Unser Problem ist es herauszufinden, wie wir am meisten aus unserem Vorteil profitieren können, bevor er zu dem Schluß kommt, daß sein Spiel keinen Sinn mehr macht und wir versuchen, ihn zum ersten Zug zu bewegen. Ich schätze, es wird mindestens zwei Wochen dauern. In unserem Zustand können wir monatelang treiben. Ich habe halbe Rationen angeordnet, wissen Sie? Und es wird Ihnen sicher aufgefallen sein, wie schwach die Beleuchtung brennt, wie dunkel und still es im Schiff ist – o ja, stimmt ja – ich habe *Ihnen* diese Befehle erteilt. Tut mir leid, Mister Leen. Ich werde langsam ... äh, ich meine ... ich habe den Faden verloren.

Worüber sprachen wir gerade? Ach so, das andere Schiff. Der Feind. Wir, äh, wir können nicht mit Sicherheit sagen, für wieviel Tage der Feind noch Energie hat, aber ich denke, wir können ruhig davon ausgehen, daß wir noch mehr haben als er. Schließlich befand er sich bereits auf dem Heimweg, als wir seine Spur aufnahmen, und das bedeutet das Ende einer Mission und erschöpfte Zellen. Wir sind im Gegensatz dazu gerade erst frisch durch einen Tender versorgt worden, also schätze ich, wir halten länger aus als er, und ich ... äh, ich schätze außerdem, daß es mindestens zwei weitere Wochen dauern wird, weil das die Zeit ist, die wir ihn jagen mußten, bevor wir ihn verloren ... nun, nicht ganz. Es waren ... zwölf Tage, nicht wahr? Na, egal. Jedenfalls, wenn er genug Ausdauer besitzt, um zwölf Tage lang wegzurennen, dann denke ich, daß er auch genügend Ausdauer besitzt, um sich zwölf Tage zu verstecken. Es ist einen Versuch wert ...«

Leise erwidert Leen »Ist es das, was Sie dem Kapitän und Barak gesagt haben, Sir? Und sie kauften es Ihnen ab, nicht wahr? Der Kapitän sowieso.« Leen versucht erst gar nicht, seine Bitterkeit zu verbergen. »Verdammt sollen Sie sein! Sie alle!«

Korie erwidert gelassen seinen Blick. Nicht die kleinste Emotion ist auf dem Gesicht des Ersten Offiziers zu erkennen. Seine Stimme ist tonlos, als er sagt: »Die Anspannung zerrt uns allen an den Nerven, Leitender. Brechen Sie mir jetzt nicht zusammen. Ich brauche Sie noch.« Für einen Augenblick ist es der alte Korie, der da spricht, und Leen ist verwirrt. Unsicher.

Der Leitende Ingenieur reibt sich die Nase und senkt den Blick. Er mustert den Tisch und das Spielbrett, dann sieht er wieder zu Korie. Er reibt sich erneut die Nase, blinzelt, und als er fertig ist, sagt er: »Sir, es ... es tut mir leid, daß ich ... laut geworden bin. Aber ... Sie müssen die Sache von meinem Standpunkt betrachten, und ich ...« Korie nimmt einen Schluck aus seiner Tasse und verzieht das Gesicht. »Bah. Der Kaffee ist kalt.« Er atmet laut aus, und der alte Korie ist wieder dahin. Dieser hier ist müde und verletzlich. »Ja, Leitender. Ich weiß, wie es nach draußen aussieht. Ich habe einen Narren aus mir gemacht. Durchgedreht. Ausgerastet. Wahnvorstellungen. Ich weiß, wie man über mich redet. Ich kenne die Ausdrücke, und ich weiß noch mehr: was sie bedeuten nämlich, und in welchem Zusammenhang man sie korrekt verwendet. Wußten Sie eigentlich, daß ich Psychonomie studiert habe? Das war es, was ich vor dem verdammten Krieg werden wollte. Psychonometriker. Ich schätze, ich bin nicht sehr gut darin. Aber ich dachte, ich wäre es. Ich dachte, ich könnte die Menschen steuern, könnte eine Dynamik schaffen, die ein erwünschtes Resultat bringen würde. Ich wußte, wie ich eine brutale Methode einzusetzen hatte, wenn eine sanfte nicht zum Erfolg führte. Brutale Methoden sind für eine ganze Menge Dinge gut. Sie sind schnell, trichtern die Lektion gründlich ein und überwinden die Fähigkeiten des Systems zum Wechsel. Aber die Lektionen werden erst dann wirklich begriffen, wenn das System die Liebe hinter der Brutalität begreift, den Willen zu gegenseitigem Gewinn, der ihnen zugrunde liegt. Können Sie mir folgen? Macht nichts, aber es wäre schön, wenn Sie es täten. Ich dachte, ich wäre ziemlich gut darin, Leute zu manipulieren.« Er blickt auf, direkt zu Leen, die Augen klar und feucht und voller Schmerz. »Es macht mir Freude, Probleme zu lösen. Aus diesem Grund faszinierte mich die Psychonomie – sie bot einen Weg, die interessantesten Probleme von allen zu verstehen – menschliche Wesen. Oder vielleicht lernte ich meine Lektion auch zu gut. Ich hätte Rogers nicht schlagen dürfen. Er ist noch ein Kind. Aber plötzlich schien es mir, als müßte es so sein. Allerdings hatte ich zu diesem Zeitpunkt meine Aufgabe bereits erfüllt. Ich hatte aus diesem Schiff bereits ein einsatzfähiges Kampfschiff gemacht. Also war es nicht mehr nötig. Und jetzt, wo ich es am nötigsten brauche. O, der Feind ist dort draußen, er lauert. Der Kapitän weiß es, Barak weiß es. Aber das zählt nicht mehr. Was zählt ist das, was auf der *Roger Burlingame* geschieht. Ich schätze, ich muß mich bei der Mannschaft entschuldigen, Leitender. Die Besatzung … ich meine … was ich sagen will: Ich hatte einfach nicht genügend Zeit, sie mit … Liebe in Form zu bringen.«

Leen blickt aufgeschreckt in die Runde. »Sir … Sir, warum erzählen Sie mir das alles? Ich weiß nicht, was ich davon halten soll ... Ich weiß noch nicht einmal, ob ich Ihnen glauben soll oder nicht.«

Korie hebt die Hand. »Langsam, langsam. Ich erzähle Ihnen das alles, weil es genau das gleiche ist, was ich auch dem Kapitän und Barak erzählt habe. Sie haben ein Recht darauf, es zu erfahren. Warum glauben Sie, daß der Kapitän sich so lange in seiner Kabine verkriecht? Er kann das Schiff nicht führen ... und er weiß es. Sie waren von Anfang an dabei, Leitender. Es gab keine Moral. Der Kapitän und ich, wir haben lange Stunden zusammengesessen und über die Probleme an Bord gesprochen. Er hat getrunken und sinniert und noch mehr getrunken, und ich habe getrunken und zugehört und noch mehr getrunken. Er war unglücklich, weil man ihm dieses Kommando gegeben hatte, und ich war unglücklich, daß man es mir nicht gegeben hatte – er wollte es nicht, ich wollte es, und als wir uns darüber klargeworden waren, akzeptierten wir es endlich. Ich weiß, es fällt Ihnen schwer, das zu glauben, Leitender, aber auch Offiziere sind Menschen. Manchmal jedenfalls. Aber vielleicht nur in Gegenwart anderer Offiziere. Sie sind die einzigen, denen wir vertrauen dürfen. Also da waren wir, zusammen auf diesem Schiff, und jeder wünschte sich, den Platz mit dem anderen zu tauschen ... ich schätze, ich sollte nicht so offen sein, aber ... ach was, zur Hölle! Mit einemmal erkannte ich, daß all dieses psychonomische Zeug, das ich über Gruppendynamik gelernt hatte, auf seine Anwendung wartete. Der Kapitän und ich entwickelten einen Plan, der aus der Verzweiflung geboren wurde: Er würde sich in seinen ›Olymp‹ zurückziehen und Zeus spielen – einen Gott, rätselhaft, distanziert, undurchschaubar, meist wohlwollend, aber hin und wieder auch gefährlich. Das war der Eindruck, den die Mannschaft von ihm gewinnen sollte. Je mehr er sich im Hintergrund hielt, desto wohlwollender wurde er in ihren Augen, weil er so wenig Einfluß auf ihre Belange nahm. Ich auf der anderen Seite wurde immer mehr zu einem Zuchtmeister, einem unbeliebten, manipulierenden, großspurigen ... nun, Sie wissen schon. Ich war kein netter Mensch, nicht wahr? Das war meine Rolle. Die daraus entstandene Dynamik war nicht ungefährlich, und sie war nur schwer zu kontrollieren, aber die Situation erforderte drastische Maßnahmen. Ich denke, wir verlieren diesen Krieg. Ich weiß nicht, wieso, aber Sie wissen selbst, was geschieht, wenn eine Seite verzweifelt. Man tut verzweifelte Dinge und hofft auf Wunder. Wir – unser Schiff *Burlingame* – befinden uns auf einer verzweifelten Mission. Wenn wir überleben wollen, dann müssen wir verzweifelt handeln. Ich habe Angst, auf diesem Schiff zu sein, Leen. Ich will nicht sterben. Aber wir haben keine Chance, in einer richtigen Schlacht gegen ein feindliches Schiff zu bestehen. Die *Roger Burlingame* ist alt und schwerfällig und langsam, und der Feind wird ganz gewiß keine Schiffe, die noch schwächer sind als wir, in Gegenden schicken, die so stark patrouilliert werden – so vermutet er zumindest – wie dieser Sektor hier. Ich habe den Überblick über all die Manöver verloren. Aber der Feind soll denken, daß dieser Raumsektor stark überwacht wird, zu gut verteidigt, um verletzlich zu sein. Doch der Plan hat einen Fehler, Leitender. Wenn der Feind sich entschließt herauszufinden, wie stark diese Verteidigung wirklich ist, selbst wenn es nur eine Finte ist, dann wird er ganz gewiß kein *schwaches* Schiff aussenden. Er wird das Gebiet mit einem ... unüblichen Schiff testen. Einem starken Schiff. Einem Schiff, das ganz sicher stark genug sein wird, um uns zu zerstören.« Korie schöpft Atem, bevor er mit eigenartig düsterer Stimme fortfährt: »Und ich, ich wollte – will noch immer – diesen Krieg überleben. Und der einzige Weg dazu führte über eine gnadenlose Brutalisierung der Mannschaft, so daß sie sich zusammenschloß, und diesen Zusammenschluß dann in Stolz über das Erreichte zu verwandeln. Ich erzählte es Barak, und er verstand meinen Plan. Das ist es, was wir Barak in der Kapitänskabine sagten, der Kapitän und ich. Barak hat etwas sehr Gefährliches getan. Beinahe wäre es ihm gelungen, eine großangelegte psychonomische Matrix zu zerstören. Das ist unser wirkliches Problem. Die Zerbrechlichkeit der Gamma-Einheits-Matrix.«

»Aber ... aber Sie haben sich mit dem Kapitän gestritten, Sir ...!«

»Er hat seine Zweifel, wie jeder andere auch, natürlich. Jeder Mensch hat Zweifel, Leitender. Auch ich hatte meine

Zweifel. Aber ich hatte recht. Und ich hätte gewinnen können, Mister Leen, ich hätte gewinnen können. Wenn Barak nicht eingegriffen hätte, dann hätten wir … wir hätten …« Korie bricht verwirrt ab. Er blinzelt unsicher. Seine Augen blicken noch immer ins Leere. »Aber wir sind aus dem Hyperraum gefallen, nicht wahr, und der Feind – er war nicht da. Andererseits konnte der Feind nichts über die Situation an Bord wissen, oder? Ich muß warten … einen Augenblick, ich muß nachdenken … egal, der Kapitän jedenfalls hatte seine Zweifel, ob der Plan, äh, die Logik der psychonometrischen Manipulationen richtig angewandt wurde, aber … aber …«

»Sir, wußte der Kapitän von dieser … dieser Psychonomie?«

»Ja, natürlich. Er … er …«

»Ich meine, weiß er davon, daß Sie die Theorien anwenden? Haben Sie mit ihm darüber gesprochen? So, wie Sie jetzt mit mir darüber reden?«

»Warum? Äh, … ja, natürlich habe ich … ich meine, natürlich nicht mit den gleichen Worten … wir haben über die … äh, Probleme gesprochen und die … möglichen Lösungen, aber vergessen Sie nicht, Leitender, daß eine gewisse Förmlichkeit zu berücksichtigen ist … äh, Respekt vor seinem Rang. Manchmal spricht man in Euphemismen, redet um die Sache herum, begibt sich auf eine andere Ebene psychonomischer Manipulation … äh, es tut mir leid, Leitender …« Korie errötet verlegen. »Ich … ich schätze, ich sollte erklären, was hier geschieht. Sie müssen alles wissen, um zu verstehen, nicht wahr? Ich werfe alles ab. Den Inhalt meines Gehirns. Ich brauche Zeit, um die Probleme in mir aufzunehmen, die ich lösen muß. Ich spucke alles aus, wie ein Computer, um anschließend besser … und ich brauche jemanden, auf dem ich alles abladen kann. Es tut mir leid, daß ausgerechnet Sie es sind, wahrscheinlich können Sie nicht damit umgehen, aber Sie müssen es wenigstens versuchen. Ich schätze, ich sollte Ihnen erklären … ich bin eine Alpha-Matrix-Persönlichkeit. Ich denke, ich kann Ihnen diese Information anvertrauen, Leitender. Es ist geheim, aber manchmal ist es unumgänglich, gewisse Informationen preiszugeben … mit der notwendigen Diskretion natürlich. Ich verlasse mich ganz auf Ihre

Verschwiegenheit. Sie wissen schon. Sie verstehen, nicht wahr? Jedenfalls, ich bin ein Alpha-Matrix, und Alphas haben ausgeprägte Fehler. Aber man sieht über unsere Fehler hinweg, weil wir auf der anderen Seite große Talente besitzen. Einer unserer Fehler ist es, daß wir uns zu oft aussprechen, aber das ist das Opfer, das man für einen überscharfen Verstand zu zahlen hat. Wenn man wie ein Supercomputer arbeiten will, dann hat man sich auch wie ein Supercomputer zu verhalten. Ich bin sicher, das alles ergibt keinen Sinn für Sie, Mister Leen, aber ein Alpha zu sein bedeutet, daß alle siebenundzwanzig verschiedene Egozustände harmonisch zusammenarbeiten, alle miteinander kommunizieren, und alle gemeinsam wie ein Meta-Prozessor funktionieren müssen – wissen Sie, wie ein Meta-Prozessor funktioniert? Eine einzige Einheit schaltet so schnell von einem Zustand zum nächsten, daß es nach außen hin aussieht, als würden alle Zustände gleichzeitig ablaufen. Wissen Sie, was das bedeutet, Leen? Kennen sie Leute, die ihnen undurchschaubar erscheinen? Leute, die Sie verwirren, weil ihr Repertoire von Reaktionen widersprüchlich erscheint? Das liegt daran, daß Sie verschiedene Egozustände sehen, die im gleichen Bewußtsein vorkommen, ohne daß Sie eine Möglichkeit besitzen, diese Zustände auseinanderzuhalten. Einem Psychonomiker würde es nicht rätselhaft erscheinen. Die meisten Psychonomiker sind ohnehin Alphas, sie müssen es sein. Jeder, der nach außen hin verwirrend erscheint, der so rasch von einem Zustand in den nächsten schaltet, besitzt ganz offensichtlich eine hochentwickelte Matrix, ob er es weiß oder nicht. Das menschliche Bewußtsein kann aber nicht als Meta-Prozessor arbeiten. Es kann nur als Meta-Prozessor-*Simulator* arbeiten, Mister Leen, und das ist es, was Sie in mir vor sich sehen. Die Fähigkeit wurde in mir sogar trainiert, und ich wurde ausgebildet, sie einzusetzen ... ich sehe, Sie können mir nicht mehr folgen, Leen. Es tut mir leid, vielleicht hätte ich Ihnen das alles gar nicht erzählen sollen, aber Sie müssen es zu verstehen versuchen. Ich weiß sehr gut, welchen Eindruck das auf Sie macht: Sie denken, ich bin verrückt. Mein Gott, Leen, wie beweist man jemandem, daß man normal ist?

Meinen Sie nicht, diese Frage hätte mir kein Kopfzerbrechen bereitet? Je mehr man versucht, seine Normalität zu beweisen, desto mehr haben die anderen Grund, Verdacht zu schöpfen. Manchmal merke ich, wie ich zu mir selbst rede, und ich beginne allen Ernstes zuzuhören, was ich mir wohl zu sagen habe. Ich beobachte meinen eigenen Verstand, Leen – macht Ihnen das angst? Manchmal macht es sogar mir selbst angst. Werde ich es rechtzeitig erkennen, wenn ich verrückt werde? Oder wird die Fähigkeit, die Verrückheit zu erkennen, das erste sein, was ich dann verliere? Es macht mir angst, Leen. Entsetzliche Angst. Wäre ich verrückt, dann wäre ich ganz sicher auch gefährlich, nicht wahr?«

Korie nippt an seinem kalten Kaffee, diesmal ohne das Gesicht zu verziehen. Er benötigt die Flüssigkeit, damit er weiterreden kann.

»Aber der Punkt, auf den ich hinauswill, Leitender, ist folgender: Der Feind ist dort draußen. Er lauert, aber er hat uns nicht angegriffen, als wir verwundbar waren. Als wir aus dem Hyperraum kamen. Was können wir daraus schließen? Es sagt mir, daß er uns nicht angreifen *kann*. Ich glaube nicht an die Theorie, daß er aufgrund eines Maschinenschadens angehalten hat. Nein, er hielt an, weil es ein Bestandteil eines größeren Plans war, und nicht weil er dachte, er könnte uns zerstören. Und das zeigt mir, daß mein Plan funktioniert hat. Wenn es mir gelingen könnte, dieses Schiff genügend aggressiv aussehen und handeln zu lassen, dann würde der Feind annehmen, daß es sich um einen Kreuzer der K-Klasse handelt, und sich von uns fernhalten. Die Taktik ging auf, das feindliche Schiff fiel auf unseren Trick herein und floh. Und dann mußte er so tun, als sei er nicht mehr da, weil er es nicht in einer direkten Auseinandersetzung mit einem Kreuzer aufnehmen kann. Und er mußte glauben, daß wir ein Schiff der K-Klasse waren. Und jetzt die Frage: Müssen wir es glauben, wenn er so agiert, als wäre er nicht da? Verrückt, nicht wahr? Wir sind beide gottverdammte Lügner, was? Aber so ist der Krieg. Man kämpft mit faulen Tricks und Lügen. Mit Berechnung und Manipulation. Und deswegen müssen Kapitäne nicht in erster Linie gute Kapitäne, sondern gute Psychonomiker sein. Nicht um der Mannschaft willen, sondern des Gegners. Aber – wenn man ein derartiges Werkzeug in der Hand hat, warum soll man es dann nicht auch bei der Mannschaft einsetzen, wenn es nötig ist? Schließlich muß sie kampfbereit sein, oder nicht? Und wenn die Alternative darin besteht, daß alle sterben müssen – zur Hölle, die Aufgabe der Flotte besteht nicht darin, den Männern beizubringen, wie sie sich schönmachen. Das ist das Geheimnis einer Kampftruppe. Man muß ihr Energie für ihre Emotionen geben. Man muß jemanden präsentieren, den sie hassen kann. Man kann einen Feind nicht hassen, den man nie zu Gesicht bekommt, also muß man seinen eigenen Anführer hassen, leidenschaftlich hassen, und wenn der Anführer gut ist, dann wird es im richtigen Augenblick eine Beziehung aus widerwilligem gegenseitigen Respekt geben, und alle Wut und aller Haß werden kanalisiert in das Bestreben, den Feind zu zerstören. Eine schöne Beziehung, zwischen einem Anführer und seiner Mannschaft. Wie der Ritt auf einem Hengst, Leen, nackt im Wind, beinahe wie ein Liebesakt – ja, ich weiß, wie das klingt, aber das ist ein weiterer Teil des Preises, den man zu zahlen hat, wenn man ein Alpha ist. So, jetzt wissen Sie alles, Mister Leen, und können sich ein Bild machen. Und? Ich habe meine Arbeit erledigt, oder nicht? Das andere Schiff floh vor uns, oder nicht? Die Frage ... die eigentliche Frage lautet: Warum hat es so getan, als wäre es unser eigener Reflex? O ja, Leitender, ich vermutete es von Anfang an. Ich kenne die Muster unseres Schiffes, Leen. Ich kenne unseren Maschinenraum genausogut wie Sie, und ich weiß alles über Fluxschwankungen und all die vielen unechten Reflexe. Ich vermutete, daß wir selbst es waren, die den Reflex erzeugten, nur wußte ich genau, wie unser Reflex aussieht. Und der Gegner war verdammt gut. Seine Simulation war einfach perfekt. Er hatte nicht den ausgefransten Welleneffekt, der alle dreiunddreißig Megazyklen stattfindet, und das hat ihn am Ende verraten, Mister Leen. Ich habe mir den Reflex lange und ausgiebig angesehen, ich starrte stundenlang auf den Schirm. Sie haben mich gesehen. Irgend etwas stimmte nicht mit diesem Reflex, ich spürte es, aber ich wußte nicht was. Er hatte etwas, das nicht richtig aussah. Ich vertraute meinem Instinkt, und so suchte ich nach dem Hinweis, den mein Unterbewußtsein schon lange erkannt hatte, ohne daß mein Verstand in der Lage gewesen war, ihn zu identifizieren. Ich wußte zu diesem Zeitpunkt noch nicht, daß es sich um eine Simulation handelte, Leitender. Ich wußte nur, daß an einer so sauberen Schwankung irgend etwas faul sein mußte. Nach einer Weile begann ich, jeden einzelnen Bestandteil des Signals zu analysieren. Ich behielt es für mich, weil ich nicht wollte, daß irgend jemand erfuhr, was ich tat oder dachte. Aber als ich nach dem ausgefransten Beta-Welleneffekt suchte, den ich sehr genau kannte, da konnte ich ihn nicht finden, Leitender. Er war einfach nicht da.«

Leens Stimme ist ein Flüstern. Sehr leise, sehr besorgt. »Sir? Wir haben das System ausgetauscht, Sir. Als wir zu improvisieren begannen, Sir, da verschwand dieser Effekt.« Leen fürchtet sich, die Worte laut auszusprechen. »Ich kenne den Welleneffekt ebenfalls, Sir. Glauben Sie mir, ich weiß, wie er aussah. Er erinnerte mich stets an die Silhouette von *Tamarinth*, und nachdem wir das System repariert und diesen Phasenadapter ausgetauscht hatten, mußte ich die Apparate abstimmen, und ich suchte nach dem Effekt – er war schon beinahe ein alter Freund, Sir –, doch er war verschwunden. Daher wußte ich, daß er durch eine der ausgetauschten verursacht worden war. Ich benutzte genau diesen Effekt stets, um die Anlage abzustimmen, weil er so beständig war. Deswegen fiel es mir gleich auf, als er verschwunden war, Sir.«

Korie blickt den Leitenden Ingenieur mit einem erschöpften Ausdruck an. »Das weiß ich auch«, sagt er rasch. »Ich weiß es. Ich überprüfte unser Signal, verglich einen simulierten Welleneffekt mit dem simulierten Echo, das der Gegner ausstrahlte, und als mir klar wurde, daß unser Welleneffekt verschwunden war, und aus diesem Grund unser Reflex sich ebenfalls ändern mußte, da hatte ich den Hinweis, der mir noch fehlte. Verstehen Sie denn nicht, Leitender? Ich erkannte, daß es bestimmte Schlüsselschwingungen geben mußte, die der Feind auf diese Entfernung gar nicht empfangen konnte – und genau aus diesem Grund niemals akkurat zu reproduzieren imstande sein würde. Ich suchte unseren ›Reflex‹ genau nach diesen Schwingungen ab – und sie waren nicht vorhanden. Glauben Sie mir jetzt endlich? Sehen Sie in der Datenbank nach, wenn Sie meinen, daß ich lüge.« Korie sinkt in seinem Stuhl zurück. Die Intensität seines Vortrags hat ihn erschöpft.

Leen blickt ihn mit dem Gesichtsausdruck eines geprügelten Hundes an.

Korie sieht über den Tisch hinweg zu Leen und wartet. Sein Verstand arbeitet rasend, untersucht jedes Wort, das er gerade von sich gegeben hat, und er fragt sich, ob er vielleicht etwas vergessen hat. Er blickt über den Tisch hinweg zu Leen und kommt nach und nach zu der Erkenntnis, daß der Leitende Ingenieur sich in einer Art Schock befindet.

Die Frage ist, denkt Korie, *kann er nicht verdauen, was ich ihm über die Psychonomie an Bord der Roger Burlingame verraten habe, oder liegt es an der fehlenden Schwingung neunter Ordnung? Es ist so offensichtlich. Rückblickend betrachtet, ist es geradezu zwangsläufig. Man muß logisch bis zum Ende denken. Aber sieht Leen das auch? Was denkt Leen? Erscheint es ihm vielleicht als so unbedeutend, so lächerlich, daß es meine Handlungsweise nicht rechtfertigt? Oder sucht er nach einer alternativen Erklärung für das Fehlen der Schwingung? Ich wette, er denkt sich eine plausible aus. Es ist schon erstaunlich, zu welchen Rationalisierungen der menschliche Verstand fähig ist, um nicht das Offensichtliche zur Kenntnis nehmen zu müssen. Aber Leen ist kein Alpha, und für ihn ist es vielleicht gar nicht so offensichtlich wie für mich. Die eigentliche Frage, mein lieber Mister Korie, bleibt bestehen: Warum hat der Feind uns nicht augenblicklich angegriffen?*

Schön und gut, wir gehen davon aus, daß der andere meint, wir seien ein Ungeheuer der K-Klasse. Genau wie ich meine Mannschaft davon überzeugt habe, daß ich ein Ungeheuer der K-Klasse bin. Verdammt noch mal, aber ich dachte, es könnte funktionieren. Ich dachte, ich könnte den Groll am Ende in Loyalität verwandeln. Ich habe mich verrechnet. Egal. Wenn wir den Feind davon überzeugt haben, daß die Roger

Burlingame als Gegner zu mächtig ist, dann besteht vielleicht seine beste Chance darin, so zu tun, als sei er gar nicht da ... weil ... wenn wir wirklich so groß wären, wie wir vorgeben zu sein, dann sind wir nur dann verwundbar, wenn wir glauben, daß es gar keinen Gegner gibt!!!

Natürlich!!!

Das ist es! Der andere Kapitän ist wirklich verdammt clever!

O ja, jetzt verstehe ich seinen Plan. Er hat sein Schiff zu einem Teil seiner Psychonomie gemacht. Meint Gott, ist der Kerl clever! Dieser Bastard! Er versucht mich verrückt zu machen! Er hat mir gerade genug Hinweise gegeben, um mich davon zu überzeugen, daß er real ist, aber nicht die Mannschaft. Er weiß, daß die Männer nicht schlau genug sind, um zu sehen, was ich sehe, und weil ihre Wahrnehmung nicht mit dem übereinstimmt, was ich ihnen erzähle, werden sie nervös und reizbar. O ja, es ist so offensichtlich, was er plant ... und so subtil ... Wenn sich zwei deiner Informationsquellen gegenseitig widersprechen, dann wirst du ängstlich, nervös und reizbar. Früher oder später muß eine der Informationsquellen entwertet werden. Der andere Kapitän weiß das. Er spielt ein Spiel mit mir, und er versucht, meine Mannschaft gegen mich aufzubringen. Das war die ganze Zeit über sein Plan, und er ist aufgegangen ... er hat aus meiner Mannschaft und mir Feinde gemacht! Gott, wenn ich den Leuten nur zeigen könnte, was er uns angetan hat! Aber das ist so perfide an seinem Plan. Wenn meine Leute die Fähigkeit hätten, das Spiel zu durchschauen, dann würde er nicht funktionieren. Er weiß also, wie empfindlich wir in dieser Beziehung sind. Gott, ich muß aufschreiben. Es ist wunderbar, von berechnender Schläue. Eine Falle, eine phantastische Falle, und wir sind hineingetappt. Wir sind jetzt die Verwundbaren, und ich habe höllische Angst.

Korie stützt den Kopf in die Hände. Er weiß nicht, und es ist ihm auch egal, ob der Leitende noch da ist oder nicht. Bleiche Bartstoppeln auf seinen Wangen reiben auf der Innenseite seiner Handflächen.

Es muß einen Ausweg aus dieser Falle geben, ich weiß es. Es muß einfach einen Ausweg geben! Dieser verdammte cle-

vere Bastard! Was für ein großartiger Pokerspieler er sein muß! Also schön. Ganz langsam. Eins nach dem andern. Zuerst einmal muß ich meine Panik bekämpfen und nachdenken. Wie sieht der nächste Zug aus? Welche Möglichkeiten haben wir? Ich schätze, es sind drei. Entweder wir bleiben, suchen weiter oder fahren nach Hause. Er muß sich ausgerechnet haben, daß wir verblüfft sein würden, wenn wir ihn nicht hier finden, und wir würden natürlich eine Weile treiben, während sich eine neue Hypothese – und eine neue Ordnung der Beziehungen an Bord – herauskristallisiert. Was auch immer wir nach dem Treiben unternehmen, er wird an unserer Reaktion erkennen, was dabei herausgekommen ist. Wenn wir nach ihm suchen, dann geht daraus hervor, daß sein Spiel nicht funktioniert hat. Oder noch nicht funktioniert hat. Er muß an diese Möglichkeit gedacht haben – er weiß genau, was er tut. Wenn es sein Plan war, einen psychonomischen Keil zwischen mich und meine Besatzung zu treiben, dann hat er bestimmt damit gerechnet, daß die Roger Burlingame *jetzt antriebslos im Raum liegt. Es wäre der Beweis, daß sein Plan arbeitet. Also hat er noch mehr auf Lager ... Wir haben noch immer unsere drei Möglichkeiten, aber wir dürfen keinen Augenblick vergessen, daß er seit siebzehn Stunden Informationen über den mentalen Zustand der Leute an Bord des Schiffes gesammelt hat. Wenn wir zu suchen beginnen, dann weiß er, daß er sich nur weiterhin versteckt zu halten braucht, und wir werden uns früher oder später selbst zerfleischen. Dann braucht er uns nur noch den Fangschuß zu verpassen. Ich frage mich, ob er über die Übungen Bescheid weiß? Aber wie sollte er? Vielleicht unser Kraftfeld? Kann es sein, daß die Simulationen einen Einfluß auf das Kraftfeld gehabt haben? Wenn er davon wüßte, dann wäre das ein weiterer Grund, den Kopf unten zu halten. Wenn wir jetzt mit neuen Übungen beginnen und er sie irgendwie orten kann, dann hat er zwei Möglichkeiten: Entweder greift er uns während einer Übung an, weil wir zu diesem Zeitpunkt höchstwahrscheinlich verwirrt sein werden und nicht wissen, was um uns herum geschieht – wir wären nicht imstande zu sagen, welches Schiff echt ist und welches simuliert – also keine weiteren Übungen mehr. Überhaupt keine. Wir sind zu verwundbar. Also bleibt ihm nur noch die andere Möglichkeit. Er greift uns an, und wir glauben nicht mehr daran, daß er real ist. In diesem Fall hat er bereits gewonnen, bevor er den Befehl zum Angriff erteilt. Er hat uns am Arsch. Er gewinnt. Und er wird schon dort draußen sein und warten. Das ist sein eigentliches Ziel – aber wenn es so ist, wann greift er an? Wir sind bereits jetzt verwundbar. Worauf wartet er noch? Wenn ich es herausfände, könnten wir eine Übung ... nein, nein, könnten wir nicht. Noch eine einzige Übung, und die Mannschaft wäre endgültig davon überzeugt, daß ich übergeschnappt bin. Aber wir können uns nicht erlauben, mit den Übungen aufzuhören, oder? Wir müssen jede mögliche Begegnung immer und immer wieder durchspielen, um auf jede Situation gefaßt zu sein. Das ist ein Teil von dem, was einen guten Kapitän ausmacht. Und das alles nur auf die Möglichkeit hin, daß der Feind eine Art Maske über seine Generatoren gelegt hat, die es seinem Schiff erlaubt, einen Reflex des ortenden Schiffes zu simulieren.* Korie wischt sich über die Stirn. *Wenn das der Test für eine neue Taktik ist, dann könnte sie unsere gesamte Flotte lähmen –* wir müssen die Antwort hier und jetzt herausfinden. *Alles hängt von mir allein ab. Verdammt, dieser Reflex paßt zu allen Projektionen, die ein Schiff mit so einer Generatormaske haben könnte, und das Verhaltensmuster paßt auf die psychonomischen Vorhersagen. Und es ist meine Aufgabe, die Antworten zu finden. Mein Gott – warum liegt es ausgerechnet auf meinen Schultern? Niemand, den ich um Rat fragen könnte. Niemand, der mir den Rücken stärkt. Verdammt, es ist hart, den Supermann zu spielen. Es ist ein Witz, aber es ist so wahr, so verdammt frustrierend wahr. Ich erscheine nach außen wahrscheinlich wie ein Wahnsinniger, und ich bin es auch. Der Überaffe ist in der Gesellschaft der Affen immer ein Außenseiter. Das da sind nicht meine Leute. Verdammt, ich hoffe nur, das Alpha-Matrix-Programm macht endlich Fortschritte. Ich fühle mich so gottverdammt allein ...*

»Was soll ich nur machen?« fragt er laut. Aber es ist niemand da, der ihm antworten könnte. Die Last liegt auf seinen

Schultern, und mit einem Schlag spürt er eine schreckliche, beinahe überwältigende und doch wundervoll kribbelnde Angst.

Ich denke, wir fahren nach Hause. Ja, wir fahren nach Hause. Soll er denken, er hat uns überzeugt. Nur, daß wir auf dem gesamten Heimweg in voller Kampfbereitschaft bleiben und immer darauf achten, wann der Reflex wieder auf unseren Schirmen erscheint. Und wenn er das tut, dann ignorieren wir ihn natürlich. Und dann kommt er näher. Genau, und wir ignorieren ihn immer noch. Wir müssen ihn ignorieren. Weil er nicht da ist, wenn wir ihn zu jagen versuchen. Er wird niemals da sein, solange wir ihn jagen. Das ist mein Plan. Also jagen wir ihn auch nicht. Wir schenken ihm keinerlei Aufmerksamkeit, und ... und ... und was dann? Er folgt uns bis zurück zur Basis, und er springt gleichzeitig mit uns aus dem Hyperraum. Und wir halten nicht nach ihm Ausschau, weil wir nicht glauben, daß es ihn gibt. Genau das ist der Moment, in dem er zuschlägt.

Einen Augenblick verharrt Korie wie gelähmt. »Natürlich! Natürlich! Das ist es, natürlich! Das muß es sein! Wenn man einen Vorteil hat, dann spielt man ihn aus ...!«

Er atmet schwer. Die Erkenntnis hat ihn getroffen wie ein Blitz, und sie trifft ihn noch immer – Woge auf Woge, beinahe physisch, ein kaltes Frösteln geht durch seinen Körper. Das Entsetzen ist beinahe unerträglich – eine bizarre Mixtur aus Bewunderung, Wut, Frustration ... der Augenblick, in dem das drohende Schachmatt offensichtlich wird ... und unausweichlich.

Er ist einfach perfekt. Ein vollkommener Plan. Elegant. Stilvoll. Ich wünschte, er stammte von mir. Und wir sind zum Untergang verdammt, weil er funktionieren wird. Ich werde die Mannschaft niemals davon überzeugen können, beim Rücksturz in den Normalraum auf Kampfstation zu gehen. Sie würden es mir nicht abkaufen. Mein Gott, was für ein psychologischer Trick! Einen Kreuzer der K-Klasse – oder zumindest ein Schiff, das sie dafür halten – direkt vor den Augen von Millionen Zeugen aus dem All zu blasen! Die Flotte würde es nicht vertuschen können. Im Gegenteil, ob K-Klasse oder nicht, das

Flottenkommando würde sogar öffentlich eingestehen, daß unser Schiff ein Kreuzer gewesen ist, weil der Feind sonst erfahren könnte, daß der Raumsektor gar nicht so stark patrouilliert wird, wie er annimmt. Eine gute Falle. Eine wirksame Falle. Eine Falle, aus der es buchstäblich kein Entrinnen gibt.

Nanu? Was war das? Beinahe ...?

Ich frage mich ... vielleicht besteht unsere einzige Chance darin, so zu tun, als würde sein Plan aufgehen und die Mannschaft mir nicht mehr vertrauen. Auf dem ganzen Weg zurück nach Hause. Und dann ... dann ... was dann? Wie soll ich meine Männer davon überzeugen, daß sie meinen Plan kaufen ... irgendeinen Plan kaufen – ohne sie gleichzeitig davon zu überzeugen, daß ich vollends den Verstand verloren habe?

Korie stützt den Kopf wieder in die Hände und seufzt. Vor ihm auf dem Brett stehen zwei Figuren. Zwei Flaggschiffe.

Korie hält inne. Endlich. Er hält endgültig inne und atmet aus. Es ist ein Geräusch, als würde er sterben. Aber nicht ganz. Gedankenverloren nimmt er seine Kaffeetasse auf und trinkt den kalten Kaffee darin, ohne den Geschmack oder die Temperatur auch nur wahrzunehmen. Dann legt er beide Hände auf die Tischkante und stößt sich langsam ab. Er steht auf wie ein alter Mann. Sein Rücken schmerzt. Langsam schreitet er zur Tür und durch den dunklen Korridor in Richtung des Reservebefehlsstands. Hier hat er die meiste Zeit der vergangenen siebzehn Stunden verbracht. Hier hat er beobachtet. Studiert. Simulationen über den Rechner ablaufen lassen. Getestet, geplant, nachgedacht. Versucht zu verstehen. Versucht, einen Sinn zu erkennen. Gelauscht, nach innen wie nach außen.

Aber jetzt – endlich, zum ersten Mal – beginnt er den größeren Plan hinter den Aktionen des anderen zu verstehen.

Wenn es nicht längst zu spät ist ...

Kapitel 31

Die Geschichte wird von dem Überlebenden geschrieben.
SOLOMON SHORT

Die Tür zur Kapitänskabine öffnet sich mit müdem Geräusch. Brandt tritt hinaus auf den Korridor und blinzelt unsicher. Er sieht alt aus. Er schwankt. Er zieht an seiner Uniformjacke, wie um sie zu straffen, wie um seine eigenen Falten zu verbergen. Er wendet sich um und geht nach vorn in Richtung Zentrale.

Der Kommandositz ist leer. Die Brücke ist unnötig dunkel. Der Kapitän sackt in seinen Sitz und macht eine vage Handbewegung. »Jemand soll bitte das Licht einschalten.«

Er blickt sich um, als der Raum heller wird, dann reibt er sich mit Daumen und Zeigefinger über die Stirn. Er schnieft kurz, dann richtet er seine Aufmerksamkeit auf die Schirme, die in einem Halbkreis an der Decke hängen.

»Was machen wir eigentlich hier?« fragt er. »Weiß jemand, was wir hier machen? Wo steckt Barak?«

Jonesy an der Astrogationskonsole blickt auf. »Äh, ich denke, er ist in seiner Kabine, Sir. Ich werde ihm Bescheid sagen.«

»Ja, machen Sie das. Warum sind die Maschinen noch immer heruntergefahren? Bringen Sie die ... äh, bringen Sie alle Systeme auf normale Operationsniveaus. Und ... äh, heben Sie die Kampfbereitschaft auf.« Er mustert Jonesy aus zusammengekniffenen Augen. »Sie ... Sie sind Jonesy, nicht wahr? Können Sie einen Kurs zurück zur Basis berechnen?«

»Das haben wir bereits, Sir. Wir können jederzeit starten.«

Die Zentralenbesatzung sieht verstohlen zu ihm hin – Brandt hat das Kommando? Was ist geschehen?

»Also schön. Geben Sie den Kurs in die Konsolen ein. Und informieren Sie den Maschinenraum.«

»Aye aye, Sir!«

Brandt ignoriert Jonesys Bellen. Er unterdrückt das Bedürfnis zu gähnen.

Goldberg beugt sich zur Seite und flüstert einem Kameraden zu: »In spätestens zehn Sekunden kommt Korie schreiend durch die Tür gestürmt ...«

Doch Goldberg hat sich geirrt. Korie erscheint nicht vor Ablauf von neunzig Sekunden, und als sich die Tür vor ihm öffnet, wirkt er eigenartig ruhig, beinahe entspannt.

Er blickt zu Brandt. »Fahren wir nach Hause?«

Brandt erwidert den Blick seines Ersten Offiziers nicht. Er nickt einfach.

»Ich stimme Ihnen zu«, sagt Korie. »Ich denke nicht, daß wir hier draußen noch etwas bewirken können.«

Hinter ihm läßt Jonesy vor Verblüffung sein Klemmbrett fallen. Andere Männer drehen die Köpfe nach Korie und Brandt. Ihr Gesichtsausdruck reicht von milder Verblüffung bis zu grimmiger Entschlossenheit.

Brandt lächelt beinahe. »Haben Sie Ihr Gespenst aufgegeben?«

Korie schüttelt unmerklich den Kopf, eine nichtssagende Geste. Nach einem Augenblick erwidert er: »Ich denke nicht, daß weitere Erklärungen nötig sind. Hätten Sie nicht bereits den Befehl erteilt, würde ich Ihnen genau das vorschlagen, Sir.«

»Schön«, sagt Brandt. »Sehr schön. Das ist immerhin etwas, oder nicht?« *Sotto voce* fügt er hinzu: »Das hätte ich schon längst tun sollen. Es ist Zeit, daß ich wieder das Kommando über mein eigenes Schiff übernehme.«

Und Korie antwortet in genau dem gleichen, leisen Tonfall: »Wie Sie meinen, Sir. Aber gleichgültig, ob der Feind dort draußen lauert oder nicht, gleichgültig, ob ich es glaube oder nicht, Sir – ich werde nicht wieder versuchen, irgend jemanden an Bord davon zu überzeugen, daß uns irgend etwas dort draußen verfolgt, irgend etwas, das sich vor uns versteckt. Ich würde damit nur erreichen, daß Sie zu der Überzeugung gelangen, ich sei verrückt. Ich denke nicht, daß ich verrückt bin, Sir; aber – bitte verzeihen Sie – ich stimme mit Ihnen überein, daß wir nach Hause zurückkehren sollten, wenn auch aus anderen Gründen. Ich habe nicht aufgegeben, Sir. Ich habe andere Gründe, als Sie vielleicht denken.«

»Ihr Plan hat nicht funktioniert, Korie.«

Korie zuckt die Schultern. »Ich sehe das nicht so, Sir. Mein Plan war den Umständen angemessen und berücksichtigte die Fakten, die uns zu dieser Zeit bekannt waren. Die Umstände haben sich geändert. Wir benötigen einen neuen Plan.«

»Ah. Ja, ich bin Ihrer Meinung. Aber dieses Mal mache ich den Plan, Mister – wenn es Ihnen nichts ausmacht.«

»Was immer Sie sagen, Sir.« Korie blickt Brandt gelassen an. »Mit Ihrer Erlaubnis, Sir, würde ich jetzt gerne die Brücke verlassen.«

»Sicher, Mister Korie. Darf ich fragen, warum?«

»Selbstverständlich, Sir. Die Meinung scheint sich durchzusetzen, daß das gegnerische Schiff nichts weiter als eine Reflexion der *Roger Burlingame* war. Ich würde gerne zum Maschinenraum gehen und nach der Ursache dafür suchen. Damit es nicht noch einmal geschieht.«

Brandts Stimme klingt kühl. »Sie erwarten also, daß der Reflex erneut auftauchen könnte?«

»Jawohl, Sir. Das erwarte ich.«

»Wenn er erneut auftaucht, Mister Korie, dann ist das ein ziemlich eindeutiger Beweis dafür, daß wir die ganze Zeit einem Gespenst hinterhergejagt sind.«

»Jawohl, Sir. Ich verstehe, was Sie damit sagen wollen. Aber ich bin sicher, Sie verstehen auch, daß ich mir selbst Sicherheit verschaffen muß.«

Brandt hebt den Arm. »Erlaubnis erteilt, Mister Korie. Amüsieren Sie sich. Aber bleiben Sie mir aus dem Weg, Mister Korie. Die Mannschaft ist müde. *Ich* bin müde.«

»Wir alle sind müde, Sir.«

»Hmmpf«, sagt Brandt.

Korie verläßt leise die Brücke. Sein Gesichtsausdruck ist eine versteinerte Maske. Er bewegt sich wie ein schlechter Schauspieler.

Beim Radec-Raum macht er halt. Rogers ist alleine im Raum. »Rogers?«

Rogers blickt auf, sieht, wer ihn angesprochen hat, und blickt rasch wieder auf seinen Schirm. »Sir?« Er stößt das Wort zwischen zusammengebissenen Zähnen hervor.

»Wie geht es Ihnen, Rogers?«

Rogers hält die Augen unverwandt auf den Schirm gerichtet. »Es geht schon, Sir.«

»Gut. Werden Sie mir einen Gefallen tun, Rogers?«

Rogers antwortet nicht.

»Würden Sie mir ein paar ... Simulationen berechnen?«

»Welche Art von Simulationen, Sir?«

»Nun ...« Korie läßt sich in den leeren Sitz neben Rogers sinken. »Ich habe nachgedacht ... über diesen ... äh, Reflex. Was ich Ihnen jetzt sage, ist streng vertraulich, Mister Rogers. Ich bin noch immer nicht davon überzeugt, daß es sich wirklich nur um einen Reflex der *Roger Burlingame* gehandelt hat, Rogers. Ich meine, denken Sie doch einmal darüber nach. Was, wenn ... wenn dort draußen ein feindliches Schiff lauert, das nur so tut, als sei es ein Reflex? Wir wären nicht in der Lage, den Unterschied zu bemerken, oder? Und wenn wir erst daran zu glauben begonnen haben, daß es sich nicht um ein gegnerisches Schiff handelt, dann wären wir höchst verwundbar, nicht wahr, Rogers?«

Rogers schweigt. Er starrt auf seine Konsole. Seine Hände bewegen sich nicht.

»Also ...« fährt Korie fort. »... also frage ich mich, wie sich ein solches Schiff ... äh, verhalten würde. Und ich dachte mir, daß Sie vielleicht ... ein paar Simulationen für mich ausarbeiten könnten. Radec-Simulationen, meine ich.«

»Sie benötigen die Simulation für eine Übung, nicht wahr?«

»Wer hat denn etwas von Übung gesagt?«

»Sir, Sie fragen immer nach einer Reihe von Simulationen, bevor Sie eine Übung ansetzen.« Rogers schwenkt in seinem Sitz herum und starrt Korie an. »Soll ich Ihnen etwas verraten, Sir? Wollen Sie wissen, wie unsere Mannschaft es schließlich geschafft hat, das Ergebnis der Übungen in Richtung Optimum zu verbessern? Wir haben uns Ihre Dateien angesehen, Sir. Ich habe es getan. Sie hatten keine Ahnung, was? Das ist der Grund, weswegen wir endlich Ruhe hatten vor Ihren Übungen. Wir wußten, was Sie planten, bevor Sie die Übungen ansetzten.«

In Kories Gesicht regt sich kein Muskel. Es scheint ihm

nichts auszumachen. »Sehr interessant, Rogers. Darf ich fragen, wie Sie das angestellt haben?«

»Es war ganz einfach, Sir. Ich habe mich in Ihre Konsole im Reservebefehlsstand eingeklinkt. Ich zog eine Kopie von jeder Datei, auf die Sie zugegriffen haben.«

»Sehr schlau von Ihnen, Rogers. Und warum verraten Sie mir jetzt Ihr Geheimnis?«

»Weil Sie nichts deswegen unternehmen können. Sie können niemandem von uns mehr schaden, Sir. Keinem. Wenn wir zu Hause angekommen sind, wird man Sie wahrscheinlich ablösen ... warum also sollte ich mir Gedanken machen ...?«

Korie nickt in vorsichtiger Zustimmung. »Ich kann mich Ihrer Beurteilung der Situation nicht verschließen, Decksmann. Aber ich möchte Ihnen trotzdem einen guten Rat geben, Rogers. Noch bin ich der Erste Offizier an Bord dieses Schiffes. Noch bin ich Ihr Vorgesetzter, und noch bin ich nicht abgelöst. Und bis zu dem Zeitpunkt, an dem ich abgelöst werde, erwarte ich, daß Sie sich entsprechend verhalten. Haben Sie mich verstanden?«

»Jawohl, Sir.«

Korie erhebt sich. »Machen Sie sich keine Mühe mit den Simulationen, Decksmann Rogers. Ich werde sie selbst durchführen.«

»Jawohl, Sir. Machen Sie das, Sir.«

Korie verläßt den Ortungsraum. Und erlaubt sich ein kurzes, heimliches Grinsen. So weit, so gut. Vielleicht ...

Kapitel 32

Der Unterschied zwischen Psychonomie und Chemie ist der, daß Chemikalien auch von alleine reagieren können ...

SOLOMON SHORT

Rogers schaltet den Interkom ein. »Jonesy? Hier ist Rogers. Hör mal, Korie glaubt anscheinend immer noch, daß sich dort draußen ein Schiff versteckt.«

Jonesy erzählt es Goldberg.

Goldberg erzählt es Erlich.

Erlich erzählt es dem Koch.

Der Koch erzählt es Panyovsky.

Und wo weiter. Innerhalb von fünfzehn Minuten weiß jeder an Bord, daß Korie noch immer glaubt, dort draußen verstecke sich ein Schiff. Die Geschichte wird im Flüsterton weitergegeben; zuerst begleitet von Unglauben, dann von Wut, dann von verächtlichem Schnauben. Die Gerüchteküche brodelt, und die Bemerkungen über den Ersten Offizier sind von schockierender Offenheit.

Aber Korie ist nicht schockiert. Er sitzt in seiner Kabine und lauscht der Unterhaltung. Es ist genau das, was er erwartet hat – und die aufflackernde Wut hat einen anderen Grund. Sie bezieht sich nicht auf die Bemerkungen über ihn, sondern auf den Unterton, der in den Gesprächen mitschwingt. Die verbreitete Information wird verstellt. Aber mit jedem Weitererzählen beginnt sich eine gewisse Rationalität zu manifestieren. Die Situation wird aus der individuellen Perspektive jedes Besatzungsmitgliedes geschildert, und die individuellen Stimmungen mitteln sich mit der Zeit heraus.

Doch es dauert so verdammt lang. Und es ist frustrierend zu hören, wie das Gespräch vom Thema abgleitet, ohne daß Korie in der Lage ist, es wieder zum eigentlichen Diskussionspunkt zurückzuführen. Sie müssen selbst auf den Punkt kommen.

»Nein, er kann keine weiteren Übungen abhalten. Der Kapitän wird es niemals erlauben!«

»Ich weiß nur, was ich gehört habe. Frag doch Rogers!«

»Ja, ja, ja. Aber das ergibt einfach keinen Sinn ...«

»Er hat nach Simulationen gefragt. Und du weißt, was das zu bedeuten hat ...«

»Vielleicht wollte er wirklich nur ein paar Simulationen?«

»... und Erlich hat mit Leen gesprochen ...«

»Sag das noch mal!«

»Erlich hat mit Leen gesprochen, und Leen sagt, der Erste ist durchgeknallt. Er wollte nicht verraten, woher er das wußte; genaugenommen wollte er überhaupt nicht darüber reden. Erlich hat nur soviel aus ihm herausbekommen: Leen ist Korie gestern abend in der Kantine über den Weg gelaufen, und Korie hat dummes Zeug geredet, von wegen er wäre ein Superbewußtsein oder so was, und der Kapitän des feindlichen Schiffes würde ihn absichtlich in den Wahnsinn treiben …«

Korie hebt eine Augenbraue, als er das hört. *Nein, sicher hat Erlich nicht viel aus Leen herausbekommen. Bestimmt nicht.*

»Es gibt kein anderes Schiff.«

»Ja. Du weißt es, ich weiß es, jeder an Bord weiß es … außer Korie. Weißt du, was ich denke?«

»Was?«

»Er kann nicht für eine Sekunde aufhören, an dieses andere Schiff zu denken – weil, wenn er das tut, dann erkennt er, wie verrückt er inzwischen ist … Aber wenn jemand erst mal verrückt ist, dann kann er gar nicht mehr bemerken, daß er verrückt ist …«

Ein Anfall von Wut läßt Korie erröten. Er zwingt sich dazu, ruhig durchzuatmen, dann blickt er den Sprecher an und murmelt grinsend: »Wenn ich jetzt einen Bleistift in der Hand gehalten hätte, dann würde ich ihn bestimmt zerbrochen haben.« Er beugt sich vor und schaltet den Monitor ab. *Entweder ist es ihnen inzwischen egal, oder sie meinen, daß ich mir nicht die Mühe machen, ihren Gesprächen zuzuhören. Aber das spielt kaum eine Rolle. Die Psychonomie funktioniert. Sie funktioniert tatsächlich. Endlich beginnen sie, wie eine richtige Einheit zu denken und zu handeln. Ich habe es geschafft. Ich habe es wirklich geschafft. Gott, das ist erstaunlich. Eine Klasse A Megareaktion auf einen Stimulus der Klasse B. Die Dynamik ist endlich selbsterhaltend … und ich allein weiß, auf welche Knöpfe ich drücken muß.*

Und dann meldet sich seine innere Stimme, die leise innere Stimme aus seinem Hinterkopf, und sagt: »Hä? Hast du nicht gehört, was er gesagt hat?«

Was gehört?

»Dieser Decksmann. Er hat gesagt: ›Er kann nicht für eine Sekunde aufhören, an dieses Schiff zu denken – weil, wenn er das tut, dann erkennt er, wie verrückt er inzwischen ist ... Aber wenn jemand erst mal verrückt ist, dann kann er gar nicht mehr bemerken, daß er verrückt ist ...‹«

So? Das betrifft mich nicht ...

»Einen Augenblick«, sagt die Stimme. »Einen einzigen Augenblick, Korie. Denk mal nach: Gibt es nicht die kleinste Möglichkeit, daß du dich irren könntest?«

Nein.

»Du sollst nachdenken. Du denkst nicht nach.«

Woher willst du wissen, ob ich nachdenke?

»Sei nicht albern, Jonathan Korie. Ich stehe auf einem Stuhl und sehe dir über die Schulter.«

Korie hält inne. Er starrt die gegenüberliegende Wand an. Seine Augen scheinen nach innen zu sehen. *Nein, ich habe mich nicht geirrt. Oder doch?*

»Das ist jedenfalls ein Punkt, über den du nachdenken solltest. Es ist immerhin möglich.«

Nein. Ich bin ein Profi. Ich höre nicht auf ... auf den Ratschlag von Amateuren. Was wissen Amateure schon darüber?

»Die Wahrnehmung von Amateuren ist oft überraschend scharf. Das weißt du selbst. Du mußt nur überlegen, wie du ihre Beobachtungen richtig interpretierst.«

Aber sie besitzen nicht die Informationen, die ich besitze ...

Doch der Gedanke will nicht weichen. Und Korie kann seine plötzlichen inneren Zweifel nicht abschütteln. *Ich habe alles richtig gemacht. Ich ... ich habe mich zum Beispiel um Leen gekümmert. Leen war das größte Problem. Er und sein großes Maul. Es war genau richtig, sich bei ihm auszusprechen. Ich gebe ihm eine Menge mehr, als er verdauen kann. Er wird wie betäubt sein. Er hat Angst, weil er es nicht versteht ... nicht verstehen kann, was ich tue ... Er wird kooperieren, sobald sich auch nur die kleinste rationale Autorität manifestiert. Ich verlasse mich darauf. Ich habe vielleicht nicht erwartet, daß er reden könnte -- zumindest nicht so leb-*

haft –, aber … aber es ist ein nützlicher Nebeneffekt. Jetzt haben sie alle Angst vor mir. Das funktioniert also. Alles funktioniert so, wie ich es geplant habe. Gibt es noch andere Probleme mit der Besatzung, die ich übersehen habe? Rogers? Nein …

Korie gestattet sich ein Grinsen, legt die Hand hinter den Kopf und sinkt auf seine Pritsche zurück.

Das war eine echte Herausforderung … den kleinen Bastard in die Mannschaft zu integrieren. Er ist ein verzogenes Balg, oder nicht? Immer auf der Suche nach einem Papi. Nun, jetzt beschützt ihn die gesamte Mannschaft vor mir. Das war nicht leicht. Wenn ich auch nur das geringste Interesse an ihm gezeigt hätte, wäre er noch mehr von den anderen abgelehnt worden. So war es besser. Sobald sie zu der Überzeugung gelangten, daß ich Rogers schikaniere oder vielleicht sogar als Waffe gegen sie einsetzen könnte, schlossen sie ihn in ihre Mitte … ja, es war der richtige Schachzug. Weiß Gott, es hat mir keinen Spaß gemacht – aber ich muß jedes Werkzeug benutzen, das mir zur Verfügung steht, wenn die Sache funktionieren soll. Und sie hat funktioniert, oder etwa nicht? Rogers arbeitet endlich für mich, anstatt gegen mich. Ich wußte es in dem Augenblick, als er in meine Dateien einbrach. Sicher hat es eine ganze Weile gedauert, bis er den Mut dazu fand. Ich dachte allmählich bereits, sie würden nie herausfinden, warum ich immer nach diesen Simulationen fragte. Da, schon wieder eine von diesen Ideen, die wunderbar funktionierten. Ich wußte, daß sie die Übungen hassen würden. Ich mußte ihnen einen Weg zeigen, wie sie schummeln konnten – einen Weg, um mit mir ›gleichzuziehen‹. Aber die ganze Zeit über, während sie dachten, sie würden mich hereinlegen, legte ich sie herein. Sie brachten viel mehr Zeit auf, um zu überlegen, wie sie meine Simulationen überlisten könnten, als sie für die Vorbereitungen auf meine Übungen benötigt hätten. Sie haben ihre Effizienz nicht durch diesen Betrug verbessert. Sie wurden besser, weil sie lernten, wie man einem Feind immer einen Schritt voraus ist. Aber mein Gott, zu welchem Preis! Ich mußte der Feind werden.

Wage ich es, mich selbst in Frage zu stellen? Verwirrung

furcht sein Gesicht. *Ich ... ich muß ... es ist ein Teil des Prozesses. Aber ich habe tausendmal über die Logik jeder einzelnen Stufe nachgedacht. Ich kann nichts übersehen haben. Oder doch?*

Korie spürt, wie plötzlich Furcht in ihm hochsteigt. Ein eisiges Gefühl hält ihn umklammert ... *Was, wenn der Reflex nicht wieder auftaucht?! Es würde beweisen, daß er von einem anderen Schiff stammte. Und daß ich recht habe. Aber ... wenn er nicht wieder auftaucht – wo steckt er dann? Gütiger Gott, könnte dieser Plan etwa noch komplexer sein als ... Nein unmöglich. Niemand ist imstande, so viele Ebenen zugleich zu manipulieren ... es sein denn, er versucht uns alle in den Wahnsinn zu treiben ...*

Uns alle ...

Mich. Er arbeitet nur an mir. Ich darf es nicht vergessen. Er versucht, mich verrückt zu machen. Mich allein.

Vielleicht hat er tatsächlich Erfolg. Fühlt sich so der Wahnsinn an? Mein Kopf tut weh, und das nicht zu knapp. Und was ist, wenn der Reflex wieder auftaucht? Was, wenn er wirklich nur aus den Maschinen der Roger Burlingame stammt? Dann bin ich vielleicht wirklich durchgedreht. Mein Gott, gehört das vielleicht auch zu seinem Plan? Der Selbstzweifel? Er versucht wirklich, mich wahnsinnig zu machen, und es funktioniert. Ich bin der einzige Mann an Bord dieses Schiffes, der glaubt, daß ich normal bin, und selbst ich habe inzwischen schon Zweifel. Aber es spielt überhaupt keine Rolle mehr, oder? Weil es nichts mehr gibt, das ich jetzt noch tun könnte. Alles ist getan. Das letzte Steinchen ist an seinem Platz im Mosaik. Aber das Gebilde ist so zerbrechlich. Wird es für die nächsten zwölf Tage zusammenhalten, die wir bis nach Hause benötigen? Oder wird es in dem Augenblick zerbrechen, wenn das feindliche Schiff wieder auftaucht? Oder sich verfestigen? So vieles hängt davon ab, wie ich reagiere. Wie werde ich reagieren?

Ich habe Zeit, mir darüber Gedanken zu machen. Sie werden nach Anzeichen für meinen Wahnsinn Ausschau halten ... also darf ich nicht wagen, über das andere Schiff zu sprechen. Aber ich muß ihnen trotzdem irgendwie eine Art

Hinweis geben – sie werden mich beobachten, nach einem Fingerzeig suchen, wie sie reagieren sollen ... und ich muß dafür sorgen, daß der Feind ein Enigma bleibt ... sie verunsichern, ob der nun da ist oder nicht ... Sie müssen ebenfalls ihre Zweifel haben ... und selbst wenn es nur hin und wieder ist. Und so lange, wie sie meinen, daß ich noch immer daran glaube, werden sie ihre Zweifel haben. Und wenn sie auch noch so klein sind.

Hmmm. Ich muß mich unauffällig verhalten, oder? Ja, der Maschinenraum ist der richtige Ort. Wer weiß? Wenn sie recht haben und ich mich irre und es wirklich nur ein Reflex von uns selbst ist – vielleicht kann ich ihn finden? Das wäre bestimmt lustig. Ausgerechnet der Offizier, der von ihr in den Wahnsinn getrieben wurde, ist die einzige Person an Bord, die imstande ist, die Schwingungen zu lokalisieren. Weil er als einziger besessen genug ist, um nach ihr zu suchen.

Aber Korie findet den Gedanken irgendwie gar nicht amüsant.

Ich kann nicht viel tun, um die jetzige Struktur aufrechtzuerhalten – aber es sind auch keine größeren Schritte mehr möglich, ohne das Gleichgewicht zu zerstören. Entweder wird es funktionieren oder nicht ... trotzdem, ich frage mich – hätte ich diese Möglichkeit von Anfang an vorhergesehen, was hätte ich anders gemacht? Hätte ich es besser machen können? Er überlegt einen Augenblick, geht noch einmal seine letzten Entscheidungen durch. *Nein. Ich habe getan, was ich tun mußte. Es gibt keinen besseren Weg.*

Müde reibt Korie sich die Stirn. Der härteste Teil liegt erst noch vor ihm.

Kapitel 33

Wenn du eine schlauere Mausefalle baust, dann fängst du eine schlauere Maus.

SOLOMON SHORT

Und dann taucht der Reflex wieder auf.

Still und leise. Beinahe unbemerkt. Ein schwacher Reflex, kaum am Rand der Aufenthaltswahrscheinlichkeit.

Rogers erblickt die Anomalie auf seinem Schirm.

Er runzelt die Stirn, läßt ein Kontrollprogramm ablaufen, überprüft die Genauigkeit der Ergebnisse. Dann beginnt er mit einer Systemanalyse der gesamten Radec-Einheit.

Der Reflex bleibt bestehen. Er besteht aus einer Matrix von einundachtzig Pixeln, die in zufälliger Folge weiß aufleuchten. Ein verwaschener Fleck aus Wahrscheinlichkeiten. Als Daten für sich genommen sind die individuellen Punkte ohne Signifikanz. Allein die Tatsache, daß sie in einer Matrix auftreten, bereitet Rogers Kopfzerbrechen.

Er stützt die Ellbogen auf die Konsole, verschränkt die Hände und lehnt sich mit dem Kinn darauf. Nachdenklich kaut er auf einem Knöchel.

Soll er es den anderen sagen? Und wenn – wem? Korie? Dem Kapitän? Barak? Leen. Vielleicht sollte er Jonesy um Rat fragen?

Nein. Er muß es selbst herausfinden.

Was, wenn er sich irrt?

»Vielleicht denken sie dann, ich wäre genauso verrückt wie Korie?«

Aber die winzige Matrix auf dem Schirm vor ihm flackert stetig weiter.

Unbehaglich lehnt Rogers sich in seinem Sitz zurück – dann beugt er sich entschlossen vor und wiederholt jede einzelne Ortung und jede Überprüfung von Anfang an. Er ist unfähig, sich zu einer Entscheidung durchzuringen, und so verschiebt er sie für den Augenblick. Er versucht, vernunftgemäß vorzugehen. Er sagt sich, daß er sich vorher sicher sein möchte.

Obwohl er sich bereits ziemlich sicher ist.

Und so überrascht es ihn auch nicht, daß die Ergebnisse die gleichen sind wie zuvor. Die Instrumente sagen eindeutig, daß dort draußen jemand ist.

Außer vielleicht ... vielleicht ...

Er muß noch etwas anderes überprüfen. Er ruft eine Simulation der Kraftfeldwellen der *Roger Burlingame* auf den Schirm, dann beginnt er, die Wellen zu manipulieren ... in dem Versuch, das Muster des Reflexes auf dem Schirm zu wiederholen.

Er schafft es schließlich auch, aber das Ergebnis befriedigt ihn nicht. Es wirkt zu *künstlich.*

»Vielleicht ist es nur unser eigener Reflex«, sagt er. »Aber vielleicht ist es das auch nicht.« Da. Er hat es gesagt. »Vielleicht ist es ein reales Schiff.«

Aber ... *verdammt!* Das klingt beinahe, als hätte Korie es gesagt!

Ich muß es genau wissen. Jetzt. Ich kann niemanden vorher fragen.

Rogers ist aufgeregt. Er ist frustriert. Seine Nervosität zeigt sich: Die Hände zittern. Er fühlt sich den Tränen nahe. *Das ist einfach nicht fair!* »Wir sind wieder da, wo wir angefangen haben.«

Was soll ich machen? Was erwarten sie von mir? Nein, das ist nicht die Frage. Die Frage ist, was muß ich tun? Ich sollte den Kapitän informieren. Und auch Korie. Warum? Weil ... äh ... was wäre, wenn ...

Der Reflex könnte ein Echo des Feldes der *Roger Burlingame* sein. Die Phasenadapter könnten die aus der Inhärenzgeschwindigkeit herrührenden Vibrationen verstärkt haben ... oder es ist ein anderes Schiff von vergleichbarer Größe. Aber was für ein Schiff? Ein Zerstörer? Ein Kreuzer? Die Schiffsklasse hängt nicht von der Größe ab, sondern von der Bewaffnung ...

»Dieser Bastard!« sagt Rogers frustriert. »Er bringt mich dazu, genauso zu denken wie er selbst. *Und das will ich nicht. Ich werd's ihm zeigen. Er ist nur ein Schiff ... ich meine, ein Reflex! Es gibt nichts dort draußen. Es gab nie etwas!* Er drückt auf den Kommunikatorknopf. »Jonesy? Rogers hier. Moby Dick Backbord voraus.«

»Hä?«

»Äh ...« So weit hat Rogers nicht vorausgedacht. »Äh, er ist wieder da. Das Signal.«

»Was? Bist du sicher?«

»Ja, ich bin sicher. Ich habe es dreimal selbst nachgeprüft.«

»Hast du dem Kapitän schon Bescheid gesagt?«

»Noch nicht. Ich dachte, ich sollte es zuerst den anderen flüstern.«

»Ja, sicher. Danke.« Jonesy schaltet ab.

Rogers berührt einen anderen Knopf. »Kapitän? Hier spricht Decksmann Rogers, Sir. Aus dem Radec-Raum. Äh ... der Reflex ist zurück. Sir.«

Die Antwort des Kapitäns ist unverständlich.

»Verzeihung, Sir?«

»Sagen Sie Mister Leen Bescheid. Im Maschinenraum. Sagen Sie ihm, er soll seine Hilsen-Einheiten überprüfen. Wahrscheinlich liegt es mal wieder daran.«

»Jawohl, Sir.« Rogers unterbricht die Verbindung und gibt Leen Bescheid. »Sir, der Kapitän möchte, daß Sie die Hilsen-Einheiten überprüfen. Es ist wieder da.« Und so weiter. Er ruft weitere Leute an und informiert sie. Beim fünften Anruf lautet die Antwort: »Ja, hab' ich schon gehört.«

Also hört er auf mit den Anrufen. Die Neuigkeiten verbreiten sich durch das Schiff. Schneller als das Objekt, das sie verursacht hat.

Es gibt nur noch eine Person an Bord, die nicht Bescheid weiß.

Irgend jemand muß es ihm sagen.

»Aber nicht ich«, beschließt Rogers. »Nein, das mache ich nicht.« Dann denkt er nach. *Es würde Korie bestimmt verrückt machen, wenn man ihm sagt, daß der Reflex nur eine Schwingung unserer eigenen Maschinen ist. Die ganze Zeit über nichts anderes war. Und das hier ist der Beweis. Der unwiderlegbare Beweis!* »Ach, zur Hölle!« Er drückt einen

Knopf. »Mister Korie. Der Reflex ist wieder da, Sir. Jawohl, Sir, habe ich. Jawohl, Sir. Keine Ursache, Sir.«

Aber ist der Beweis wirklich unwiderlegbar? Schließlich ist Korie nicht auf den Kopf gefallen, oder? Wenn er den Verdacht hat, daß sich jemand dort draußen versteckt, dann hat er vielleicht guten Grund dazu ... Nein. Nur nicht leichtgläubig werden.

Er stützt wieder die Ellbogen auf die Konsole, faltet die Hände und legt das Kinn darauf. Zerstreut beginnt er von neuem, an seinem Knöchel zu nagen.

Eine einundachtzig Pixel große Matrix aus Aufenthaltswahrscheinlichkeiten flackert vor ihm auf dem Schirm. Vielleicht lauert wirklich etwas dort draußen ... vielleicht aber auch nicht. Aber es gibt keine Möglichkeit, das von hier aus festzustellen.

Kapitel 34

Ein Mann wird an den Feinden gemessen, die er besitzt.

SOLOMON SHORT

Korie betritt leise den Maschinenraum. Er ignoriert die überraschten Blicke und geht scheu, beinahe ängstlich zur Reservekonsole, wo er dem dort arbeitenden Mann auf die Schulter klopft. »Lassen Sie mich mal dahin. Ich habe etwas Dringendes zu überprüfen.« Dann – den verdutzten Mann genauso ignorierend wie den Rest der Maschinenraumbesatzung – läßt er sich in den Sitz fallen. Er zieht sich einen Kopfhörer über und löscht die Anzeigen auf dem Schirm.

Auf der anderen Seite des Maschinenraum stehen Leen und sein Assistent. Fasziniert starren die beiden zu Korie. Leen will sich in Bewegung setzen, doch dann hält er inne. Seine

Augen blicken besorgt. »Leitender?« fragte Beagle. »Wollen Sie nicht irgend etwas … unternehmen? Wegen ihm?«

»Nein. Ich denke nicht. Der Kapitän hat mich informiert, daß Korie wahrscheinlich kommen würde. Er … er sucht nach der Schwankung, die den Reflex verursacht. Ich schätze, wir lassen ihn besser in Ruhe.«

»Ich glaube nicht, daß es den Jungs gefallen wird.«

»Ich glaube nicht, daß die Jungs eine Wahl haben. Sagen Sie ihnen, daß sie Korie aus dem Weg bleiben sollen.«

»Jawohl, Sir.«

Auf Kories Gesicht hat sich ein angespannter, gedankenverlorener Ausdruck breitgemacht. Seine Finger bewegen sich schwerfällig über die Tastatur. Er scheint das Schiff und die Mannschaft ringsum völlig vergessen zu haben.

Nur noch eine letzte Berechnung. Er muß ziemlich dicht herankommen, bevor wir aus dem Hyperraum fallen. Er wird direkt vor uns sein wollen. Also muß er in den nächsten zwölf oder vielleicht dreizehn Tagen beständig seine Geschwindigkeit vergrößern – bis sein ›Echo‹ unseren gesamten Horizont ausfüllt. Wenn er zu schnell zu nahe kommt, dann werden wir anhalten, weil wir uns erneut Gedanken wegen unserer Maschinen machen.

Hmmm.

Das ist der Zeitpunkt, an dem er uns angreifen könnte. Wir wären genauso verwundbar wie bei der Basis.

Aber es liegt in seinem Sinn, wenn er uns so nah an der Basis zerstört, wie nur irgend möglich – mit dem Nachteil, daß er dann augenblicklich umkehren und den ganzen Weg nach Hause eilen muß, weil wahrscheinlich einige unserer Schiffe an seinen Fersen kleben. Also für den Fall, daß er doch lieber vorsichtig ist, wird er uns dazu bringen wollen, daß wir aus dem Hyperraum gehen, solange wir noch relativ weit von der Basis entfernt sind. Das heißt, er wird versuchen, uns zum Anhalten zu veranlassen. Er könnte dicht herankommen, bevor wir uns in der Nähe der Heimatbasis befinden.

Und das wäre dann auch schon alles. Richtig. Wenn er will, daß wir halten, dann muß er nur näher kommen. Solange wir davon überzeugt sind, daß er nur ein Reflex der Roger Burlin-

game ist, solange kann er seine Identität verbergen ... es kann gar nicht schiefgehen.

Gibt es keinen Gegenzug? Doch, aber es ist der gleiche, den wir auch dicht vor der Basis zur Verfügung hätten. Es spielt keine Rolle. Ich frage mich, ob ich meine Waffe bereitmachen soll ...?

Nein, es ist zu früh. Ich darf nicht riskieren, daß sie vorzeitig losgeht. Ich muß abwarten und die Größe des Reflexes im Auge behalten.

Ich glaube, er wird uns auf dem gesamten Weg begleiten. Das ... das ist sein Stil. Ja. Andererseits ... wenn er seinen Plan gegen eine Alpha-Matrix aufgestellt hat, dann wird er wissen, daß ich nicht so leicht den Verstand verliere, jedenfalls nicht, ohne mir auszurechnen, daß meine paranoiden Wahnvorstellungen auch durchaus real sein können. Schließlich besitzen auch Paranoiker hin und wieder höchst reale Feinde. In diesem Fall kann er durchaus annehmen, daß ich seinen Plan bis hinunter zu seinem individuellen Stil erahnen kann. Und in diesem Fall würde es zu ihm passen, wenn er an irgendeinem Punkt seinen Stil einfach ändert. Um mich auf dem falschen Fuß zu erwischen. Ist das möglich?

Dazu müßte er sich ausgerechnet haben, daß ich genau bis zu diesem Punkt gekommen bin ... umgeben von einer Mannschaft, die mir feindlich gegenübersteht, während ich versuche, weiter zu denken als alle zusammen, einschließlich ihm selbst. Aber was seinen Plan so perfekt macht, ist die Tatsache, daß er meine Möglichkeiten bereits eingeschränkt hat. Ich kann nichts wirklich unternehmen, weil ich keine Kontrolle mehr über die Mannschaft besitze.

Natürlich denkt er, die Alpha-Matrix an Bord der Roger Burlingame *ist der Kapitän. Er weiß nicht – und woher auch? –, daß wir einen Kapitän haben, der noch immer das Kommando führt, und daß der Alpha, den er in Mißkredit gebracht hat, nur der Erste Offizier an Bord ist. Und das ist eine Unbekannte in der psychonomischen Gleichung, die zu meinen Gunsten zählt. Er muß den Zustand an Bord von den Aktionen des Schiffes ablesen. Er muß denken, daß der Kapitän von einer nervösgewordenen Besatzung abgelöst wurde. Und daß wir jetzt von einem nervösen Ersten Offizier kommandiert werden, der nichts anderes im Sinn hat, als auf dem schnellstmöglichen Weg nach Hause zu flüchten, obwohl weder er noch die restliche Mannschaft sich darüber im klaren sind, ob sie nicht Meuterei begangen haben. Ja, natürlich. Genau so muß es nach außen hin wirken. Also ist es durchaus möglich, daß die tatsächliche Situation zu unserem Vorteil ist. Wir haben noch immer einen Kapitän, und die Mannschaft ist nicht so demoralisiert ...*

Oder vielleicht doch? Was ist das eigentlich für eine Situation, in der wir uns jetzt befinden? Korie denkt mißgelaunt darüber nach. *Wir sind gar nicht so weit von dem entfernt, was er für uns geplant hat. So klein, wie der Fehler in seinen Schlußfolgerungen ist, reicht er einfach nicht aus, um uns einen entscheidenden Vorteil zu bieten. Wir befinden uns noch immer in tiefen Schwierigkeiten.*

Aber er kann unmöglich wissen, auf welche Weise ich ihn zu bekämpfen plane. Weil er keine Ahnung von der internen Psychonomie hat. Er kennt nur die externe. Also ...

Es sei denn, der gegnerische Kapitän ist ebenfalls eine Alpha-Matrix. Nur ein anderer Alpha kann sich einen solchen Plan ausdenken. Nur ein Alpha kann ihn durchschauen.

Hat der Gegner überhaupt Alphas?

Und wenn nicht – gegen wen oder was kämpfe ich da?

Und dann erstarrt Korie plötzlich. Beinahe wie betäubt. Seine Hände umklammern die Konsole.

Das ist kein einfacher Test für eine neue Waffe! Dies ist eine Auseinandersetzung von Verstand gegen Verstand! Meiner gegen seinen. Diesen Krieg wird diejenige Seite für sich entscheiden, die die beste Psychonomie besitzt. Er war nie hinter der Roger Burlingame *her, nicht eine Minute – das war nie sein wirkliches Ziel. Der Feind sucht nach einem Weg, die Alphas zu neutralisieren. Das ist sein wirkliches Ziel!*

»Sir? Fehlt Ihnen etwas?«

Korie blickt auf. Ein unbekannter Mann steht vor ihm, blickt auf ihn herab. Auf seinem Gesicht ist ein besorgter Ausdruck. »Kann ich irgend etwas für Sie tun, Sir?«

»Äh, nein. Danke, mir fehlt nichts. Danke, daß Sie gefragt haben. Sie sind ... Fowles, nicht wahr?«

»Jawohl, Sir.«

»Schön.« Korie weiß nicht, was er sonst noch sagen soll. Einen Augenblick scheint er verwirrt, dann versucht er zu erklären: »Ich habe gerade ... nachgedacht. Wegen dieser Schwingung. Der Reflex, verstehen Sie?«

»Jawohl, Sir. Ich hoffe, Sie finden die Ursache, Sir.«

»Ja, das hoffe ich auch. Es würde sicher eine Menge Fragen beantworten, nicht wahr?« Korie erlaubt sich ein freundliches Lächeln.

»Jawohl, Sir.« Fowles nickt rasch, ermutigt durch die angenehme Seite Kories, die er jetzt vor sich sieht. »Ich lasse Sie jetzt wieder in Ruhe, Sir«, sagt er.

»Mir geht es gut, wirklich, Mister ... Fowles. Aber wenn ich es mir recht überlege – falls Sie irgendwie in die Nähe der Kantine kommen sollten, dann könnten Sie mir einen Kaffee mitbringen. Aber es eilt nicht.«

»Jawohl, Mister Korie. Ich werd' mich drum kümmern.« Und weg ist er.

Was zur Hölle sollte das heißen? Korie stützt das Kinn in die Hand, während er ins Leere blickt. *Ich wette, er wollte mich aufmuntern. Ha! Primitive Psychonomie! Trotzdem, es ist ein gutes Zeichen. Ein Vorbote der Sympathie, und Sympathie ist der erste Schritt zur Empathie. Vielleicht ... aber nur vielleicht ...*

Korie beginnt auf der Tastatur vor sich zu tippen. Nach einer Weile lädt er beiläufig ein selbstkontrollierendes Analyseprogramm. Es überwacht, ob jemand an der Konsole arbeitet. Korie nickt zufrieden. Um ganz sicherzugehen, lädt er noch eine Reihe von Scheinsimulationen, die kontinuierlich im Hintergrund ablaufen. Nur für den Fall. Dann ruft er Beethovens *Pathetique* auf seinen Kopfhörer und lehnt sich zufrieden in seinem Sitz zurück, die Augen konzentriert auf den Schirm gerichtet. *Das wird die beste Schauspielerei meines Lebens. Und dazu muß ich nichts weiter tun als hier zu sitzen und ein ernstes Gesicht machen. Und ich gebe gerne zu, daß es nicht einfach ist, kein breites Grinsen zu zeigen ...*

Hoch über ihnen sehen sich zwei Männer im Affenkäfig an. »Was meinst du, wie lange er hierbleiben wird?« fragt der eine.

»Nach dem, was ich so gehört habe, bleibt er so lange, wie dieser Reflex auf den Ortungsschirmen zu sehen ist. Und das bedeutet, bis wir zu Hause angekommen sind.«

»Zwölf Tage!«

»So lange dauert es.«

»Uff! Was hat er nur gegen uns?«

»Nichts. Er hat nie irgend etwas gegen uns gehabt. Es ist nichts Persönliches, überhaupt nicht. Korie ist wie alle Offiziere. Ein Arschloch, weil es ihm Spaß macht. Ignorier ihn einfach. Er wird nicht weggehen, aber was sonst willst du dagegen tun?«

»Solange er uns in Ruhe läßt ... Ich schätze, es ist in Ordnung. Es ist nur, daß ich es nicht mag, ihn in meiner Nähe zu haben.«

»Wer mag das schon?«

Der Gitterkäfig unter ihnen beginnt sich zu drehen, und sie hasten leise fluchend an ihre neue Position.

Von der gegenüberliegenden Seite des Maschinenraums beobachtet Leen die beiden besorgt. Zwölf Tage? Er erschauert.

Kapitel 35

Vergiß nicht – heute könnte genausogut der letzte Tag vom Rest deines Lebens sein.

SOLOMON SOHORT

Am zweiten Tag programmiert irgend jemand den Musikkanal um, und in eigenartigen Intervallen ertönt immer wieder – mit voller Orchesterbegleitung: »Am zweiten Weihnachtstag –

gab meine treue Liebe mir – zwei Phasenadapter und ein Rebhuhn – in einem Birnbaum ...«

Das Lied freut Korie. Er hat Spannungen erwartet, und er kann Spannungen nicht gebrauchen. Noch nicht. Und er ist erfreut, daß verschiedene Besatzungsmitglieder Wege gefunden haben, ihre Spannungen abzulassen. Nicht sie abzubauen, sondern nur den Druck zu verringern. Und das befriedigt den Ersten Offizier. Es ist ein Anfang.

Sein Hauptproblem mit der Mannschaft ist, daß er ihren Zustand nicht objektiv beurteilen kann. Das bloße Wissen um seine Anwesenheit verändert unzweifelhaft ihr Verhalten. Korie fällt ein Satz ein, den er einmal in einer Zitatensammlung gelesen hat. »Heisenberg hatte nicht nur recht, er hatte *absolut* recht.« Der Ausspruch trifft nirgendwo so sehr zu wie in der Psychonomie.

Korie ist wieder im Maschinenraum. Heute lauscht er Brells *Phantasie über ein Thema von Mozart.* Vielleicht ist das nicht ganz ungefährlich – ein so fröhliches Stück anzuhören –, aber zur Hölle! Es gibt Momente, in denen man mit dem Analysieren aufhören und mit dem Experimentieren anfangen muß. Oder es bleibt einem nichts anderes mehr zu analysieren als seine eigenen Analysen. In dieser Richtung lauert der Wahnsinn. Außerdem, so redet er sich ein, ist es hin und wieder nötig, daß man von seinen Problemen abschaltet.

Doch er weiß auch, daß er das nicht kann, und wenn er sich noch so sehr anstrengt. Er kann nicht von seinem Problem abschalten. Ständig kommen die Gedanken aus seinem Unterbewußtsein wieder hoch.

Zum Beispiel, daß der Feind sie vielleicht doch nicht den ganzen Weg über bis zur Heimatbasis verfolgen wird.

Immerhin hat er zwölf Tage, um etwas zu unternehmen. Er wird nicht das Risiko eingehen, uns genügend Zeit zu lassen, daß wir uns alle Möglichkeiten ausrechnen können. Er muß uns auf dem falschen Fuß überraschen. Also wird er ein paar Tage abwarten – damit wir uns an den Reflex auf den Schirmen gewöhnen und nicht mehr an ein feindliches Schiff denken.

Ich schätze, die Schlüsselvariable in seinem Plan wird

unsere Entfernung von zu Hause sein. Sind wir noch zu weit weg, dann bleibt ihm keine andere Wahl, als anzugreifen. Aber wie weit ist zu weit? Zwölf Tage? Vierzehn Tage? Zwanzig? Er kann eingreifen, wann immer er will. Er muß sich nur weiter nähern, das ist alles.

Träge löscht Korie seinen Schirm und greift auf die Schiffsdatenbank zu. Es gibt eine Datei über Paradoxa, und eines davon interessiert ihn im Augenblick ganz besonders. Das Paradoxon vom unerwarteten Ereignis.

Regel Nummer eins erscheint auf dem Schirm: *Ein unerwartetes Ereignis tritt innerhalb eines definierten zeitlichen Rahmens ein.*

Die Zeile rollt über den Schirm und weicht Regel Nummer zwei: *Das Ereignis ist deswegen unerwartet, weil die Betroffenen nicht in der Lage sind, aus den vorher zur Verfügung stehenden Informationen den Zeitpunkt zu bestimmen, an dem es eintritt.*

»Und das schließt den Tag unserer Ankunft bei der Basis bereits aus«, murmelt Korie leise zu sich selbst. »Weil wir nämlich wissen, wann wir aus dem Hyperraum fallen werden und aus diesem Grund der Augenblick des gegnerischen Angriffs nicht unerwartet kommt – wenigstens nicht für mich. Also ist das kein Paradoxon – jedenfalls so lange nicht, wie wir ein wenig auf der Hut sind.«

Er drückt eine Taste, und die Zeilen rollen nach oben, so daß Regel Nummer drei sichtbar wird: *Das Ereignis wird auf eine Art und Weise eintreten, die es unmöglich macht, aus den Regeln Nummer eins und zwei abzuleiten, zu welchem Zeitpunkt das sein wird.*

Korie murmelt weiter: »Und das ändert die Sachlage völlig. Wir wissen, daß das Ereignis nicht am letzten Tag unserer Fahrt eintreten wird. Aber jetzt wissen wir, daß es auch nicht am vorletzten Tag eintreten wird. Weil nämlich, gesetzt den Fall, daß nur noch zwei Tage verbleiben und wir wissen, daß das Ereignis, um unerwartet zu sein, nicht am letzten Tag eintreten kann, automatisch der vorletzte Tag der Tag des Eintritts des unerwarteten Ereignisses wäre – das dann auch nicht mehr unerwartet käme. Also muß das unerwartete

Ereignis – wenn es denn eines gibt – vor dem zehnten Tag stattfinden.

Aber das Paradoxe an der Situation ist, daß sie sich bis ins Unendliche wiederholt. Wenn wir erst wissen, daß ein unerwartetes Ereignis nicht am zwölften oder elften Tag eintreten kann, dann kann es auch nicht am zehnten Tag eintreten, weil wir es am zehnten Tag erwarten würden. Das gleiche gilt dann für den neunten Tag, daraus folgt das gleiche für den achten Tag und so weiter. Nett.

Und doch ... das Wissen, daß ein unerwartetes Ereignis an keinem der einzelnen Tage eintreten kann, wenn es unerwartet sein soll, bedeutet nur, daß es seine eigenen Regeln brechen wird, wenn es doch eintritt. Und deswegen unerwartet sein wird. Ich kann also nicht vorhersagen, wann es eintreten wird, jedenfalls nicht, ohne alle anderen beeinflussenden Faktoren zu untersuchen. Und das würde mir immer noch keine Antwort liefern. Der ganze Punkt eines unerwarteten Ereignisses ist der, daß es *unerwartet* ist und man es nicht vorhersagen kann. Das Paradoxon besteht darin, das Unerwartete zu erwarten.«

Korie runzelt die Stirn. Er hört die Musik in seinem Kopfhörer kaum noch. *Bis jetzt war dieser Bastard mir immer einen Zug voraus. Ganz egal, wieviel Mühe ich mir auch gebe, ich finde den Vorteil nicht, den ich brauche, diesen einen, kleinen Vorteil, der mir erlaubt vorherzusagen, was er als nächstes tun wird. Und das ist der Schlüssel zu seinem Plan. Das Gegenteil vom Offensichtlichen zu unternehmen. Jedesmal, wenn wir einen Punkt erreichen, an dem ich denke, ich könnte seinen nächsten Schritt erahnen, finde ich einen weiteren Grund, unsicher zu sein.* Korie verdaut den Gedanken erst mal für eine Weile. *Man kann einen Menschen auf diese Weise in den Wahnsinn treiben ... Wenn man die Konsequenzen einer Aktion nicht mehr länger vorhersagen kann, dann kann man mit seiner Umgebung nicht mehr sicher interagieren. Der einzige Ausweg ist die Flucht in den Wahnsinn. Aber das ist wahrscheinlich nicht sein Ziel.*

Oder vielleicht doch?

Ist es möglich, daß der Feind seine gesamte Taktik auf Fin-

ten und psychonomische Effekte abgestellt hat, weil er so ungern in die Schlacht zieht?

Ich sollte darüber nachdenken, wirklich. Es ist immerhin möglich. Aber ... aber dieser Bastard tut immer das Gegenteil von dem, was ich von ihm erwarte ...

Also darf ich nicht wagen, etwas von ihm zu erwarten ... weil schon allein der bloße Akt des Erwartens – und der entsprechenden Vorbereitung – die fast hundertprozentige Garantie dafür ist, daß er das Gegenteil tun wird.

Die Frage lautet: Wie genau ist er imstande, mein Verhalten vorherzusagen? Andererseits kann er genausowenig wissen, was ich vorbereite, wie ich wissen kann, was er plant.

Und das Ereignis wird unerwartet eintreten, weil ich es nicht vorhersagen kann.

Abrupt streckt Korie den Arm und schaltet die Musik aus. Sie lenkt ihn zu sehr ab. Entschlossen zieht er den Kopfhörer ab und legt ihn auf die Konsole. Dann erhebt er sich. *Es ist an der Zeit, die Waffe scharfzumachen ...*

Kapitel 36

Lerne aufrichtig zu sein. Selbst dann, wenn du die Aufrichtigkeit vortäuschen mußt.

SOLOMON SHORT

Der Duschraum riecht nach Desinfektionsmittel. Es ist ein wenig zu kühl. Korie bleibt unmittelbar hinter der Tür stehen und denkt einen Augenblick nach, während sein Blick durch den Raum schweift. Dann tritt er zu einem Wandpaneel und regelt die Temperatur auf sechsunddreißig Grad. *Oder ist das vielleicht zu viel des Guten?* Er stellt die Regler auf dreißig. Dann schaltet er die Luftzirkulation und die Luftreiniger ab. Er programmiert einen blumigen Duft, der ein wenig an abgestandenen Urin erinnert, und erhöht die Intensität der Beleuchtung, bis es beinahe in den Augen schmerzt. *Ich will, daß es im Raum hell ist. Ich will, daß er blinzelt, so daß er mich nicht deutlich sehen kann, und sein Gesicht wird sich ganz automatisch zu einem Ausdruck des Hasses verziehen.* Dann kehrt er die Polarisation des Ionengenerators um. Die positiv geladenen Teilchen werden den Raum staubig und beengt wirken lassen. *Was noch?* Er erhöht ein paar Schlüsselfrequenzen des Musikkanals – und wählt das unangenehmste, schrillste Stück, das ihm gefällt, Lennons *Ode to Chaos.* Der Raum ist von klimperndem Geräusch erfüllt. Korie lauscht einen Augenblick und schätzt die Wirkung ab. *Vielleicht lieber ein wenig altertümliche Countrymusic? Nein, das hier ist gut. Es klingt eher nach richtiger Musik. Außerdem gefällt es mir. Der Komponist hat gezeigt, daß echte Kunst an der Grenze zum Mißton liegt, er verunsichert den Hörer mit seinen Hinweisen auf die neue Wahrheit, daß man die Grenzen kontinuierlich weiter nach vorn schieben muß. Ja, dieses Stück wird jeden verstimmen, der feste Strukturen braucht, um sich sicher zu fühlen ...*

Korie schält sich aus der Uniform und wirft sie absichtlich in die Mitte des Raums unordentlich zu Boden, wobei er darauf achtet, daß seine Unterhosen deutlich zu sehen sind. Der Effekt dieses Hinweises auf die *Physikalität seiner Anwesenheit ist von besonderer Bedeutung. Er hat es hier mit animalischen Instinkten zu tun, und er muß die animalische Reaktionsebene auf eine operative Ebene anheben.* Aber das sollte reichen ...

Schließlich programmiert er die Dusche so um, daß der Wasserstrahl zwischen lauwarm und dampfend heiß schwankt. Bevor er sich darunterstellt, macht er noch ein paar Handtücher naß und verteilt sie im ganzen Raum. Dann tritt er unter das Wasser und beginnt sich einzuseifen.

Er duscht gründlich und genießt den Luxus des Gefühls. Er entspannt sich sogar ein wenig – das heißt, soviel man sich in einer Umgebung entspannen kann, die bewußt aufrührend programmiert wurde. Aber da Korie sich der Vorsätzlichkeit der Stimulanzen bewußt ist, besitzt er auch eine gewisse Immunität gegen sie. Er behält die Kontrolle über sich.

»Scheiße!« brüllt eine Stimme draußen. »Was für eine Sauerei!«

Ohne aus seiner Träumerei aufzuwachen, beugt Korie sich vor und ruft: »Ja? Wer ist da?«

Ein verblüffter Rogers. »Oh! Äh ... tut mir leid, Sir. Ich wußte nicht, daß Sie hier sind ... und ... äh ...«

Aber Korie ist schon wieder unter der dampfenden Dusche verschwunden. Rogers geht rasch wieder, ohne das Urinal benutzt zu haben. Er marschiert lieber zur anderen Toilette im Heck, als daß er noch einmal riskiert, allein mit Korie zu sein.

Korie widersteht dem Drang zu pfeifen. Er zwingt sich zu einem Übungsmantra, einer Kombination mentaler und physischer Routinen, die den Körper in einen harmonischeren Zustand versetzen sollen. Er beginnt sich beinahe – fröhlich zu fühlen.

Jedesmal, wenn jemand den Raum betritt, späht Korie um die Ecke der Abteilung. Nichts. Noch immer nicht derjenige, auf den er wartet.

Er hält das Gesicht unter den Wasserstrahl und reibt sich die Augen, damit sie rot und geschwollen aussehen. *Ich hoffe, ich muß nicht mehr so lange warten. Wenn ich noch lange hierbleibe, dann weiß es das gesamt Schiff, und er wird niemals kommen.*

Aber in dem Augenblick, wo er das denkt, öffnet sich die Tür mit einem Zischen, und als Korie um die Ecke späht, sieht er Wolfe hereinkommen. Korie zuckt rasch zurück und reibt sich ein letztes Mal heftig die Augen. Er atmet tief ein, und als er die Luft ausstößt, scheint er in sich zusammenzufallen. Er sieht jetzt aus wie ein alter Sack voller Knochen. Die Schultern sind nach vorn gezogen, als wäre er plötzlich zu einem Feigling geworden, der bereits bei der leichtesten Drohung zusammenzuckt. Er dreht die Dusche ab und geht mit scheuen, ängstlichen Schritten nach vorn. *Gott, ich hoffe, ich übertreibe nicht zu sehr ...*

Vorsichtig tritt er nach vorn, bis er Wolfe erkennen kann – und als er ihn sieht, legt er eine Hand schützend über seine

Genitalien. *Ah, das tut gut.* Rasch dreht er sich um und greift nach seinem Handtuch, hält es immer vor sich, während er sich damit abzutrocknen beginnt. Er nimmt seine Augen keine Sekunde von Wolfe, und er achtet sorgsam darauf, seinen leicht verängstigten Gesichtsausdruck nicht zu verlieren. Wolfe steht am Urinal und dreht Korie den Rücken zu – aber er ist sich der Anwesenheit des Ersten Offiziers bewußt. Seine raschen Seitenblicke und die unnatürliche Steifheit sind genau die Hinweise, die Korie benötigt.

»Äh ... entschuldigen Sie«, beginnt Korie und tritt rasch an Wolfe vorbei, um seine Kleider vom Boden aufzusammeln. Dann weicht er in die entgegengesetzte Ecke des Raums zurück, wendet sich von Wolfe ab und blickt angestrengt zu Boden, während er mit dem Abtrocknen fortfährt.

»Jetzt bist du nicht mehr so groß, was?« schnarrt Wolfe.

»Äh ...« Korie blickt unsicher auf. *Ich könnte dich küssen dafür. Es passiert nicht oft, daß jemand so bereitwillig in die Falle läuft.* »Entschuldigung, Mister Wolfe. Was haben Sie gesagt?«

»Mister Heizdüse Korie ...« schnaubt Wolfe verächtlich,

»... jetzt weißt du, wie es ist, wenn man sich wie ein Stück Scheiße fühlt, was?« Sein Gesichtsausdruck ist angespannt. Gemeinheit blitzt aus seinen Augen.

Korie bemüht sich, aufgebracht zu scheinen. »Ich ... ich habe nur das getan, was ich für richtig gehalten habe. Ich habe einen Fehler gemacht ... jeder macht Fehler.«

»Jaaah. Du hast schon einen Fehler gemacht, als du dich zur Flotte gemeldet hast. Das hier war ein gemütliches Schiff, kein Schweiß, bis du an Bord gekommen bist. Du und deine gottverdammten Übungen. Immer hast du uns nur angetrieben, immer und immer wieder ... was hast du eigentlich gedacht, wie wir darauf reagieren würden? Mit Küssen? Du bist so ein Arschloch, du hast selbst Schuld. Wir haben alle nur darauf gewartet, daß du auf die Schnauze fällst ... aber du hast selbst unsere kühnsten Erwartungen übertroffen ...«

»Sehen Sie«, bettelt Korie schüchtern, »nehmen Sie es nicht so ernst, ja? Meinen Sie nicht, ich hätte keine Gefühle? Glauben sie nicht, mir geht es schon schlecht genug? Warum müssen Sie mir das jetzt noch unter die Nase reiben?«

»Weil du genau das gleiche mit mir getan hast!« schnarrt Wolfe. »Und hast du mir gegenüber etwa Mitleid gezeigt? Nein. Null. *Nada. Zero, Zilich.* Warum um alles in der Welt sollte ich jetzt so höflich sein und auf deine Gefühle Rücksicht nehmen? Ich will sehen, wie es dir weh tut, Arschloch. Ich wollte es vom ersten Tag an, als du auf das Schiff gekommen bist. Ich hab' verdammt lang auf diesen Augenblick gewartet, Mister.« Wolfe tritt stolz einen Schritt vor. Er hat sich hoch aufgerichtet und sieht jetzt sehr entschlossen aus.

Korie fragt sich: *Jetzt? Oder soll ich noch einen Augenblick warten ...?* Er entscheidet sich noch zu warten. »Ich ... ich bin immer noch ein Offizier, Mister Wolfe. Ich ... ich schlage vor, daß Sie das nicht vergessen.«

»Ha! Du bist nur noch Offizier, weil der alte Mann so gnädig ist!«

»Äh ... ich glaube nicht, daß Sie alle Fakten kennen, Mister Wolfe ...« Langsam hebt Korie den Blick und sieht dem anderen mit einem sorgsam berechneten Ausdruck in die Augen. Für eine Sekunde steigt Panik in Wolfe hoch. Er fragt sich, ob er den Mund vielleicht zu weit aufgerissen hat.

Aber sein eigener Schwung reißt ihn weiter. »Ich weiß alles, was du weißt! Und ich hoffe, sie verkaufen Eintrittskarten für deine Kriegsgerichtsverhandlung, Arschloch. Weil ich nämlich einen Platz in der ersten Reihe kaufen werde!«

Kriegsgericht! Das ist das Schlüsselwort! Korie macht einen plötzlichen Schritt vor, packt Wolfe am Kragen und schiebt den großen Mann zurück gegen die Wand. In Wolfes Augen blitzt Entsetzen auf. Korie tritt ganz nah an ihn heran, preßt sein Knie sogar zwischen Wolfes Beine. Ein hübscher Trick ist das, so zu tun, als trockne man sich ab, während man in Wirklichkeit darauf achtet, unangenehm feucht und klamm für eine Berührung zu bleiben. Wolfe versucht sich vor Kories Griff zurückzuziehen, aber er kann nirgendwo hin, hinter ihm ist nur noch die Wand. Korie sagt: »Jetzt hör mal gut zu, Freund! Mag schon sein, daß ich den Bach hinuntergehe, aber ich gehe nicht allein. Du gehst mit mir. Ich hab' dich gewarnt, Wolfe. Ich hab' dir gesagt, ich würde dich ans Kreuz nageln – du hättest mich besser ernst genommen. Wie zur Hölle bist du nur darauf gekommen, daß Rogers oder sonst irgend jemand in der Mannschaft den Kopf für dich hinhält? Du und deine Kameraden sind die unloyalsten, feigsten, verkommensten Spatzenhirne, mit denen zusammenzuarbeiten ich je das Mißvergnügen hatte. Und ich werde verdammt sicherstellen, daß jeder einzelne von euch dafür büßen wird. Und mit dir fange ich an, du taube Nuß! Es wird eine sehr unangenehme Verhandlung geben, darauf kannst du dich verlassen. Du fängst besser schon mal an, dir deswegen Gedanken zu machen, Wolfe ...« Korie atmet schwer, direkt in Wolfes Gesicht. Er hat sich absichtlich die Zähne drei Tage lang nicht geputzt. »... weil du nämlich mindestens genausogut weißt wie ich, daß sie einen Offizier nie so hart bestrafen wie einen einfachen Mannschaftsdienstgrad – ganz besonders dann nicht, wenn der Offizier nur versucht hat, seine Arbeit zu machen. Wenigstens habe ich einen Grund für mein Verhalten, Arschloch. Aber du, du wirst ganz anders dastehen. Dir wird man Gewalttätigkeit vorwerfen. Was hast du für eine Entschuldigung, wenn sie dich fragen, warum du Rogers das Schlüsselbein gebrochen hast, eh?«

»Das ... das können Sie nicht beweisen!«

Korie macht einen Schritt zurück und mustert Wolfe mit selbstgefälligem Blick. »Meinst du, Arschloch? Dann wart's ab.« Er läßt Wolfe los und grinst böse. Sein Tonfall ist ruhig und gefährlich – ganz der alte Korie. »Ich habe alles, was ich brauche, um dich fertigzumachen, Wolfe ...« er senkt die Stimme zu einem vertraulichen Flüstern, »... und jetzt sag mir eins: Wer von uns beiden ist das wirkliche Arschloch?«

»Sie versuchen zu bluffen! Rogers hat kein Wort gesagt!«

Korie zuckt nichtssagend die Schultern. Er grinst noch immer. »Warum fragst du ihn nicht einfach selbst?«

»Ich ... ich glaube Ihnen kein Wort ...« Wolfes Stimme bricht.

»So, du glaubst mir nicht.« Korie nimmt sein Handtuch wieder auf. Er ist eigenartig ruhig.

Wolfe ist geschlagen. Sein Gesicht ist weiß. »Sie sind *wirklich* wahnsinnig. Sie müssen wahnsinnig sein! Wissen Sie, das erzählen sich die Leute an Bord ...«

»So? Und wer soll denn nicht wahnsinnig werden, wenn er mit einer Bande von dummen Gummischwänzen auf dem gleichen Schiff eingesperrt ist?« Er musterte Wolfe mit abschätzigen Blicken. »Warum stopfen Sie nicht Ihren Schwanz wieder in die Hose, Decksmann Wolfe, und machen, daß Sie zurück an Ihre Arbeit kommen?« Er grinst noch immer, aber seine Stimme ist schneidend kalt.

Er beobachtet wie ein ungeduldiger Vater, wie Wolfe seinen Hosenstall schließt, und macht, daß er aus der Tür kommt ...

O Mann, ich frage mich, ob die letzte Bemerkung nicht ein wenig zu weit ging. Ich will ihn schließlich nicht völlig demoralisieren ... nur ein wenig aufpeitschen.

Korie bleibt noch einen Augenblick stehen und läßt die Szene Revue passieren, die sich gerade zugetragen hat. *Nein, alles sollte nach Plan verlaufen. Wolfe ist viel zu beschränkt. Früher oder später wird er genau das tun, was ich von ihm will. Ich hoffe nur, es ist früher.*

Er tritt an das Wandregal und reprogrammiert das Klima des Duschraums auf die Standardwerte. Dann stapft er zurück unter die Dusche und läßt einen kalten Wasserstrahl auf seinen Körper prasseln. Leise vor sich hin summend, beginnt er sich einzuseifen.

Kapitel 37

Auf jeden Künstler sollte hinter der Bühne ein kräftiger Assistent mit einem Holzhammer warten – um ihn auszuschalten, sobald der Auftritt zu Ende ist.

SOLOMON SHORT

Korie fühlt sich erfrischt und sauber, als er in seine Kabine zurückkehrt. Er verzichtet darauf, den Interkom einzuschalten und den Gesprächen der Männer zu lauschen. Eines der

Axiome der Psychonomie lautet, daß frühe Reaktionen *immer* eine Enttäuschung darstellen. Und wenn der Psychonomiker zu früh nach Resultaten sucht, dann gerät er in Versuchung, auf die Bühne seiner Tat zurückzukehren und das System noch stärker zu stimulieren. Nein, wichtig ist, seinen Instinkten lange genug zu vertrauen, um der geschaffenen Situation die Gelegenheit zu einer Entwicklung zu geben. Natürlich gibt es Ausnahmen zu dieser Regel – aber die saubere Anwendung der Psychonomie ist in diesem Fall eine Kunst für sich.

Die erfolgreiche Psychonomiker sehen ihre Arbeit als eine Folge von Anstößen, die ein bereits bestehendes System unmerklich in eine bestimmte Richtung drängen, aber die Energie für diese Bewegung entstammt dem System selbst.

Schließlich kommt man an den Punkt, wo man einfach aufhören muß – und abwarten, was als nächstes geschieht. Und an diesem Punkt ist der Erste Offizier der *Roger Burlingame*, Jonathan Thomas Korie, jetzt angelangt.

Er legt sich auf seine Pritsche, verschränkt die Hände hinter dem Kopf und entspannt sich, entspannt sich zum ersten Mal vollkommen, seit er an Bord dieses Schiffes gekommen ist. So wird es für die nächsten Stunden bleiben.

Sein Verstand beginnt zu treiben, und Bilder aus seinem Unterbewußtsein steigen vor seinem geistigen Auge auf.

Die Menschen einer Welt, die er niemals zuvor gesehen hat. Sie leben in Erdgräben, vier Meter tief im Boden, diesen Oberfläche mit einem wahren Dschungel von halluzinogenem Efeu überwuchert ist. Das Großhirn der Menschen ist ständig umnebelt, und sie können ihrem Trott nicht entkommen. Von den Reben hängen große, runde Früchte herab; ihr Saft schmeckt süß, und das Fruchtfleisch ist aromatisch. Niemand strebt nach mehr. Sie leben nackt, manche in Gruppen, manche allein. Es gibt nicht viele Kinder, und der Geschlechtstrieb ist fast nicht vorhanden. Es gibt keine Paare, keine Familien, nur … man könnte es Stämme nennen – jedoch besitzen sie keinerlei Strukturen. Hin und wieder fermentieren die Früchte, und ihr Genuß löst eine Orgie schwerfälliger Kopulationen aus. Danach werden gelegentlich Kinder geboren. Oft genug werden sie von ihren Müttern vergessen, kaum daß sie alt genug sind, allein zu laufen und Früchte zu pflücken.

Auf dieser Welt, die Korie niemals gesehen hat, ist die menschliche Rasse degeneriert, in ein primitiveres Stadium zurückgefallen. Das Klima ist angenehm, die Tage sind fröhlich, und die Wanderer summen unmelodische Lieder, während sie durch ihre Gräben ziehen. Von diesem Ort träumt Korie. Wie friedlich das Leben wäre, wenn man irgendwie zu dieser Herde gehörte. Wie schön es wäre, keine Sorgen haben zu müssen.

Der Name der Welt lautet Eden.

Korie schläft ein, während er von Eden träumt.

Im Schlaf sieht Korie aus wie ein kleiner Junge. Er rollt sich zur Seite, zieht die Beine an und die Arme vor die Brust. Hin und wieder erschauert er in seiner Fötushaltung, aber nicht, weil es in der Kabine zu kalt wäre.

Sehr weit weg und vor sehr, sehr langer Zeit fragte ein kleiner Junge einst. »Papa, halt mich fest.«

Und der Vater nahm ihn in den Arm und hielt und wärmte ihn, die ganze Nacht. Dann versteckt sich die Erinnerung aus Jon Kories Innerstem wieder in seinem Unterbewußtsein.

Er lächelt einmal, schwach nur, dann liegt er wieder still.

Kapitel 38

Mir wäre wohler gegenüber Ärzten, wenn das, was sie tun, nicht praktizieren genannt würde.

SOLOMON SHORT

Drei Stunden später betritt Korie die Krankenabteilung der *Roger Burlingame*. Er gibt sich bewußt ausgezehrt.

Panyovskys Helfer ist damit beschäftigt, den Operationstisch zu reinigen. Er wirft ein letztes Stück verschmutzter Gaze in einen bereitstehenden Eimer, dann wischt er das Blut vom Tisch. Auch auf dem Boden befinden sich Flecken. Sein Kittel ist verschmiert.

Korie hebt die Augenbraue. »Was ist passiert?«

Mike blickt hoch, macht ein besorgtes Gesicht und will antworten, aber da betritt Panyovsky den Raum, während er sich noch die Hände an einem kleinen Tuch abtrocknet. »Das sollte ich Sie fragen, Korie. Was haben Sie gemacht?«

»Bitte?«

Der Schiffsarzt mustert ihn neugierig. »Wissen Sie es wirklich nicht?«

»Ich habe in den letzten vier Stunden versucht zu schlafen.«

»Stimmt etwas nicht mit Ihrer Schlafbox?«

»Nein. Ich schätze nur, ich brauche etwas Stärkeres.«

»Sie sind wirklich ziemlich daneben, was?« Panyovsky mustert den Ersten Offizier nachdenklich. »Mike, lassen Sie das für jetzt. Es kann warten. Holen Sie sich einen Kaffee. Und reden Sie mit niemandem über die Geschichte. Ich will zuerst mit dem Kapitän sprechen.«

Mike nickt verstehend und schlüpft aus seinem Kittel. Schnell ist er zur Tür hinaus.

Korie blickt zu Panyovsky. »Was ist passiert?«

»Sie haben wirklich nichts gehört? Wolfe ist wieder auf Rogers losgegangen. Diesmal hat er ihm drei Rippen und die Nase gebrochen. Seine Milz ist gerissen. Er ist in ziemlich schlechtem Zustand. Sieht schlimm aus.«

Korie antwortet nicht sofort. Er sieht Panyovsky nicht an. Dann sagt er leise, wie zu sich selbst: »Der arme Bursche. Anscheinend muß er eine Menge einstecken ...«

»Sie haben es ihm bestimmt nicht leichter gemacht, Jon.«

»Was wollen Sie damit sagen?«

»Oh, nichts. Ich schätze nur, es hat mich ein wenig mitgenommen. Das schlimmste an der Medizin ist, die Folgen brutaler Gewalt zu behandeln. Und wenn man das Opfer mag, dann ist es noch schlimmer.«

»Ja, ich schätze, Sie haben recht.«

»Wollen Sie einen Drink?«

»Nein. Aber tun Sie sich keinen Zwang an.«

»Ich trinke nicht gerne allein.«

»Also schön, ich leiste Ihnen Gesellschaft. Aber geben Sie mir nur einen ganz kleinen.«

Panyovsky beschäftigt sich mit den Gläsern und meint beiläufig: »Ich hätte mir denken können, daß Sie Schwierigkeiten mit dem Einschlafen haben, Jon – es ist nicht leicht, sich mit diesen Problemen konfrontiert zu sehen.«

Korie antwortet nicht.

Der Arzt schiebt ihm ein Glas hin, aber Korie rührt es nicht an. Panyovsky mustert den Ersten Offizier mit wissenden Blicken. »Verraten Sie mir etwas, Jon: Was ist das für eine Masche, die Sie da abziehen?«

»Wie bitte?«

»Jon, ich bin es. Panyovsky, der Schiffsarzt. Ich habe Zugang zu medizinischen Dateien, die selbst Sie oder der Kapitän nicht einsehen dürfen, es sei denn, ich entscheide es anders. Und nicht nur zu medizinischen, sondern auch zu psychologischen Dateien. Ich weiß, daß Sie ein Alpha sind, Jon. Ich wußte es seit dem Tag, an dem Sie das Schiff betreten haben. Ich schätze, Brandt weiß es ebenfalls. Aber selbst wenn es nicht in Ihren Dateien stünde, hätte ich es inzwischen herausgefunden. Sie haben etwas vor, Jon. Ich weiß nicht, wieso ich das weiß, aber ich weiß es einfach. Ich fühle es. Irgend etwas stimmt nicht … ein eigenartiger Druck bei den Männern. Und dann die Sache mit Rogers. Er sah aus wie jemand, der dem Koch aus dem Bratentopf gesprungen ist. Die ganze Zeit hat er beteuert, daß er Ihnen nichts gesagt hat. Die ganze Zeit, immer wieder. Es war dem Jungen wichtig, daß jemand ihm Glauben schenkt und er Ihnen nichts verraten hat, als Wolfe ihn beim ersten Mal zusammengeschlagen hat. Nicht, daß es jetzt noch etwas ausmachen würde. Diesmal gibt es eine Menge Zeugen. Barak und sogar der Kapitän zum Beispiel. Aber Jon, ich glaube dem Jungen. Er hat Ihnen nichts verraten, oder?«

»Nein, nichts. Und ich habe ihn schon mindestens seit einer Woche nicht mehr danach gefragt.«

»Und warum war Rogers dann so hartnäckig? Warum hat Wolfe ihn angegriffen, wenn er glaubt, daß Rogers geplaudert hat? Irgend jemand hat Wolfe diese Idee in den Kopf gesetzt – ich habe genug Ahnung von Psychonomie, Jon, um zu wissen, daß in einem überwachten System nichts geschieht, wenn es nicht einen Grund dafür gibt. Und der Grund ist ein wenig zu verdächtig. Ihr Name fiel ein wenig zu oft, Jon.«

Korie blickt dem Sanitätsoffizier direkt in die Augen, als er zu sprechen beginnt – mit einer vollkommenen Offenheit und in einem Ton, den niemand je an Bord so gehört hat: »Selbst wenn ich an etwas arbeiten würde, Panyovsky – ich könnte nicht mit Ihnen darüber sprechen. Heisenberg, Sie wissen doch ...«

»Ich hatte befürchtet, daß Sie das sagen würden.« Panyovsky mustert ihn mit beruflichem Interesse. »Sind Sie sich dessen vollkommen sicher, was Sie vorhaben, Jon?«

»Ich bin wirklich ... der Meinung, daß wir nicht darüber sprechen sollten, Doktor.«

»Jon, Sie sind der einzige Mann an Bord, der sich niemandem anvertrauen kann. Ich hatte gehofft, daß ich Ihnen als ... als eine Art Beichtvater dienen könnte, wenn Sie etwas bedrückt. Ich habe versucht, immer für Sie da zu sein. Ich vermute, daß Sie der einsamste Mensch an Bord des gesamten Schiffes wären – immerhin gibt es auf der *Roger Burlingame* niemanden, der auch nur halbwegs an Ihre intellektuellen Kapazitäten heranreicht ... ich dachte mir, und vielleicht war das mein Fehler, daß Sie ... daß Sie mich vielleicht brauchen würden.«

»Ich bin Ihnen sehr dankbar für Ihr ... Angebot, Pan...«

»Aber?«

»Aber es gibt ein paar Dinge, über die ich wirklich nicht ... sprechen kann ...«

»Sie haben einiges davon dem Leitenden Ingenieur erzählt.« Panyovsky sagt es ohne jede Spur von Emotion.

Korie blickt überrascht auf.

»Aha. Also stimmen die Gerüchte. Sie haben ihm etwas erzählt, und er fand heraus, daß Sie mehr sind, als Sie zu sein scheinen. Nur, daß Leen ohne Hilfe nichts herausfinden kann.« Panyovsky hält inne und setzt ein gespielt schockiertes

Gesicht auf. »Oh! Kam das soeben aus meinem Mund? Wie böse von mir!«

»Aber es stimmt«, sagte Korie.

Panyovsky zuckt die Schultern. »Jon, ich weiß, daß ein Alpha sich nicht zu erkennen gibt, bevor es nicht unbedingt nötig ist. Und jetzt diese Sache mit Rogers. Sie können mir keinen Vorwurf machen, daß ich mich frage, was da vor sich geht.«

»Ich denke nicht.«

»Werden Sie es mir erzählen?«

»Nein.«

»Ich muß Sie danach fragen, Jon: Glauben Sie immer noch, daß dort draußen ein feindliches Schiff lauert und uns verfolgt?«

Korie erwidert reglos den Blick des Schiffsarztes. Er schweigt.

»Ich nehme an, das soll ein Ja bedeuten.«

»Ich werde mich nicht an einem Ratespiel beteiligen, Pan. Ich bin nur zu Ihnen gekommen, weil ich eine Schlaftablette wollte.«

»Wenn Sie wirklich ein Alpha sind, Jon, dann benötigen Sie nicht nur keine Pille; Sie würden selbst dann keine nehmen, wenn Sie eine brauchten. Alphas mögen es nicht, die Kontrolle an Drogen zu verlieren. Wenn es Sie interessiert: Ich bin Empath, ein Zeta ...«

»Das ist mir bekannt.«

»... und ich versuche nur, Ihnen zu helfen.«

»Auch das weiß ich.«

»Jon ...« Panyovsky beugt sich zu ihm herüber und legt ihm kameradschaftlich die Hand auf die Schulter. »Jon, haben Sie ... haben Sie über die Möglichkeit nachgedacht, daß ... wie soll ich es vorurteilsfrei ausdrücken ... haben Sie über die Möglichkeit nachgedacht, daß Sie sich mit dem feindlichen Schiff vielleicht– wohlgemerkt, nur vielleicht – täuschen? Ist es möglich, daß Sie sich in diese Idee verrannt haben, daß Sie von der Sache inzwischen besessen sind?«

Korie formuliert seine Antwort ebenso sorgfältig. »Ja. Ich habe über diese Möglichkeit nachgedacht.«

»Und ...?«

»Und ich habe über diese Möglichkeit nachgedacht.«

»Das beantwortet meine Frage nicht, Jon.«

»Es beantwortet die Frage, die Sie formuliert haben.«

Panyovsky sieht ihn frustriert an.

Leise spricht Korie weiter: »Es spielt außerdem keine Rolle mehr, was ich denke. Ich habe keine Befehlsgewalt mehr über das Schiff. Oh, natürlich nicht offiziell, aber Sie wissen so gut wie ich, daß jeder Befehl, den ich erteile, sofort bei Brandt hinterfragt wird. Also verzichte ich darauf, irgend etwas zu sagen, das zum augenblicklichen Geschehen im Widerspruch steht. Und somit spielt es auch keine Rolle, was ich denke, oder?«

»Es spielt eine Rolle, wenn auch nur für Sie, Jon. Es ist für Ihre geistige Gesundheit von Bedeutung.«

Korie nickt, dann gestattet er sich ein freundlich-schelmisches Grinsen. »Wenn ich *wirklich* ein Alpha wäre, dann sollte es mir nicht schwerfallen, mit meiner internen Psychonomie fertig zu werden, oder?«

Panyovsky zieht eine finstere Miene. »Sie haben auf alles eine Antwort, wie?«

»Nicht immer«, gesteht Korie. »Aber ich gebe mir Mühe.«

»Und es ist nicht immer die Antwort, die wir zu hören wünschen. Jon, wenn Sie etwas vorhaben: Ich stehe auf Ihrer Seite. Lassen Sie sich von mir helfen.« Panyovsky wirkt plötzlich angespannt.

»Tut mir leid, Pan. Tut mir wirklich leid – ich wünschte, ich könnte Ihnen etwas sagen, daß Sie ein wenig beruhigt. Aber es gibt nichts, absolut gar nichts, das Sie oder ich jetzt unternehmen könnten, um noch irgend etwas zu ändern.«

Panyovkys Augen sind verschleiert. Er versucht, die unterschwellige Botschaft von Kories Worten zu entziffern. »Ich weiß nicht, was Sie gemacht haben, Jon, aber Sie sind fertig damit, nicht wahr? Und Sie wollen, daß ich mich heraushalte. Ist es nicht so?«

Korie nickt unmerklich. »Wahrscheinlich wäre das nicht die schlechteste Idee.«

Panyovsky bedenkt auch diese Antwort. »Eine Sache noch,

Jon.« Er scheint jetzt mitten in Kories Herz zu blicken. »War es unvermeidlich, daß Rogers so schlimm zugerichtet worden ist?«

Korie schweigt lange, bevor er antwortet. »Würden Sie sich besser fühlen, wenn ich ja sage?«

»Wahrscheinlich nicht. Wahrscheinlich würde es mich noch mehr beunruhigen.«

»Dann versetzen Sie sich einmal in meine Lage. Wenn ich ... irgendwie für die Schläge, die Rogers eingesteckt hat, die Verantwortung tragen müßte – was meinen Sie, wie ich mich deswegen fühlen würde?«

Panyovsky nippt an seinem Drink. »Es tut mir leid, Jon. Ich ziehe die Frage zurück. Was es auch sein mag, es muß *sehr* wichtig sein.«

Die beiden Männer sitzen schweigend beieinander und beschäftigen sich mit ihren Gläsern. Nach einer Weile sagt Korie: »Manchmal kann ich mich selbst nicht ausstehen.«

Panyovsky nickt. »Das kann ich verstehen.«

Wieder verfallen sie in Schweigen.

Panyovsky schenkt gerade die Gläser ein weiteres Mal voll, als Mike zur Tür hereinkommt. »Wollen Sie die neuesten Gerüchte jetzt hören, oder sind Sie noch immer in Ihrer Konferenz?«

»Kommen Sie rein, Mike. Reden Sie, was ist los?«

»Nun ...« beginnt Mike und zieht sich einen Stuhl heran, »... jeder will plötzlich wissen, wie es Rogers geht. Alle machen sich wirkliche Sorgen. Es ist erstaunlich, wie sie sich plötzlich um ihn kümmern. Ich habe ihnen gesagt, daß er noch auf der Intensivstation liegt und wahrscheinlich nicht mehr in Lebensgefahr schwebt. Soviel mußte ich ihnen einfach erzählen.«

Ein Schimmer von Wut flackert über Panyovskys Gesicht. *Mike, der Schwätzer.* Er seufzt. »Das geht schon in Ordnung. Ich wollte nur nicht, daß die Einzelheiten breitgetrampelt werden.«

»O nein, keine Sorge. Jedenfalls, der Kapitän hat Wolfe in den Bunker gesperrt. Zu seinem eigenen Schutz.«

»Wie bitte?«

»O ja – Rogers ist jetzt das Maskottchen der Mannschaft. Er ... äh, er hat etwas für sie getan ...« Mike bricht ab und blickt vielsagend zu Korie.

Der Erste Offizier winkt ab. »Ist schon in Ordnung. Ich weiß Bescheid.«

»Über was?« fragt Panyovsky.

»Den Einbruch in meine Daten.«

Mike wirkt überrascht. »Sie wußten es?«

»Rogers hat es mir gesagt.« An Panyovsky gewandt, erklärt er: »Rogers ist in meine Datenbank eingebrochen und hat der Mannschaft Informationen über die Übungen beschafft, die ich veranstaltet habe.«

»Die Mannschaft hat betrogen ...?«

Korie zuckt die Schultern. »Ich schätze ja.«

Panyovsky blickt Korie erwartungsvoll an, dann schiebt er den Gedanken beiseite und wendet sich wieder an Mike. »Fahren Sie fort, Mike. Was sonst noch?«

»Oh, viel gibt's da nicht mehr. Ich würde sagen, die Stimmung ist verdammt mies. Sie hatten angefangen, Rogers zu mögen – und jetzt sind sie sauer wie die Hölle. Auf jeden. Auf Wolfe, auf den Kapitän, auf Barak – selbst Jonesy hat sein Fett abbekommen. Ich bin nicht sicher, weshalb. Es ist schon lustig. Zum ersten Mal seit einer Woche, daß ich solche Ausdrücke gehört habe, ohne daß Kories Name im gleichen Atemzug genannt wurde ... äh, Verzeihung, Sir. Ich wollte Sie nicht beleidigen ... Sie, äh, Sie wissen, was ich meine, Sir ...«

Korie grinst beruhigend. »Schon gut.«

»Jedenfalls, sie sind alle ziemlich aufgebracht. Ich schätze, die treffendste Beschreibung ist die: Sie suchen jemanden, den sie umbringen können.«

Panyovsky hat Schwierigkeiten, das zu verdauen. Abrupt wendet er sich zu Korie um. Der Erste Offizier ist bemerkenswert gelassen. Panyovsky unterdrückt die Bemerkung, die ihm bereits auf der Zunge gelegen hat. *Mike, der Schwätzer.* »Äh, ja ... Mike, danke. Das habe ich mir bereits gedacht. Äh ... hmmm.« Dann, zu Korie: »Wollen Sie immer noch Ihre Schlaftablette?«

Korie nickt.

»Mike, bringen Sie mir bitte ein paar Valex? Jon, hören Sie – Sie hatten gerade ein paar Drinks ... also tun Sie Ihrem Arzt den Gefallen und warten Sie mit diesen Tabletten mindestens noch eine Stunde. In Ordnung?«

»Ich bin nicht so dumm, wie ich vielleicht aussehe.«

»Wahrscheinlich haben Sie nicht so viel getrunken, daß es einen Unterschied machen würde, aber verschiedene Menschen reagieren verschieden, und ich würde es vorziehen, auf der sicheren Seite zu bleiben.« Er nimmt die Tabletten von Mike entgegen und reicht sie Korie. »Lassen Sie mich wissen, wenn Sie sonst noch etwas brauchen, Jon. Ich werde hiersein.« Sein Blick trifft sich mit Kories. Einen Augenblick lang herrscht ein stillschweigendes Einvernehmen zwischen den beiden. Dann ist der Moment vorbei, und mit einem gemurmelten ›Danke‹ geht Korie. Panyovsky blickt ihm besorgt hinterher.

Der Erste Offizier geht zu seiner Kabine zurück und wirft zwei Valex in den Müllschlucker.

Dann legt er sich wieder auf seine Pritsche. Seine Stirn ist in nachdenkliche Falten gelegt.

Was auch immer als nächstes geschehen wird, denkt er, *es ist von allergrößter Wichtigkeit, daß ich mich nicht in der Nähe der Brücke blicken lasse, wenn es losgeht.*

Er denkt über den Status der drei Psychonomien nach, die er manipuliert hat: Die Beziehung zu dem feindlichen Schiff, die Gruppendynamik der Mannschaft an Bord der *Roger Burlingame* und seine eigene, interne Psychonomie. Er hat für alle drei getan, was er konnte.

Jetzt gibt es nichts mehr zu tun.

Außer ... bis zum Ende durchzuhalten.

Nach einer Weile döst er ein.

Kapitel 39

Die Natur verabscheut Helden.

SOLOMON SHORT

Der Alarm läßt Korie aufschrecken. Sein Körper ist aus dem Bett und auf dem Weg in die Zentrale, bevor sei Verstand noch richtig wach ist. Der rauhe Ton der Alarmglocken brennt sich in sein Bewußtsein.

Es geht los!

In der Zentrale herrscht Panik und Chaos – Brandt steht auf dem Podium vor seinem Sitz und verlangt zu wissen, was vor sich geht. Vor ihm, auf dem großen roten Schirm, ist der Reflex zu gewaltigen Dimensionen angeschwollen. Barak an der Astrogationskonsole brüllt in sein Mikro: »Es ist mir egal, was Ihre Instrumente anzeigen – das verdammte Ding ist von einem Augenblick zum andern so groß geworden wie …«

Leens Stimme ertönt im Lautsprecher, ein konfuses Stammeln: »… aber … die Monitore zeigen nichts an. Hier ist …«

Korie hat keine Zeit für Höflichkeitsfloskeln. Er geht zu Brandt hinüber und schiebt ihn grob beiseite. »Goldberg, Notsturz in den Normalraum einleiten!«

»Aye, aye, Sir«, schnappt Goldberg. Er blickt noch nicht einmal auf.

Korie kümmert sich nicht um Brandts verblüfftes Gesicht. »Barak, lassen Sie den Lärm! Jonesy, Kreuzvektor und nichtstandardisiertes Ausweichmanöver vorbereiten! Warten Sie nicht erst auf die Rekalibrierung, wenn wir im Normalraum sind.«

»Hä? Oh, jawohl, Sir!«

Korie hakt das Handmikro aus dem Gürtel. »Radec! Wir werden angegriffen. Errechnen Sie eine Aufenthaltswahrscheinlichkeit und initialisieren Sie die Annäherungszünder. Automatische Aktivierung dreißig Sekunden nach dem Ausstoß.«

Eine unbekannte Stimme erwidert: »Bitte? Wer spricht denn da?«

»Hier ist Kapitän Ahab, Arschloch! Laden Sie Ihre gottverdammte Harpune, oder ich nagle Sie mit dem Arsch an den Hauptmast!«

Verblüffte Blicke in seine Richtung – aber mit einem Schlag ist in der Zentrale zu viel Hektik für weitere Reaktionen ...

»Schalten Sie endlich den Alarm ab!« Korie wirbelt herum. *Mein Gott, Willis! Ich habe völlig vergessen ...!* Sie! Willies! Zeichnen Sie auf. Mit allem, was Ihnen zur Verfügung steht! Und vermasseln Sie es ja nicht!«

»Äh, aye, aye, Sir.«

Hoffen wir, daß es reicht ...!

»Korie! Was zur Hölle machen Sie da ...?«

»Tut mir leid, Kapitän, jetzt ist nicht die Zeit für Erklärungen. Mister Barak, wenn Sie nicht helfen wollen, dann gehen Sie aus dem Weg! Das hier ist kein verdammter Reflex!«

Der Astrogator zuckt zusammen und beugt sich über seine Konsole.

Korie mustert den Schirm für eine volle Sekunde. Gut. Genau wie er es sich gedacht hat. Dann bellt er neue Befehle: »Auf mein Kommando alle Feldpolaritäten umkehren. Bereithalten!«

»Bereit!«

»Minus drei – zwei – eins – jetzt!«

Das Schiff erschauert kaum spürbar ...

... und dann kreischt Leen im Lautsprecher: »Was zur Hölle geht da oben vor?«

»Leen, hier spricht Korie. Ich habe das Kommando, und Sie werden genau das tun, was ich Ihnen sage, oder ich komme persönlich zu Ihnen runter und prügle Sie windelweich. Bereitmachen zum Rücksturz!«

»Äh ... aye aye, Sir. Bereit.«

Korie überprüft die Position des Gegners erneut – er hat den Kurs noch nicht geändert. *Wahrscheinlich – hoffentlich! – waren wir schneller, als er reagieren konnte!*

Brandt packt Korie an der Schulter. »Soll das vielleicht wieder eine von Ihren Übungen sein ...?«

Korie reißt sich los und ignoriert ihn. Er spricht in sein Mikro:

»Also schön. Machen Sie sich keine Gedanken über die Einzelheiten. Notrücksturz – *jetzt!*«

Ein weiteres Beben geht durch das Schiff ...

»Beantworten Sie meine Frage, verdammt! Das ist wieder eins von Ihren dämlichen Planspielen, oder etwa nicht ...?«

»Raketen abfeuern!« bellt Korie. »Drei Fächer à drei!«

Das *Ka-tschunka-tschunka-tschunk* von drei aus den Silos abgefeuerten Raketen dröhnt durch das Schiff. Brandts Gesicht wird kreidebleich ...

»Zwei!« bellt Korie. *Ka-tschunka-tschunka-tschunk!*

Barak wendet sich um und starrt den Ersten Offizier an. Jonesy steht mit offenem Mund da.

»Zurück an Ihre Konsolen! Fertigmachen zum Rücksprung in den Hyperraum! Leen, haben Sie verstanden?« Er wartet nicht auf Leens »Aye aye, Sir!« Ein rascher Blick auf den Hauptschirm und: »Dritte Salve abfeuern!«

Sobald er das *Ka-tschunka-tschunka-tschunk* spürt, ruft er: »Rücksprung – *jetzt!*« Dann eilt er zur Ruderkonsole und blickt dem Offizier über die Schulter. »Alle Sensoren abdecken! Nullpolarität auf die Gitter!« Ins Mikrophon: »Radec! Nur eine Linse auf das Kraftfeld offenhalten. Alle Abschirmfelder auf höchste Energie!«

Die Schirme sind jetzt leer.

Das Schiff schüttelt sich kurz, und eine Stimme meldet: »Wir sind im Hyperraum ...«

»Bereithalten«, sagt Korie.

Und atmet durch. Und noch einmal. Und ein drittes Mal.

Brandt starrt ihn an. Barak starrt ihn an. Langsam drehen sich weitere Köpfe zu ihm.

»Was. Geht. Hier. Vor. Mister. Korie.« Brandt ist vollkommen steif.

Korie hebt eine Hand, als wolle er eine Pause signalisieren. »Warten Sie's einfach ab. Behalten Sie den Schirm im Auge.«

»Da ist nichts ... nicht einmal der Reflex ...«

»Das ist schon in Ordnung. Wir hatten nicht genügend Zeit zum Reflektieren. Beobachten Sie einfach den Schirm ...«

»Ich zähle«, meldet der Rudergänger. »Fünfzehn Sekunden.«

Barak hat sich erhoben. »Was sollte dieses Manöver, Mister Korie?«

»Also schön ...« sagt Korie. »Er ist zum Angriff übergegangen ... ich wußte, daß unsere einzige Chance darin bestand, einen Haken zu schlagen, bevor wir aus dem Hyperraum gesprungen sind, so daß er keine genauere Aufenthaltswahrscheinlichkeit für unsere Position errechnen konnte. Aber er mußte zugleich schon ziemlich weit in seiner eigenen Rücksturzroutine sein, so daß wir zumindest eine grobe Position von ihm bestimmen konnten ...«

»Dreißig Sekunden ...«

Ein flackerndes Licht erscheint auf dem Frontschirm, dann ein zweites ... und drittes. »Die ersten drei Raketen sind im Hyperraum.«

Korie spricht in das Mikro: »Radec, ist unsere Blase kodiert?«

»Jawohl, Sir. Und zerhackt. Die Raketen werden nicht zu uns zurückkommen.«

»Danke sehr.«

Drei weitere Lichter flackern auf. Der zweite Fächer.

»Aber es gibt kein feindliches Schiff ...«

»Er ist noch im Normalraum. Er hat seine Waffen wahrscheinlich zur gleichen Zeit abgefeuert wie wir. Auf jeden Fall ...«

Die Männer starren Korie entgeistert an. *Wovon redet er eigentlich ...?!*

Der letzte Fächer tritt in den Hyperraum. Die Waffen haben nur für kurze Zeit genügend Energie. Aber wenn sie dicht genug herankommen ...

»Unsere einzige Chance«, fährt Korie unbeirrt fort, »bestand darin, unsere Waffen abzufeuern und wieder im Hyperraum zu verschwinden, bevor der Feind erkennen konnte, was wir planten. Vielleicht hat er gesehen, wie wir unseren Haken geschlagen und aus dem Hyperraum gesprungen sind, aber er konnte auf keinen Fall rasch genug reagieren ...«

Barak ist fassungslos. »Ich kann es einfach nicht glauben! Sie denken immer noch, da draußen lauert ein feindliches Schiff ...!«

»Wenn ich mich irre, Mister, dann haben wir nichts verloren außer drei Raketensalven. Aber wenn nicht – dann habe ich uns allen soeben den Arsch gerettet.«

»Es war nur ein Reflex! Eine von Ihren gottverdammten Hilsen-Einheiten hat wahrscheinlich wieder einmal einen Schaltkreis ...«

»Das werden wir in einer Minute wissen, Mister. Sehen Sie, die Raketen haben zu jagen begonnen ...«

»Das ist keine exakte Messung ...«

»Für mich ist es nah genug!« schneidet Korie ihm das Wort ab. Er läßt sich in den Frontschirm fallen und beobachtet bedeutungsvolle Blicke ... *ist Korie jetzt vollkommen verrückt geworden oder was?*

»Fünf Minuten«, sagt Korie. »Er befindet sich weniger als fünf Lichtminuten von uns entfernt. Seit wann sind die Raketen unterwegs?«

»Seit zwei Minuten und fünfzehn Sekunden.«

»Noch keine Schweißspur ...«

Brandt öffnet den Mund zu einer Bemerkung, dann klappt er ihn wieder zu. Resolut wendet er sich um und beobachtet den Schirm. Er ist nicht mehr sicher, was er glauben soll. Barak will auch etwas sagen, doch dann wirft er sich schweigend in seinen Sitz.

»Zwei Minuten dreißig. Suchen noch.«

Und dann – ein neuer Lichtpunkt auf dem Schirm. »Da, das ist er. »Er kommt zurück in den Hyperraum.«

Ein betäubender Augenblick, als wäre die Zeit selbst gefroren, in Bernstein eingeschlossen, als die Männer in der Zentrale der *Roger Burlingame* sich einer nach dem anderen umdrehen und den einzelnen neuen Punkt auf den Schirmen anstarren.

»Nein«, sagte Barak. »Das ist nur unser Reflex. Es gibt kein feindliches Schiff.« Doch selbst er ist sich nicht mehr sicher.

Von Brand kommt nur eine Frage: »Hat er seine Raketen abgefeuert?«

»Wahrscheinlich«, sagt Korie. »Ich glaube nicht, daß wir ihn genügend erschreckt haben, um *das* zu vergessen.« Dann spricht er wieder in sein Mikro: »Bereithalten zum Ändern der

Hyperraumkodierung. Sollen Sie sich ruhig erst auf die alten einrichten.«

»Wir werden sie erst sehen, wenn sie selbst in den Hyperraum gehen ...«

»Bereithalten zum Ausweichmanöver!«

»Bereit.«

»Drei Minuten.«

Barak starrt Korie mit wilden Blicken an. *Es muß eine logische Erklärung geben! Es gibt kein anderes Schiff!* »Es gibt keine Raketen, Korie«, sagt er. »Dort draußen ist kein anderes Schiff! Dort ist nichts, nur unser eigener Reflex, der wieder nach Hause kommt ...«

»Sicher Mister Barak, sicher. Immer schön vernünftig.« Korie schwenkt mit dem Sitz zum Astrogator der *Roger Burlingame* herum. »Aber ich muß nicht vernünftig sein, Mister. Ich bin bereits verrückt, nicht wahr? Also kann ich jetzt ruhig vollkommen durchknallen. Ich habe schließlich nichts mehr zu verlieren.«

Barak starrt ihn an. Beinahe bedauernd sagt er. »Das hätte ich niemals von Ihnen erwartet, Korie.«

»Versuchen Sie nicht, Ihrer Großmutter beizubringen, wie man Eier aussaugt, Mister.« Korie hämmert die Faust ungeduldig auf die Armlehne. »Ich habe jetzt keine Zeit für diesen Mist. Nur noch ein paar Minuten, und wir alle werden die Wahrheit wissen.« Er schwenkt wieder nach vorn.

Der Punkt auf dem Schirm ist beständig – und die Raketen der Roger Burlingame haben einen unsicheren Kurs auf ihn genommen.

Irgend jemand sagt: »Sie haben Schwierigkeiten, sich auf ihr Ziel einzurichten.«

»Kein gutes Zeichen, Korie.«

»Halten Sie endlich den Mund, Barak. Wahrscheinlich führt er Ausweichmanöver durch. Aber wenn wir unsere Waffen rasch genug abgefeuert haben, werden sie ihn erwischen, bevor sie ausgebrannt sind.«

»Wenn es ein anderes Schiff gibt.«

»Ich erinnere mich an eine Zeit, da haben Sie das gleiche geglaubt wie ich, Mister. *Oh ...!*« Die letzte Bemerkung gilt dem plötzlich Aufleuchten von siebenundzwanzig hellen Lichtpunkten auf dem Schirm.

»Ach, du Scheiße! Er hat seine gesamte Ladung abgefeuert!«

»*Rekodieren und los!*« brüllt Korie. Und in das Mikrophon: »Leen! Geben Sie mir alles, was Sie haben! Ich brauche fünfzehn Minuten Vollast!«

»Aye aye, Sir, haben Sie.«

Barak starrt wie gelähmt auf den Schirm. »*Er ist wirklich da ...!*«

»Was glauben Sie eigentlich, was ich Ihnen die ganze Zeit zu erzählen versuche? Daß er uns Kußmünder zuwerfen und Fangen spielen will? Noch sind wir nicht außer Gefahr!«

»Sehen Sie!«

Auf dem Frontschirm haben die gegnerischen Raketen einen Abfangkurs auf die Waffen der *Roger Burlingame* eingeschlagen ...

»Scheiße!«

»Klappe halten!« befiehlt Korie. Er drückt den Knopf auf seinem Mikro und will einen Befehl erteilen, dann hält er inne. Schließt die Augen und zählt. Dann: »Wie viele Raketen bleiben uns noch?«

»Zwanzig, Sir.«

»Verdammt. Das wird knapp.«

»Knapp? Wofür?« mischt Brandt sich ein.

»Um einen weiteren Fächer abzufeuern.«

»Sie sind nicht ganz bei Trost! Wir dürfen nicht riskieren, den Hyperraum zu verlassen ...«

Sechs Punkte berühren sich paarweise und hören auf zu existieren. »Der erste Fächer wurde zerstört.«

»Uns bleibt keine andere Wahl. Wenn wir seine Raketen nicht mit *irgend etwas* aufhalten, dann wird eine davon *uns* aufhalten. Es ist zwar gefährlich, aber haben Sie schon einmal vom *Valsalva*-Manöver gehört?«

»Das experimentelle ...?«

»Nicht einmal das. Bis jetzt existiert es nur in der Theorie. Es wird erst dann ins Experimentalstadium treten, wenn das Flottenkommando einen Schiffskommandanten findet, der dumm genug ist, das *Valsalva*-Manöver auszuprobieren. Und genau das machen wir jetzt …«

Drei weitere Raketen hören auf zu existieren. Der zweite Fächer ist abgefangen. »Wenn er unsere letzten drei erwischt, dann bleiben ihm noch immer achtzehn, um uns zu jagen.«

»Richtig.« Korie spricht in das Mikro. »Harpunen scharfmachen, Seemänner! Alle auf einmal. Auf Jagd programmieren und so kodieren, daß sich alle zugleich auf ein einziges Signal hin aktivieren!«

»Hä?«

»Macht schon. Keine Fragen jetzt!« Er unterbricht die Verbindung und sieht gerade noch rechtzeitig, wie auch der dritte Fächer zu existieren aufhört. »Achtzehn sind übrig. Los geht's. Wie lange dauert es, bis sie hier sind?«

»Drei Minuten.«

»Also schön, Männer – jetzt werden wir herausfinden, ob die Übungen zu etwas nutze waren! Auf mein Kommando – Raketensilo, Waffen abfeuern – jetzt!«

»Hä?«

»*Wer ist das?!*« brüllt Korie.

»Beginne mit Abfeuern, Sir!!!«

»Leen?«

»Sir!«

»Bereithalten für Notrücksturz! Zehn Sekunden später wieder Rücksprung in den Hyperraum.«

»Ich weiß nicht, ob die Generatoren das aushalten, Sir …!«

»Nun, wir werden es herausfinden, und zwar auf die harte Tour …«

Er wird von der donnernden Vibration abgefeuerter Raketen unterbrochen: *Ka-tschunka-tschunka-tschunka-tschunka-tschunka* … Das Geräusch scheint nicht mehr aufhören zu wollen.

»Sie feuern die Raketen, während wir noch im Hyperraum sind?!!«

»Wenn sie am Rand unserer Blase ankommen, werden wir nicht mehr im Hyperraum sein …« Korie zählt leise mit.

»Letzte Rakete abgefeuert!«

»*Rücksturz!*«

Ein Beben geht durch das Schiff ...

»Wir sind im Normalraum ...«

Korie schreit: »Raketen aktivieren!«

»Signal ausgestrahlt.« Ein Herzschlag vergeht. »Bestätigung. Siebzehn ... achtzehn ... neunzehn ... und zwanzig! Alle Waffen aktiv!«

»Vielen Dank! Rücksprung – *jetzt!*«

Ein weiteres Erschauern durchläuft die *Roger Burlingame*, und ...

Korie spricht erneut in sein Mikrophon: »Mister Leen! Bringen Sie uns hier raus, als wäre der Teufel persönlich hinter uns her!«

»Aye aye, Sir!«

»Feldpolarität?« fragt der Rudergänger.

»Spielt keine Rolle. Suchen Sie sich eine Richtung aus. Mister Barak, geben Sie ihm einen Ausweichkurs.«

Korie verstummt und sinkt in den Sitz zurück. Er kann sich nicht erinnern, wann er aufgestanden ist. Er schnappt nach Luft, aber seine Augen sind unverwandt auf den Schirm gerichtet. »Wie lange waren wir aus dem Hyperraum?«

»Siebzehn Sekunden, Sir!«

»Dann haben wir vielleicht eine Chance. Vielleicht haben wir wirklich eine Chance.«

»Ich glaube das einfach nicht«, sagt Barak. »Woher wußten Sie ...?«

Korie wendet sich zu seinem Astrogator um und schenkt ihm das breiteste Grinsen, dessen er fähig ist.

Der Rudergänger meldet: »Raketen im Hyperraum und auf Kurs. Seine achtzehn gegen unsere zwanzig.«

»Ich würde zu gerne das Gesicht dieses Bastards sehen«, sagt Korie. »Wenn ihm bewußt wird, was wir soeben getan haben ...«

Der Offizier an der Steuerkonsole beginnt, die Raketenkollisionen abzuzählen: »Zwei sind unten. Sechzehn zu achtzehn für uns. Eine mehr. Noch eine. Vierzehn zu sechzehn. Wir liegen noch immer zwei vorn.«

»Ich hoffe nur, diese zwei werden reichen. Das war unsere letzte Munition ...«

Brandt hat während der gesamten Schlacht kein Wort gesagt. Jetzt dreht er sich um und blickt Korie an. Er tritt dicht zu seinem Ersten Offizier und senkt die Stimme. »Wenn Sie *wußten*, daß das geschehen würde, Mister Korie – warum haben Sie mir kein Wort davon gesagt?«

Korie erwidert den anklagenden Blick Brandts. »Ich denke nicht, daß Sie mir geglaubt hätten, Sir. Es tut mir leid. Ich habe eine Menge Dinge tun müssen, die ich lieber nicht getan hätte.«

Der Rudergänger: »Vier zu sechs. Hoppla. Drei und fünf. Nein, halt. Drei und vier. Eine seiner Raketen hat gerade zwei von unseren ausgeschaltet.«

»Wenn er dieses Kunststück wiederholt, sind wir tot«, sagt Barak grimmig.

»Nicht tot, nur wieder remis. Nur, daß wir jetzt mit Sicherheit wissen, daß er dort draußen lauert.«

»Eins zu zwei ... und weg sind sie! Eine ist übrig! Und es ist unsere! Sie holt auf!«

»Lauf, Baby, lauf!«

»Mister Leen, Sie können in den Normalraum springen, wann immer Sie dazu bereit sind. Fahren Sie Ihre Maschinen herunter und rekalibrieren Sie bitte die Fernsen-soren ...«

Bevor Korie den Satz beenden kann, meldet der Rudergänger: »Wir haben unser Ziel verloren! Eine plötzliche Feldüberladung ...«

Korie, Brandt und Barak sehen sich an. »Es könnten die Raketen gewesen sein«, sagt der Kapitän.

»Aber nicht sehr wahrscheinlich«, erwidert Korie. »Die Hyperraumblase einer Rakete ist viel zu klein. Man muß schon direkt nebendran sein, wenn sie kollabiert, um den Sensor auszuschalten ...«

»Es könnte ein kumulativer Effekt gewesen sein ...«

»Glauben Sie das wirklich?«

»Äh ...«

»Ich auch nicht«, grinst Korie. »Ich denke eher ...« Er blickt zu Barak. »Al ...?«

»Die Rakete hatte sich auf ihn ausgerichtet ...« Baraks Augen leuchteten.

»Sonst noch jemand?« Korie blickt sich in der Zentrale um. Er ist umgeben von hoffnungsvollen Gesichtern.

»Ich denke ...« er zögert. Dann ruft er laut: »Ich denke ... *wir haben ihn!*«

Und dann rufen alle durcheinander. Lautes Trampeln, Jubel, Pfeifen, Klatschen, Brüllen, Leute, die sich gegenseitig auf die Schultern klopfen, sich umarmen, in die Luft springen und ...

»He, he, he! Halt! Einen Augenblick bitte!« Baraks Polterstimme dröhnte durch die Zentrale. »Einen Augenblick, meine Herren! Ruhe! Der Abschuß ist noch nicht bestätigt! Wir müssen ihn erst bestätigen!«

Der Lärm erstirbt. Verwirrte Blicke werden gewechselt.

Korie blickt zu Barak. »Sie haben recht, Mister.« Dann grinst er wieder. »Aber ich denke, *ich* sollte derjenige sein, der den endgültigen Beweis verlangt.« Zum ersten Mal ist das Lachen auf der Brücke beinahe fröhlich.

Korie erinnert sich an etwas. Er wendet sich um und sieht Kapitän Brandt an, der verdrießlich mitten auf dem Podium steht. Er reicht ihm das Mikrophon. »Sir? Wünschen Sie die Suche nach den Trümmern zu leiten?«

Brandt blickt auf das angebotene Mikrophon, dann zu seinem Ersten Offizier ...

Eine winzige Diskontinuität, als die *Roger Burlingame* aus dem Hyperraum fällt.

... dann wieder auf das Mikrophon. »Sie haben verdammt gute Arbeit geleistet, Mister Korie. Machen Sie weiter.«

»Sie sind der Kapitän, Sir! Ich denke, es ist Ihr Privileg. Den Abschuß zu bestätigen, meine ich, Sir.«

»Es war *Ihr* Abschuß, Mister Korie!«

»Sir? Es wäre mir eine Ehre, wenn Sie ihn bestätigen.« Sein Blick trifft den von Brandt. »Bitte, Sir.«

Zögernd nimmt der Kapitän das Mikro entgegen. »Ich weiß, warum Sie das tun, Mister Korie. Ich beginne Sie zu durchschauen.«

»Jawohl, Sir. Wenn Sie es sagen, Sir.«

Der Lautsprecher summt. »Was ist? Haben wir ihn erwischt? Los doch, spannen Sie uns nicht auf die Folter. Wie sieht es aus?«

»Halten Sie sich bereit, Smutje«, sagt Brandt. »Wir gehen mit Kehrblech und Besen nach ihm suchen.«

»Ich will nur wissen, ob ich schon mal den Champagner kaltstellen soll?«

»Halten Sie sich bereit.« Der Kapitän schaltet mit freundlichem Lächeln ab. Dann blickt er wieder zu Korie. Er setzt sich in Bewegung, um seinen Platz im Kommandositz einzunehmen. »Mister Korie, wir werden morgen um elfhundert eine volle Abschlußbesprechung veranstalten. Aber verraten Sie mir vorher eins ...« Er blickt Korie wissend an, »... wir haben einen Mann im Bunker, einen mit schweren Verletzungen in der Krankenabteilung und eine Toten. War es das wert?«

»Sir!« Korie versteift sich beinahe in Habacht. »Es spielt kaum eine Rolle, ob es das wert war oder nicht, Sir. Das war der Preis, den wir zu zahlen hatten. Und uns blieb zu keiner Zeit eine andere Wahl.«

»Das ist wohl kaum eine befriedigende Antwort, Mister Korie.«

»Es tut mir leid Sir«, erwidert Korie. »Würden Sie es vorziehen, wenn ich so etwas sage wie: ›Das nächste Mal glaubt ihr mir vielleicht direkt, ihr Armleuchter‹?«

»Um ganz ehrlich zu sein, Mister Korie – ich würde mich davor fürchten, anderer Meinung zu sein als Sie!«

»Allerdings«, sagt Korie, und in seinen Augen ist nicht die kleinste Spur von Humor, »könnte es durchaus sein, daß *ich mich beim nächsten Mal irre.« Und ich bin höllisch froh, daß niemand die Fehler sieht, die ich dieses Mal schon begangen habe.* Brandt nickt nachdenklich. »Sobald wir den Abschuß bestätigt haben, Mister Korie, möchte ich, daß Sie eine Sache für mich übernehmen.«

»Sir?«

»Sie, Mister Korie, werden den Befehl zur Heimreise erteilen.«

»Aye aye, Sir.«

Kapitel 40

Gewalt ist das letzte Wort der Unbelesenen. Und auch ihr erstes.

SOLOMON SHORT

Über den Autor

David Gerrold feierte sein Debüt als Drehbuchautor mit der inzwischen klassische Folge ›Kennen Sie Tribbles?‹ in der zweiten Staffel der ursprünglichen Star-Trek-Serie. Seit 1967 hat er die Drehbücher zu drei Fernsehserien geschrieben, fünf Anthologien herausgegeben, zwei Sachbücher über Fernsehproduktionen verfaßt (die beide als Lehrbücher verwendet wurden) und mehr als ein Dutzend Romane geschrieben, von denen drei für den angesehenen *Hugo Award* vorgeschlagen wurden.

Seine Fernsehdrehbücher umfassen unter anderem zahlreiche Episoden zu *Star Trek, The Twilight Zone* und *The Real Ghostbusters* (die alle auch in Deutschland ausgestrahlt wurden).

David Gerrold schreibt auch eine regelmäßige Kolumne für ein angesehenes amerikanisches Computermagazin, *PC Technique.* Er hält durchschnittlich ein Dutzend Vorträge pro Jahr und erteilt regelmäßig an der *Pepperdine University* Unterricht im Schreiben von Drehbüchern.

Zur Zeit arbeitet er an seinem fünften *Chtorr*-Buch unter dem Arbeitstitel: *A Method for Madness.*

Band 23 177

David Gerrold

Die Reise der Jona

Deutsche Erstveröffentlichung

Die LS-1187 ist ein Sternenschiff der Zerstörerklasse, bisher in keiner Schlacht erprobt und so neu, daß sie nicht einmal einen Namen hat. Schon bei der ersten Mission begeht ihr Captain einen schwerwiegenden Fehler, und fast die gesamte Flotte der Menschen fällt den Morthans zum Opfer, die im Krieg mit der Erde liegen. Nur die LS-1187 entkommt unbeschädigt – und hat sich endlich einen Namen verdient: Jona, der Feigling. Auf eigene Faust bricht die Mannschaft des Schiffes zu einer gefährlichen Reise auf, um die verlorene Ehre wiederzugewinnen – und um Rache zu üben . . .

BASTEI LÜBBE

Band 23 180

David Gerrold

Inmitten der Unendlichkeit

Sie hätten als Helden von ihrer Reise zurückkommen müssen, doch der hart errungene Sieg wird ihnen aberkannt: Die Mannschaft muß ihr Schiff, die JONA, aufgeben, selbst der Name wird aus den Akten gestrichen – aus politischen Gründen. Doch Captain Jon Korie gibt nicht auf.
Zusammen mit seiner Mannschaft kapert er die JONA und bricht zu einer letzten Reise auf, die endgültig beweisen soll, daß seine Vorgesetzten im Unrecht sind – oder die ihnen allen den Tod bringt. Korie weiß, daß das Schiff von einem Morthan sabotiert wurde. Auf einem Kurs, der ihn direkt in feindliches Gebiet führt, gilt es, den Wettlauf mit der Zeit zu gewinnen und eine Bombe zu entschärfen, die das Schiff zu zerstören droht . . .

BASTEI LÜBBE

Sie erhalten diesen Band im Buchhandel, bei Ihrem Zeitschriftenhändler sowie im Bahnhofsbuchhandel.